LA HIJA DEL DOCTOR MOREAU

LA HIJA DEL DOCTOR MOREAU

SILVIA MORENO-GARCÍA

Traducción de Ana Cecilia Alduenda Peña

Plata

Argentina – Chile – Colombia – España
Estados Unidos – México – Perú – Uruguay

Título original: *The Daughter of Doctor Moreau*
Editor original: Del Rey, un sello de Random House,
una división de Penguin Random House LLC.
Traducción: Ana Cecilia Alduenda Peña

1.ª edición: octubre 2023

ISBN: 978-84-92919-30-7
E-ISBN: 978-84-19497-39-0
Depósito legal: B-14.558-2023

Fotocomposición: Ediciones Urano, S.A.U.
Impreso por: Rodesa, S.A. – Polígono Industrial San Miguel
Parcelas E7-E8 – 31132 Villatuerta (Navarra)

Impreso en España – *Printed in Spain*

A mi esposo,
mi alegría y mi inspiración.

El vocabulario maya (...) emplea la palabra «petén» de manera promiscua tanto para «isla» como para «península». Los cartógrafos más cercanos a la época de la conquista están, por lo tanto, completamente excusados por haber representado a Yucatán como una isla separada de la tierra firme mexicana.

—*The Magazine of American History with Notes and Queries*, 1879.

PRIMERA PARTE
(1871)

CAPÍTULO UNO

Carlota

Los dos caballeros llegarían aquel día, con su barca deslizándose a través del manglar. La selva bullía de ruidos, los pájaros trinaban con sonoro descontento como si pudieran predecir la llegada de intrusos. En sus cabañas detrás de la casa principal, los híbridos estaban inquietos. Incluso el viejo burro, que estaba comiéndose su maíz, parecía malhumorado.

Carlota se había pasado un largo rato contemplando el techo de su habitación la noche anterior y por la mañana le dolía la barriga como siempre que estaba nerviosa. Ramona tuvo que prepararle una taza de té de naranja agria. A Carlota no le gustaba que los nervios la dominaran, pero el doctor Moreau rara vez recibía visitas. Su aislamiento, decía su padre, le hacía bien. Cuando era pequeña había estado enferma y era importante que descansara y estuviera tranquila. Además, los híbridos hacían que fuera imposible tener una compañía adecuada. Cuando alguien se detenía en Yaxaktun era Francisco Ritter, el abogado y corresponsal de su padre, o bien Hernando Lizalde.

El señor Lizalde siempre venía solo. A Carlota nunca se lo habían presentado. Lo había visto dos veces caminar a lo lejos, afuera de la casa, con su padre. Se marchaba rápidamente; nunca pasaba la noche en una de las habitaciones de los invitados. Y, de todos modos, no los visitaba a menudo. Su presencia se sentía sobre todo en las cartas, que llegaban cada pocos meses.

Ahora el señor Lizalde, quien era una presencia distante, un nombre que se pronunciaba pero nunca se manifestaba, estaría de visita; y no solo de visita, sino que traería consigo a un nuevo mayordomo. Hacía casi un año que Melquíades había partido, y desde entonces las riendas de Yaxaktun habían estado únicamente en manos del médico, una situación inadecuada ya que se pasaba la mayor parte del tiempo ocupado en el laboratorio o sumido en la contemplación. Su padre, sin embargo, no parecía dispuesto a encontrar a un mayordomo.

—El doctor es demasiado exigente —dijo Ramona cepillando los enredos y nudos del pelo de Carlota—. El señor Lizalde le manda cartas y le dice «aquí hay un caballero, aquí hay otro», pero tu padre siempre responde que no, que este no sirve, que el otro tampoco. Como si mucha gente estuviera dispuesta a venir aquí.

—¿Por qué no querría la gente venir a Yaxaktun? —preguntó Carlota.

—Está lejos de la capital. Y ya sabes lo que dicen. Todos ellos se quejan de que está demasiado cerca del territorio rebelde. Creen que es el fin del mundo.

—No está tan lejos —dijo Carlota, aunque solo entendía la península por los mapas de los libros, en los que las distancias se aplanaban y se convertían en líneas blancas y negras.

—Está muy lejos. Y eso hace que la mayoría de la gente se lo piense dos veces cuando está acostumbrada a los adoquines y a los periódicos cada mañana.

—¿Por qué viniste a trabajar aquí, entonces?

—Mi familia me eligió un esposo pero era malo. Era vago, no hacía nada en todo el día, y luego me golpeaba por la noche. No me quejé, no durante mucho tiempo. Entonces una mañana me golpeó fuerte. Demasiado fuerte. O tal vez tan fuerte como todas las otras veces, pero no lo soporté más. Así que tomé mis cosas y me fui. Vine a Yaxaktun porque aquí nadie te encuentra —dijo Ramona encogiéndose de hombros—. Pero no es lo mismo para otros. Otros quieren que los encuentren.

Ramona no era del todo vieja; las líneas que surcaban sus ojos eran superficiales y tenía el pelo moteado con algunos mechones canos. Pero hablaba con un tono mesurado y de muchas cosas, y Carlota la consideraba muy sabia.

—¿Crees que al nuevo mayordomo no le gustará esto? ¿Crees que querrá que lo encuentren?

—Quién sabe. Pero el señor Lizalde lo va a traer. Es el señor Lizalde quien lo ha ordenado, y tiene razón. Tu padre se pasa el día haciendo cosas pero tampoco hace nunca las cosas que hay que hacer. —Ramona dejó el cepillo—. Deja de preocuparte, niña, que vas a arrugarte el vestido.

El vestido en cuestión estaba decorado con una profusión de volantes y pliegues, y un enorme lazo en la espalda en lugar del pulcro delantal de muselina que siempre llevaba por la casa. Lupe y Cachito se reían en el umbral de la puerta, mirando a Carlota, a quien acicalaban como a un caballo antes de una exhibición.

—Te ves linda —dijo Ramona.

—Me pica —se quejó Carlota. En su opinión parecía un gran pastel.

—No tires del vestido. Y ustedes dos, vayan a lavarse la cara y esas manos —dijo Ramona puntualizando sus palabras con una de sus mortíferas miradas.

Lupe y Cachito se apartaron para dejar pasar a Ramona mientras salía de la habitación, refunfuñando por todo lo que tenía que hacer aquella mañana. Carlota se enfurruñó. Papá decía que aquel vestido era la última moda, pero ella estaba acostumbrada a vestidos más ligeros. Puede que se viera bonito en Mérida o en Ciudad de México o en algún otro lugar, pero en Yaxaktun era terriblemente recargado.

Lupe y Cachito volvieron a reírse cuando entraron a la habitación y miraron de cerca sus botones, tocando el tafetán y la seda hasta que Carlota los apartó con el codo, y entonces volvieron a reírse.

—Basta, los dos —dijo ella.

—No te enojes, Loti, es solo que te ves rara, como una de tus muñequitas —dijo Cachito—. Pero tal vez el nuevo mayordomo traiga dulces y eso te gustará.

—Dudo de que traiga dulces —dijo Carlota.

—Melquíades nos trajo dulces —dijo Lupe, y se sentó en el viejo caballo balancín, que ya era demasiado pequeño para cualquiera de ellos, y se balanceó de un lado a otro.

—Te trajo dulces *a ti* —se quejó Cachito—. A mí nunca me trajo ninguno.

—Eso es porque muerdes —dijo Lupe—. Yo nunca he mordido una mano.

Y no lo había hecho, eso era cierto. Cuando el padre de Carlota había traído a Lupe a la casa por primera vez, Melquíades había montado un escándalo, dijo que el médico no podía dejar a Carlota sola con Lupe. ¿Y si rasguñaba a la niña? Pero el médico dijo que no se preocupara, que Lupe era buena. Además, Carlota tenía tantas ganas de tener una compañera de juegos que aunque Lupe la hubiera mordido y arañado no habría dicho nada.

Pero a Melquíades nunca le agradó Cachito. Tal vez porque era más bullicioso que Lupe. Tal vez porque era varón y Melquíades podía sosegarse con una sensación de seguridad con una chica. Tal vez porque Cachito una vez mordió los dedos de Melquíades. No fue nada profundo, no más que un rasguño, pero Melquíades detestaba al chico y nunca dejaba que Cachito entrara a la casa.

Aunque, al fin y al cabo, a Melquíades no le agradaba mucho ninguno de ellos. Ramona había trabajado para el doctor Moreau desde que Carlota tenía unos cinco años y Melquíades llevaba incluso más tiempo en Yaxaktun. Pero Carlota no recordaba que nunca hubiera sonreído a los niños o que los hubiera tratado como algo más que una molestia. Cuando traía dulces era porque Ramona le pedía que les procurara una golosina a los pequeños, no porque a Melquíades se le ocurriera hacerlo por voluntad propia. Cuando eran ruidosos, podía refunfuñar y decirles que se comieran un dulce y se fueran, que se callaran y lo dejaran en paz. En su corazón no había afecto por los niños.

Ramona los quería, pero Melquíades los toleraba.

Ahora Melquíades se había ido, y Cachito entraba y salía de la casa, recorriendo velozmente la cocina y la sala de estar con sus sofás de terciopelo, incluso apuñalando las teclas del piano, haciendo sonar notas discordantes del instrumento cuando el doctor no miraba. No, los niños no echaban de menos a Melquíades. Había sido fastidioso y un poco engreído por el hecho de haber sido médico en Ciudad de México, lo que le parecía un gran logro.

—No veo por qué necesitamos un nuevo mayordomo —dijo Lupe.

—Papá no puede manejarlo todo solo y el señor Lizalde lo quiere todo en perfecto orden —puntualizó ella, repitiendo lo que le habían dicho.

—¿Qué más le da al señor cómo lo maneje o no? Si no vive aquí.

Carlota se miró al espejo y jugueteó con el collar de perlas que, al igual que el vestido, le había sido impuesto aquella mañana para asegurarse de que su aspecto fuera remilgado y correcto.

Cachito tenía razón: Carlota se parecía a una de sus muñequitas, bonitos objetos de porcelana colocados en una repisa con sus labios rosados y sus ojos redondos. Pero Carlota no era una muñeca, era una niña, casi una dama, y era un poco ridículo que tuviera que parecerse a una creación de porcelana pintada.

Sin embargo, como niña siempre obediente que era, se apartó del espejo y miró a Lupe con rostro serio.

—El señor Lizalde es nuestro mecenas.

—Creo que es un entrometido —dijo Lupe—. Creo que quiere que ese hombre nos espíe y le cuente todo lo que hacemos. Además, ¿qué sabe un inglés de manejar algo aquí? En Inglaterra no hay selvas, todos los libros de la biblioteca muestran nieve y frío y gente que va en carruajes.

Eso era bastante cierto. Cuando Carlota ojeaba los libros (a veces con Cachito y Lupe mirando con interés por encima de su hombro), se extendían ante sus ojos tierras mágicas de fantasía. Inglaterra, España, Italia, Londres, Berlín y Marsella. Le parecían nombres inventados, que desentonaban con los nombres de los pueblos de Yucatán. París la sorprendió especialmente. Intentaba decir el nombre lentamente, como lo hacía su padre. «Parii», decía. Pero no era solo la forma en que lo decía, sino el conocimiento que había detrás. Él había vivido en París, había caminado por sus calles y, por lo tanto, cuando decía «París» invocaba un lugar real, una metrópolis viva, mientras que Carlota solo conocía Yaxaktun, y aunque conjugara sus verbos correctamente (*Je vais à Paris*) la ciudad nunca había sido real para ella.

París era la ciudad de su padre, pero no era la suya.

No conocía la ciudad de su madre. Un cuadro ovalado colgaba en la habitación de papá. Mostraba a una hermosa mujer rubia con un vestido de baile con los hombros al descubierto y joyas brillantes alrededor del cuello. Sin embargo, no era su madre. Era la primera esposa del doctor. Pero la había perdido a ella y a una niña; se las había llevado una fiebre. Y después, en su dolor, el doctor se procuró una amante. Carlota era la hija natural del doctor.

Ramona llevaba muchos años en Yaxaktun, pero ni siquiera ella había podido decir a Carlota el nombre de su madre ni qué aspecto tenía.

—Había una mujer, morena y bonita —le dijo a Carlota—. Vino una vez y el médico la esperaba; la recibió y hablaron en el saloncito. Pero solo vino esa vez.

Su padre se resistía a dar más detalles. Decía, simplemente, que nunca se habían casado y que a Carlota la habían dejado con él cuando su madre se fue. Carlota sospechaba que eso significaba que su madre se había casado con otro hombre y tenía una nueva familia. Quizá tuviera hermanos y hermanas, pero nunca podría conocerlos.

—Escucha a tu padre, que te engendró, y no desprecies a tu madre por ser vieja —decía su padre, leyendo la Biblia con mucho cuidado. Pero él era padre y madre a la vez para ella.

En cuanto a la familia de su padre, los Moreau, tampoco conocía a ninguno de ellos. Su padre tenía un hermano, pero vivía al otro lado del mar, en la lejana Francia. Eran solo los dos, y eso era suficiente para ella. ¿Por qué iba a necesitar a alguien más que a su padre? ¿Por qué iba a querer París o el pueblo de su madre, dondequiera que estuviera?

El único lugar real era Yaxaktun.

—Si trae dulces, no me importa que sea entrometido —dijo Cachito.

—El doctor les mostrará el laboratorio —dijo Lupe—. Lleva allí toda la semana, así que debe tener algo que mostrarles.

—¿Un paciente?

—O un equipo o algo así. Seguro que es más interesante que un dulce. Carlota va a entrar al laboratorio. Ella nos dirá lo que es.

—¿De verdad? —preguntó Cachito.

Había estado empujando un viejo tren de madera por el suelo, pero entonces se volvió hacia Carlota. Lupe había dejado de mecer su caballo. Ambos esperaron una respuesta.

—No estoy segura —dijo Carlota.

El señor Lizalde era el dueño de Yaxaktun; él pagaba la investigación del doctor Moreau. Carlota supuso que si él quería ver el laboratorio de su padre, lo haría. Y también podrían enseñárselo al mayordomo.

—Yo sí. Oí al doctor hablar con Ramona sobre eso. ¿Por qué crees que te han puesto ese vestido? —preguntó Lupe.

—Me dijo que recibiría a nuestros invitados y pasearía con ellos, pero no hay nada seguro.

—Seguro que te toca ver. Tienes que contarnos si lo haces.

Ramona, caminando por el pasillo, se detuvo a mirar la habitación.

—¿Qué hacen todavía aquí? ¡Vayan a lavarse la cara! —gritó.

Cachito y Lupe supieron que su jolgorio había llegado a su fin y ambos salieron corriendo. Ramona miró a Carlota y la señaló con un dedo.

—Ahora no te muevas de este sitio.

—No lo haré.

Carlota se sentó en la cama y miró a sus muñecas, su pelo rizado y sus largas pestañas, y trató de sonreír como sonreían las muñecas; sus pequeñas bocas, como arcos de Cupido, parecían perfectamente agradables.

Agarró el extremo de la cinta de su pelo y se lo enroscó en un dedo.

Lo único que conocía del mundo era Yaxaktun. Nunca había visto nada más allá. Toda la gente que conocía era la de allí. Cuando el señor Lizalde aparecía por casualidad en su casa era, en su mente, tan fantástico como aquellos grabados de Londres, Madrid y París.

El señor Lizalde existía y, sin embargo, no existía. En las dos ocasiones en que lo había alcanzado a ver, no era más que una figura en la distancia, caminando afuera de la casa principal mientras hablaba con su padre. Pero durante esta visita estaría cerca de él; y no solo de él, sino del aspirante a mayordomo. Era un elemento totalmente nuevo que pronto se introduciría en su mundo. Era como cuando papá hablaba de cuerpos extraños.

Para tranquilizarse, tomó un libro de la estantería y se sentó en su sillón de lectura. El doctor Moreau, deseoso de cultivar una disposición científica en su hija, le había regalado a Carlota numerosos libros sobre plantas y animales y las maravillas de la biología para que, además de los cuentos de hadas de Perrault, Carlota estuviera expuesta a textos más didácticos. El doctor Moreau no toleraría una niña que solo conociera *Cendrillon* o *Barbe Bleue*.

Carlota, siempre dispuesta, leía todo lo que su padre le ponía por delante. Había disfrutado con *Los cuentos de hadas de la ciencia: un libro para jóvenes*, pero *Los niños del agua* la había asustado. Había un momento en el que el pobre Tom, que había sido miniaturizado, se encontraba con unos salmones. Aunque el libro le aseguraba que los salmones «son todos unos verdaderos caballeros» (aunque eran más educados que la vieja y despiadada nutria con la que Tom se había topado anteriormente), Carlota sospechaba que se comerían a Tom a la menor provocación. Todo el libro estaba lleno de estos peligrosos encuentros. Devorar o ser devorado. Era una cadena de hambre infinita.

Carlota había enseñado a Lupe a leer, pero Cachito se tropezaba con las letras, confundiéndolas en su cabeza, y ella tenía que leerle en voz alta. Pero no le había leído a Cachito *Los niños del agua*.

Y cuando su padre dijo que el señor Lizalde vendría de visita, junto con un caballero, no pudo evitar pensar en los terribles salmones del libro. Sin embargo, en lugar de apartar la vista de la imagen, se quedaba mirando las ilustraciones, la nutria y los salmones y los horribles monstruos que habitaban sus páginas. Aunque ya eran demasiado grandes para los cuentos infantiles, el libro seguía fascinándola.

Ramona volvió al cabo de un rato y Carlota guardó el libro. Siguió a la mujer hasta la sala de estar. El padre de Carlota no era muy aficionado a la moda, por lo que el mobiliario de la casa nunca le había preocupado, y consistía sobre todo en los viejos y pesados muebles que había traído el anterior propietario del rancho complementados con algunos artefactos selectos que el doctor había importado a lo largo de los años. El más importante era un reloj francés. Tocaba una campana cuando llegaba la hora y sus sonidos no dejaban de deleitar a Carlota. Le sorprendía que se pudiera fabricar una maquinaria tan precisa. Se imaginaba los engranajes girando dentro de su delicada carcasa pintada.

Al entrar a la habitación se preguntó si podrían oír los latidos de su corazón, como el canto del reloj.

Su padre se volvió hacia ella y sonrió.

—Aquí está el ama de llaves con mi hija. Carlota, ven aquí —dijo. Ella se apresuró a llegar al lado de su padre, quien le puso una mano en el hombro mientras hablaba—. Señores, les presento a mi hija, Carlota. Este es el señor Lizalde y este es el señor Laughton.

—¿Cómo están ustedes? —preguntó ella automáticamente, como el loro bien adiestrado que dormía en su jaula del rincón—. Confío en que su viaje haya sido agradable.

Los bigotes del señor Lizalde tenían algunas canas, pero aun así era más joven que su padre, cuyos ojos tenían profundas arrugas. Iba bien vestido, con un chaleco de brocado dorado y una americana fina, y se secaba la frente con un pañuelo mientras le sonreía.

El señor Laughton, en cambio, no sonreía en absoluto. Su chaqueta era de tweed de lana marrón y crema sin adornos, y no llevaba chaleco. Le llamó la atención lo joven y adusto que parecía. Había pensado que les tocaría alguien como Melquíades, un hombre con las sienes calvas. Este hombre conservaba todo el pelo, aunque estaba un poco desgreñado y descuidado. Y qué claros eran sus ojos. Ojos grises y acuosos.

—Estamos bien, gracias —dijo el señor Lizalde, y luego miró a su padre—. Menuda princesita tienes ahí. Creo que debe tener la edad de mi hijo menor.

—¿Tiene usted muchos hijos, señor Lizalde? —preguntó ella.

—Tengo un hijo y cinco hijas. Mi hijo tiene quince años.

—Yo tengo catorce, señor.

—Eres alta para ser una chica. Puede que seas tan alta como mi hijo.

—Y brillante. Ha sido instruida en todos los idiomas adecuados —dijo su padre—. Carlota, estaba tratando de ayudar al señor Laughton en un asunto de traducción. ¿Podrías decirle qué significa *natura non facit saltus*?

Sin duda había aprendido los idiomas «adecuados» aunque las nociones de maya que hablaba no las había obtenido a través de su padre. Las había aprendido de Ramona, al igual que los híbridos. Era, oficialmente, su ama de llaves. Extraoficialmente era una cuentacuentos, una experta en todas las plantas que crecían cerca de su casa y más.

—Significa que la naturaleza no da saltos —respondió Carlota, fijando sus ojos en el joven.

—Correcto. ¿Y puedes explicar el concepto?

—El cambio es algo gradual. La naturaleza procede poco a poco —declamó ella. Su padre le hacía preguntas como esta con frecuencia y las respuestas eran fáciles, como practicar sus escalas. Le calmaba sus frágiles nervios.

—¿Estás de acuerdo con eso?

—La naturaleza, tal vez. Pero el hombre, no —dijo ella.

Su padre le dio una palmadita en el hombro. Ella notó que sonreía sin tener que mirarlo.

—Carlota nos guiará hasta mi laboratorio. Les enseñaré mis investigaciones y se los demostraré —dijo su padre.

En su rincón, el loro abrió un ojo y los observó. Ella asintió con la cabeza e indicó a los caballeros que la siguieran.

CAPÍTULO DOS

Montgomery

No era un río, porque no había ríos en el fino suelo del norte de Yucatán. En su lugar, siguieron una laguna que se adentraba en la selva, como si fueran dedos que se abrían paso y se deslizaban tierra adentro. No era un río y, sin embargo, se parecía mucho a uno; los mangles daban sombra al agua y entrelazaban sus raíces, a veces tan cerca que amenazaban con ahogar la vida de los visitantes incautos. El agua parecía de color verde profundo en la sombra y luego se volvía más turbia, teñida de un marrón oscuro por las exuberantes hojas y la vegetación muerta.

Creía estar acostumbrado a los brezales del sur y a la aglomeración de la selva, y sin embargo aquel lugar era diferente a lo que había visto antes, cerca de Ciudad de Belice.

Fanny habría odiado este lugar.

Los barqueros movían sus pértigas con rapidez, como los gondoleros de Venecia, alejándose de las rocas y los árboles. Hernando Lizalde se sentó junto a Montgomery, con aspecto sonrojado e incómodo a pesar de que la barca había sido equipada con un toldo para protegerlos del sol. Lizalde vivía en Mérida y no se aventuraba lejos de su casa, aunque poseía varias haciendas por toda la península. Aquel viaje también le resultaba extraño y Montgomery dedujo que no le gustaba visitar al doctor Moreau con frecuencia.

Montgomery no sabía exactamente a dónde se dirigían. Lizalde se había mostrado reacio a compartir cualquier coordenada. Se había mostrado reacio en muchos aspectos, pero el dinero que le había ofrecido sirvió para mantener a Montgomery interesado en aquella aventura. Había trabajado para hombres viles, por migajas. Lizalde era otro trabajo molesto más.

Además, estaba el tema de su deuda.

—No debemos estar lejos de Yalikin —dijo Montgomery, tratando de construir un mapa en su cabeza. Pensó que habría cubanos allí, extrayendo palo de tinte y huyendo de la guerra en su isla.

—Estamos en el límite del territorio indio. Malditos sean esos bastardos impíos. Se apoderan de las costas —dijo Lizalde, y escupió al agua como para subrayar su opinión.

En Bacalar y Ciudad de Belice había visto a muchos mayas libres, «macehuales», como se llamaban a sí mismos. Los británicos comerciaban con ellos con regularidad. Los mexicanos blancos de las tierras occidentales, hijos de españoles que habían conservado su pureza de casta, no los querían y no era de extrañar que Lizalde estuviera predispuesto en contra de aquella gente libre. No era que a los británicos les agradaran los mayas por sí mismos, ni que se mantuvieran siempre en términos amistosos, pero los compatriotas de Montgomery pensaban que los rebeldes mayas podían ayudarles a quedarse con un trozo de México para la corona. Después de todo, un territorio en disputa podía convertirse en un protectorado con un poco de negociación.

—Nos libraremos de esa lacra pagana, haremos pedazos a esos cobardes sarnosos algún día —prometió Lizalde.

Montgomery sonrió, pensando en cómo los «dzules» como Lizalde habían huido hacia la costa, se habían subido a un barco y habían escapado a la seguridad de Isla Holbox o bien llegado a trompicones hasta Mérida a toda prisa durante las escaramuzas anteriores contra los rebeldes mayas.

—Los macehuales creen que Dios les habla en forma de cruz parlante. No son exactamente paganos —contestó, simplemente porque quería ver cómo el rostro sonrojado de Lizalde se ponía aún más rojo. No le agradaba el hacendado, aunque el hombre le pagara. No le agradaba nadie. Todos los hombres eran para él peores que los perros, y vilipendiaba a la humanidad.

—Es una herejía de todos modos. Supongo que usted no rinde culto propiamente al Señor, señor Laughton. Pocos de su clase lo hacen.

Se preguntó si se referiría a los hombres en su línea de trabajo o a los ingleses y se encogió de hombros. La piedad no era necesaria para cumplir las órdenes de su patrón, y había perdido cualquier fe que hubiera tenido mucho antes de tocar la costa de las Américas.

Dieron muchas vueltas a través de los manglares hasta que el agua se hizo poco profunda y divisaron dos solitarios postes de madera. En uno de ellos había un sencillo esquife atado. Debía ser el equivalente a un embarcadero. Desde allí partía un camino de tierra de color amarillo rojizo brillante. En época de lluvias se convertiría sin duda en una trampa lodosa. Pero por ahora estaba seco y había un camino despejado a través de los densos matorrales y la maleza.

Un hombre caminaba delante de ellos y detrás había otros dos que llevaban las pertenencias de Montgomery. Si decidía quedarse, tendría unos pocos artículos de aseo; el resto podría enviarse más tarde, aunque no había mucho más que llevar. Tendía a viajar ligero siempre. Las posesiones de las que no podía prescindir eran su rifle, que llevaba colgado del hombro izquierdo, la pistola en la cadera y la brújula en el bolsillo. Este último objeto había sido un regalo de boda de su tío. Le había servido para atravesar Honduras Británica, los pantanos, los arroyos, los puentes desvencijados y las crestas puntiagudas. A través de la humedad y los enjambres de mosquitos. A través de tierras ricas en piedra caliza y repletas de caoba, pasando por ceibas con contrafuertes tan robustos como las torres de un castillo, con sus ramas engalanadas de orquídeas.

Ahora lo había traído aquí, a México.

Caminaron hasta llegar a dos ceibas que daban sombra a un alto arco morisco. A lo lejos se veía una casa blanca. Toda la propiedad de Moreau estaba rodeada por un enorme y alto muro y estaba anclada por aquellos arcos. La casa y los demás edificios (detectó los establos a la izquierda) se encontraban en medio de ese largo rectángulo amurallado en el que las plantas crecían de forma salvaje y descuidada.

No era una gran hacienda propiamente dicha ni por asomo (pensaba que era demasiado pequeña para eso; la propiedad podría pasar por un rancho), pero aun así era un espectáculo. Lizalde le había dicho que los propietarios anteriores habían pensado en poner una planta azucarera. Si lo habían hecho, sus esfuerzos habían sido mediocres; no pudo ver las chimeneas reveladoras. Tal vez hubiera un trapiche en la parte trasera, pero no podía ver tan lejos. Había un muro divisorio más corto atrás. Estaba pintado de blanco, como la casa. Las viviendas de los trabajadores debían estar detrás de aquel muro divisorio, junto con otras estructuras.

La forma mexicana de construir casas, heredada de los españoles, implicaba muros detrás de muros y más muros. Nada quedaba fácilmente expuesto a los ojos curiosos de los transeúntes. Apostaba que había un encantador patio interior tras la robusta fachada de la casa, un refugio enclaustrado de hamacas y vegetación en medio de una hilera de arcadas. El propio portón de la casa era alto, de tres metros de altura, de madera tan oscura que casi parecía negra, contrastando con la blancura de la casa. Había un postigo que permitía el paso de personas a pie, de modo que las puertas dobles no tuvieran que abrirse.

Cuando una mujer abrió el postigo para recibirlos y atravesaron el patio interior quedó demostrado que Montgomery se había equivocado. No había exuberantes jardines ni perezosas hamacas. Se encontró con una fuente seca a la sombra de un árbol de ya'axnik[1] y macetas vacías. Las buganvilias sin podar abrazaban los muros de piedra. Unos elegantes arcos conducían

---

1. Árbol de la familia *Lamiaceae* de hasta 30 m de altura; el diámetro normal del tronco es de hasta 80 cm y tiene la corteza de color café amarillento. Sus hojas están divididas como una mano abierta. Las flores de color morado forman racimos perfumados. Los frutos son de color verde oscuro, globosos y de sabor dulce. Este árbol se encuentra en Belice, Guatemala, Honduras y México (N. T.).

a la casa propiamente dicha, y las ventanas con rejas de hierro daban al patio. A pesar del carácter enclaustrado de las viviendas mexicanas, el interior y el exterior también parecían mezclarse libremente, y sobre los arcos había imágenes talladas de hojas y flores que evocaban la presencia de la naturaleza. Era una paradoja de la cual disfrutaba: aquel encuentro de piedra y plantas, oscuridad y aire.

La mujer dijo a los hombres que llevaban las cosas de Montgomery que esperaran en el patio y luego pidió a los caballeros que la siguieran.

La sala de estar a la que Lizalde y Montgomery fueron conducidos tenía altas puertas francesas y estaba amueblada con dos sofás rojos que habían visto días mejores, tres sillas y una mesa. No era la mejor morada, ni el orgullo del hacendado más rico, sino más bien una casa de campo mantenida al azar, pero tenían un piano. Había una enorme araña de hierro forjada a mano dramáticamente suspendida de las vigas de madera, atrayendo la mirada e indicando además una cierta cantidad de riqueza.

De forma absurda, se había colocado un delicado reloj sobre la repisa de una chimenea. Estaba pintado con una escena de cortejo que mostraba a un hombre con librea francesa de un siglo anterior besando la mano de una mujer. Los querubines servían de adorno adicional, y la parte superior estaba pintada de azul pálido. No hacía juego con nada más en la habitación. Era como si el dueño de la casa hubiera saqueado otra propiedad y luego hubiera arrojado apresuradamente el reloj en esta sala.

Había un hombre sentado en una de las sillas. Cuando entraron, se levantó y sonrió. El doctor Moreau era más alto que Montgomery, y Montgomery solía sobresalir por encima de los demás, con un buen metro y noventa de altura. El doctor también era de complexión poderosa, con una frente fina y una boca decidida. Aunque su pelo estaba encaneciendo, tenía un entusiasmo, una vitalidad, que no daban en absoluto la impresión de un hombre que se acercaba a sus años dorados. En su juventud, el doctor Moreau podría haber sido un púgil, si hubiera querido.

—¿Ha tenido un buen viaje? ¿Y le gustaría un vaso de licor de anís? —preguntó el doctor Moreau una vez que Lizalde les hubo presentado—. Me parece que lo refresca a uno.

Montgomery estaba acostumbrado a cosas más fuertes, al aguardiente. Aquel dedal de licor no era su bebida preferida. Pero nunca rechazaba un licor. Era su maldición. Así que se lo bebió de un trago con un rápido giro de muñeca y dejó el vaso en una bandeja circular de cerámica.

—Estoy encantado de conocerlo, señor Laughton. ¿Me han dicho que es usted de Manchester? Una ciudad importante, muy grande hoy en día.

—No he estado en Manchester desde hace mucho tiempo, señor. Pero sí —dijo Montgomery.

—También me han dicho que tiene usted cierto interés y experiencia en ingeniería y que también domina las ciencias biológicas. Si me permite decirlo, parece usted un poco joven.

—Tengo veintinueve años al presentarme hoy ante usted, lo que quizá le parezca joven, aunque podría protestar por tal afirmación. En cuanto a mi experiencia, me fui de casa a los quince años con la intención de aprender un oficio y tomé un barco hacia La Habana, donde mi tío mantenía varios tipos de maquinaria. Me hice maquinista, como lo llaman allí.

Omitió la razón por la que había abandonado Inglaterra: las insidiosas palizas de su padre. El viejo también poseía una afinidad por el licor. A veces Montgomery pensaba que era una dolencia vil que le había transmitido a través de la sangre. O una maldición, aunque él no creía en las maldiciones. Pero si fuera así, su familia también le había transmitido su facilidad con la maquinaria. Su padre había entendido la maquinaria del algodón, las correas y poleas y las calderas. Su tío también conocía el funcionamiento de las máquinas, y de pequeño a Montgomery le fascinaba más el movimiento de una palanca que cualquier juguete o juego.

—¿Cuánto tiempo estuvo en Cuba?

—Nueve años en el Caribe, en total. Cuba, Dominica, varios otros lugares.

—¿Le fue bien allí?

—Bastante bien.

—¿Por qué se fue?

—Me mudo con frecuencia. Honduras Británica me sentó bien durante unos años. Ahora estoy aquí.

No era el único que había emprendido aquella travesía. Había un grupo variopinto de europeos y americanos que se agolpaban en aquella parte del mundo. Había visto a exconfederados que habían huido al sur tras el fin de la Guerra Civil en Estados Unidos. El grueso de esos confederados estaba ahora en Brasil, intentando establecer nuevos asentamientos, pero otros se habían reunido en Honduras Británica. Había alemanes que se habían quedado allí tras los fallidos esfuerzos imperiales de Maximiliano y mercaderes británicos que navegaban con sus mercancías. Había caribes negros de San Vicente y otras islas que hablaban un francés excelente, peones mulatos que extraían chicle y otros que cortaban caoba, los mayas que se aferraban a los asentamientos de la costa y los dzules como Lizalde. Los mexicanos de la clase alta, los Lizalde de la península, solían reivindicar una ascendencia blanca y pura, y algunos de ellos eran, de hecho, más blancos que Montgomery, de ojos azules y verdes, y estaban sumamente orgullosos de este hecho.

Montgomery había elegido Honduras Británica y luego México no por sus riquezas naturales, aunque había oportunidades en ese aspecto, y no porque aquel vibrante *collage* de gente le atrajera, sino simplemente porque no deseaba volver al frío y a los fuegos que crepitaban por la noche en pequeñas habitaciones que le recordaban a la muerte de su madre y después también al fallecimiento de Elizabeth. Fanny no podía entenderlo. Para ella, Inglaterra significaba civilización, y su aversión por los climas más fríos le parecía antinatural.

—Háblele de los animales —dijo Lizalde, agitando perezosamente la mano en dirección a Montgomery, como quien ordena a un perro que haga un truco—. Montgomery es cazador.

—¿Lo es, señor Montgomery? ¿Disfruta del deporte? —preguntó Moreau, sentándose en la silla que había estado ocupando antes de que entraran. Torció la boca en una leve sonrisa.

Montgomery se sentó también en uno de los sofás (todos los muebles necesitaban un buen retapizado), con un codo apoyado en el reposabrazos y el rifle apartado pero al alcance de la mano. Lizalde permaneció de pie junto a la repisa de la chimenea, examinando el delicado reloj que había allí.

—No lo hago por deporte, pero me he ganado la vida con ello durante los últimos años. Consigo especímenes para instituciones y naturalistas. Luego embalsamo los ejemplares, los preparo y los envío a Europa.

—Entonces está familiarizado con cuestiones biológicas y con ciertos artículos de laboratorio, ya que la taxidermia lo requiere.

—Sí, aunque no pretendería instruirme formalmente en esta materia.

—Sin embargo, ¿no disfruta con ello? Muchos hombres cazan por la mera emoción de ver un hermoso animal montado y disecado.

—Si lo que quiere preguntar es si prefiero tener diez pájaros muertos que diez vivos, entonces no, no disfruto de los especímenes muertos. No busco plumas para desplumar, y prefiero dejarlas sobre el pecho de una tángara escarlata que verlas en el fino sombrero de una dama. Pero siendo las ciencias biológicas lo que son, necesitas esos diez pájaros y no solo uno.

—¿Y a qué se debe eso?

Montgomery se inclinó hacia delante, inquieto. Su ropa estaba arrugada y un hilillo de sudor le corría por el cuello. Lo único que deseaba era remangarse hasta los codos y echarse agua fría en la cara, y sin embargo estaba siendo entrevistado para el trabajo sin la cortesía de concederle cinco minutos para asearse.

—Cuando se trata de echar un vistazo al mundo hay que hacerlo a fondo. Si capturara un espécimen y lo enviara a Londres, la gente podría tomarlo como el único modelo del organismo, lo que sería incorrecto, ya que, como mínimo, los machos y las hembras de las aves suelen diferir en un grado sorprendente.

»Así que debo enviar especímenes machos y hembras, más pequeños y más grandes, escuálidos y regordetes, e intentar proporcionar una muestra variada de su morfología para que los zoólogos lleguen a comprender la especie en cuestión. Siempre y cuando haya hecho bien mi trabajo y haya ofrecido especímenes precisos y las notas que deben acompañarlos. Busco la esencia del ave.

—Qué espléndida encapsulación de todo —dijo Moreau, asintiendo—. ¡La esencia del ave! Eso es precisamente lo que intento encontrar aquí con mi trabajo.

—Si me permite decirlo, no sé en qué consiste su trabajo. Me han dado pocas indicaciones de lo que podría hallar en Yaxaktun.

Montgomery había preguntado un poco, pero los detalles habían sido terriblemente escasos. El doctor Moreau era un francés que había llegado al país en algún momento de la Guerra de Reforma. O tal vez poco después de la guerra entre México y Estados Unidos. México era constantemente azotado por fuerzas conquistadoras y luchas internas. Moreau no era más que otro europeo que había llegado con un poco de capital y una gran ambición. Pero Moreau, a pesar de ser médico, no abrió ninguna consulta y no permaneció mucho tiempo en una gran ciudad, como cabía esperar de cualquier tipo que quisiera establecerse en la sociedad mexicana. En lugar de ello, estuvo en la selva dirigiendo un sanatorio o una clínica de alguna clase. Dónde, exactamente, era una incógnita.

—Yaxaktun es un lugar especial —dijo el médico—. No tenemos un gran personal, ni mayorales, ni caporales, ni vaqueros, ni luneros, como podría haber en una hacienda propiamente dicha. Tendrá que hacer un poco de todo.

»Si toma el puesto de mayordomo, deberá encargarse de una serie de tareas. La vieja noria es inútil. Tenemos un par de pozos, por supuesto, pero sería bueno contar con verdaderos jardines y riego. La casa y los edificios auxiliares, así como los terrenos y su mantenimiento, lo tendrán bastante ocupado. Pero también está el asunto de mi investigación.

—El señor Lizalde dijo que usted le está ayudando a mejorar sus cultivos.

Hernando Lizalde había mencionado los «híbridos» de pasada, pero solo una vez. Montgomery se preguntó si Moreau era uno de esos botánicos a los que les gustaba injertar plantas, de los que obligaban a un limonero a producir naranjas.

—Sí, hay algo de eso —dijo Moreau, asintiendo—. La tierra puede ser obstinada aquí. Suelos finos y pobres. Estamos asentados sobre un bloque de piedra caliza, señor Laughton. Aquí crecen la caña de azúcar y el henequén, pero aun así no es fácil cultivar. Sin embargo mis actividades son mucho más extensas, y antes de llegar a los detalles de mi trabajo debo recordarle, como sin duda el señor Lizalde le habrá dejado claro, que su puesto aquí implicaría un voto de silencio.

—Firmé papeles a tal efecto —dijo Montgomery. De hecho, prácticamente había cedido por escrito toda su vida. Se había endeudado por Fanny, le había comprado todos los vestidos y sombreros que había podido. Aquella deuda se había vendido y vuelto a vender, acabando en el regazo de Lizalde.

—El chico ha sido investigado a fondo —dijo Lizalde—. Es capaz y discreto.

—Puede ser, pero se necesita cierto temperamento para permanecer en Yaxaktun. Estamos aislados, el trabajo es arduo. Un joven como usted, señor Laughton, podría ser más adecuado para una gran ciudad. Ciertamente su esposa podría preferir eso. Ella no lo acompañaría, ¿verdad?

—Estamos separados.

—Lo sé. Pero no se le ocurriría volver a ponerse en contacto con ella, ¿verdad? Ya lo hizo en el pasado.

Montgomery trató de mantener un rostro impasible, pero aun así clavó los dedos en el brazo del sofá. No era una sorpresa que Lizalde hubiera incluido aquella información en el expediente que le había enviado al doctor Moreau, pero aun así le escocía responder.

—Fanny y yo hemos dejado de mantener correspondencia.

—¿Y no tiene más familia?

—El último pariente que me quedaba vivo era mi tío y falleció hace años. Tengo primos en Inglaterra a los que nunca he conocido.

También había tenido una hermana, una vez. Elizabeth, dos años mayor que él. Habían sido compañeros de juegos hasta que él se había ido a hacer fortuna. Prometió que volvería a buscarla, pero Elizabeth se había casado un año después de su partida. Ella le escribía a menudo, sobre todo para contarle la miseria de su matrimonio y sus esperanzas de que pudieran volver a reunirse.

Habían perdido a su madre cuando eran jóvenes y él recordaba las largas noches en su habitación mientras ardía el fuego. De aquel momento en adelante, se habían tenido el uno al otro. Su padre no era de fiar. Bebía y golpeaba a sus hijos. Elizabeth y Montgomery, eran solo ellos dos. Incluso después de casarse, ella pensó que él era su salvación y Montgomery accedió a enviarle dinero para su pasaje.

Pero para cuando Montgomery se había establecido en una posición sólida, ya tenía veintiún años y su sentido del deber fraternal había disminuido mucho. Había otros asuntos en su mente, sobre todo Fanny Owen, la hija de un pequeño comerciante británico que había construido su hogar en Kingston.

En lugar de gastar sus preciados ahorros enviándolos a su hermana, había utilizado aquel dinero para comprar una casa y casarse con Fanny.

Un año después su hermana se suicidó.

Había cambiado a Elizabeth por Fanny, y por si fuera poco había matado a su hermana.

Montgomery se aclaró la voz.

—No tengo ningún pariente al que escribir sobre su trabajo científico, doctor Moreau, si es eso lo que teme —dijo después de un momento—. Aunque todavía no tengo ni idea de cuál puede ser el trabajo.

—*Natura non facit saltus* —respondió el doctor—. Ese es mi trabajo.

—Mi latín es deficiente, doctor. Puedo anotar los nombres de las especies, no recitar frases bonitas.

El reloj sonó, marcando la hora, y el doctor volvió la cabeza hacia la puerta. Una mujer y una niña entraron a la habitación. Los ojos de la chica eran grandes y de color ámbar y su pelo era negro. Llevaba uno de esos vestidos brillantes que estaban de moda. Era un tono de rosa intenso, poco natural, repleto de adornos y casi reluciente con cierta belleza brutal. El vestido de una pequeña emperatriz que había venido a recibir a la corte. Al igual que el reloj, aquel atuendo estaba fuera de lugar en la habitación, pero Montgomery empezaba a pensar que aquel era precisamente el efecto que quería el doctor Moreau.

—Aquí está el ama de llaves con mi hija. Carlota, ven aquí —dijo el doctor y la muchacha se le acercó—. Caballeros, permítanme presentarles a mi hija, Carlota. Este es el señor Lizalde y este es el señor Laughton.

La hija del doctor tenía una edad en la que aún podía aferrarse a su condición de niña. Sin embargo, pronto imaginó que la harían cambiar sus vestidos juveniles por la madurez del corsé y el peso de las faldas largas. Eso fue lo que le hicieron a Elizabeth: la envolvieron en terciopelo y muselina de colores y la ahogaron hasta matarla.

Elizabeth no se había suicidado. La habían asesinado. Las mujeres eran mariposas para ser prendidas con alfileres contra una tabla. Pobre niña, aún no conocía su destino.

—¿Podrías decirle qué significa *natura non facit saltus*? —preguntó el doctor, aparentemente intentando bromear. Montgomery no estaba de humor para bromas.

—Significa que la naturaleza no da saltos —dijo la chica.

Su lengua aún tenía un fuerte sabor al anís que había bebido y se preguntó qué pasaría si no conseguía aquel trabajo. Supuso que podría beber hasta la saciedad en Progreso. Beber y luego dirigirse a ciegas hacia otro puerto. Hacia el sur, probablemente a Argentina. Pero tenía deudas que pagar antes de pensar en eso. Deudas que controlaba Lizalde.

CAPÍTULO TRES

Carlota

Sanctus, sanctus, sanctus. Tres veces santo. El laboratorio de su padre era un espacio sagrado, más incluso que la capilla donde rezaban. Ramona decía que había algo sagrado en cada roca, en cada animal, en cada hoja y también en las cosas. En la piedra y en el barro, e incluso en la pistola que su padre nunca usaba y que guardaba junto a su cama. Por eso había que ofrecer sakab, miel y unas gotas de sangre al alux para que las cosechas crecieran. De lo contrario, el maíz se marchitaría. Para el alux que vive dentro de la casa también había que hacer ofrendas, o si no movería los muebles y rompería las ollas. El mundo, les decía Ramona, debe mantener un delicado equilibrio, como el bordado de un pañuelo. Si no se tiene cuidado, los hilos de la vida se enredan y se anudan.

Melquíades afirmaba que el mero hecho de pensar que tal cosa pudiera ser posible era un sacrilegio: la santidad no podía residir en una flor o en una gota de lluvia. Las ofrendas a los espíritus eran obra del diablo.

Sin embargo, el laboratorio era sagrado y por eso Carlota no tenía permitido entrar allí sin su padre. Y cuando la dejaba acceder, la mayoría de las veces la hacía quedarse en la antesala y le asignaba lecturas o tareas que él supervisaba. Cachito y Lupe no tenían permitido entrar. Ni siquiera Ramona podía acceder a aquel recinto. Solo Melquíades, cuando había trabajado para ellos, tenía la libertad de girar la llave y entrar.

Aquel día, sin embargo, su padre le entregó la llave y Carlota la giró, abriendo la puerta a los hombres. Luego comenzó a caminar alrededor de la habitación, abriendo las persianas. La luz entraba a raudales por tres ventanas altas, desvelando el mundo secreto del doctor.

Una larga mesa dominaba la antesala y sobre ella había varios microscopios. Cuando su padre le permitía entrar, le enseñaba muestras de diatomeas que había encargado de lugares lejanos. Bajo las lentes, las diminutas algas se convertían en caleidoscopios de colores. Luego, su padre cambiaba el portaobjetos y le dejaba echar un vistazo a un trozo de hueso, una pluma, una sección de una esponja. Para un niño, era más una rareza que un hecho científico.

Las maravillas de la microscopía no eran las únicas que se encontraban allí. Los animales disecados se guardaban en armarios y frascos, con sus plumas y su pelo perfectamente conservados. El esqueleto desnudo de un gran gato estaba dispuesto sobre una mesa. Las paredes de la antesala estaban llenas de ilustraciones de la naturaleza igualmente fantásticas. Dibujos que representaban la flexión de los músculos, el esqueleto desnudo, venas y arterias que parecían ríos, trazando su curso a través del cuerpo humano. Había varios libros y papeles colocados en altos libreros y también apilados en el suelo. Sin embargo, esos no eran, ni de lejos, todos los libros de su padre. También tenía una biblioteca bien surtida, pero trabajaba sobre todo en la antesala porque estaba algo aislada del resto de la casa.

—¿Ha oído hablar de la discusión de Darwin sobre la pangénesis, señor Laughton? —le preguntó su padre mientras los caballeros paseaban, mirando los dibujos de las paredes, como invitados que hubieran sido admitidos en una exposición de un museo.

—La pangénesis está en cierto modo ligada a la herencia —dijo Laughton—. Los detalles se me escapan. Deberá instruirme una vez más.

Carlota no estaba segura de si el joven hablaba con sinceridad, si simplemente estaba aburrido o si deseaba quitarse de encima a su padre. Había una ironía en su rostro, un mínimo indicio de burla.

—El señor Darwin sugiere que cada animal o planta está formado por partículas llamadas «gémulas». Y estas, a su vez, proporcionan la constitución elemental de la progenie de un organismo. Por supuesto, nuestros ojos no pueden ver estas gémulas, pero están ahí. El problema es que el señor Darwin encontró una respuesta, pero no la adecuada.

—¿A qué se refiere?

—La visión de Darwin es demasiado superficial. Lo que yo busco es explorar la esencia de toda la materia de las criaturas y luego saltar más allá. Cosa que he hecho. He conseguido superarlo, ver la vida y aislar su unidad más elemental, y a partir de ella construir algo nuevo, como un albañil podría construir una casa.

»Imagínese el ajolote de los lagos de Ciudad de México. No es más que una criatura pequeña, como la salamandra, pero si le cortas una extremidad le vuelve a crecer. Ahora imagínese que tuviera la capacidad de regenerar una extremidad como el ajolote. Imagínese todas las posibles aplicaciones médicas, todos los tratamientos que podrían llevarse a cabo si el hombre tuviera la fuerza de un buey o la aguda visión de un gato en la oscuridad.

—Yo diría que eso es imposible —respondió Laughton.

—No si fuera capaz de ver de algún modo las gémulas de dos organismos y mezclarlas.

—¿Quiere decir que tomaría una característica de una salamandra y la mezclaría de alguna manera con la de un hombre? Eso suena aún más imposible, doctor Moreau. Si le inyectara la sangre de una salamandra en las venas moriría, hasta el naturalista más obtuso se lo diría.

—No la sangre, sino la esencia que se esconde en la sangre —dijo su padre—. Y lo he hecho. Mi hija es la prueba de ello.

Laughton se volvió ahora para mirar al señor Lizalde, como si se preguntara en silencio si debían tomarse aquello en serio, y luego la miró a ella, frunciendo el ceño.

—Una vez estuve casado, hace mucho tiempo. Mi esposa y mi hija murieron. Fue una enfermedad la que se las llevó y no pude hacer nada a pesar de mi formación médica. Pero la tragedia estimuló mi interés por ciertos estudios biológicos. Años después nació Carlota de una segunda unión. Pero al igual que la primera vez, mi vida parecía estar destinada al dolor. Mi hija tenía una rara enfermedad de la sangre.

Su padre se acercó a la vitrina y la abrió de golpe mientras hablaba. Dentro guardaba numerosos frascos y recipientes. Ella los conocía todos. Sacó la caja de madera con su forro de terciopelo y la jeringa de latón, así como el recipiente de porcelana con el algodón y el frasco de alcohol para frotar.

—Para salvar a Carlota impulsé mis estudios todo lo que pude hasta que encontré una solución, una forma de combinar ciertos elementos únicos que se encuentran en el jaguar con las gémulas esenciales de mi niña. Con este medicamento mantengo a mi hija con vida. Es hora de tu inyección, Carlota.

Su padre le indicó que se acercara.

—¿Qué piensa hacer con eso? —preguntó Laughton, preocupado.

—No miente. Estoy enferma, señor —respondió ella, mirando tranquilamente al hombre. Luego se acercó a su padre y levantó el brazo.

Apenas notó el pinchazo de la aguja. Una flor roja brotó en su piel y luego presionó suavemente contra el brazo el trozo de algodón que su padre le entregó.

—Ahora una pastillita que ayuda mi hija con la digestión; como es una niña nerviosa, a veces le duele el estómago y las inyecciones lo empeoran —dijo su padre, descorchando un frasco y entregándole una pastilla a Carlota, quien se la metió en la boca—. Ya está, listo. Una inyección a la semana, eso es todo.

Al ver que no había sufrido ningún daño, el ceño de Laughton se relajó de nuevo hasta convertirse en un dubitativo desprecio e incluso soltó una risa ahogada.

—¿Le divierte, señor? —preguntó ella—. ¿Lo hago reír?

—No me río de usted, señorita, es solo que esto no demuestra nada —dijo, y miró a su padre y negó con la cabeza—. Doctor

Moreau, es un cuento interesante, pero no creo que le haya dado la fuerza de un jaguar a una chica con una inyección.

—He encontrado la manera de mantenerla sana y entera recurriendo a la fuerza de los animales, que no es exactamente lo mismo. Pero esto me lleva al objetivo principal de mis investigaciones y al tipo de investigación que estoy realizando para el señor Lizalde.

—¿Quizá pretenda obsequiar a los hombres con branquias para que puedan respirar bajo el mar?

—Todo lo contrario: me refiero a moldear a los animales en algo diferente para darles nuevas formas. Hacer que el cerdo camine erguido o que el perro hable una variedad de palabras.

—Bueno. ¡Solo eso!

—Se puede trasplantar tejido de una parte de un animal a otra, alterar su método de crecimiento o modificar sus extremidades. ¿Por qué no podríamos cambiarlo en su estructura más íntima? Venga, sígame.

Su padre le indicó a Carlota que abriera la puerta que conducía al laboratorio y entraron. Al principio se veía poco en la oscuridad. Las ventanas también eran altas, pero la mitad inferior había sido tapiada y Carlota fue abriendo las persianas, esta vez con la ayuda de un palo largo con un gancho en un extremo. La luz del sol llegaba en grandes ráfagas, iluminando eficientemente los numerosos estantes, botellas, herramientas, embudos, tubos para agitar, balanzas y vasos de precipitados que constituían el arsenal de su padre. Había recipientes para el calor y platos de porcelana para la evaporación. Había armarios con cajones etiquetados y todo tipo de aparatos que había mandado hacer a medida con cobre, acero y vidrio. Había una mesa en el centro de la habitación llena de papeles, frascos e incluso algunos especímenes de animales disecados. El laboratorio también albergaba un horno y una estufa. Sobre ellos se había colocado una hilera de ganchos de los que colgaban pequeñas palas, pinzas y tenazas.

Se podía discernir fácilmente cómo el caos se apoderaba del laboratorio. Melquíades había ayudado a mantenerlo todo más ordenado. No era que su padre fuera descuidado, pero su estado de ánimo fluctuaba. A veces entraba en periodos de actividad frenética y luego languidecía en un estado de apatía. Cuando el letargo y la melancolía lo atacaban, se pasaba las horas de vigilia tumbado en el gran sillón de la biblioteca, mirando por la ventana, o en la cama, contemplando el retrato ovalado de su esposa.

En esos momentos, Carlota, a pesar de amar a su padre más de lo que podían expresar las palabras, sentía que su corazón se retorcía de amargura porque la forma en que él miraba el retrato y esa otra forma en que sus ojos parecían rozarla le decían claramente que en su corazón reinaban su esposa y su hija muertas.

Ella era una burda sustituta.

Pero la persistente melancolía de su padre había cedido aquel mes, tal vez en previsión de esta visita o por alguna otra razón. En cualquier caso, estaba casi mareado cuando entraron al laboratorio y extendió los brazos señalando varias piezas del equipo, y luego les indicó que se dirigieran hacia una cortina de terciopelo rojo colocada en el otro extremo de la sala.

—Venga aquí, señor Laughton. Permítame mostrarle los frutos de mi trabajo —dijo su padre, y apartó la cortina con la habilidad de un artista.

Detrás de ella había una gran caja con los costados de cristal colocada sobre ruedas. Laughton se arrodilló para ver mejor la caja. Entonces Laughton se volvió rápidamente hacia el señor Lizalde y le susurró algo que Carlota no pudo oír, y el señor Lizalde le susurró algo de vuelta, pero por sus caras estaba claro que el joven estaba conmocionado.

Para Carlota, lo que veía también era inusual. Nunca había tenido la oportunidad de contemplar a los híbridos en aquella fase del proceso; su padre se los ocultaba hasta que estuvieran más maduros. La criatura dentro de la caja tenía el cuerpo y el tamaño de un gran cerdo. Pero sus extremidades estaban mal y en lugar de pezuñas estaba desarrollando dedos, delgadas protuberancias de carne. Su cabeza también parecía deformada, aplastada. No tenía orejas y sus ojos estaban cerrados. Estaba dormida, suspendida en una sustancia turbia que no podía ser agua, sino que parecía una película o moco, y aquel mismo moco le cubría la boca.

Quiso apretar la cara contra el cristal o golpearlo con un dedo, pero no se atrevió. Sospechó que Laughton quería hacer lo mismo, pero él tampoco podía moverse. Ambos miraban a la criatura tras el cristal, la forma en que se arqueaba su espalda y la columna vertebral que parecía sobresalir, como una cuchilla, con todas las protuberancias trazando una larga línea contra la piel tensa. Los ojos... se preguntaba cuál era el color de los ojos del híbrido. No tenía pelo, ni siquiera un poco de vello, aunque Cachito y Lupe sí que tenían en la cara. Era suave como una pluma pero abundante, y también les cubría los brazos y las piernas.

—¿Qué es eso? —preguntó finalmente Laughton.

—Un híbrido. Todos se desarrollan en el vientre de los cerdos. Una vez que llegan a un determinado punto de maduración, se trasplantan a esta cámara. La solución es una mezcla de un tipo de algas y un hongo que juntos excretan ciertas sustancias químicas que estimulan el crecimiento —dijo Moreau—. El híbrido también recibe una solución nutritiva para que los huesos y los músculos no se le atrofien. Hay mucho más, por supuesto, pero está ante una criatura que tendrá, en pocas semanas, la capacidad de caminar erguida y manipular herramientas.

—Entonces... ¿ha mezclado a un cerdo con un humano?

—He gestado un organismo dentro de un cerdo, sí. Y algunas de sus gémulas son de otro animal y otras son de humanos. No es una sola cosa.

—¿Está... está definitivamente vivo?

—Sí. Durmiendo por ahora.

—¿Y vivirá? ¿A la larga lo sacará de ahí y respirará y *vivirá*?

Apenas parecía vivo ahora, pero *estaba* respirando. Se notaba porque se movía un poco. Pero parecía, a todos los efectos, un animal deforme que alguien había encurtido.

—A veces no logran vivir —dijo Carlota, recordando los híbridos del año anterior y del anterior. Todos habían muerto en el vientre y su padre se había quejado de la calidad de los animales que podía conseguir, de que no podía trabajar si todo lo que tenía eran cerdos y perros.

Pero Melquíades no era tan buen cazador como para arrastrar grandes felinos o monos. Melquíades ya estaba bastante disgustado porque su padre quería jaguares cada seis meses y eso requería ir a una ciudad y hablar con gente con la que no quería hablar. Los cazadores normalmente comerciaban con pieles y exigían un precio exorbitante por llevar un jaguar a Yaxaktun. Y a Melquíades le dolía la barriga y no le gustaba hacer mandados fastidiosos.

Su padre asintió.

—No, no siempre viven. Es parte de lo que estoy tratando de perfeccionar. El proceso aún no está totalmente exento de problemas.

—Vivirá —susurró Laughton.

El doctor aplaudió y sonrió. El sonido era fuerte; parecía rebotar en el techo. Sonrió.

—Vamos, caballeros, conozcamos a un híbrido más desarrollado —dijo su padre, y los hizo salir de la habitación—. Cierra, Carlota.

Así lo hizo, cerrando la puerta tras los caballeros, primero la del laboratorio y luego la de la antesala.

Su padre los guio hasta la cocina, que estaba decorada con azulejos, cada uno de los cuales mostraba el dibujo de una flor o una forma geométrica, evocando los días del mudéjar. Junto a la puerta colgaban ollas vidriadas. Los trasteros estaban repletos de cestas y platos de barro (la porcelana se guardaba en el comedor, junto con los vasos y los tazones para servir). Las ollas estaban apiladas boca abajo, esperando a ser llenadas con frijoles y arroz. Había dos comales de hierro fundido para cocer las tortillas y dos metates para moler el maíz, así como un estante en la pared que contenía multitud de cucharas de madera, cucharones, molinillos para chocolate, cuchillos y todo tipo de herramientas.

En el centro de la cocina había una mesa grande, tosca y vieja, con bancos a cada lado. Ramona, Cachito y Lupe estaban allí sentados. Cuando entraron, los tres se pusieron de pie.

—¿Va a querer comida, doctor? —preguntó Ramona.

—No, Ramona. Por ahora está bien. Quería presentar al señor Laughton a nuestros dos jóvenes amigos. Estos son Livia y Cesare —dijo su padre, usando los nombres formales de los jóvenes híbridos.

Su padre tenía un buen nombre en latín para cada una de sus creaciones, pero Ramona los había apodado a todos y cada uno de ellos o se llamaban unos a otros de otra manera. Cachito era pequeño, de ahí su apodo. Lupe simplemente le parecía una Lupe a Ramona. No, Ramona no utilizaba los nombres que le gustaban al doctor. Incluso la hija del doctor tenía un apodo. Carlota era Loti y a veces incluso era Carlota Hija del Elote Cara de Tejocote, cuando Cachito y Lupe se reían y se hacían los graciosos con sus rimas y juegos de palabras.

Naturalmente, su padre no aprobaba que usaran apodos (era una bajeza, se quejaba) pero no había mucho que pudiera hacer al respecto y hasta él se había acostumbrado a esos motes. Ramona les contaba historias, les enseñaba palabras, y vivían según las reglas del médico, pero también según las costumbres de Ramona. Eso, decía Ramona, era como debía ser, pues el mundo es un acuerdo mutuo constante, un saludo al otro y a uno mismo.

—Hola, señor Laughton —dijeron Cachito y Lupe al unísono.

—Deles la mano.

Laughton extendió la mano y estrechó la de los dos niños, asintiendo. Parecía deslumbrado. Su sonrisa irónica había desaparecido.

—Vea aquí, las orejas —dijo su padre, tirando de Cachito hacia delante. Tenía las orejas puntiagudas, cubiertas de un fino pelaje marrón, que el doctor tocaba ahora suavemente—. Pero las de Lupe son algo más pequeñas y los dedos están mejor desarrollados. Mire aquí, también, la mandíbula. Sobresale, pero no está tan mal como la del niño.

Mientras hablaba, su padre sujetó entre las manos la cara de Lupe y le levantó la cabeza.

—Todavía son jóvenes y sus rasgos no se han asentado. Pero puede ver lo bien formados que están. ¿Pueden decirle algo más al señor Laughton?

—Estamos encantados de conocerlo —dijo Cachito.

—¿Ha traído dulces? —preguntó Lupe.

—Yo… sí. Estoy encantado de conocerlos —dijo Laughton—. Me temo que no he traído dulces.

Laughton se llevó una mano a la boca y se limitó a mirar a Cachito y a Lupe durante un momento antes de apartar la cara y mirar a Moreau.

—Señor, necesito sentarme y también un vaso de agua.

—Sí, no hay problema. Ramona, prepara una tetera y llévala a la sala de estar. Allí charlaremos. Carlota, por favor, lleva la llave del laboratorio a mi habitación —le pidió su padre, posando la mano en su hombro y dándole dos palmaditas—. Después cenaremos.

—Sí, padre. Ha sido un placer verlos, caballeros —dijo ella, recordando sus modales. Era buena cuando se trataba de tener en cuenta aquellos detalles: su voz era suave, bajaba la cabeza para indicar que estaba de acuerdo.

CAPÍTULO CUATRO

Montgomery

El doctor abrió una caja y les ofreció puros. Montgomery negó con la cabeza. Observó a Moreau encender su puro con dedos diestros, sentarse en el sofá y sonreír cuando Ramona entró con el té.

Agarró una delicada taza, sintió la porcelana bajo sus dedos. Sin embargo, seguía preguntándose si habría alucinado. Tal vez la bebida había acabado por pudrirle el cerebro. A veces soñaba con Elizabeth, podía jurar que le susurraba al oído. Pero nunca había visto cosas.

No, lo que había presenciado había sido real y ahora estaban sentados en aquella habitación, bebiendo té tranquilamente. Como si no pasara nada. Como si no hubieran contemplado un milagro o una maldición en carne y hueso.

La híbrida llamada Livia era más alta que su homólogo masculino, más esbelta, y tenía el hocico más corto y las orejas redondeadas, asemejándose en coloración y rasgos al jaguarundi. El niño, Cesare, tenía las manchas y las rayas negras de un ocelote. Su pelaje era de color leonado y su cara más redonda. Aunque al mirarlos uno podía relacionarlos inmediatamente con gatos salvajes, también poseían forma humana, y se quedó pensando en un egiptólogo que le había mostrado una vez dibujos de dioses con cabezas de animales. O bien en las tallas de los antiguos templos mayas, en las que se podía encontrar el rostro de un antiguo dios unido a una bestia de la selva. Montgomery no podía imaginarse cómo Moreau había logrado crear tales criaturas. De hecho, apenas podía formar una frase.

—¿Se siente mejor, señor Laughton?

—No estoy seguro de lo que siento —dijo, dejando escapar una risa nerviosa—. Doctor, lo que me ha mostrado es... no hay palabras para describirlo.

—Es un salto, eso es lo que es —dijo Moreau.

—Sí, supongo que sí. ¿Pero cuál es el propósito? Puedo entender el intento de sanar la enfermedad de su hija, pero ¿cómo podría beneficiarle la creación de los híbridos?

—No le beneficia a él. Me beneficia a mí —dijo Lizalde. Se sentó en un sillón de caoba de respaldo alto que no parecía en absoluto cómodo, pero sobre el que se había encaramado a cuerpo de rey, con un puro sin encender en la mano derecha—. Los híbridos podrían resolver nuestros problemas con los trabajadores.

—¿Problemas con los trabajadores?

—Los indios de la región siempre han trabajado los campos. Tradicionalmente han sido laboriosos y ordenados cuando se les aplica la presión adecuada. Pero entonces llegó la inmundicia como Jacinto Pat para avivar la violencia. El azúcar es valioso. Y el henequén también podría serlo, pero si y solo si tenemos suficientes manos para labrar la tierra, lo que no se puede hacer cuando la mitad de la maldita península está sublevada y no se puede confiar en la otra mitad. Hoy en día miro a todos los indios con desconfianza, señor Laughton. Tienen una vena conspiradora.

»Es cierto que antes podíamos importar trabajadores negros del Caribe, pero ahora eso ya no es posible. En cualquier caso, siempre fue demasiado caro. En Mérida he oído a algunos caballeros decir que deberíamos traer hombres de China o de Corea. No puedo decirle lo que costaría eso —dijo Lizalde, haciendo una pausa para encender el puro con el que había estado jugando.

»Además, aunque pudiéramos traer a esos chinos, podría ser en vano. Tengo un amigo que intentó importar a un grupo de italianos. Murieron de fiebre amarilla. No todo el mundo puede aclimatarse a nuestra tierra —concluyó Lizalde, con sus finos labios torcidos con desagrado—. Trabajadores locales, trabajadores criados en la península. Ese es el truco.

—¿Espera que los híbridos cultiven azúcar en lugar de emplear a los macehuales?

—Ya ha visto el trabajo de Moreau. Híbridos que caminan erguidos sobre dos piernas, con manos para manejar herramientas. Se puede hacer, si el buen doctor puede arreglar algunos problemas menores.

—¿Qué problemas menores?

—Como ha señalado mi hija, algunos híbridos mueren. La maduración es un reto —dijo el médico—. Necesitamos acelerar su crecimiento, pero a veces el proceso puede causar defectos. Todos los híbridos tienen una vida más corta, lo que tiene mucho sentido. Piense en un gato. A los doce años, ya es un gato viejo. Eso no es así para un humano.

—¿Qué edad tienen los híbridos que hemos visto?

—Nacieron hace unos siete años, pero ahora serían comparables a un niño de doce o trece años en cuanto a sus facultades y desarrollo físico. Han demostrado ser mi mayor éxito. Su maduración se ha ralentizado y, si sigue a este ritmo, deberían poder vivir, oh, treinta o treinta y cinco años sin problemas. Si vivieran más podrían desarrollar graves problemas óseos.

—Treinta años todavía no me parece una vida particularmente larga.

—Es más largo que un año —dijo Lizalde.

—¿Es eso lo que solían vivir?

—Al principio no era mucho, no. Cuando alargaba la vida había contratiempos. Problemas cutáneos, tics musculares y nerviosos —explicó el médico.

—Y sin embargo, estos dos podrían desarrollar problemas óseos también.

—A los treinta, quizá. Lo cual es mucho mejor que a los ocho. Pero esa no es la única complicación. Al igual que Carlota debe recibir inyecciones para mantener su buena salud, los híbridos a su vez deben recibir un medicamento para mantenerse estables. Se enfermarían sin él. Como puede imaginarse, esto hace que sea improbable que enviemos a nuestro actual conjunto de trabajadores a las haciendas del señor Lizalde, pero ese es el objetivo final.

—¿Cuántos híbridos tiene ahora?

—Más de dos docenas. Puede verlos más tarde, si quiere. Me pregunto si es verdad lo que el señor Lizalde dijo de usted.

—¿Qué dijo?

—Hemos realizado una búsqueda exhaustiva, tratando de encontrar a un hombre del calibre adecuado para trabajar como mayordomo en Yaxaktun. Necesito a alguien que pueda conseguirme especímenes de animales. Hay suministros que deben ser traídos, hay asuntos en Mérida que podría tener que atender. Hay miles de cosas de las que tendría que ocuparse. Pero lo más importante que debe hacer es cuidar de los híbridos. Ha trabajado en un campamento maderero y en otras condiciones arduas, tratando con gente variada. Creo que es una experiencia útil. Sin embargo, la razón por la que está ante mí hoy es porque el señor Lizalde me aseguró que usted no teme a los animales salvajes.

La taza de porcelana de Montgomery estaba decorada con flores amarillas, ribeteada de oro. Pasó el pulgar por el borde y sonrió burlonamente.

—El señor Lizalde mintió. Claro que tengo miedo a los animales salvajes. Solo un tonto no lo tendría.

—Sin embargo, el jaguar —dijo Moreau—. El señor Lizalde me escribió sobre el jaguar.

—El jaguar —dijo Montgomery.

Esa historia. La historia que le había otorgado el renombre que tenía. El loco Montgomery Laughton. El inglés loco. Se dio cuenta de que tendría que contarla, pues Moreau lo miraba con interés.

—Estaba en un pequeño pueblo, al sur de Ciudad de Belice. Los jaguares son asesinos oportunistas y tienden a mantenerse alejados de los humanos. No sé por qué este se acercó al pueblo;

la gente lo había visto dos veces antes, pero no había hecho nada en aquellas ocasiones y lo habían ahuyentado. Había unas cuantas mujeres lavando junto al río. Una de ellas se había llevado a su hija aquel día. Era una niña pequeña, de unos cuatro años. La niña estaba dando vueltas por ahí, no muy lejos de su madre, cuando de repente un jaguar se abalanzó sobre ella desde los arbustos. Le clavó las fauces en la cabeza y se la llevó a rastras.

»Fui tras él. No llevaba mi pistola, así que tuve que usar lo que tenía, que era un cuchillo. Conseguí matar al jaguar.

No mencionó que la razón por la que no tenía su pistola era que había estado bebiendo la noche anterior y que había estado lavando su camisa junto al río, ya que la había ensuciado con vómito. No mencionó la repugnante cantidad de sangre que le había manchado los dedos. Ni sus lágrimas, ni el hecho de que había intentado vomitar cuando todo hubo acabado y no había podido. Su estómago ya se había vaciado. Pero tal vez Moreau pudo discernir la totalidad de la historia. Sus ojos lo daban a entender.

—¿Y no se hizo daño?

—Tengo cicatrices en el brazo por ello. —Hizo una pausa, las yemas de los dedos le hormigueaban, como si sus nervios recordaran la lucha. A veces le dolía el brazo, con los ecos de la batalla incrustados en su carne—. La niña murió. Al final fue inútil —concluyó.

—Sin embargo, fue valiente.

Montgomery gruñó y bebió su té. No era valiente acercarse a un jaguar mientras masticaba a una niña y apuñalarlo mientras estaba distraído. La gente del pueblo lo sabía. El inglés loco.

Después de lo sucedido le había escrito a Fanny. No sabía qué esperaba. Tal vez que le dijera que sí, que había sido un acto heroico. Tal vez que se compadeciera de él y volviera a su lado, para cuidarlo hasta que se recuperara. Pero a ella no le había importado y le había enviado una única, breve y fría carta.

—El trabajo en Yaxaktun requiere que esté rodeado de animales en todo momento. Es una habilidad difícil —dijo Lizalde.

—¿No hay domadores de leones por aquí? —bromeó Montgomery.

—Todavía no sé si me agrada usted, señor Laughton —dijo Moreau con calma y con el puro a medio consumir colgando de sus dedos—. No estoy seguro de que sea usted el hombre adecuado para el trabajo.

—Francamente, no estoy seguro de si lo aceptaría.

—No hay necesidad de tomar decisiones ahora, ¿verdad? —respondió Lizalde—. Deberíamos echarnos una siesta antes de cenar. Mañana por la mañana podemos hablar de negocios.

Montgomery aceptó, sobre todo porque quería dar un sorbo a la petaca de peltre que llevaba en el bolsillo de la chaqueta y así lo hizo en cuanto llegó a la habitación que le habían asignado. Se quitó la chaqueta y la camisa y bebió un sorbo, luego otro.

La habitación era grande y los muebles eran viejos y pesados, de preciosa caoba. La cama estaba envuelta con cortinas contra mosquitos, lo que le agradó después de haber pasado muchas noches en hamacas raídas. A los pies de la cama había un enorme baúl; la placa de la cerradura estaba decorada con pájaros delicados. También había una especie de escritorio de viaje que había visto antes en aquellos lugares, un bargueño. Su panel de marquetería estaba recubierto de plata, mostrando un patrón abstracto que apuntaba a cierta influencia morisca heredada de los españoles, como los azulejos. Junto a la ventana habían colocado una silla de fraile, con sus característicos clavos de latón.

También había un gran espejo. No se había alojado en lugares lo suficientemente agradables como para que tuvieran una cosa así y Montgomery se vio a sí mismo como no lo había hecho en mucho tiempo. Su cuerpo era enjuto, enfermizamente delgado. Fanny lo había encontrado algo guapo, o al menos lo bastante agradable, en otro tiempo. Dudaba de que ahora pensara lo mismo. Pero tal vez eso hubiera sido una mentira. El dinero era lo que ella consideraba más hermoso. El dinero que él no tenía. Sabía que a Fanny le gustaban las cosas finas de la vida, pero no había consentido de mala gana sus extravagancias durante su noviazgo y pensaba que era feliz cuando se casaron.

Pero cuando el tío de Montgomery murió, Fanny se puso furiosa porque él no recibió la herencia.

—Tiene hijos, allá en Inglaterra —le había explicado.

—Pero él no los amaba. Y dijiste que te consideraba su hijo.

—¿Y qué importa? —había preguntado él.

Había importado bastante. Fanny quería una vida digna, decía. Aunque Montgomery no creía que su vida fuera indigna, él también empezó a observar las deficiencias de su hogar y admitió que Fanny era demasiado encantadora para llevar una existencia monótona y árida. Debía brillar como la joya que era. Debía ser feliz. Examinó las feas cortinas y el tapete barato y sintió que todo era un reflejo de él. Se sabía inferior y tonto, y le preocupaba el ceño fruncido de su mujer y la forma en que la miraban los demás hombres.

Montgomery compró una casa nueva y grande, importó telas de Londres y París, buscó perfumes raros, compró pulseras de oro y un par de pendientes de diamantes para Fanny, como si fuera un hombre rico. Pidió prestadas grandes cantidades de dinero y luego pidió más para devolverlo. ¿Pero no valía la pena para ver a Fanny feliz? ¿No valía la pena sentir sus brazos alrededor de su cuello, para ver el destello de esa sonrisa perfecta?

Finalmente, Montgomery hizo las maletas. Le dijo a Fanny que habría más oportunidades para ellos en Honduras Británica. Pero a ella no le gustaba ese lugar. Nunca le había gustado el Caribe y esto, dijo, era peor. Sus discusiones se multiplicaron. Lloraba a menudo. Estaba angustiada: esa no era la clase de vida que él le había prometido. Lo acusó de haberle mentido sobre el alcance de sus medios.

Montgomery no sabía cómo hablar con Fanny. Se calló, se retiró, se concentró en el trabajo.

Se fue a un campamento maderero para una misión de dos meses. Cuando regresó, su esposa se había marchado. Sus problemas económicos se habían intensificado y Fanny, al conocer su precaria situación financiera, se había esfumado.

No podía culparla. No era lo bastante rico, no era lo bastante caballero, era demasiado taciturno, demasiado atormentado incluso antes de recurrir regularmente a la botella y envolverse en la autocompasión. Demasiado malhumorado, más de lo debido. Ella no podía entenderlo. La había amado porque era diferente a él, pero al final eso fue lo que los rompió.

Se pasó los dedos por las cicatrices del brazo y se miró al espejo, sonriendo burlonamente. Si se quedaba en Yaxaktun quizá podría tener la oportunidad de mejorar su dieta y engordar. Su trabajo en Honduras Británica cazando especímenes de animales era azaroso. Le pagaban mejor que en su trabajo como maquinista, pero lo emprendió cuando se le acabó el dinero y para quitarse de encima a sus deudores. No ahorró nada. La poca ganancia que obtenía se la bebía y jugaba y, de vez en cuando, contrataba a una prostituta para compartir su cama. Rubia y de ojos azules, a ser posible. Como Fanny Owen.

Sin embargo, no estaba seguro de querer la seguridad de aquel techo sobre su cabeza, del dinero de Lizalde. Las comodidades que podía tener aquí eran considerables. La cama acogedora y los bonitos muebles eran un cambio con respecto a ser mordido por las pulgas y tener que revisarse el pelo en busca de piojos. Pero el precio...

Se estiró en la cama pero no durmió la siesta. Más tarde llamaron a la puerta y Ramona entró con una jarra de porcelana y una palangana para él. Le dio las gracias y se arregló para cenar.

Tomaron una comida ligera y Montgomery bebió abundante vino. No hablaron de negocios y él se dedicó más a escuchar a los demás que a conversar.

Después de la cena, volvieron a la sala de estar y la hija de Moreau tocó el piano para ellos. No se le daba muy bien. Supuso que Moreau hacía lo que podía en cuanto a la educación de su hija, pero sin una institutriz no se podían esperar milagros. Fanny tocaba maravillosamente bien. Poseía todas las buenas cualidades que una joven bien educada debería tener.

Ramona acabó recogiendo a la chica y los hombres decidieron fumar un puro.

Montgomery se excusó, les dio las buenas noches y volvió a su habitación. De nuevo consideró la situación, aquel lugar.

Híbridos de animales, experimentos. Era como un sueño febril y, sin embargo, ¿sería peor que lo que ya había experimentado? Había soportado la dureza de los campamentos madereros y el peculiar frío de la selva, cuando el sol no podía filtrarse entre los árboles y la interminable lluvia lo calaba hasta los huesos. El viento agrietaba el cielo en aquel rincón del mundo, haciendo gemir las casas. Mucha gente trabajaba duro en medio de la miseria, sirviendo a los hacendados. Los rebeldes mayas no se habían levantado contra los terratenientes solo por resentimiento, por mucho que a los mexicanos blancos les gustara contarlo así. Pero ¿y qué? En todos los lugares en los que Montgomery había estado, había visto la misma miseria bajo una apariencia diferente. En Inglaterra era en las fábricas, en América Latina en los campos. Siempre había alguien con un poco más de dinero, un poco más de poder, que se convertía en tu dueño. Los hacendados concedían créditos a los indios y los indios quedaban endeudados para siempre. Pero si no era el hacendado, era el cura el que venía a cobrar y el resultado era el mismo: cortar la maleza, cortar la caña, tenías que trabajar para ellos. Trabajar como un perro, vivir como un perro y morir como uno, también.

Había oído a otros ingleses decir que los mayas eran estúpidos por contraer tales deudas. Pero Montgomery, endeudado como estaba, comprendía que era fácil perder el control de la propia vida, que podrían arrancarle a uno las riendas de las manos con una suave brutalidad. Si hubiera sido un hombre más valiente, Montgomery se habría metido una bala en su propia cabeza. Pero como le había explicado a Moreau, no era valiente. Era un perfecto cobarde. Se tumbó en la cama, colocó su pistola bajo la almohada y cerró los ojos. Las sábanas eran suaves bajo sus palmas. Intentó escribir una carta a Fanny en su cabeza, como hacía a veces por la noche.

He venido a alojarme en un pequeño rancho que es propiedad de un rico hacendado. Quizá te preguntes cuál es la diferencia entre una hacienda y un rancho. Es simplemente una cuestión de escala. Pero el alojamiento aquí es bueno y el lugar está limpio. No siempre es así en estas partes lejanas del mundo, destrozadas por los conflictos. Me he alojado en lugares donde el suelo era todo suciedad y mi cama era una hamaca mugrienta, y los pollos corrían debajo de mí mientras dormía en una oscuridad negra como la boca de lobo porque no había velas. Sé lo que dirás: que debería volver a Inglaterra. Pero tengo la sensación de haber perdido Inglaterra o de no haberla conocido nunca. Soy una criatura abortada, arrancada del útero y sin hogar.

Nunca escribiría aquellas palabras ni enviaría la carta. Pero le tranquilizaba imaginarse a sí mismo escribiendo y a Fanny abriendo la carta, sus elegantes manos sosteniéndola a la luz y su voz mientras la leía en voz alta. Pero no le gustaba imaginar su rostro, no le gustaba recordar aquellos ojos azules y la melena de rizos dorados, ni su cuerpo lánguido, pálido como el alabastro, estirado junto a él.

No, cuando se la imaginaba, tenía que fomentar la ilusión. Tenía que enterrar su cara en el pelo de una mujer, cerrar los ojos y respirar lentamente. Susurrar su nombre mientras abrazaba a otra e intentaba devolver la vida a un fantasma.

Las palabras se le escaparon, su mente se agotó.

Soñó con la selva y las flores y con un gran jaguar sentado sobre su pecho, que lo oprimía como una piedra. Cuando se despertó fue con el sonido de un grito.

Se incorporó y buscó su pistola.

CAPÍTULO CINCO
Carlota

Ramona había ido a repartir el té y luego a comprobar que todo el equipaje de los visitantes estuviera en sus habitaciones. A los sirvientes de Lizalde se les había asignado una habitación y se les había dicho que esperaran allí, y a los niños se les había ordenado que fueran buenos y silenciosos y se mantuvieran fuera de la vista. Se habían esfumado a la habitación de Carlota para jugar, ya que no podían correr libremente.

Cachito hizo girar el zoótropo e hizo galopar a los caballos. Lupe puso en fila a los soldados de juguete. Había soldados de infantería y de caballería con los sables en alto, e incluso un cañón de juguete. Las capas de los soldados estaban pintadas de azul con las solapas blancas, los puños rojos y los pantalones blancos, imitando el uniforme de la *Grande Armée* de Napoleón. Todos llevaban un chacó negro con una placa en forma de diamante en la parte delantera. Su padre era un gran admirador de Napoleón y tenía pensado llamar a su hija Josefina, pero cambió de opinión en el último momento.

La llamó Carlota porque significaba «libertad» y pensó que le vendría bien. Sin embargo, al final siguió compartiendo nombre con una emperatriz: Carlota, quien reinó en México durante unos pocos años y visitó Yucatán cuando Carlota Moreau tenía ocho años. No obstante, de aquellos tiempos imperiales ella recordaba poco y no podía decir si la presencia del ejército francés había alterado mucho a la nación al haber estado enclaustrada toda su vida.

Lo que sí sabía era que Carlota se había vuelto loca después de que ejecutaran a su esposo en el Cerro de las Campanas y le parecía algo extraño tener el mismo nombre que una loca encerrada en Bruselas. Le pareció como de mala suerte. Pero su padre le aseguró que Carlota de Bélgica era una gran dama y que él no creía en la suerte.

—Ese inglés no tiene color en los ojos —dijo Cachito—. Me lo ha dicho Ramona.

—Todos tienen color en los ojos —respondió Carlota. Se había quitado el vestido elegante y llevaba uno más sencillo, y estaba tumbada en el suelo boca abajo, observando a los soldados. Ya se estaba volviendo demasiado mayor para los juguetes. Pero su padre no le exigía que dejara de jugar y ella temía que cuando fuera adulta la enviara lejos, lo que a veces le hacía querer aferrarse con fuerza a la niñez.

—Ese no, no lo tiene. Tiene los ojos como una nube. Ese no es un color real.

—¿Has entrado al laboratorio con ellos? —preguntó Lupe.

—Sí. He visto todo lo que hay dentro. Padre tiene un híbrido ahí dentro. Pero no ha crecido del todo. Está en un tanque y se parece a algo que debería estar en el vientre, pero tampoco realmente. Es extraño, su piel no tenía buen aspecto.

—¿En el vientre? —dijo Cachito y se rascó la oreja—. Sería pequeño entonces.

—No, no es como los homúnculos de los que se escribía.

—¿Los qué?

—Un dibujo que vi en los libros de papá. Las personas pensaban que se podía hacer gente pequeña y cultivarla en una botella.

—¿Cómo se escribe?

Carlota lo pronunció. Su padre le había enseñado a leer y ella, a su vez, había compartido sus libros de cuentos con Lupe y Cachito. A Lupe le deslumbraban las ilustraciones, pero a Cachito le interesaban las palabras y pronunciaba en voz alta cada nueva palabra que aprendía, y luego la utilizaba en la conversación.

—¿Podrías sostener el híbrido con tu mano? —preguntó Cachito.

—No, no es así. Eso es lo que pensaban los alquimistas.

—Tu padre es alquimista. Se lo he oído decir.

—No, él sabe de química.

—¿Qué diferencia hay? —preguntó Cachito, haciendo girar el zoótropo.

—Deja de hacer preguntas tontas —dijo Lupe, y dejó el soldado que tenía en la mano—. Deberías enseñárnoslo para que pudiéramos ver a qué te refieres.

—¿Cómo podría hacerlo?

— Tienes la llave.

—Se supone que debo devolverla a su habitación.

—Con los invitados por aquí no irá a trabajar al laboratorio esta noche, lo que significa que no necesitará la llave. Apuesto a que podríamos echar un vistazo cuando se hayan ido a la cama y no lo sabría nunca.

—Se enfadaría con nosotros si se enterara —dijo Carlota—. ¿Y todo para qué? ¿Para que ustedes se diviertan?

—Bien que les ha enseñado el laboratorio a los caballeros para que se divirtieran —respondió Lupe.

—Eso es diferente.

—¿Por qué es diferente? Deberíamos ir esta noche.

—Te digo que se enfadaría.

—Si no nos das las llaves te las birlaremos y echaremos un vistazo sin ti, y luego te llevarás un disgusto tremendo por haberte quedado fuera, como cuando nos comimos todos los dulces que Melquíades tenía escondidos debajo de la cama.

—¡No es lo mismo!

—Es lo mismo. Luego te quejas cuando te dejamos fuera.

Carlota se mordió el labio. No le gustaba que Lupe fuera así de terca. Cachito preguntaba porque quería saber, pero Lupe escarbaba en el mismo tema porque deseaba tener la última palabra. Pero no, a Carlota no le gustaba que la dejaran fuera. No quería que la trataran como a una inválida, cosa que su padre seguía haciendo a veces, preocupándose por ella, tomándole la temperatura, ordenándole que se quedara en la cama. Ahora estaba mejor. Mucho más fuerte.

—Bien —dijo ella—. Pero lo haremos después de que se hayan ido a dormir y debemos estar callados.

Lupe sonrió durante el resto de la velada, con aquella sonrisa que significaba que estaba satisfecha consigo misma, y Carlota pensó que había hecho mal en aceptar, pero no había más que decir. Si se echaba atrás, Lupe se burlaría de ella y Cachito también. Él hacía lo que Lupe decía. Esperaba que su padre comprobara que la llave estaba en su sitio, pero no lo hizo. Quizás estaba demasiado ocupado hablando con el señor Lizalde.

De madrugada, Cachito y Lupe llamaron a la puerta y Carlota tomó la lámpara de aceite que estaba junto a la cama. Apretó un dedo contra sus labios y ellos asintieron. Descalzos, corrieron por los pasillos hasta llegar a la puerta de la antesala. Carlota sacó la llave pero no la introdujo en la cerradura.

—¿Qué pasa? —susurró Lupe.

—Mi padre podría estar adentro.

—No hay luz. No pongas excusas. Eres una gran cobarde.

—No lo soy —murmuró furiosa Carlota girando la llave, sin querer soportar una semana de burlas de esos dos. De todos modos, quería volver a ver al híbrido. Sin embargo, no estaba bien entrar a hurtadillas en contra de las instrucciones de su padre. Tal vez por la mañana podría visitar la capilla y rezar un rosario.

Carlota abrió la puerta y entraron. En la oscuridad, la antesala, llena de sus muchos libros y especímenes de animales, no parecía una bóveda repleta de tesoros como antes. Era desagradable. Sujetó con fuerza la lámpara de aceite.

—Vamos —susurró Lupe—. No nos arrepintamos ahora.

Carlota abrió la segunda puerta, la sagrada puerta del laboratorio.

Esta vez, en lugar de vacilar, entró con toda tranquilidad. La llama de la lámpara hizo bailar las sombras y se dio la vuelta, mirando triunfalmente a Lupe y a Cachito, quienes seguían de pie junto a la puerta.

—¿Y bien? —susurró ella—. Querían ver.

Dudaron. Tal vez esperaban que ella cambiara de opinión y volviera corriendo a su habitación como una cobarde. Entraron lentamente al laboratorio. Levantaron la cara y miraron todos los cristales de las estanterías y las mesas de trabajo. Finalmente, caminaron de puntillas hasta donde estaba Carlota.

—¿Dónde está? —preguntó Lupe.

—Sujeta esto —le dijo a Cachito, y le entregó la lámpara.

Apartó la cortina roja. No tenía el talento de su padre, pero consiguió asombrarlos cuando señaló la caja. Todos se mantuvieron juntos.

—No parece un bebé —dijo Cachito.

—No lo es —dijo Carlota.

—¿Qué es?

No hubo respuesta. La criatura flotaba en la oscuridad, pálida e inmóvil y llena de secretos. Lupe se inclinó hacia delante, rompiendo la formación, se acercó al cristal y lo golpeó con el dedo.

—Hola —dijo ella.

—No lo hagas —le advirtió Carlota.

—¿Por qué no? —respondió Lupe, que seguía golpeando el cristal.

Carlota había querido tocar el cristal cuando había visto por primera vez al híbrido, pero no se había atrevido. Lupe levantó la barbilla y golpeó la palma de la mano contra el cristal, y entonces soltó una risita. Cachito también soltó una risita, tocó el cristal y Carlota negó con la cabeza. Golpeó el cristal con un dedo, sin querer ser la que no se atrevía. Lo sintió cálido contra su piel.

Su uña trazó un círculo en el cristal.

Se abrió un ojo. Estaba cubierto por una membrana blanca.

Lupe y Cachito dieron un grito ahogado y se apartaron. Carlota se quedó mirando el ojo que no parpadeaba. Abrió la boca para decirles a los demás que debían irse.

El híbrido golpeó su cabeza contra el cristal, haciendo que Carlota retrocediera y apretara las manos.

—Deberíamos irnos —susurró Cachito.

El híbrido volvió a golpear la cabeza contra el cristal y la membrana se deslizó, revelando un ojo dorado y enorme. Era el ojo que todo lo ve de un antiguo dios, un Leviatán, terrible y hambriento. Su boca se abrió, mostrando unos dientes muy finos, como las fauces de una anguila. Gritó, pero el agua amortiguó el ruido y el silencio desató su agonía. El cuerpo del híbrido se onduló, balanceándose de un lado a otro de su prisión. Se rascaba, dibujando líneas rojas en su garganta.

—Se está muriendo —dijo Lupe—. Tenemos que sacarlo de ahí, se está muriendo.

—Tenemos que ir a buscar a mi padre —susurró Carlota.

—No puede respirar. Se está ahogando.

—Dame la lámpara —le dijo a Cachito. Pero el niño se aferró a ella con fuerza, como si fuera un talismán—. ¡Cachito, suéltala!

En lugar de obedecerla, Cachito se apartó apresuradamente, golpeando su espalda contra una mesa. Carlota giró la cabeza para decirle a Lupe que tenía que despertar a su padre. Pero Lupe ya no estaba junto a ellos. Había tomado una de las palas de hierro que había sobre la estufa y se dirigía hacia la caja.

—¡Lupe! —gritó.

—¡Tenemos que sacarlo de ahí! —gritó de nuevo Lupe, y golpeó con fuerza.

Una grieta recorrió el cristal. Volvió a golpearlo, y hasta una tercera vez. Carlota se precipitó hacia ella y empujó a la chica a un lado. Lupe cayó al suelo y la pala se le escapó de las manos, tintineando y aterrizando bajo una mesa.

Carlota miró la caja de cristal con sus profundas grietas y durante un breve, breve segundo, pensó que podían arreglar aquello. Entonces el híbrido se lanzó contra el cristal con una violencia incontrolable y este se hizo añicos, los fragmentos volaron por el laboratorio. El agua se derramó por el suelo. Olía mal, como a carne estropeada. Carlota se llevó una mano a la boca para evitar las arcadas.

El híbrido se retorció y se puso a cuatro patas. Sus extremidades eran resbaladizas y parecían frágiles; su piel era casi translúcida, como si hubiera sido arrancada de las profundidades abisales. Soltó un sonido entre un maullido y un gruñido. Luego giró la cabeza en dirección a Lupe y se precipitó hacia delante. No caminó. Parecía casi deslizarse, pero a una velocidad tan frenética que Carlota apenas pudo gritar una advertencia. Lupe se puso en pie, pero no fue lo bastante rápida y la cosa se abalanzó sobre ella, clavándole los dientes en la pierna.

Lupe gritó y Carlota se lanzó contra la criatura, intentando apartarla de la niña. Pero era escurridiza como un pez, y aunque tiraba de ella y le golpeaba el cuerpo con los puños, la criatura no soltaba a Lupe.

Se acordó de la pala y metió la mano bajo la mesa. Tenía los dedos resbaladizos y la pala casi se le escapó de las manos cuando golpeó a la criatura en la cabeza. Tuvo que golpearla dos veces más antes de que soltara a Lupe e incluso entonces no estaba muerta. Gruñó y se revolvió por el suelo.

Dejó caer la pala y tiró de Lupe para tratar de ponerla en pie. La niña lloraba y se aferraba a Carlota.

—Tenemos que irnos —dijo ella.

—¡Duele! —berreó Lupe.

Carlota miró a su alrededor. Cachito había saltado sobre una mesa y se tapaba los ojos. Intentó arrastrar a Lupe fuera del laboratorio, pero no habían dado más que unos pasos cuando el híbrido se levantó de nuevo y se arrojó sobre ellas. Retrocedieron arrastrando los pies, pero tropezaron y cayeron.

Lupe volvió a gritar y Carlota se unió al grito cuando la cosa pálida saltó hacia ellas, con la espalda ondulada y arqueada, mostrando los colmillos.

Un disparo sonó con fuerza en la penumbra y se oyó un golpe igualmente fuerte y sordo.

Inspira. Inhala lentamente y luego exhala. Eso era lo que decía el padre de Carlota cuando ella se ponía nerviosa, cuando uno de sus antiguos ataques amenazaba con destrozarle el cuerpo. Pero Carlota respiraba con dificultad, incapaz de controlar su respiración, y Lupe lloriqueaba.

Carlota giró la cabeza. Vio al híbrido temblando en el suelo, le brotaba sangre del vientre. Gruñó y cerró sus mandíbulas al aire.

Un par de botas crujieron sobre los cristales rotos.

El inglés se acercó al híbrido y volvió a descargar su arma, con el cañón apuntando a la cabeza de la criatura. El híbrido dejó escapar un último escalofrío y se quedó inmóvil mientras su sangre se mezclaba con el agua que cubría el suelo. Carlota se había mordido el labio y notaba el sabor de la sangre en la boca y el abundante y cobrizo aroma de la muerte a su alrededor. Se abrazó a Lupe y esta le apretó la cara contra el hombro, llorando.

—¡Carlota! —Su padre había irrumpido en la habitación y se arrodilló junto a ella, tocándole la cara—. Carlota, ¿estás herida?

La ayudó a incorporarse. Carlota negó con la cabeza y respiró superficialmente.

—No... ha mordido a Lupe.

—¡Chico, trae esa luz!

Cachito saltó de la mesa y sostuvo la lámpara. Su padre le pidió a Lupe que le enseñara la pierna y ella obedeció. El doctor murmuró algo y se levantó. Sus ojos se posaron en la criatura muerta y luego en el inglés.

—¿Qué significa esta carnicería?

—Ha sido culpa mía, papá —dijo Carlota, sujetando la mano de su padre con fuerza—. Queríamos ver al híbrido.

—¡Culpa tuya!

Carlota no quiso decir nada, pero asintió con un débil «sí». Su padre se apartó con la mirada endurecida. Se preguntó si iba a pegarle. Nunca la había castigado físicamente, pero ella lo hubiera preferido a la frialdad que se extendía por su rostro.

—Señor Laughton, debo atender las heridas de Lupe. ¿Me ayudaría?

—Sí, señor.

—Papá, ¿qué quieres que haga?

—Sal de mi vista —dijo. Las palabras eran casi un gruñido y ella sintió que sus ojos rebosaban de lágrimas, pero el inglés estaba allí y la miraba con tanta lástima, y su padre con tanta rabia, que no se atrevió a llorar.

Carlota se frotó las manos y salió en silencio del laboratorio.

Los oyó hablar a la mañana siguiente, en la sala de estar. Su padre y Laughton. No sabía si el señor Lizalde o alguien más se había enterado de la conmoción de la noche anterior. Rezó para que no fuera así.

—No será así, eso ha sido un accidente singular —dijo su padre. Carlota se pegó a la puerta, fuera de la vista pero escuchando atentamente.

—Pero persiste el riesgo.

—Como usted mismo señaló, siempre hay un riesgo cuando se trata de animales salvajes. Le agradezco lo que hizo anoche. Creo que es el hombre adecuado para el trabajo.

Hubo una pausa. El tintineo de los cristales.

—¿Le explicó Lizalde en sus detalladas notas sobre mí que bebo? —preguntó el joven.

—¿Es un problema serio para usted?

—¿No sería un problema serio para usted?

—Lo que haga en su tiempo libre no me concierne mientras pueda funcionar durante el día.

El joven se rio. No había regocijo en ello y el sonido se parecía al ladrido de un perro.

—Siempre hago mi trabajo.

—Entonces nos llevaremos bien. ¿Quiere el puesto?

—Sí —declaró el hombre sin dudarlo.

Carlota se preguntó cómo podía decir eso después de lo que había pasado, cómo podía parecer circunspecto y sereno tras haber estado en medio del laboratorio en un charco de sangre con un cadáver a sus pies.

Asomó la cabeza por la puerta para mirarlos. Su padre no la vio, pero Laughton estaba en un ángulo tal que sus ojos se posaron inmediatamente en ella. Como había dicho Cachito, no tenían color.

Grises y acuosos y carentes de sentimientos.

Recordó lo que había dicho Ramona, que Yaxaktun era el fin del mundo. Y pensó que sí, que aquel hombre estaba aquí porque creía que así era, que había llegado al fin del mundo y que simplemente esperaba la aniquilación de todas las cosas.

SEGUNDA PARTE
(1877)

CAPÍTULO SEIS

Montgomery

Se levantó con un dolor de cabeza punzante y el sol brillando en su cara y se maldijo por ser perezoso. El médico no lo reprendía por su forma de beber porque luego cumplía con sus obligaciones. De hecho, Montgomery sospechaba que el médico se alegraba de que bebiera. No sabía cómo había podido imaginar que el hombre podría objetar. Era una forma de controlarlo, similar a cómo controlaba a los híbridos, con sus sermones y su mística.

La bebida mantenía a Montgomery bajo control. Había intentado abstenerse más de un par de veces en los seis años que llevaba en Yaxaktun, pero entonces se dirigía a la ciudad para hacer un mandado y terminaba ahí, sentado en un antro barato, inhalando el aroma del tabaco rancio y bebiendo rápidamente una copa tras otra. O bien encontraba una de las muchas botellas de aguardiente que había en la casa y la descorchaba.

Pero era viernes y Moreau querría administrar las inyecciones. Se echó agua en la cara y se vistió, miró el reloj con el ceño fruncido y se dirigió a la cocina.

Ramona y Lupe estaban haciendo tortillas, dando forma a la masa con las manos. El rítmico palmoteo de sus manos le resultaba una melodía familiar.

—Buenos días, señor Laughton —dijo Ramona—. ¿Quiere una taza de café?

—Buenos días. Sí, gracias. ¿Está el doctor en su laboratorio?

—No. La gota lo está molestando. Loti ha dicho que anoche estuvo dando vueltas en la cama. Le ha dado algo para aliviarlo esta mañana a primera hora. El doctor está durmiendo la siesta y ella ha salido a dar un paseo.

Ramona se levantó y puso el agua a hervir mientras Lupe continuaba con su trabajo. El café se preparó con eficacia y rapidez, y él se lo bebió con la misma premura.

—Me atrevo a adivinar que Carlota se ha ido al cenote —dijo, frotándose la sien y dejando la taza de barro. La noche anterior había estado pensando en su hermana. Era el aniversario de su muerte y eso le hizo ponerse de mal humor; ni siquiera escribir sus cartas a Fanny había conseguido calmarlo.

—Como siempre —dijo Lupe, con un tono tan cáustico como la cal viva.

—¿Puedes ir a buscarla?

—No vendrá conmigo si voy. Tarda mucho cuando se lo pido —dijo Lupe—. Si quiere que venga, será mejor que le grite.

Montgomery suspiró y salió de la casa. No entendía cuál era el problema que se estaba gestando entre Lupe y Carlota, pero últimamente habían tomado la costumbre de discutir constantemente. Él había estado muy unido a su hermana, no había habido peleas entre ellos, por lo que esas riñas le parecían extrañas. Pero Carlota y Lupe no eran hermanas. Quizá fuera tan sencillo como eso.

Volvió a pensar en Elizabeth y caminó más deprisa con la esperanza de llegar rápidamente al cenote y regresar enseguida. Era la ociosidad lo que atormentaba su cerebro; una vez ocupado en las tareas del día, su melancolía solía sosegarse.

El cenote en el que a Carlota le gustaba nadar se llamaba Báalam porque cerca del sendero que conducía a él había una solitaria piedra blanca tallada en forma de hombre-jaguar. El cenote era pequeño, o al menos la parte visible desde la superficie constituía un modesto círculo de agua azul-verdosa moteada por la luz del sol al que se podía acceder fácilmente bajando por unas rocas. Era una delicia hundirse en aquella piscina de agua cuando el sol estaba en su apogeo en el cielo.

Pero Carlota no estaba nadando ese día. Estaba tumbada en el suelo con su vestido de té de lino, con un brazo sobre los ojos y un abanico (el objeto indispensable de cualquier dama mexicana bien educada) descansando a su lado. En cualquier gran ciudad, una mujer rica nunca se habría aventurado a salir de su casa vestida así. Habría necesitado capas de seda y un polisón a la moda, un sombrero elegante y guantes, pero la hija del médico podía hacer lo que quisiera porque estaba en Yaxaktun.

Montgomery no dudaba de que algún día su padre pronto la llevaría a Mérida con uno de sus mejores atuendos para encontrarle un esposo adecuado. Ahora tenía veinte años y, por lo tanto, estaba en edad de que la cortejaran. Su hermana se había casado a los dieciocho.

No gritó, como había sugerido Lupe. No era necesario.

—Carlota, levántate. Es hora de volver.

Cuando su sombra cayó sobre ella, la muchacha elevó perezosamente el brazo y parpadeó, fijando en él sus notables ojos de color miel. Sus labios se torcieron en un mohín de astucia.

—Apenas llevo un minuto aquí —dijo. Tenía una voz exuberante, como el terciopelo y las perlas y el aleteo de su abanico, y su pelo era del negro más oscuro. Aquel día le caía libremente por los hombros.

Sí, su padre no tendría problemas para encontrarle un esposo. Una belleza como ella seguro que atraería las miradas.

—El doctor Moreau te necesitará pronto.

—Tienes ojeras, Montgomery. Cuando bebes, se nota. Estás más apuesto cuando no lo haces —dijo Carlota. Era franca, pero encantadora. A pesar del aleteo de su abanico, no estaba familiarizada con las veladas y los salones, ni con el lenguaje de las flores.

—Menos mal que no soy vanidoso, entonces —replicó con un tono frío.

—No quiero irme. Lupe ha sido cruel conmigo esta mañana y no quiero volver a la casa hasta que esté contenta de nuevo, y no lo estará hasta la tarde.

—No me importa si se abalanza sobre ti y te araña la cara. Es viernes. Recibirás tu inyección y luego ayudarás a tu padre a dar a los híbridos su medicamento —dijo, con la voz aún más fría que las aguas azul-verdosas del cenote junto al que estaban.

—No —dijo ella, haciendo un mohín de nuevo, pero cuando él le tendió la mano, la muchacha la tomó y se levantó.

Empezaron a caminar de vuelta, siguiendo el estrecho sendero. Pasaron por la talla blanca del jaguar y Carlota se detuvo a mirarla. Montgomery tamborileó los dedos contra su propio muslo.

—Háblame otra vez de Inglaterra y del frío que hace. Dime lo que se siente cuando tienes nieve sobre la piel.

—¿Por qué quieres oír hablar de la nieve?

—Quiero saberlo todo. Como mi padre.

Tu padre es un loco al imaginar que algo así es posible, pensó. Pero también lo era Montgomery por permanecer en aquel lugar durante tanto tiempo. Seis años, transcurridos en un abrir y cerrar de ojos. Siempre se decía a sí mismo que ahorraría dinero y se iría al año siguiente, pero el interés compuesto de su deuda era ridículo. Lizalde le enviaba un poco de dinero de vez en cuando, como para demostrar que era magnánimo. Montgomery se bebía el salario que cobraba cuando estaba en la ciudad y se jugaba el resto.

—No se puede saber todo —dijo cuando empezaron a caminar de nuevo.

—Sí que se puede si se habla con suficiente gente y se leen suficientes libros —respondió ella, sonando totalmente segura de sí misma.

—No, no puedes. Ciertas cosas debes experimentarlas en persona.

—¡Hoy estás insoportable! ¡Y suenas como Lupe! ¿Estaban chismorreando juntos?

—No. ¿Por qué se están peleando las dos?

Ella suspiró, aquellos hermosos ojos mirándolo, las gruesas pestañas tan afiladas como dagas.

—Lupe quiere irse. Dice que quiere ver lo que hay fuera de Yaxaktun. Quiere ver Progreso y Mérida y otros lugares. Es ridículo.

—¿Por qué?

—No puede hacerlo, ¿cómo recibiría su medicamento? ¿Y por qué querría alguien dejar Yaxaktun?

—No todo el mundo puede ver el mundo únicamente a través de los libros como tú. Otros buscan más emoción.

—¿Me consideras aburrida?

—Yo no he dicho eso.

—Yaxaktun es perfecto. Es mejor que cualquier otro lugar del mundo.

—No sabes lo bastante sobre el mundo como para pontificar sobre él —dijo, sin poder reprimir una risa.

—¿De verdad? ¿Qué te parece tan atractivo de la ciudad? ¿Que puedes perder todo tu salario en una partida de tute o bacará? —preguntó, con la voz candente como el carbón.

Sabía que su furia no iba dirigida a él, que estaba enfadada con Lupe, y que estaba recibiendo la peor parte de aquella ira solo por estar caminando junto a ella, ya que debía dirigirse a algún sitio. No obstante, se detuvo de pronto y miró fijamente a la chica. No escondía a nadie sus vicios, pero no quería que se los arrojaran a la cara como si fueran piedras.

A Moreau le gustaba pensar que su hija, como las gentiles abejas de la península que almacenaban su miel en sacos redondos de cera negra, carecía de aguijón. Pero Montgomery sabía que sus palabras no siempre eran dulces, y a veces le picaba de todas formas.

—Un insulto al día es suficiente para mí, señorita Moreau —dijo—. Dos es más de lo que soportaré con el estómago vacío.

Inmediatamente pareció arrepentida; a menudo lo estaba cuando se veía envuelta en alguna pequeña travesura. Se arrepentía fácilmente.

—Lo siento —dijo, y sus dedos cayeron suavemente sobre su brazo, sujetándole la manga—. Perdóname, Monty.

La expresión de cariño fue tan inesperada, tan rara, que en lugar de enfadarse se limitó a asentir con la cabeza y caminaron en silencio. Ella parecía bastante abatida, pero él no añadió nada. Sin embargo, la miró.

Era imposible no mirarla. En la ciudad, las mujeres que alcanzaban los precios más altos en los mejores burdeles eran las más blancas. Chicas de leche y miel. Pero era obvio que la madre de Carlota no había sido una dama con cara de suero de leche. La piel de Carlota era sanamente bronceada, el pelo que le caía en una espesa ola hasta la cintura era negro como el azabache; sus ojos eran de color miel. Y aun así habría sido la mejor cortesana de la ciudad y Montgomery se habría gastado su salario no en tute o bacará, como ella lo había reprendido, sino en otro tipo de placer.

Le bastaría con estirarse en un diván para convertirse en una odalisca, y cuando se moviera lo haría con una gracia tan absoluta, con un aplomo tan delicioso…

Pero no debería pensar en la hija del doctor Moreau en esos términos, por lo que mantuvo la boca resueltamente cerrada en el camino de vuelta, deseando que no hubieran empezado aquella maldita conversación y que ella no le hubiera tocado el brazo.

Cuando llegaron a la casa, Carlota entró y él se entretuvo junto a la entrada, descansando en uno de los bancos de mampostería empotrados. No llevaba mucho tiempo allí cuando un grupo de hombres a caballo apareció a la distancia. Sin prisa, Montgomery se levantó, entró y tomó su rifle. Carlota y Lupe lo vieron y alzaron la cara con curiosidad.

—¿Qué sucede? —preguntó Carlota.

—Quédate adentro —respondió y salió, pasando por la puerta de hierro decorativa, de nuevo a través de las fuertes puertas de madera y hacia el banco. No esperaban visitas y se mostró cauteloso.

Era un grupo de seis personas. Dos jóvenes bajaron del caballo. No llevaban las camisas blancas de algodón y los pantalones de un peón, sino que iban vestidos a la manera de la gente de la ciudad. Sus ropas oscuras eran inapropiadas para el calor de la selva; sus camisas de cuello rígido y sus elegantes chalecos bordados eran totalmente ridículos. En lugar de llevar algo parecido al sombrero de paja toquilla de Montgomery, que lo protegía del sol, se habían puesto sombreros oscuros de fieltro con el ala levantada.

Montgomery se preguntaba si no se estarían cociendo vivos debajo de sus grandiosos atuendos. Cuando él salía de casa y se aventuraba en la selva, especialmente en la época de lluvias, podía ponerse un largo abrigo de cuero y un par de guantes de gamuza desgastados. Pero no se envolvía los dedos en suave cuero de cabritilla ni parecía un dandi de paseo.

—¿Esto es Yaxaktun? —preguntó uno de los jóvenes, quitándose el sombrero y entregándoselo a uno de sus compañeros. Su pelo era de color castaño claro y sus ojos eran verdes. Llevaba un bigote perfectamente recortado a juego con su ropa inmaculada y sus botas de cuero nuevas.

—Así es —dijo Montgomery. Su rifle descansaba fortuitamente sobre su regazo.

—Estamos tras la pista de una partida de asaltantes indios. ¿Ha visto pasar a alguien?

—¿De dónde vienen?

—De Vista Hermosa.

—¿Qué hacen tan lejos?

—¿Lo conoce? —preguntó el joven, tirando ahora de sus guantes, que también entregó a su compañero. Se pasó una mano por el pelo.

—Lo conozco —dijo Montgomery, asintiendo—. Está bastante lejos para un paseo casual a caballo.

—No es un paseo casual. Se lo acabo de decir, estamos tras la pista de una partida de asaltantes indios.

Vestido así, ni de broma, pensó, y luego frunció el ceño, recordando algo que había oído hacía un tiempo. Que el hijo de Lizalde vendría de visita. ¿Podría ser él? La familia poseía tantas haciendas que a Montgomery le resultaba difícil recordar si el doctor había dicho que estaría en Vista Hermosa o no. Pero tendría mucho sentido. Era la hacienda más cercana a su rancho. Montgomery normalmente se abastecía en otros lugares; por lo tanto, no habría sabido si el joven señor se alojaba allí aunque llevara ya un mes de visita.

—No hemos tenido problemas por aquí —dijo Montgomery observando los dos ostentosos anillos en la mano derecha del joven.

—Bueno, hemos visto las señales en Vista Hermosa y se dirigían hacia aquí. Hemos pensado que intentaríamos alcanzarlos. Son como perros rabiosos. No querrá que anden por ahí, ¿verdad?

—Hace tiempo que se fueron, si es que alguna vez estuvieron por aquí.

—¿Qué tal si nos presta algunos hombres? Podrían ayudarnos a localizarlos. Apuesto a que van al este, a Tórtola.

—Esto es un sanatorio. No tengo hombres de sobra, solo pacientes. En cuanto a seguir a sus indios invisibles, si abre un sendero a través de la selva lo que estará haciendo sería abrirles el camino, y después de no encontrar nada, podríamos tener un problema real si los verdaderos indios siguen ese sendero de vuelta. Un sendero es una invitación. No se abren senderos hacia el este. Aquí nos mantenemos al margen de los problemas.

No estaba mintiendo. Los rebeldes mayas habían hecho una incursión. Se habían llevado comida, ganado, prisioneros. Pero Yaxaktun estaba fuera del camino y la suerte había estado de su lado. Si tenían una disputa con la gente de Vista Hermosa, él no quería tener nada que ver.

El joven tomó de nuevo su sombrero y se abanicó con él.

—¿Cómo se llama, señor? —preguntó. Sonaba irritado. No era una pregunta cortés.

—Montgomery Laughton —dijo, quitándose el sombrero con una floritura—. Soy el mayordomo de Yaxaktun.

—Perfecto. Soy Eduardo Lizalde. Mi padre paga su salario. Por qué no me consigue a unos cuantos hombres y nos iremos.

—Trabajo para el doctor Moreau y esto es un sanatorio.

—Entonces tráigame al doctor Moreau para que él le dé sus órdenes.

—Estará durmiendo la siesta ahora mismo. No se le puede molestar. No por esto.

El compañero del joven se rio. Tenía el mismo pelo castaño que su joven amigo, pero sus ojos eran oscuros.

—¿No lo ha oído, señor? Este es Eduardo Lizalde.

—Y ya se lo he dicho. Solo un idiota abriría un sendero y trataría de ir con su caballo a Tórtola o adonde crea que va.

—¿Nos está llamando «idiotas»? —preguntó Eduardo.

—Suban a sus caballos, caballeros.

—¡Cómo se atreve, cerdo! ¡Usted no nos da órdenes!

Montgomery se levantó y apuntó con su rifle al joven con la misma despreocupación de quien enciende un puro.

—Solamente les estoy sugiriendo que suban a sus caballos —dijo.

—¡No me lo puedo creer! Isidro, ¿te lo puedes creer?

—Será mejor que crea que le meteré una bala en el estómago si no se va ahora —dijo Montgomery. Debería haber sido más mesurado, pero estaba de mal humor y no podía molestarse en endulzar sus palabras. Moreau podría reprenderlo por esto más tarde, pero por ahora Montgomery se quedó mirando a los hombres y los observó murmurar y clavarle la vista.

Una voz vino de detrás de Montgomery, agradable y clara.

—Caballeros, si me perdonan, me he tomado la libertad de hacer despertar a mi padre. El doctor Moreau estará con nosotros en unos minutos.

Carlota había salido de la casa y estaba junto a él. Fijó sus ojos en los hombres y estos inclinaron la cabeza. Montgomery también inclinó la cabeza, reconociendo su presencia.

—¿Me acompañan a la sala de estar? Me temo que sus compañeros tendrán que esperar aquí, con sus caballos, pero puedo ver si podemos llevarles algo de beber —dijo Carlota, mientras sus manos se agitaban con gracia, indicando el interior de la casa.

—Se lo agradecería —dijo Eduardo y luego sonrió—. Lo siento, ¿es usted la hija del médico?

—Soy Carlota Moreau —dijo, y les tendió la mano. Los hombres la besaron e intercambiaron una mirada de asombro antes de seguir a la chica. Carlota, con su vaporoso vestido de té, parecía una mujer a medio vestir, así que Montgomery no podía culparlos por mirarla boquiabiertos. Por otra parte, aunque se hubiera enfundado en un corsé apretado y se hubiera abotonado el vestido hasta el cuello, habría evocado nociones de citas y amantes. Era ella, no el vestido.

Aun así, él les habría disparado dos balas en el estómago por esa mirada insolente que cruzaron entre ellos. Aunque eso no les hubiera servido de nada.

—Indíqueles el camino, señorita Moreau —dijo en su lugar.

Luego esperó un minuto y entró a la casa con el rifle al hombro.

CAPÍTULO SIETE

Carlota

Lo primero que le gustaba hacer a Carlota por las mañanas era dar de comer a los pájaros en el patio. Escuchaba su ansioso piar, luego rodeaba la casa y cruzaba el muro divisorio que conducía a las antiguas dependencias de los trabajadores, donde los híbridos tenían su hogar. Allí Ramona y Carlota tenían un huerto de hierbas y verduras. Cultivaban cebollas, epazote picante, chiles, menta de olor dulce, todo dispuesto en parcelas o macetas de barro. Si se hervía menta, yerbabuena y corteza del árbol de pixoy, Ramona decía que se podía inducir el parto de una mujer. El jugo amarillo y amargo del xikin sanaba la cacoquimia, el árbol de la calabaza ayudaba a asentar el estómago, el ix k'antunbub contrarrestaba los venenos.

Estas eran las cosas que conocía, junto con los nombres en latín de muchas especies, recogidos de los libros de su padre, y los largos nombres de los productos químicos cuidadosamente escritos en los matraces de su padre. Había recibido una buena educación, aunque de forma desordenada, pero no podía encontrar ningún fallo en su crianza.

Cuando era más joven, había temido que su padre la enviara a un colegio privado para señoritas, como hacía la gente de buena familia de Mérida con sus hijos, pero su padre se había mostrado totalmente indiferente a aquel aprendizaje estructurado. Las escuelas te dejan sin ambición, decía.

Había crecido, por tanto, en la soledad de Yaxaktun, atendida por su padre y por Ramona, jugando con Cachito y con Lupe, y saltando al acogedor cenote en los días en que el calor se envolvía estrechamente en sus extremidades.

Ese día se había levantado tarde. A veces tenía que realizar tareas en el laboratorio, ya fuera ayudando a su padre o practicando la taxidermia, que era el arte de Montgomery. Conocía muchos trucos que la asombraban. Por ejemplo, montar un espécimen de felino requería una gran habilidad, sobre todo cuando se trataba de la boca. Había que rellenar el interior de los labios con arcilla hasta fijarlos en la posición deseada y había que tener cuidado de que la piel no se encogiera al secarse. El interior de la boca se rellenaba con papel maché; la arcilla habría sido demasiado difícil de quitar.

Su padre fomentaba aquellos intereses botánicos y zoológicos, aunque también le exigía que se aplicara al piano. Estaba totalmente desafinado, pero Carlota obedecía y siempre hacía lo que su padre le decía, leía los libros que le ponía delante y rezaba sus oraciones por la noche. Las actividades domésticas la mantenían ocupada por las tardes, cuando bordaba o zurcía los calcetines de su padre. Su vida era agradable. Cuando algo iba mal, cuando su mundo perfecto se tambaleaba un poco, se retiraba a la soledad perfecta del cenote.

Después de haber dado de comer a los pájaros aquella mañana, fue a la cocina. Ramona estaba ocupada junto a los fogones mientras Lupe secaba los platos con un trapo.

—A mi padre le duele la pierna. Estoy pensando que podríamos prepararle ese té de jazmín que le gusta en lugar de la manzanilla habitual.

—Si tuviéramos un poco. Pero no nos queda nada —dijo Ramona.

—¿De verdad?

—El señor Laughton debería ir a la ciudad pronto. Puedes agregarlo a su lista de compras.

—Eso es mala idea. Ha vuelto a beber —dijo Lupe, tomando sus platos y colocándolos en el trastero—. Si se acerca a Mérida, se jugará el salario.

Carlota odiaba que Montgomery estuviera en ese estado, aunque suponía que ya le tocaba. Montgomery entraba y salía de la sobriedad. A su padre no parecía importarle, ya que decía que la productividad de Montgomery no disminuía durante sus borracheras, pero a Carlota le disgustaba su aspecto, con el pelo en los ojos y el olor agrio.

Le había pedido a su padre que pusiera fin a aquello, que ordenara que Montgomery mantuviera una casa sin alcohol, pero su padre se había reído de ella. Los hombres necesitan sus muletas, dijo, y los que no son aptos para el género humano las necesitan más y se apoyan en sus vicios.

Por otro lado, decía Carlota, los híbridos no eran hombres y él también los dejaba beber. Y su padre le había respondido que tenía razón, que no lo eran, pero que aun así necesitaban aquella muleta. Era una forma de compasión, le aseguró a Carlota.

—Pobre Montgomery —murmuró.

—No es tu culpa que sea un tonto. Pero yo podría ir a la ciudad. Haría un buen trabajo en su lugar y no volvería lloriqueando por todo el dinero que he perdido en juegos de azar —dijo Lupe con descaro.

—Como si pudieras.

—¿Por qué no? No es tan difícil hacer algunos pedidos y contar monedas.

—Ya sabes por qué. No seas tonta. ¿Y si alguien te viera? Y tú nunca has estado en la ciudad, así que no sabrías nada.

—No eres la única que puede leer un periódico y estar enterada de todo —contestó Lupe, y le enseñó los colmillos a Carlota, torciendo la boca en una sonrisa acre—. Puede que vaya algún día, avisándote o sin avisarte.

—No empieces con eso otra vez. Me vas a dar dolor de cabeza.

—Ay, no, no querríamos dar dolor de cabeza a la señorita.

—Eres imposible —murmuró Carlota, y salió de la habitación como un torbellino, no queriendo prolongar su enfrentamiento verbal. Lupe estaba terrible estos días. Ahora tendría que lidiar con Montgomery, que apestaba a alcohol, y con Lupe que era un fastidio, una combinación más molesta que un mosquito zumbando en un oído a altas horas de la noche.

Huyó hacia el cenote, resuelta a quedarse allí el resto del día. El sendero que seguía estaba siendo tragado lentamente por la selva. Pronto Montgomery y su equipo tendrían que volver a despejarlo, además de ocuparse de ese otro sendero que llevaba a la laguna y del tercer sendero que conectaba con el camino principal, que serpenteaba hacia el oeste, el camino que conducía al resto del mundo.

El sendero hacia el cenote era como los versos de una rima, recitados de memoria, conocidos en la médula del cuerpo. Podía recorrerlo con los ojos cerrados y aun así abrirse camino hasta el cenote. De hecho, conocía la selva más por el sonido que por la vista. No era que no apreciara la belleza que se puede ver, pero el sonido le parecía el más poderoso de los sentidos. Ramona le había explicado que la selva estaba llena de espíritus y Carlota los escuchaba con atención, trataba de sentirlos en la piedra y en la tierra. Cuando se tumbaba en el suelo, rendía tributo a la sinfonía de la selva: los gruñidos de los monos, los graznidos de los loros verde lima, el silbido de las codornices, el murmullo silencioso del agua y el susurro aún más silencioso de los peces ciegos de las profundidades del cenote. Se imaginaba a sí misma como aquel pez, aquella codorniz, aquel mono. Se imaginaba a sí misma como las lianas y las enredaderas que trepan por los árboles, como la ceiba con sus ramas que se extienden en lo alto con una mariposa temblorosa rozando sus flores. Y a veces se imaginaba estirada, bajo los rayos del sol, en forma de jaguar, con el sabor de la carne rebosando en la lengua.

Le encantaba el ritmo de Yucatán, la feroz temporada de lluvias y la calma de los meses secos. Disfrutaba del calor húmedo que aún hacía que su padre murmurara en voz baja y se escondiera en su habitación, tratando de refrescarse. Perseguía los rayos de sol y pasaba las manos por la corteza de los árboles.

A veces tenía la sensación de que podría quedarse tumbada junto al cenote durante años y años, paciente y tranquila, mientras que otras veces se arremolinaba, una sensación que no entendía y le hacía golpear los dedos y mirar las nubes.

Aquel día, al llegar al cenote, se preguntó por la textura de la nieve. Hacía calor, así que era un pensamiento extraño, pero era precisamente el calor lo que la inspiraba. Ramona decía que se podía refrescar el cuerpo pensando en cosas frías, como el agua que se salpica contra la cara. Carlota no creía que funcionara, pero aun así se entretenía pensando en el agua y ahora en la nieve. Si se miraba un copo de nieve en el microscopio se convertía en una serie de triángulos plateados y hexágonos y estrellas. Eso es lo que decían los libros de texto.

Cuando se tumbó en el suelo y se pasó un brazo por los ojos, intentó evocar el sabor del hielo. Los libros de texto no hablaban del sabor de la lluvia o del hielo, ni del aroma de la tierra roja.

Podría haber vivido eternamente junto al ojo de agua, tumbada en paz de esa manera. Pero Montgomery se acercó, severo y serio, y ella lo siguió, rozando con la mano la vieja talla del jaguar, restregando la mano contra su manga, por el sendero, con sus pasos ligeros, que apenas hacían crujir las hojas y las pesadas botas de cuero de él, ruidosas contra las ramitas y las minúsculas plantas.

Le agradaba Montgomery de la misma manera que le agradaba el coatí de cola anillada, el bez-muuch cuyo croar se parecía más al aullido del ternero que al croar de otras ranas, o al grito del búho, que Ramona creía que daba mala suerte. Le agradaba Montgomery porque formaba parte de su mundo y le encantaba todo lo que había en él. Él era como aquel sendero tan trillado.

Pero podía ser difícil y a veces quería clavarle las uñas en la mano, dejar marcas de medialunas. Lupe también podía ser difícil. Cachito no, él siempre era amable. Y su padre tampoco. Nunca se enfadaba con su padre. Lo respetaba demasiado, y si tenían un desacuerdo, Carlota se culpaba a sí misma y nunca al médico.

Debía ser dócil y dulce. Así era como el doctor Moreau deseaba que actuara su hija. Ella intentaba cumplir. Sin embargo, aquella mañana había pronunciado unas palabras maliciosas al sentir que Montgomery la estaba provocando.

—¿De verdad? ¿Qué te parece tan atractivo de la ciudad? ¿Que puedes perder todo tu salario en una partida de tute o de bacará? —preguntó.

—Un insulto al día es suficiente para mí, señorita Moreau —dijo—. Dos es más de lo que soportaré con el estómago vacío.

A pesar de sus ocasionales peleas verbales, Carlota no buscaba herir los sentimientos de Montgomery y se sintió arrepentida mientras caminaban. Cuando llegaron a Yaxaktun, él se quedó junto al portón mientras ella salía al patio. Lupe estaba al lado de las jaulas de los pájaros y Carlota suspiró, recordando que tampoco se había portado bien con ella aquel día.

—Te has olvidado de dar de comer al loro antes de irte —dijo Lupe.

—Puedo hacerlo ahora.

—No es necesario. Ya le he dado de comer.

—¿Sigues enfadada conmigo?

Lupe miró a Carlota con los labios fruncidos.

—Creía que eras tú la que estabas enfadada conmigo.

—Tal vez por un par de minutos.

Volvieron a entrar a la casa lentamente, Carlota susurrando un «lo siento» y Lupe murmurando lo mismo. Entonces Montgomery pasó junto a ella, y Carlota observó sorprendida cómo abría una vitrina y sacaba uno de los rifles. Pero la sorpresa no fue de alarma. Fue cuando Montgomery levantó la voz bruscamente que su cuerpo se tensó.

—Quédate adentro —dijo él con el rifle en la mano, y ella se preguntó qué pretendería. Lo siguió en silencio y se situó en las sombras, no lejos de la puerta, y lo oyó hablar.

Había visitantes afuera. Montgomery hablaba con aquel tono firme que ocultaba su exasperación como un cuchillo en su funda, mientras los hombres respondían con voces indignadas y sus palabras eran cada vez más fuertes. Recordó que Montgomery estaba bebiendo de nuevo y eso la preocupó. La bebida podía deformar a un hombre y nublarle el cerebro. ¿Y si Montgomery cometía un error?

—Ve a buscar a mi padre —le susurró a Lupe, que estaba a su lado, también escuchando atentamente.

Se imaginaba el dedo de Montgomery rozando el gatillo de su rifle y se sintió obligada a actuar. Carlota dio un paso adelante, sin que su agitación llegara a su boca. Las palabras salieron cortésmente.

—Caballeros, si me perdonan, me he tomado la libertad de hacer despertar a mi padre. El doctor Moreau estará con nosotros en unos minutos —dijo.

Había seis hombres, cuatro todavía en sus caballos y dos que habían bajado de ellos y estaban discutiendo con Montgomery. Aquel par estaba vestido correctamente, como caballeros a la última moda. Uno de ellos sujetaba con fuerza su sombrero entre las manos; lucía avergonzado desde el momento en que la había visto. Carlota vio el parecido con el señor Lizalde, pero los ojos del joven eran verdes y sus rasgos eran más finos que los de su padre.

Y así fue como si hubiera echado un cubo de agua al fuego. El caballero de ojos verdes se acercó a trompicones, le besó la mano y el otro le siguió. Ella los guio al interior, a la sala de estar, que rara vez había recibido visitas. El viejo loro sarnoso, en su jaula, lanzó un fuerte grito como si los saludara.

—Debo disculparme por esta presentación tan poco ortodoxa. Mi nombre es Eduardo Lizalde y este es mi primo, Isidro —dijo el apuesto joven mientras ella se sentaba, con las manos cuidadosamente unidas, descansando en su regazo.

Él no había dicho nada mientras caminaban por el patio, aunque ella había sentido sus miradas de reojo.

—Estoy encantada de conocerlos. Aunque quizá no me deba *a mí* una disculpa. El señor Laughton solo estaba protegiendo nuestro hogar —dijo. Su voz era firme, pero no había malicia en ella. No le molestaba la visita.

—Vaya, por supuesto, me disculpo —respondió amistosamente el joven, volviéndose hacia Montgomery y apretando una mano contra su pecho—. Ha sido un día fastidioso y me temo que el calor me ha afectado.

Montgomery no habló, se limitó a bajar el rifle y a cruzar los brazos.

Carlota asintió, aceptando la disculpa aunque Montgomery no hubiera respondido.

Ambos hombres eran guapos y elegantes con sus trajes oscuros. Se mantenían erguidos y no se encorvaban como Montgomery, quien apoyaba un hombro en la pared. Ella conocía a pocos hombres. Aparte de los miembros de su casa, estaban los hombres de los libros, de las novelas de piratas. Hombres de la pluma de Justo Sierra O'Reilly, Eligio Ancona y sir Walter Scott. Su mundo estático estaba siendo invadido por un tipo de hombre diferente.

Eduardo Lizalde la miró con sus vivaces ojos verdes y ella bajó la vista, con los ojos fijados firmemente en sus dedos.

—Caballeros, buenos días —dijo su padre al entrar.

Sintió que Eduardo levantaba la mirada, lo oyó dirigirse a su padre mientras hablaba, disculpándose de nuevo, presentándose, mientras ella observaba fijamente sus manos. Cuando Eduardo Lizalde le había besado la mano, había sido torpe. Sus labios se habían aferrado a su muñeca durante un breve instante. Carlota tocó aquel punto.

—Bueno, señor, Isidro y yo hemos estado fuera de la península y hemos regresado hace poco. Mi padre, pensando que podríamos familiarizarnos con nuestras propiedades, nos preguntó si querríamos recorrer las haciendas de esta región y hacer un balance de ellas, ya que él ha tenido poca oportunidad de visitarlas. Hay muchos asuntos que atender en Mérida. Así es como acabamos quedándonos en Vista Hermosa.

—¿Y cómo fue exactamente que terminaron en Yaxaktun? —preguntó Montgomery. Ella lo miró. Seguía apoyado en la pared, con los brazos cruzados y el ceño fruncido.

El loro armaba un barullo, aparentemente vigorizado por la presencia de los desconocidos. Gritó una frase desagradable que había aprendido de Montgomery. Carlota se levantó y apretó los dedos contra los barrotes de la jaula, intentando calmar al pájaro. «Calla —le dijo—. Calla ya, pajarito bonito».

—Como le he mencionado a usted, señor Laughton, se corrió la voz de que una partida de asaltantes indios había sido vista cerca de mi hacienda y parecían dirigirse en esta dirección, por lo que le solicité peones para apoyarnos.

—No tenemos una hacienda, sino un sanatorio. No hay peones. Quizá su padre no le informó de eso.

—Mi padre me dijo que usted realiza investigaciones aquí. ¿Tuberculosis, creo? —dijo Eduardo con voz amable mientras Montgomery sonaba rudo—. Pero debe haber asistentes para los enfermos.

—El señor Laughton y yo dirigimos Yaxaktun con la ayuda de mi hija —dijo su padre, mientras se sentaba. Hizo un gesto a Carlota. Ella volvió a sentarse y él le dio una palmadita en la mano—. Tenemos una cocinera y dos jóvenes sirvientes que se ocupan de los animales que poseemos.

Esta era la mentira que su padre y Montgomery soltaban delante de todos los desconocidos. Nadie debía conocer a los verdaderos habitantes de Yaxaktun. Ella supuso que debían considerar a los jóvenes como desconocidos, aunque estuvieran emparentados con su patrón.

—¿Tan poca gente? ¿No tienen miedo? Los indios se mantienen cerca de esta zona.

Una brisa hizo oscilar las cortinas blancas hacia dentro y Montgomery cambió de postura. El loro gritó una vez más, un grito estridente, sin palabras esta vez.

—No les interesamos mucho —respondió Montgomery—. Puede que tomen el camino principal, pero nos dejan tranquilos. Por eso no recomiendo que intenten llegar a Tórtola abriéndose paso a machetazos. No llegarían a ninguna parte o se pondrían al alcance de gente con la que no querrán encontrarse.

—Los indios son belicosos, pero seguro que no son rivales para los hombres valientes y las armas —dijo Isidro.

—Veo que ha pasado poco tiempo en Yucatán. Tal vez se crio en Mérida y luego se fue, ¿a dónde? ¿A Ciudad de México? —preguntó Montgomery.

—Por supuesto.

—Entonces no ha visto mucho de esta parte de la península. Los rebeldes mayas tienen el este por una buena razón. Conocen la tierra, tienen el valor y los mueve la fe en sus líderes. Yo no iría a alborotar un hormiguero y no los molestaría.

—Yucatán acabará partido en dos, si el gobierno mexicano sigue con esas actitudes. Lo que necesitamos es que el presidente Díaz envíe soldados para poner a todos estos indios sediciosos en su sitio.

—Dudo de que eso ocurra.

—No es de extrañar que un inglés piense tal cosa —dijo Eduardo—. Después de todo, ustedes los británicos comercian con ellos. Señor Laughton, la razón por la que hemos venido a Yaxaktun no es solo por la amenaza de una partida de indios, sino porque nos han dicho que los indios consideran que esta hacienda es un lugar amigable. Que han estado comerciando aquí, obteniendo suministros y ayuda.

—Eso sí que es mentira y me pregunto quién se lo dijo.

—Puede que Vista Hermosa no esté a la vuelta de la esquina, pero la gente de allí oye historias de todos modos. Dicen que Juan Cumux se pasea por estos lares como si fuera el amo y señor.

Cumux era uno de esos nombres que siempre hacían reflexionar a Carlota.

Era un general, y aunque no era tan poderoso o conocido como otros rebeldes, como por ejemplo Bernabé Cen y Crescencio Poot, estaba al mando de suficientes hombres como para que la gente se fijara en él y rezara para que no se desviara hacia sus tierras. Llevaba muchos años ahí, desde antes de que Montgomery llegara a Yaxaktun, y Melquíades murmuraba maldiciones cuando hablaba de él mientras que Ramona no decía nada. Es mejor no invitar a la mala suerte nombrándola, era lo que les decía Ramona.

—No recibiríamos a un hombre así en nuestra casa. Seguro que lo han engañado.

—La gente habla de cuentos chinos a veces, lo admito —dijo Eduardo con el ceño fruncido—. Pero debo ser cuidadoso cuando se trata de mis tierras y realmente no lo conozco a usted ni a los habitantes de Yaxaktun.

—Tampoco es que tengamos mucho interés en conocerlo, señor, con la forma en que insiste en su punto de vista, lanzando calumnias veladas —dijo Montgomery.

—Si me hubiera enterado de que Cumux estaba cerca, creo que me habría muerto de miedo —dijo Carlota, lo cual no era del todo cierto, pero no quería que Montgomery y Eduardo empezaran a picotearse de nuevo, como los gallos a los que Montgomery apostaba cuando iba a la ciudad.

Miró al joven con un tímido aleteo de pestañas, esperando distraerlo.

—Mi señora, eso sería trágico —dijo Eduardo, y una sonrisa apareció rápidamente en su rostro, ahuyentando su ceño fruncido, y se dirigió a su padre—. Perdóneme una vez más. Por lo que a mí respecta no hay necesidad de molestarlo más de lo que ya lo hemos hecho. Deberíamos volver.

—Me alegro de que se haya aclarado el asunto —dijo el doctor, poniéndose de pie y extendiendo su mano, que Eduardo estrechó.

—Lamento que hayamos tenido que conocernos así. Ojalá hubiera enviado una carta presentándome a mi llegada. Ahora todos pensarán que somos terriblemente groseros.

—No, por supuesto que no. Pero debe volver en otro momento. Tal vez quedarse unos días. Viviendo en la ciudad, debe estar acostumbrado a ir de visita y este aislamiento podría ser discordante.

—Hemos estado bastante confinados, es cierto —dijo Isidro. No era tan guapo como su primo, pero tenía una agradable sonrisa, que ahora dirigió hacia Carlota—. Hemos echado mucho de menos el sonido de la música. ¿Toca usted el piano, señorita Moreau?

Señaló hacia el piano vertical y ella asintió.

—Un poco. Mi padre me ha enseñado.

—Y también canta —dijo su padre.

—Entonces debemos volver —dijo Eduardo—. Sería encantador escuchar a una dama cantando.

Hubo más apretones de manos y Carlota se levantó de su asiento. El loro en su jaula por fin se había aburrido y había dejado de reír y hacer ruidos.

—¿Puedo guiarlos de vuelta a la entrada? —preguntó. Cuando se movió, Montgomery la siguió, una cuarta parte, su sombra, caminando tres pasos detrás de ella y los caballeros.

Isidro caminaba a su izquierda y Eduardo a su derecha, y ella se movía con pasos tranquilos para verlos mejor. No pertenecían a Yaxaktun, a su mundo y por eso la novedad era excitante, y también había algo en la forma en que los ojos de Eduardo la recorrían que la hacía apretar la palma de la mano contra su cintura por un segundo, sintiendo la suave tela de su vestido bajo sus dedos. De pequeña tenía miedo de los caballeros, de que pudieran engullir a la gente. Pero le había perdido el miedo a Montgomery rápidamente y nunca pensó que la picotearía.

Eduardo, sin embargo, le pareció un hombre hambriento, y cuando llegaron a la entrada él le tomó la mano y se la volvió a besar, y Carlota se sonrojó.

—Siento que la hayamos molestado. Realmente ha sido atrevido de nuestra parte. Pero me alegro de que nos hayamos conocido, y si hubiera sabido que la hija del doctor Moreau era tan bonita como es, habría venido antes. Si no hubiera estado exaltado, tal vez esta habría sido una presentación más agradable —dijo Eduardo, soltándole la mano—. No pensará mal de nosotros, ¿verdad?

—No, señor. Ha sido un malentendido.

—Es usted muy amable; eso alivia mi vergüenza —dijo él, con la voz baja, su sonrisa dulce y solo para ella, y luego levantó la cabeza y miró hacia Montgomery—. Señor Laughton, le pido disculpas una vez más. Que tenga un buen día.

Los hombres volvieron a montar sus caballos y pronto se alejaron. Carlota los vio desaparecer en la distancia.

—Me pregunto si volveremos a verlos —dijo.

—Ten la certeza de que lo haremos, aunque espero que sus caballos tropiecen y se rompan el lomo.

Se dio la vuelta, sorprendida.

—¡Montgomery! ¡Qué cosas dices!

—Son unos llorones y unos maleducados. ¿Qué esperas que haga? ¿Cantar sobre ellos en verso?

—Te han pedido disculpas y te he oído alto y claro cuando les ladrabas como un perro rabioso.

—Un perro rabioso. Vaya, vaya, ciertamente han dejado una buena impresión para que los defiendas así. ¿Cuál te gusta más? ¿El muchacho de ojos verdes con el pelo bonito? ¿O el de los ojos castaños y la hermosa dentadura?

Ella no dijo nada, consciente de que estaba vadeando cerca de las arenas movedizas, pero aun así Montgomery sonrió maliciosamente, apoyándose en la puerta para mirarla.

—El de los ojos verdes, entonces. ¿He adivinado bien?

Le dio un codazo mientras volvía a entrar, pero siguió sin decir nada.

—Haz caso a un perro que reconoce a los demás perros: ese tiene dientes.

—¡Eres imposible! ¡Basta! —gritó al fin.

Su bulliciosa risa fue como una cachetada en su cara y Carlota cruzó el patio rápidamente, con las mejillas encendidas. Una vez adentro, se sentó en un sillón de cuero junto a una ventana abierta, mirando al exterior, a las plantas en sus macetas de barro y a la fuente burbujeante, hasta que su cara dejó de arder y pudo respirar tranquilamente. Cinco, seis, siete. Contar hasta diez y esperar. Las emociones fuertes no son buenas, decía su padre. Mantén la calma. Su aflicción de la infancia ya no se manifestaba, pero en el pasado había tenido mareos y su corazón había latido desenfrenadamente. Sus primeros años habían sido de miseria y se los había pasado confinada en la cama.

Lupe vino por detrás de Carlota. La conocía por sus pasos, que eran medidos y diferentes de los más lentos y pesados de Ramona y del rápido arrastre de los pies de Cachito.

—¿Ya se han ido? —preguntó Lupe.

—Sí, se han ido. No hay por qué preocuparse.

—¿De qué has hablado con ellos cuando estabas en la sala de estar?

—Han dicho que había una partida de asaltantes indios y también que alguien en Yaxaktun estaba proporcionando suministros a Juan Cumux. Casi han acusado a Montgomery de ayudarlo.

—No me sorprendería que Montgomery estuviera vendiendo suministros a Cumux.

—¿Por qué dices eso? —preguntó Carlota volviéndose a mirar a Lupe, y esta se encogió de hombros.

—Los ingleses les venden balas y pólvora, todo el mundo lo sabe. Y Montgomery es inglés y siempre necesita dinero para poder beber. Tiene una enfermedad del alma, eso dice Ramona, siempre buscando aguardiente para ahogarse en él.

Eso era cierto, y no solo aguardiente. El brandy o el whisky o cualquier cosa serviría. Últimamente se había mostrado firme y resuelto y se había abstenido de beber. Pero aquella mañana, Carlota lo había mirado a los ojos y había notado los signos reveladores: era cierto, había recurrido a la botella una vez más. La culpa era suya pero también de su padre, que lo permitía, que dejaba que Montgomery y los híbridos se bebieran su licor.

Su padre no hacía nada y Montgomery entraba y salía de la embriaguez, una temporada sano y entero, otra cayendo al abismo. ¿Pero Montgomery realmente los pondría en peligro? Se hacía daño a sí mismo, pero no dañaba a los demás.

—Tal vez esté tratando de mantenernos a salvo siendo amable con los cruzob —dijo Lupe, como si adivinara sus pensamientos—. Su dios les habla a través de una cruz, ¿sabes? Habla de verdad, no como el Cristo de la capilla o el cráneo del burro.

Había un edificio en la parte trasera, cerca de las cabañas, donde alguien había colocado una vez un cráneo de burro en una pared. Ramona decía que estaba allí desde antes de que su padre llegara a Yaxaktun, y por aquel entonces los trabajadores que habían hecho algo malo iban allí y el burro les susurraba el número de latigazos que debían recibir por sus fechorías. Lupe y Carlota le temían cuando eran niñas.

—Una cruz no puede hablar —dijo Carlota—. Es ventriloquía.

—Ramona dice que sí que puede.

—Crees que lo sabes todo, pero no es así.

—Tú tampoco lo sabes todo.

Carlota empujó su silla hacia atrás y se levantó.

—Debería ver si mi padre me necesita.

—No le digas lo que he dicho sobre Montgomery. Si piensa que es desleal lo despedirá y entonces tendremos a un nuevo mayordomo metiendo las narices en nuestros asuntos. Al menos Montgomery nos deja en paz y no pisa fuerte ni grita como ese hombre de hoy.

—¿Qué hombre?

—Ese señor Eduardo.

—¿Lo has estado escuchando todo? ¿Entonces por qué me preguntas de qué hemos hablado si nos estabas espiando? —preguntó ella, indignada.

Lupe sabía que no había hecho bien. Debería haberse mantenido alejada de los visitantes, no fuera a ser que la descubrieran. Si se cubría la cabeza y la cara con un rebozo, Lupe podía ser confundida con una humana. No tenía el extraño andar de los otros híbridos. Pero, con la cara descubierta, era fácil distinguir el pelaje marrón rojizo de su rostro y ver sus pequeños ojos castaños, muy juntos. Sus rasgos recordaban a los del jaguarundi, y cualquiera se habría sobresaltado al verle el rostro. Los otros híbridos no eran menos sorprendentes.

—He escuchado un poco —admitió Lupe encogiéndose de hombros.

—No ha gritado.

—Estás sorda, Loti.

Carlota salió de la habitación y se marchó. Le parecía que todo el mundo era cruel y estaba enfadado aquel día, y sin razón alguna. Ojalá pudiera seguir descansando junto al cenote, tal vez incluso nadando en sus profundidades, con el agua fresca contra su piel.

CAPÍTULO OCHO

Montgomery

Montgomery caminó rápidamente, aventurándose detrás del muro divisorio de piedra, hasta la zona donde estaban dispuestas las cabañas de los híbridos. Todas ellas estaban hechas a la manera tradicional de la región, con un techo de palma de guano que soportaba las lluvias y que se reemplazaba cada pocos años. Aparte de aquellas viviendas, había algunas otras construcciones en la parte trasera. Una de ellas era una estructura de madera que albergaba la maquinaria que antes se utilizaba para prensar la caña de azúcar. Más importante, ahí estaban la noria y los burros que daban vueltas y vueltas, haciendo correr el agua. Alternaban las bestias para que no se agotaran. Un burro no debe trabajar más de tres horas por la mañana y tres por la tarde.

El sistema de riego de la hacienda había sido uno de sus primeros proyectos en Yaxaktun y estaba bastante orgulloso de las mejoras que había hecho y del trabajo de los híbridos, quienes limpiaban los campos, mantenían limpios los canales de riego y cuidaban los caminos para que la maleza no rebasara sus esfuerzos.

En lugar de producir caña de azúcar se dedicaron a la cría de cerdos y pollos, y al cultivo de un modesto surtido de verduras. En marzo sembraban chufas; en mayo era el momento de los chayotes y los jitomates; en junio sería la temporada de los frijoles y el maíz. Cada mes del calendario estaba marcado con tareas, desde el corte de la madera hasta la cuidadosa recolección de la miel. La tierra marcaba su ritmo, como un metrónomo. Tales esfuerzos habrían sido risibles para cualquier hacendado, quien consideraría aquellas labores agrícolas como adecuadas para los campesinos pobres cuando se podía ganar más dinero con otras empresas, pero a Montgomery le gustaba su funcionamiento y la sensación de autosuficiencia que le proporcionaba. Disfrutaba alimentando a los animales y cuidando el par de caballos que tenían. Además, necesitaban trabajar. Lizalde pagaba las vendas, los suministros médicos y las baratijas de Moreau en el laboratorio, pero solo con su dinero no habrían podido mantener alimentados a los veintinueve híbridos, especialmente a los más grandes como Aj Kaab y Áayin.

Se detuvo un momento, reflexionando tanto sobre la conversación con los jóvenes como sobre la reacción de Carlota ante ellos. Montgomery se había burlado de ella por lo de los chicos porque se había mostrado cruel con él. Pero ahora lo pensó mejor y concluyó que no debería haberla molestado. ¿Debía disculparse? Sin embargo, era una cosa tan pequeña y se sintió avergonzado al imaginarse a sí mismo poniéndose de rodillas, apretando su sombrero contra su pecho y rogando el perdón de la dama. Si ella rechazaba la disculpa, le escocería. Lo que debía hacer, decidió Montgomery, era pensar menos en Carlota Moreau y más en otra cosa, cualquier otra.

Sin embargo, aquello era condenadamente duro. Carlota se metía bajo la piel, como una astilla.

—Buenos días, Montgomery —dijo Cachito saltando a su lado. A pesar de ser adulto, Cachito apenas le llegaba al pecho. Era flaco y rápido y su pelaje era leonado, más oscuro alrededor de las orejas, con las manchas y vetas de un ocelote. Poseía una voz juvenil que a menudo era alegre. Era más simpático que Lupe y más dócil que Carlota, quien a pesar de su dulzura podía agriarse en un instante. La chica estaba mimada, era una emperatriz en miniatura.

—Buenos días a ti también —dijo Montgomery, agradecido por la interrupción—. Se nos hace tarde, pero será mejor que jalemos la mesa hacia afuera.

—Te estábamos esperando —dijo Cachito con entusiasmo.

Los viernes eran el día en que todos los híbridos recibían su inyección y una pastilla, que ayudaba a mantener sus estómagos a raya, ya que la inyección podía provocarles náuseas. Sin aquel régimen morirían. Pero había algo más que también inspiraba el entusiasmo de Cachito.

Junto con el tratamiento que Moreau proporcionaba a los híbridos, también les administraba una sustancia que los sumía en un sopor onírico. Había visto a hombres que consumían opio y observaba la misma expresión apagada en sus rostros, y no dudaba de que esto era lo mismo. Los adormecía, como el alcohol que el médico dejaba tomar a los híbridos cada semana.

Montgomery ni siquiera podía culpar al doctor por aquello. A lo largo de los años había visto cómo se retorcían los cuerpos de los híbridos, había visto los dolores que sufrían. Los experimentos de Moreau producían criaturas que no estaban enteras, que eran enfermizas, que a menudo morían jóvenes. Sus pulmones no funcionaban bien o sus corazones latían erráticamente. No podían tener descendencia, ya que el doctor se había encargado de ello, pero si hubieran podido producir vástagos Montgomery dudaba de que alguno hubiera podido llegar a término.

Nunca había querido tener hijos. A Fanny no le había gustado eso de él. Ella soñaba con una gran familia. Montgomery temía que sus hijos se parecieran a él, que fueran borrachos y fanfarrones. O peor aún, que se parecieran a Elizabeth. Qué horrible descubrimiento habría sido volver a ver el rostro de su hermana, rondándolo durante sus horas de vigilia.

El doctor no había creado ningún nuevo híbrido en los últimos tres años. Montgomery estaba agradecido por ello, ya que recordaba algunas de las criaturas que había tenido que enterrar. Cosas frágiles que estaban envueltas en telas y descansaban en su cementerio improvisado. Ramona encendía velas por ellos y Carlota rezaba. Montgomery no decía nada en absoluto.

—¿Cuánto falta para que venga el médico? —preguntó Cachito.

—El doctor Moreau llegará pronto, sin duda —murmuró Montgomery.

—¿Tal vez puedas pedirle que nos dé una botella de ron después?

—Es viernes, no sábado, y es demasiado temprano para beber —dijo, sintiéndose como un completo hipócrita porque a veces se emborrachaba bastante a primera hora de la mañana.

—No es por juerga. A Aj Kaab le ha estado doliendo un diente.

Aj Kaab tenía dientes en dos hileras, dientes que no dejaban de crecer y que, si no se los arrancaban, podían atravesarle el cráneo. Era el híbrido más viejo, de voz gruesa y gris, nacido antes que Lupe y Cachito, y por lo tanto afligido con más deformidades. Luego vino Peek', quien parecía ser todo huesos por aquel entonces, su piel se había vuelto sarnosa. Áayin también era una creación envejecida, con su piel de caimán siempre descascarillada en grandes parches. La mayoría de los híbridos llevaban ropa. En el caso de los más parecidos a los humanos, como Cachito y Lupe, bastaban las ropas normales. Pero otros tenían formas que desafiaban a un sastre común o bien los botones y los cordones resultaban un desafío para sus manos malformadas. En el caso de Áayin, tenía una cola larga y la mayoría de las telas le picaban. Carlota hervía chaal che', y le frotaba el líquido calmante por la espalda.

—Será mejor que el médico vea lo de ese diente. Se lo haré saber —dijo Montgomery deteniéndose a mirar a los cerdos negros en su corral, semienterrados en el barro, durmiendo la siesta. La carne de cerdo era uno de los platos con los que se podía contar en Yucatán, pero el doctor utilizaba los cerdos para sus experimentos y, por lo tanto, Moreau y su hija cenaban más bien guajolote o pescado. Los híbridos tenían una dieta mayoritariamente vegetal con algún pollo ocasional. Cuando Montgomery cazaba, algo más podía ir a la olla.

No cazaba muy a menudo, y cuando lo hacía Ramona se encargaba de hacer una ofrenda para los aluxes, para que la caza saliera bien. Ramona se había criado en un pueblo donde se seguía la tradición de las primicias, no en la ciudad, donde la gente podía olvidar las viejas costumbres. Así que siguió la tradición, para complacerla, e incluso pidió a las piedras su favor. Ramona era estricta con esas cosas y los demás hacían cumplir los procedimientos con tanto rigor como Moreau hacía cumplir sus sermones.

Lupe era la única del grupo que no era piadosa.

Cachito se inclinó sobre la valla.

—He escuchado que hoy ha venido uno de los Lizalde.

—¿Te lo ha contado Lupe o Carlota?

—¿Estamos en deuda con ellos, Montgomery? ¿Es como la nohoch cuenta? —respondió Cachito en lugar de proporcionarle un nombre.

Los hacendados controlaban a sus trabajadores mediante dos formas de deuda. La pequeña deuda era cuando compraban productos en la tienda de raya. Pero la gran deuda se contraía cuando se casaban o se celebraba un entierro; el dinero prestado cubría todas las cuotas eclesiásticas y municipales. La esclavitud estaba prohibida por la ley. En la práctica, una rápida anotación de un mayordomo en un libro de cuentas, indicando la suma que se debía, aseguraba que los trabajadores nunca se fueran. En Yaxaktun no había tienda de raya ni libro de contabilidad en el que se anotaran las cuotas, por lo que era un comentario extraño.

—¿Qué te hace decir eso?

—Carlota le lee las cartas al médico en voz alta cuando está cansado.

Tú y Lupe se pasan las horas de vigilia escuchando detrás de las puertas —dijo Montgomery—. ¿Cómo puedes estar en deuda con Lizalde si nunca lo has conocido?

—Bueno… tú sí que estás en deuda con él.

—Porque soy un idiota. Tú, en cambio, eres inteligente.

—El médico también está endeudado. Eso es lo que he entendido desde detrás de las puertas.

—Vamos a por esa mesa —dijo Montgomery, porque no podía hablar de las transacciones financieras de Moreau con Cachito.

Sacaron la mesa del almacén y la colocaron ante una de las cabañas. No tardaron en aparecer el médico y su hija, ella llevaba su maletín y los suministros, mientras él se apoyaba en su bastón.

Carlota puso sobre la mesa el instrumental que se iba a necesitar. Tuvo cuidado de mantener los ojos en la tarea que tenía entre manos y no miró a Montgomery, por lo que él supo que seguía molesta.

Los híbridos se pusieron en fila y recibieron su medicamento, los más jóvenes primero. La Pinta, Estrella y El Mustio estaban al frente de la fila, criaturas flacas, de cara plana y con aspecto de perro, de tamaño menudo y poco notables cuando se les comparaba con algunos de los otros ejemplares, pues había una vertiginosa variedad de formas y animales representados.

Moreau, aquejado de una extraña vena creativa, había dado vida a híbridos peludos con los hombros encorvados y los antebrazos cortos, pero también a seres simiescos cuyos nudillos podían rozar el suelo al caminar y las columnas curvadas. Había creado un híbrido rechoncho y bajo que tenía los ojos redondos y sobresaltados y la larga lengua del kinkajou, otro pintado con los puntos y rayas reveladores de la paca, y un tercero con las pequeñas orejas y las distintivas bandas óseas transversales del armadillo. También los había con orejas malformadas, mandíbulas protuberantes y un pelo erizado que casi ocultaba los pequeños ojos. Era una mezcla confusa de colmillos, pelos y escamas, mostrando la plasticidad de los huesos.

Sin embargo, a pesar de que sus carnes se retorcían, era posible descubrir el animal original que los había engendrado: Cachito y Lupe se asemejaban claramente a gatos salvajes, mientras que en otros rostros se podía identificar al zorro y al juguetón coatí. Parda tenía un hocico de lobo y se movía a grandes zancadas; Weech era pequeño y ágil, mientras que otros se arrastraban o cojeaban, recuperando el aliento con esfuerzo.

Al principio, Montgomery se había sorprendido por sus semblantes, incluso se había alarmado por sus extraños andares. Los consideraba criaturas míticas, seres que podrían haber pertenecido a un manuscrito medieval, producto de la imaginación de un escriba febril. O bien eran los monstruos que habitaban en los bordes de los mapas. ¡Aquí hay dragones!

Pero ahora Montgomery consideraba a los híbridos simplemente como los habitantes de Yaxaktun.

Y así llegaron en orden y reprendió a El Rojo por intentar adelantarse a la fila, como siempre hacía, y le dio unas palmaditas en el hombro a Peek y charló con Cachito.

Era como cada semana, solo que no lo era. Montgomery sacó un cigarro y lo encendió, observando cómo trabajaba el médico, pensando en los jóvenes que habían pasado por allí y, cuanto más pensaba en aquellos idiotas entrometidos, más irritado se sentía.

Después, cuando todos los híbridos se retiraron y volvieron a sus cabañas, Montgomery ayudó a Carlota a recoger las cosas del doctor y lo llevó todo al interior. La chica no se quedó en el laboratorio y se excusó.

Montgomery sabía que estaba a punto de recibir una reprimenda, y quizá la chica también lo supiera. O bien la obstinada ira de Carlota la había obligado a salir de la habitación, ya que normalmente le gustaba el laboratorio y más de una vez habían pasado allí una buena hora, limpiando y ordenando las herramientas y suministros de Moreau. A veces, él le mostraba cómo se cortaba la piel de un animal y se montaba un espécimen.

—¿Te peleas con los vecinos porque estás aburrido, Laughton, o hay otra razón para tu actuación de hoy?

—Estaba tratando de deshacerme de ellos rápidamente. Podría haberlo conseguido, si su hija no hubiera intervenido.

—¿Entonces es culpa de Carlota? —preguntó el médico con un rastro de impaciencia en su voz.

—No, señor. Es que no necesitaba su ayuda, pero me doy cuenta de que he metido la pata. Tal vez debería enviar una carta a los chicos Lizalde diciéndoles que no nos visitasen. Podríamos inventarnos algo para mantenerlos alejados.

El médico examinó una botella con un líquido amarillo, sosteniéndola a la luz.

—¿Por qué habría de hacer eso?

—Ellos no entienden el trabajo que está llevando a cabo.

—No, no lo entienden. Creen que dirijo un sanatorio para pobres —dijo el médico, mientras volvía a colocar con cuidado la botella en un estante.

—Es mejor que escriba la carta, señor. Puedo llevarla mañana. Si nos visitan podrían descubrir la verdad. Y para serle franco, señor, me parecen el tipo de hombres que podrían mostrar un interés indebido por su hija.

—Eso espero —dijo Moreau con una firme determinación que tomó por sorpresa a Montgomery.

—¿Señor? —preguntó Montgomery confundido.

—Lizalde se ha impacientado y se ha cansado de mí. Hace años que le prometo resultados y tengo poco que mostrarle.

—Pero los híbridos son reales —protestó Montgomery.

—Sí, sí, son reales, pero también ambos sabemos lo frágiles que pueden ser —dijo el médico, haciendo una mueca—. Todavía hay algo en todo lo que hago que me frustra. Constantemente me quedo corto con lo que sueño. Las extremidades están torcidas, surgen deformidades, los errores estropean mi trabajo. Una vez me acerqué a la perfección pero bueno... no es un éxito que haya podido repetir.

Sin duda se refería a Lupe y a Cachito, quienes eran fuertes, ágiles e ingeniosos. El resto de las criaturas de Moreau eran propensas a inspirar lástima. Los más viejos estaban más destrozados, pero los jóvenes también tenían sus achaques.

—Cada día detecto más lagunas, imperfecciones que nunca deberían haber existido —continuó Moreau—. Aunque me dieran tres décadas no creo que fuera capaz de resolver este rompecabezas. Pero no tengo tres décadas; ni siquiera tengo un año. Lizalde está harto. Para él, Yaxaktun es una tierra en barbecho a la que se le podría dar un mejor uso, y mi proyecto ha perdido su brillo. Le he escrito, pero se ha vuelto intratable. Nuestros fondos están disminuyendo y es poco probable que nos proporcione más dinero o suministros.

Entonces Cachito tenía razón. El doctor estaba en medio de una emergencia económica y le había ocultado aquel hecho a Montgomery. Le disgustaban los secretos y los juegos de manos, pero antes de que pudiera quejarse, el médico volvió a hablar.

—Por eso la llegada de los jóvenes Lizalde parece una providencia divina. Montgomery, podrían ser nuestra salvación.

—No lo entiendo.

—Carlota. ¿No es joven y hermosa? Si uno de ellos la cortejara, podríamos sobrevivir a esta sequía. No nos echarían, y si ella se casara, todo estaría asegurado.

Ah, ¡así que ese era el plan! En lugar de tener que arrastrar a Carlota a Mérida en busca de un esposo, parecía que el doctor había determinado que un esposo se había presentado ante ella. Tenía sentido. Su hermana se había casado a los dieciocho años. Él mismo tenía veintiún años el día de su boda. Pero Montgomery se había casado por amor. Carlota se casaría con una fortuna. Tal vez no le importaría. A Fanny le gustaban las cosas finas, y cuando un esposo podía permitirse comprar perlas se le podían perdonar muchos defectos, como quedó patente en su segunda unión con un hombre más rico.

—¿Ha hablado de esto con su hija?

—No. No es ella quien debe decidir —dijo Moreau con una mirada firme y tranquila.

Eso era cierto, pues la ley favorecía el proceder de Moreau. Incluso cuando una mujer había alcanzado la mayoría de edad y había cumplido veintiún años, no se le permitía vivir fuera de la casa de su padre sin su permiso expreso ni hacer casi nada por su cuenta. Por lo tanto, si a Carlota le resultaban desagradables los planes de su padre, tampoco podría separarse de él. Y, sin embargo, le pareció frío no informar a la chica de que era probable que la hicieran desfilar delante de dos caballeros como un buen caballo y sería rápidamente vendida.

—Si vienen de visita debes ser educado con ellos. No te preocupes por mi hija, yo me encargaré de que se porte bien. No más peleas con esos chicos, ¿entiendes?

—Entiendo, señor —dijo, sin ninguna inflexión en la voz.

Aquella noche, mientras Montgomery estaba sentado en su habitación y se servía un vaso de aguardiente, volvió a pensar en Fanny. Hacía tiempo que no lo hacía. En los primeros meses de su partida bebió para olvidarla, pero el tiempo había hecho su trabajo y ya no la recordaba como antes. Sus cartas imaginarias para ella habían disminuido. ¿De qué servía escribir solo en su cabeza? Sin embargo, aquella noche se encontró componiendo una misiva.

> Todos somos mercancías en Yaxaktun. Mercancías que se venden, se negocian y se intercambian. Nuestros precios varían, por supuesto. Carlota Moreau vale oro y rubíes. Aunque, con un hombre como Eduardo Lizalde, me pregunto si él lo sabrá. No des lo sagrado a los perros; ni eches tus perlas a los cerdos, no vaya a ser que las pisoteen y se vuelvan y te hagan pedazos.

Bebió su aguardiente y cerró los ojos. Había pasado demasiado tiempo en aquel lugar. Debería marcharse. Había conseguido sosegarse en un estado de alegría a medias, pero la llegada de los Lizalde era una señal. Si se quedaba aquí se volvería loco como Moreau, quien pasaba sus días persiguiendo obsesivamente un secreto que nunca podría tener.

CAPÍTULO NUEVE
Carlota

Alimentó al loro y le susurró una cancioncilla. Cuando terminó de atender a los pájaros, tomó el maletín médico de su padre y se dirigió a las viejas cabañas de los trabajadores. El doctor Moreau debería haber revisado los dientes de Aj Kaab el día anterior, pero de nuevo había faltado a sus obligaciones y de nuevo Carlota había decidido prestarle asistencia. Aj ts'aak yaaj, el curandero, así llamaban a veces los híbridos a su padre en maya, imitando las palabras de Ramona. Pero era Carlota la que más se preocupaba de atender sus dientes, huesos y extremidades. A ella no le importaban aquellas tareas. De hecho, las disfrutaba. Le gustaba mantenerse ocupada; le gustaba ayudar a los demás.

Aj Kaab parecía todavía somnoliento cuando lo llamó aquel sábado por la mañana. En efecto, era temprano, antes de la misa o el desayuno, pero era mejor quitarse de encima esos asuntos. Aj Kaab bostezó y estiró los brazos mientras Cachito arrastraba una silla y una mesa fuera de su cabaña. Carlota dejó el maletín médico en el suelo y fue a llenar un cántaro con agua para poder lavarse las manos y enjuagar la boca de Aj Kaab.

—Apuesto a que vuelve a gritar y a armar un escándalo —dijo K'an. Era una criatura delgada y de largas extremidades, con el pelo leonado que se parecía más bien a un mono, aunque también había algo lobuno en su largo hocico.

—Te voy a morder la cola —refunfuñó Aj Kaab.

—Ya, no se peleen —dijo Carlota, sacudiendo la cabeza y tocando el brazo de Aj Kaab—. Abre bien, por favor.

Aj Kaab obedeció y le mostró sus fauces. Los dientes eran afilados y abundantes, pero ella no vaciló, sus dedos se deslizaron contra la mandíbula y luego hurgaron suavemente en un punto sensible.

Encontró el diente que le molestaba. La dificultad no consistía en extraerlo, sino en disminuir el dolor. Para ello, tuvo que emplear éter, que roció en un pañuelo. Como ya había realizado esta operación varias veces, terminó rápidamente y el largo diente fue colocado en un plato. A continuación, tapó la cavidad dental vacía con una gasa empapada en yodoformo. No tardaría en crecer un nuevo diente.

—¿Cómo estás, K'an? —preguntó—. ¿Necesitas algo?

—Me duele la muñeca —dijo K'an.

—¡Bah! Véndala con fuerza y estará bien en un día —dijo Aj Kaab—. Siempre es lo mismo, esguince de muñeca, esguince de tobillo. K'an es de cristal.

—Y tú eres maloliente y corpulento y no eres agradable —replicó K'an remilgadamente.

—Soy tan grande como necesito serlo —dijo Aj Kaab, inflando con orgullo su pecho.

—Voy a echar un vistazo —dijo Carlota.

Los huesos de algunos híbridos eran frágiles, y aunque Carlota sospechaba que se trataba de un esguince de muñeca podía ser una fractura, y lo peor en aquel caso sería renunciar a una férula. Su padre decía que incluso un médico formado podía confundir una fractura de Pouteau-Colles con un esguince de muñeca, y la peculiar anatomía y el pelaje de los híbridos hacían más difícil realizar ciertos diagnósticos, aunque ella nunca había fallado a la hora de determinar el tratamiento adecuado.

Al final, Carlota decidió que, después de todo, K'an tenía un esguince en la muñeca y que un soporte de cuero la mantendría suficientemente en reposo.

Una vez concluidas sus tareas, Cachito vertió agua del cántaro en la palangana y Carlota volvió a lavarse las manos.

Por el rabillo del ojo vio pasar a Montgomery, quien se había levantado temprano y también estaba ocupado en sus tareas.

Hizo como si no lo hubiera visto. El día anterior se había burlado de ella y temía que volviera a hacerlo.

«El de los ojos verdes», había dicho. ¿Y cómo había sabido a cuál de los caballeros prefería ella? Pero tenía razón. Le gustaban los ojos de Eduardo.

Carlota recogió su instrumental médico y volvió a entrar a la casa. En la cocina, la bandeja de su padre estaba lista. Algunos días, Carlota cortaba una flor y se la ofrecía a su padre junto con su pan tostado y su mermelada. Era un bonito detalle. Pero había estado presionada por el tiempo, así que en aquella ocasión simplemente llevó consigo su sonrisa.

Caminó con pasos rápidos y firmes y llamó una vez antes de entrar a la habitación. Colocó con cuidado la bandeja en la mesita de noche y apartó las cortinas blancas, abriendo las altas puertas francesas para que entrara la brisa y también para ofrecer una vista de la vegetación del patio. Por las noches se podía estar en el patio y mirar un rectángulo de cielo nocturno para contemplar las estrellas, pero durante el día el sol bañaba la hiedra que crecía en las paredes y hacía brillar los azulejos decorativos de la fuente. La luz, el aire y el agua se mezclaban para producir un reino de encanto.

—Te he traído el desayuno —dijo—. Y no me digas que no tienes hambre.

—No tengo —contestó su padre incorporándose.

Su bigote era blanco y su pelo oscuro había perdido casi todo su color. Cuando se movía ahora era más lento, aunque seguía habiendo una fuerza decidida en su cuerpo, que siempre había sido tan sólido como un árbol de caoba. No le gustaba que Carlota se preocupara en exceso por él, se ofendía por sus gestos de cariño. Le gustaba señalar que no era un inválido y hacía que se fuera cuando se ponía demasiado empalagosa.

—¿Te has tomado tu medicina?

—Sí, por eso tengo el estómago revuelto y no tengo hambre.

—Te preparé un té para que se te asiente mejor el estómago —dijo ella, y le sirvió cuidadosamente una taza.

Su padre sonrió mientras daba un sorbo a la bebida. Ella sacó del armario la ropa que llevaría aquel día y la colocó en el respaldo de una silla. La bonita mujer rubia del cuadro ovalado sonreía a Carlota. Deseaba poder cubrirla con un trozo de tela; no dejaba de perturbarla.

—Eres buena conmigo, Carlota —dijo. Aquella mañana estaba de buen humor.

Sonrió mientras rozaba la chaqueta de su padre con sus manos cuidadosas contra la tela. Le gustaba que luciera con aplomo y perfecto.

—¿Qué te parecieron los chicos Lizalde? —preguntó.

Tomó un pequeño pelo blanco obstinadamente adherido a las solapas de la chaqueta y lo apartó.

—No tengo una opinión sobre ellos.

—Estaría bien que se quedaran unos días. Estás tan sola aquí.

—No es verdad. Tengo mi trabajo en el laboratorio.

Desde hacía unos años, el doctor Moreau permitía a Carlota entrar a la antesala y al laboratorio más a menudo para ayudarlo en sus tareas. No había olvidado aquel incidente de hace tiempo en el que habían dejado suelto a un híbrido, pero sus ataques de gota eran cada vez más frecuentes y la necesitaba. El doctor Moreau había probado todo tipo de remedios para aliviar su dolor, pasando por el litio, la colchicina, el calomel y la morfina, pero no había una cura fácil para su mal.

El trabajo que su padre encargaba a Carlota estaba cuidadosamente repartido. Podía atender a los híbridos, tratar sus dolores y heridas, incluso mezclar ciertos compuestos para él, limpiar matraces y recipientes, aunque muchas cosas permanecían ocultas. Ella no entendía todos los secretos de sus logros científicos. Pero tampoco Montgomery, aunque también colaborara en el laboratorio trayendo madera o especímenes de animales.

Esperaba que algún día su padre le permitiera hacer más cosas, que la dejara estudiar minuciosamente todas sus notas y libros. Debía ser paciente. El doctor Moreau no se apresuraba.

—El trabajo en el laboratorio no es lo mismo que estar rodeado de gente.

—Te tengo a ti. Tengo a Lupe.

—Pero poder pasar tiempo con los caballeros sería un cambio bienvenido.

—Montgomery es un caballero.

—El señor Laughton es muchas cosas, pero no un caballero. Un paria y un borracho, tal vez.

—¿No eres tú en cierto modo un paria? —preguntó Carlota, porque aunque seguía enfadada con Montgomery su sentido de la equidad la obligaba a defenderlo, y además lo consideraba bastante amable.

Su padre levantó las cejas ante eso.

—¿Qué clase de charla grosera es esta? ¿Yo? ¿Un paria?

—Lo dijiste una vez, papá. Estabas hablando de tu hermano y de ti...

—Me malinterpretaste, seguramente —dijo él, aunque Carlota recordaba que lo había dicho; había sido durante uno de esos episodios suyos en los que estaba terriblemente triste y quería verla poco, prefiriendo contemplar el retrato ovalado de su esposa muerta—. ¡Paria! ¡Yo! Además, es imposible que la compañía de Laughton te resulte más agradable que la de los chicos Lizalde.

Su voz se había endurecido y, sin querer desagradarle, negó con la cabeza.

—Por supuesto que no —dijo rápidamente—. Pero no los conozco.

—Eso es fácil de remediar. No debes ser tímida. Sé amistosa y agradable si vienen a quedarse con nosotros. Debemos complacer a los Lizalde en todo momento. Tienes lindos vestidos, sería una buena ocasión para usarlos, y tu pelo... tal vez podrías peinártelo siguiendo la última moda.

El pelo de Carlota solía caer en una única y gruesa trenza hasta la cintura o lo llevaba suelto. Pero las revistas y los periódicos que Montgomery le traía de la ciudad mostraban a mujeres con elaborados peinados, con mechones cuidadosamente retorcidos y rizados y apilados con ornamentos y postizos.

—Eres una buena joven y ellos son buenos jóvenes. Si estuviéramos en la ciudad, ya habrías sido presentada en sociedad. Pero estamos aquí y no ha habido oportunidad de mostrarte adecuadamente al mundo. Una dama de tu edad podría ser cortejada, ¿sabes? Deberías practicar tu forma de tocar el piano y ya veremos qué opinan de ti.

—Sí, papá —dijo ella, aunque se preguntaba si encontrarían un fallo en su comportamiento o en su forma de vestir por muchas revistas de moda que mirara.

—No quiero que estés ansiosa. Cuando estás ansiosa se puede desencadenar una recaída.

—No, papá. Estaré bien —dijo ella, aunque su voz era débil.

—¿Qué salmo vamos a leer hoy? —preguntó su padre señalando hacia el cajón donde guardaba su Biblia, pues las mañanas de los días laborables le gustaba que le leyera textos científicos, pero las mañanas en que tenían un oficio religioso prefería la Biblia—. *Dominus illuminatio mea.*

—Aunque me asedie un ejército, mi corazón no temerá; aunque estalle una guerra contra mí, yo mantendré la confianza —dijo, y entonces su voz se alzó clara y dulce. El salmo era tan fácil que no necesitaba leerlo para recitarlo.

Su padre sonrió. Estaba contento.

En cuanto él se terminó el té y se vistió, fueron juntos a la capilla. Todos los sábados celebraba un oficio religioso en el que se leía la Biblia encuadernada en cuero y con tapa roja.

La capilla era modesta y apenas podía albergar a aquella pequeña congregación. Había sido concebida por el mayordomo del rancho y la familia que había vivido allí antes que ellos, y no para los trabajadores que podrían haber hecho su morada tras los muros de piedra. Por lo tanto, estaban apiñados y hacía demasiado calor, incluso por la mañana antes de que el sol hiciera arder la tierra.

Pero a Carlota le gustaba la capilla, a pesar de su pequeñez y sencillez. En una de las paredes había un bonito mural que mostraba a Eva en el Jardín del Edén y lo contemplaba con interés porque Eva, en lugar de ser representada pálida y de pelo dorado como en la Biblia de su padre, en lugar de parecerse a la mujer del retrato ovalado, había sido pintada con un tono más oscuro que recordaba la piel de Carlota. El Cristo en la cruz, sin embargo, era pálido como la nieve y a ella no le gustaba verlo porque su rostro estaba contorsionado por la agonía.

Los sermones de su padre hablaban a menudo del dolor de Cristo, exhortando a los híbridos a comprender que Dios dotó al mundo de dolor para que todo se perfeccionara. El pecado original debía ser borrado, pero aquella tarea no podía llevarse a cabo sin sufrimiento. Dios había encomendado a su padre la labor de perfeccionar la creación y librarnos a todos del pecado, y así el doctor había creado los híbridos. El doctor Moreau era, pues, un profeta, un hombre santo.

Pero Carlota sabía que los híbridos estaban confundidos por esta noción. Los había oído decir que el doctor Moreau era el dueño del profundo mar salado, el señor de las estrellas en el cielo y del rayo. Y su padre no siempre los corregía.

Le preocupaba que aquello fuera una blasfemia. Le preocupaba el tapiz del mundo que él había tejido para ellos y el propósito de Yaxaktun. Sin los experimentos y la investigación médica de su padre, Carlota habría muerto, eso era cierto. Y él le había contado a menudo cuántas otras maravillas podrían encontrarse al atravesar el velo de la naturaleza. Curas que podrían dar esperanza a los que no la tenían.

Y sin embargo... los híbridos habían nacido con extrañas y raras dolencias que podrían reclamarlos de forma dolorosa.

Los híbridos sufrían por el bien de la humanidad. Sin embargo, el dolor era un regalo, ese era el estribillo de su padre. El dolor debe ser soportado, porque sin él no habría dulzura.

Aquella mañana el doctor les dijo que debían ser obedientes y dóciles, otro tema habitual en la capilla.

—No hablar mal de nadie, evitar las peleas, ser amables y mostrar una perfecta cortesía hacia todas las personas —dijo.

En el fondo de la capilla vio a Montgomery inclinado junto a la puerta con aspecto adusto. Dudaba que estuviera escuchando.

No pudo encontrar a Lupe entre la congregación. Cuando su padre empezó a rezar, ella inclinó la cabeza y susurró las palabras.

Este es el Cordero de Dios, el que quita los pecados del mundo. Dichosos los llamados a la cena del Cordero.

Cuando terminó el sermón y Montgomery y Cachito condujeron a los híbridos de vuelta a sus casas y tareas, ella fue a buscar a Lupe. La encontró en el viejo edificio con el cráneo del burro, mirándolo. Carlota se sentó junto a Lupe en un banco y ambas se quedaron mirando los restos del animal. No entendía por qué Lupe buscaba aquel lugar en vez de la comodidad de la capilla, pero a estas alturas sabía que muchas de las preferencias de Lupe difícilmente podían entenderse. No daba explicaciones a Carlota y sus preguntas eran a menudo reprendidas.

—Has vuelto a faltar a la capilla. Mi padre se enfadará.

—Tal vez —dijo Lupe.

—No te importa.

—Cachito repetirá lo que ha dicho hoy durante todo el día, como si fuera un loro.

—Da igual. Él prefiere que estés allí —insistió. No quería que Lupe se metiera en problemas, no quería que surgieran conflictos en su perfecto hogar. Pero Lupe estaba distante ahora, sus ojos se apartaron de ella.

Desea emprender el vuelo, pensó. *Si tuviera alas, habría alcanzado el horizonte.*

—Siempre dice lo mismo.

—No es verdad.

—Estás sorda, Loti.

No contestó, pues no quería iniciar otra pelea. Lupe se levantó y la siguió al exterior. En lugar de volver a entrar a la casa se instalaron en el patio, junto a una pared pintada de color guinda y repleta de hiedra. Carlota apoyó la cabeza en el hombro de la otra chica y miraron la fuente.

El silencio era como un bálsamo para aliviar cualquier herida. Los pájaros cantaban en sus jaulas y la fuente burbujeaba. Olvidaron cualquier hostilidad que hubiera habido entre ellas.

Fue Carlota la que rompió aquella burbuja perfecta de confort, viendo cómo las cortinas blancas de la habitación de su padre se agitaban con el viento.

—Creo que mi padre quiere que los Lizalde se fijen en mí —dijo ella.

—¿Que se fijen en qué sentido?

—Dijo que estaba en edad de ser cortejada.

—¿Te gustaría eso?

En sus novelas de piratas, las mujeres eran secuestradas o conocían a sus amantes de formas emocionantes. Ser cortejada implicaba un proceso mundano parecido a la cocción de los frijoles o al lavado de la ropa de cama. Sin embargo, también era algo ajeno que aún no había experimentado y eso por sí solo podría hacerlo digno de excitación aunque otras mujeres fueran cortejadas de forma rutinaria.

—Son apuestos. Tendría un esposo apuesto.

Lupe se rio y pasó una fina uña por la trenza de Carlota, como habían hecho de pequeñas. A Lupe le gustaba trenzarle el pelo. Como a una muñeca. Carlota era una muñeca para todos.

—Esa es una razón tonta para querer un esposo. Pregúntale a Ramona, ella te lo dirá. Su marido era bastante guapo y luego le rompió la nariz con el puño. No se puede saber lo que es algo con solo mirarlo.

—Ramona no ha dicho eso.

—Sí que lo ha dicho. Tú…

—Sí, lo sé. Estoy sorda —murmuró Carlota con cansancio.

Suponía que no había ninguna razón por la que la belleza y la virtud tuvieran que ir de la mano, pero tampoco quería resignarse a la idea de casarse con un desconocido feo y de aliento rancio. Si pudiera tener un esposo guapo y un caballero, ¿no estaría bien? No era que hubiera pensado mucho en el matrimonio. Suponía que siempre viviría en Yaxaktun, atendiendo a su padre, entrando y saliendo del laboratorio, paseando hasta el ojo de agua para nadar. Si se casaba, ¿debería dejar su casa? Tal vez si fuera con uno de los Lizalde no tendría que ir muy lejos. Podrían vivir en Vista Hermosa e ir de visita a menudo.

Ella no quería que las cosas cambiaran.

Y aun así.

Los ojos de Eduardo Lizalde eran hermosamente verdes, del color de las hojas del ja'abin antes de la llegada de las lluvias. Los recordó y se sonrojó.

CAPÍTULO DIEZ

Montgomery

A Eduardo Lizalde le tomó menos de una semana enviar una carta diciendo que, después de todo, se quedaría con ellos unos días. Montgomery no había dudado de que volvería, pero le divertía su precipitación.

La llegada de los dos jóvenes hizo necesaria una miríada de preparativos. La casa fue cuidadosamente desempolvada, la porcelana encerrada en su gabinete fue sacada y lavada, la cubertería pulida. Incluso Montgomery se vio obligado a sacar su americana azul de media gala y el chaleco de una sola hilera de botones del armario. Cachito se rio cuando lo vio de pie frente al espejo, ajustando su amplio pañuelo amarillo prímula. A Fanny le gustaban las rosas amarillas y se ponía aquel pañuelo por ella.

—¿Tan mal estoy? —murmuró.

—No está mal —dijo Cachito alegremente—. Diferente.

Montgomery tomó con cuidado un alfiler de corbata plateado con la cabeza de un zorro y se examinó. Supuso que sí tenía un aspecto extraño, diferente de lo que él consideraba su uniforme: la camisa blanca y los pantalones blancos que llevaba todos los días.

Pero Montgomery no se engañaba a sí mismo. Su cara era sencilla y prosaica, siempre lo había sido. Cuando había cortejado a Fanny se había esforzado con su pelo y su ropa. La había perseguido con ahínco y, con la joven a su lado, a veces se había sentido transformado en un príncipe. Pero esos días ya habían pasado.

Sin embargo, no podía presentarse ante los Lizalde con suciedad bajo las uñas y el pelo enmarañado. Su americana no era de lo más nueva, pero supuso que se vería bien, y el aseo nunca le hacía mal a un hombre, ¿verdad? El hecho de que no se cuidara últimamente no significaba que tuviera que ir por ahí con aspecto de pueblerino.

—Quizá debería afeitarme —le dijo a Cachito, frotándose una mano contra la mejilla. Los Lizalde tenían pequeños y cuidados bigotes. Montgomery se había dejado crecer la barba—. ¿Qué opinas, debería deshacerme de estas patillas?

—Estarás feo sin el pelo —dijo Cachito.

Entonces fue el turno de Montgomery de reírse.

—Supongo que no soy un muchacho, pero bien podría afeitarme la pendeja barba antes de mañana —dijo, y tiró del pañuelo del cuello.

—Me gustaría poder ver a los visitantes.

—Sabes que no puedes. Debes permanecer fuera de la vista.

—Sí, sí. Pero tengo curiosidad. Son hombres que quieren matar a Juan Cumux. Deben ser intrépidos para cazarlo.

—Son cobardes y tontos, todos ellos. Si realmente creyeran que se van a encontrar con Cumux se darían la vuelta y huirían.

Cachito ladeó la cabeza hacia él.

—No importa. Nunca lo encontrarían. Juan Cumux conoce cada árbol de la selva y tiene sesenta hombres con él en todo momento. Lo leí en uno de los periódicos que trajiste de la ciudad.

—No hay que creerse todas las historias que hay —dijo, y se preguntó qué más habría leído Cachito en los periódicos.

—Pero él *es* intrépido y lucha por los suyos. A diferencia de los Lizalde. Creo que ellos luchan por sí mismos.

—¿Todavía estás preocupado por lo que la nohoch cuenta? No deberías estarlo.

—Pero no te agradan.

—No, no me agradan, pero no es a mí a quien deben agradarle —dijo Montgomery simplemente.

A la mañana siguiente se levantó muy temprano, sin el más mínimo olorcillo a aguardiente en los labios. Sí se afeitó la barba, la dejó en bigote y, luego, sintiéndose irritado, no queriendo que los chicos pensaran que los había imitado, se afeitó todo el vello facial. Así tenía un aspecto demacrado y agobiado, pero lo prefería a intentar aparentar un estilo que no poseía.

Volvió a pensar en Fanny, en la forma en que lo había mirado en sus días de cortejo y rosas amarillas. Desde entonces se había astillado un diente, le habían aparecido cicatrices en el brazo y líneas de expresión bajo los ojos. Tenía treinta y cinco años y no recordaba quién había querido ser a los veinte. Hacía tiempo que se había perdido a sí mismo.

Atendió sus deberes y luego se plantó en la entrada de la casa a la hora señalada, esperando a los hombres. No fueron puntuales, y una hora después de haber dicho que llegarían por fin aparecieron cabalgando y él los guio a ellos y a sus caballos hasta el establo. Tenía que sacar las alforjas de los animales y llevar sus pertenencias a sus habitaciones, así que indicó a los caballeros que por favor se dirigieran a la sala de estar.

Una vez que lo consiguió, pidió a Ramona que desempacara las cosas de los hombres y se pasó por su habitación para ponerse el atuendo que había elegido, fijando rápidamente el pañuelo en su sitio. Cuando entró a la sala de estar vio que el doctor Moreau ya estaba allí, charlando amistosamente con los caballeros. Eduardo dejó caer con despreocupación su dedo sobre una tecla del piano, tocando tres veces la misma nota.

Apenas se dieron cuenta de que Montgomery se mantenía rígido a un lado. No era que esperara ser realmente incluido en aquellas interacciones. Estaba allí simplemente porque debía dar la cara. El doctor Moreau consideraría grosero que se encerrara en su habitación con una botella, que era lo que deseaba hacer.

Se olvidó de la botella cuando Carlota Moreau entró a la habitación; casi se olvidó de respirar.

Llevaba un vestido verde salpicado de un estampado de delicadas hojas blancas que se ceñía a su figura desde el cuello hasta la cadera para luego dar paso a una amplia falda. Se había recogido el pelo, con suaves rizos que le caían encantadoramente alrededor de la cara. En la mano derecha portaba un abanico y se movía con aquella maravillosa facilidad suya.

Qué preciosa era, la imagen de la belleza juvenil, y rápidamente apartó la mirada, temiendo que alguien pudiera notar la repentina y entusiasta sonrisa que había amenazado con extenderse por su rostro, la pura alegría de observarla, el vergonzoso entusiasmo que le iluminaba los ojos.

Eduardo tiró de su americana antes de dar un paso adelante y lanzar a la chica una sonrisa deslumbrante, tomando su mano y depositando un beso en ella.

—Señorita Moreau, nos preguntábamos dónde se había escondido —dijo.

—Sí, efectivamente —dijo Isidro—. Eduardo ha estado amenazando con tocar el piano. No debes dejarlo.

—¿Tocarías y cantarías para nosotros?

—Si quieres —dijo Carlota, permitiendo ahora que Isidro le besara la mano, aunque sus ojos permanecieron en Eduardo, apenas se posaron en Isidro durante un par de segundos.

No reparó en Montgomery, con su americana azul y su pañuelo amarillo, que a él le parecían bastante bien; ni siquiera le brindó una mirada rápida.

Se sentó al piano y escogió una melodía sencilla. Su voz era clara y agradable, a pesar de que nunca había sido una gran música. Los caballeros aplaudieron cortésmente y, tras un par de melodías dulces y poco memorables, Isidro se ofreció a tocar.

Eduardo invitó a la chica a bailar con él. En lugar de responder con un toque de coquetería, ella parecía asustada.

—Me temo que no he aprendido a bailar —admitió.

—Es sencillo. Para una muchacha tan bonita como tú, más sencillo aún —le dijo Eduardo—. ¿No cree, señor Laughton, que una chica tan bonita como la señorita Moreau siempre encontrará su sitio?

—No sabría decirle.

—¿No sabe decir si es bonita?

Montgomery se percató de que Eduardo se había dado cuenta de la rápida mirada que le había lanzado a Carlota. ¿Era Montgomery *tan* transparente o Eduardo era más perspicaz de lo que había pensado? Tal vez el joven simplemente deseaba humillarlo en respuesta a su enfrentamiento del otro día. Podían ser ambas cosas.

—La señorita Moreau apreciaría sin duda que los cumplidos salieran de su boca y no de la mía —dijo.

La chica miró entonces a Montgomery, curiosa y confusa.

—Vamos, vamos, señor Laughton. No será usted tímido, ¿verdad? Una dama siempre aprecia un cumplido, venga de quien venga, y usted debe ser un *viejo* conocido suyo. ¿Cuánto tiempo ha trabajado para su padre, señor? ¿Son seis o siete años? Ella debe pensar en usted como en un tío amable y no se tomará a mal ningún cumplido.

Montgomery no respondió. Eduardo se tomó aquello como un triunfo. Se dirigió a Carlota.

—Deja que te enseñe un par de pasos sencillos —dijo.

Carlota pareció agradecer el cambio de tema y asintió con la cabeza con timidez. A pesar de su inexperiencia e inseguridad, la chica era grácil balanceándose con él. Puede que nunca hubiera bailado antes, pero su cuerpo conocía la música y la destreza. Era ágil, flexible, y Montgomery podía imaginar la gloria que debía suponer tenerla entre los brazos.

Cuando ella levantó la vista hacia Eduardo, su rostro expresaba toda la banalidad de la juventud y los sentimientos.

Montgomery se quedó con las manos en los bolsillos, observando a la pareja y recordando la última vez que había bailado con una chica. Había sido con Fanny; habían ido a una fiesta. A él no le gustaban las fiestas, pero a ella sí, y había asistido por ella. Las cuadrillas más populares tenían nombres franceses: *le tiroir, les lignes, le molinet, les lanciers*. Pero el vals vienés era lo que mejor bailaba Fanny.

Recordó haber sujetado a Fanny con fuerza, con la mano en su cintura. Recordó su risa chispeante, el vestido de color granate de satén y tul, tan suave como el ala de una mariposa, y sobre todo las delicadas y volátiles notas de Otto de Rosas que perfumaban su cuello. Se preguntó si Carlota se habría echado gotitas de perfume en las muñecas y en el hueco de la garganta, o si su olor era el de la sal en la piel.

Montgomery murmuró una excusa y salió de la habitación. Los demás no se dieron cuenta de su partida.

Al día siguiente era sábado, y como el oficio religioso habitual del doctor Moreau se canceló a causa de sus visitantes, Montgomery se acostó temprano y durmió hasta tarde para no tener que desayunar con las visitas. Cuando entró a la cocina era casi mediodía y Carlota estaba discutiendo con Ramona.

—Ahí estás —dijo Ramona, volviéndose hacia él—. Señor Laughton, he tratado de hacer entrar en razón a esta muchacha testaruda, pero no quiere escuchar. Quiere llevar a esos dos hombres al cenote ella sola y no debería.

—Quieren ir a nadar —dijo Carlota.

Llevaba un vestido más sencillo que el de la noche anterior. Era blanco con un estampado de flores y adornado con un listón verde. Parecía ligero, fresco y favorecedor.

—En mi pueblo una mujer ni siquiera podría hablar con un hombre antes de casarse con él y tú me pides que te empaque la comida y te deje ir con dos de ellos.

—No seas tonta, Ramona. Solo es un pícnic.

—No te preocupes, Ramona. Yo los escoltaré.

—No necesito escolta —contestó rápidamente Carlota.

—No te irás sin una —dijo él.

La chica parecía molesta, pero su tono indicaba claramente que no habría negociación y ella era lo suficientemente sabia u orgullosa como para acallar cualquier otra queja.

—Olvídate del pícnic, entonces. Los llevaremos allí sin refrigerios —dijo ella con voz fría.

—Me parece bien.

Caminó deprisa, casi corriendo, hasta que llegaron al patio interior donde los jóvenes charlaban; entonces aminoró sus pasos y se recompuso. En cuanto los hombres vieron a Montgomery, su júbilo se apagó.

—Buenos días, caballeros. La señorita Moreau me ha dicho que les gustaría ir a nadar —dijo, levantando su sombrero de paja en señal de saludo.

—Sí. Ha dicho que hay un cenote agradable cerca y hace un calor espantoso. Hemos pensado en ir a refrescarnos. —Eduardo le sonrió—. No creo que necesitemos que vaya a buscar los caballos; por lo que nos ha dado a entender, podemos ir caminando.

—Caminar estaría bien, de hecho. Vamos, entonces —dijo Montgomery alegremente, y comenzó a andar sin mirar atrás, aunque podía imaginar la decepción en sus rostros. No era que quisiera hacer de chaperón, sino que deseaba irritar a los hombres.

La conversación era irregular mientras caminaban juntos, por lo que supuso que había conseguido agriar su excursión como había planeado. Pero aún no había terminado.

Cuando llegaron al cenote lo señaló.

—Ahí lo tienen, caballeros. Este es el cenote Báalam.

—Muy bonito —dijo Eduardo, pero no hablaba en serio, eso estaba bastante claro. Los dos caballeros se quedaron a una buena distancia del ojo de agua, como si tuvieran miedo de caer en él.

—¿Nadarán inmediatamente?

—¿Nadar con usted aquí, señor?

—¿Por qué no? —preguntó Montgomery—. No serán tímidos, ¿verdad? La dama girará la cabeza, ya que estoy seguro de que ese era el plan original.

Eduardo levantó la barbilla pero no dijo nada. Montgomery se encogió de hombros.

—Bueno, si no lo harán, entonces me daré un chapuzón —dijo, y se quitó el sombrero y luego la camisa. Volvía a llevar la sencilla camisa de algodón sin cuello que siempre usaba. No tenía sentido tratar de parecer un pinche dandi; nada de pañuelos de seda, nada de tonterías.

Se quitó las botas y vio que Carlota apartaba la cara de él, sonrojada. Se quedó con los pantalones blancos puestos y bajó por las piedras, hasta el agua, tirándose con gusto. El cenote estaba exquisitamente fresco y normalmente habría seguido nadando un rato, con la cabeza echada hacia atrás y los ojos cerrados, pero al cabo de unos minutos Montgomery volvió a caminar hasta el lugar donde permanecían sus acompañantes, con los pantalones empapados. Se puso de nuevo las botas y se echó la camisa a la espalda.

—Caballeros, deberían darse un chapuzón —proclamó.

—Lo haríamos si estuviéramos solos —respondió Eduardo. Tenía la mano apretada contra el tronco de un árbol y sus ojos eran penetrantes—. Viendo que tenemos compañía, sería una grosería someter a la señorita Moreau a un espectáculo como el que usted ha dado.

—¡Pero si la señorita Moreau y yo somos viejos conocidos!

—¿De verdad? —dijo Eduardo rotundamente.

—Veo que es realmente tímido. No se preocupe, la señorita Moreau y yo lo dejaremos en paz. Estoy seguro de que podrá encontrar el camino a la casa con facilidad, ya que el sendero conduce directamente a Yaxaktun —dijo Montgomery, e hizo un movimiento con los dedos, indicando el camino. Apoyó una mano en la espalda de Carlota y la apartó de los caballeros.

Ella se movió en silencio, sin protestar, pero una vez que estuvieron a una buena distancia del cenote, una vez que pasaron la estatua del jaguar y solo los pájaros en los árboles podían oírlos hablar, se plantó frente a él, con las manos cerradas en puños.

—¡Cómo te atreves, Montgomery! —dijo ella.

—¿Qué he hecho? He acompañado a los hombres al cenote como habíamos acordado y ahora te estoy escoltando de vuelta a casa —dijo inocentemente.

—No, no lo has hecho. ¡Los has humillado! ¿Y si se enfadan? ¿Y si se lo dicen a mi padre? ¿Y si...?

—¿Y si Eduardo Lizalde no tiene ganas de casarse contigo?

Supongo que tu padre tendrá que venderte a otro hombre. No te preocupes, creo que encontrará un cliente.

Ella apretó los dientes y le dio una cachetada, algo que él esperaba. Luego sus ojos se llenaron de lágrimas, algo que él no había previsto, y se alejó a toda prisa.

—¡Carlota! —gritó, y trató de seguirla, pero la chica se levantó las faldas y corrió como el diablo. Podría haberla alcanzado, sin importar su veloz huida, pero entonces lo pensó mejor y se detuvo de golpe.

Había dejado caer su camisa en algún lugar detrás de él y maldijo mientras se daba la vuelta y regresaba. La encontró, manchada de tierra, en medio del sendero, y se la puso de nuevo.

No vio a la muchacha por ningún lado cuando entró a la casa y no la buscó. Sería mejor que la dejara sola. Para siempre, si fuera posible.

CAPÍTULO ONCE
Carlota

Carlota lo adoraba todo de Yaxaktun, pero sobre todo adoraba a su padre. Era como el sol en el cielo, iluminaba sus días.

Sí, a veces podía ser severo y exigente. Sin embargo, recordaba todas las noches, muchos años atrás, cuando ella era pequeña y él aún no había desarrollado un tratamiento para ella. Recordaba cómo le apartaba el pelo sudoroso de la cara, le ofrecía agua, le ponía otra almohada bajo la cabeza. Perdida en una bruma de dolor, allí estaba su padre a su lado, cada noche, prometiendo que conseguiría que se sintiera mejor.

Y lo había hecho. Había cumplido su promesa. Por mucho que ella hubiera despreciado aquella sensación de impotencia, de ser débil y estar a merced de otros, había agradecido su afecto.

Carlota amaba a su padre, le encantaba complacerlo.

Cuando entró a la sala de estar, Eduardo se dirigió hacia ella y le depositó un beso en los nudillos, y Carlota se puso nerviosa. Cuando le propuso bailar juntos, apenas pudo responder.

Temía dar un paso en falso, que les pareciera tonta, y su primer pensamiento fue rechazarlo. Pero su padre quería que socializara con los caballeros y Carlota forzó los labios en una sonrisa.

Eduardo la tomó de la mano cuidadosamente y le mostró los pasos correctos.

—Tienes gracia —le dijo—. No habría podido adivinar que no habías bailado antes.

—Es muy amable de tu parte decirlo. Temo pisotearte —respondió ella, con la voz tan baja que tuvo que repetirlo y él tuvo que inclinarse para oírla.

—No hay peligro de eso. ¿Por qué tu padre no te envió a estudiar a la ciudad?

—Cuando era niña estuve enferma. Pasaba muchas horas en la cama cada día. Sin embargo, no me importaba estar en mi habitación. Me daba la oportunidad de leer.

Su voz seguía siendo un susurro. Su sonrisa no se alteraba; estaba pintada.

—¿Cuál es tu libro favorito?

Le gustaban tanto los de piratas como los libros de texto de ciencias de su padre, pero se preguntaba si la consideraría tonta si admitía que adoraba leer las historias de grandes romances.

—Me gusta sir Walter Scott y me enamoré de Brian de Bois-Guilbert —dijo por fin.

—No me digas... es el que escribió ese libro... oh, ¿se llama?

—*Ivanhoe*.

—¡Por supuesto! ¿Pero no es un villano? ¿O lo estoy recordando mal?

—Oh, no. —Carlota sacudió la cabeza, su voz ahora más fuerte y más segura—. Él es mucho más complicado que eso. Él ama a Rebecca pero ella no lo ama. Jura no volver a amar a nadie y está lleno de emociones encontradas.

—Pensé que era el villano, pero gracias por corregir mi idea errónea. ¿Te gusta *Ivanhoe* y qué más?

—Otros libros. Me gustó *Clemencia*. Es romántico. ¿Lo has leído?

—No fui muy estudioso y hojeaba por encima las lecturas que me asignaban —dijo Eduardo, sonando orgulloso de sí mismo.

—¿Qué aprendiste en la ciudad, entonces?

—Sí que aprendí un poco, aunque no soy un erudito. Mi padre quiere que ahora preste atención a nuestras propiedades, así que supongo que debería repasar mis matemáticas. Los detalles de la hacienda los manejan el administrador y el mayordomo, por supuesto, pero no está de más echar un vistazo a los libros de contabilidad de vez en cuando. Mi padre casi nunca visita las haciendas, nadie lo hace realmente, pero pensó que era buena idea que fuera por allí, al menos una vez. Vista Hermosa solía tener ganado, pero ahora es una hacienda productora de azúcar. Eso es todo lo que sabía hasta hace unas semanas.

—No puedo entender cómo no estás familiarizado con los lugares que posees —dijo Carlota, frunciendo el ceño—. ¿Cómo puedes distinguir todos los tipos de tierra si nunca los has tenido en tus manos?

—¿Qué tipos de tierra puede haber?

—¡De todo tipo! Tsek'el, que es mala para el cultivo, y k'an kaab k'aat, que es fina y roja. Boox lu'um es negra y rica, y k'an kaab es amarilla. Si no conoces el suelo, no puedes entender cómo cultivar cosas nuevas o cómo quemarlo para las nuevas cosechas. Los hombres cultos deben conocer estas cosas.

—Soy un fracasado entonces —dijo descaradamente, y le dedicó una gran sonrisa—. ¿Quieres ser mi profesora?

—No considero que sea tan sabia. Además, *tú* me estás enseñando a bailar.

—Bah. Bailar no es difícil. Ciertamente es más sencillo que el latín. No se me da muy bien el latín.

—Se me dan bien los idiomas.

—Quizás a fin de cuentas me superes en todo.

—Tal vez sea usted modesto, señor.

—No lo soy. Pero puedo mostrarte otro paso, ¿te gustaría?

Se sentía más cómoda con él ahora que estaban bailando. La novedad de él era más excitante que aterradora. Acostumbrada como estaba al exterior severo y exigente de su padre y a las cavilaciones sombrías de Montgomery, apreciaba mucho el buen humor de Eduardo. Le sonrió y asintió con la cabeza, disfrutando de la forma en que sus ojos se posaban en ella, lo que la llenaba de un deleite contagioso.

Aquel placer la siguió por toda la casa, incluso después de que el baile hubiera terminado y se hubieran despedido. Casi le picaba; era un ansia extraña e inquieta, y se preguntó si él sentiría lo mismo.

Aquella noche, cuando Carlota le llevó a su padre su taza de té, él la felicitó.

—Lo has hecho bien hoy —dijo, mientras Carlota colocaba la bandeja en la mesa auxiliar—. Eduardo parece impresionado contigo. El matrimonio te haría bien y nos daría opciones.

—¿Qué quieres decir? —preguntó en voz baja.

—Cuando dejé París, fue sin el apoyo de mi familia. Se podría decir que repudiaron mis estudios, mi trabajo. He tenido que construirme una nueva vida sin ellos, sin nadie. Mi hermano me debe una parte de la fortuna familiar, ¿pero renunciará a ella? No. ¿Y yo me pondré de rodillas a suplicar por ella? Nunca. Que se pudra. He sobrevivido sin él.

Su padre rara vez hablaba de aquella parte de su vida. Sabía que había hecho un trabajo revolucionario relacionado con las transfusiones de sangre, pero el motivo por el que había abandonado Francia, cómo había llegado a México, no le gustaba hablar de ello. Le sorprendió oírlo hablar con franqueza, así que en lugar de intervenir se limitó a escuchar, asintiendo con la cabeza.

—Quiero que tengamos opciones, Carlota. El apellido Lizalde abre puertas. Su fortuna es inmensa. Yo he tenido que ofrecerme en el empleo de otros, arreglármelas y seguir el camino marcado por imbéciles adinerados. Si te casaras con una familia así, tendrías la oportunidad de tomar tus propias decisiones.

—¿Entonces crees… crees que te gustaría que uno de ellos fuera mi esposo? ¿Porque son ricos?

—La riqueza es poder. No se puede pasar por este mundo sin tener dónde caerse muerto, y cuando yo fallezca quedará poco. Esta casa no es mía, Carlota. Tampoco los muebles ni los equipos del laboratorio. Todo esto es prestado, niña.

—Pero estás hablando como si no tuviera elección, papá, y hace un momento te referías a tener la oportunidad de tomar mis propias decisiones —susurró ella mientras se colocaba junto a la cama de su padre.

Él le estrechó la mano con firmeza.

—Carlota, una chica debe ser sensata y necesito contar con que lo seas. Los muchachos Lizalde pueden ser no nuestra mejor oportunidad, sino la única. Niña, estos pueden ser los días más importantes de tu joven vida.

Carlota no estaba segura de por qué había insistido en aquel punto. ¿Acaso no tenía tiempo para encontrarle un prometido? ¿Era imposible que Carlota consiguiera un pretendiente adecuado en la capital o en otra ciudad? Sin embargo, era el deber de una hija complacer a su padre. Asintió débilmente con la cabeza.

—Y a ti te gusta Eduardo, ¿no? —preguntó.

—Me gusta, papá —dijo ella, y así era. Al menos, le gustaba lo que había visto de él. La forma en que bailaba, la manera educada en que le besaba la mano, su voz y sus hermosos ojos. No le gustaba cómo le había hablado a Montgomery; no podía entender aquella leve animadversión que había entre ellos, pero pensó que tal vez los hombres actuaban así. Eran como gallos, deseosos de picotear al otro.

¿Qué sabía ella de los hombres, después de todo, que no hubiera aprendido de los periódicos o de los libros o de habladurías? Nada en absoluto. Pero le gustaba la sensación que Eduardo hacía florecer dentro de su pecho y aquel extraño afán que le producía un cosquilleo en la piel.

A la mañana siguiente, después de un sencillo desayuno, su padre pidió a Carlota que diera a sus invitados un recorrido por la propiedad. Se puso uno de sus nuevos vestidos de verano y les pidió que la siguieran. Primero los llevó a su capilla y les mostró con orgullo el mural que tantas veces le había llamado la atención.

Ambos lo miraron con detenimiento, pero Isidro parecía desanimado.

—¿No te gusta? —preguntó.

—Las pinceladas en sí me parecen bien y sin embargo algo está mal —dijo el joven.

—¿Mal?

Miró a la Eva de pelo negro junto a un árbol en flor y a los pájaros de las ramas, que estaban representados vistosamente. A sus pies había un ciervo y en el fondo podían observarse leones, caballos, un zorro, un pavo real. Junto a ella corría un arroyo lleno de peces.

—Si esta es Eva en el momento de su caída, ¿entonces por qué no está la serpiente en el suelo? Y esto tampoco es un manzano. Por lo tanto, este debe ser el Edén antes de que la humanidad pecara y, sin embargo, Adán no aparece por ninguna parte. Solo está Eva. Vaya, me recuerda a algo pagano.

Eva sostenía una flor carmesí en la mano y tenía flores rojas en el pelo; tenía la piel bronceada y estaba debajo de un sol redondo, redondo. Carlota no podía entender por qué sería pagano. Miró a Isidro confundida, preguntándose si, igual que los pasos de un baile, esto era algo que deberían haberle enseñado pero que su padre había omitido transmitirle. Pero ella había leído su Biblia y escuchaba a su padre hablar de muchos de los pasajes que contenía.

—Debes perdonar a mi primo; era seminarista y tenía el corazón puesto en ser sacerdote antes de que la familia lo pensara mejor —dijo Eduardo—. Según él, casi todo es pagano.

—No es así —protestó Isidro—. Además, no se puede negar en estos días la forma en que la gente retuerce las enseñanzas del sacerdote, sobre todo por esta parte del país...

—No empieces con eso —dijo Eduardo con desprecio.

Isidro frunció el ceño pero guardó silencio. Salieron de la capilla y Carlota señaló el muro y la entrada principal que conducía a las viviendas de los híbridos. Aquella puerta estaba bien cerrada, como debía ser.

—Los pacientes de mi padre residen allí, en las antiguas cabañas de los trabajadores. Mi padre no quiere que vayan a ese lugar. Hay muchos enfermos y no deben ser molestados —dijo.

—No se nos ocurriría molestarlos —dijo Eduardo—. Son casos de beneficencia, todos ellos, ¿correcto?

—Sí, mi padre los atiende.

—Mi tío debe gastarse un buen dinero en Yaxaktun y todo por beneficencia —reflexionó Isidro.

—El que siembra con mezquindad también cosechará con mezquindad; el que siembra en abundancia cosechará también en abundancia —dijo ella.

Pensó que Isidro se alegraría de ver que se sabía los versículos de la Biblia. Pero el joven se limitó a mirarla fijamente y no parecía divertido. Carlota bajó los ojos y siguió caminando, señalando los establos y luego llevándolos a través de la casa.

Para Carlota, Yaxaktun era más maravilloso que el museo más grandioso del mundo, pero enseguida se dio cuenta de que sus invitados se aburrían. Cuando llegaron al patio, medio esperaba que empezaran a bostezar.

Se quedó allí, escuchando el piar de los pájaros en sus jaulas, sin saber qué más mostrarles. Habían visto los relucientes azulejos pintados a mano, los patrones de las paredes, la buganvilia. Se dio cuenta de que Vista Hermosa debía ser más grandiosa que Yaxaktun, que su casa en Mérida también debía ser magnífica. Y como había dicho su padre, todo aquello les pertenecía. Cada vaso y cada taza e incluso la buganvilia que florecía en el patio.

—Va a ser un día de un calor abrasador —dijo Eduardo—. Todavía no me acostumbro a ello. Nunca hace tanto calor en Ciudad de México.

—Podríamos ir al cenote. Podrías darte un chapuzón allí —dijo Carlota—. El agua es del tono azul verdoso más maravilloso, y es fresca y encantadora.

—Me parece una idea excelente.

—Podríamos hacer un pícnic —añadió Isidro—. Al estilo inglés.

—He oído hablar de los pícnics por la noche. Eso podría ser mejor —dijo Eduardo.

—Quizá, pero tengo hambre ahora.

—Solo demorará un minuto. Lo dispondré todo —dijo ella, y se apresuró a ir a la cocina.

Ramona estaba desvenando chiles cuando Carlota entró corriendo.

—Ramona, ¿podrías prepararnos un pícnic al estilo inglés? —preguntó.

—¿Qué es eso?

—No lo sé. Trozos de pan y queso, supongo.

—Tendrás que explicármelo.

—No estoy segura. Lo que sea para impresionar a nuestros invitados. Hay que hacerlo rápido. Vamos a comer junto al cenote.

—¿Por qué no le pides al señor Laughton que te ayude a prepararlo? Él es inglés. Sabrá cómo hacerlo.

—Iremos a nadar nosotros solos, Montgomery no va a venir.

Ramona sacudió la cabeza y se limpió las manos en un trapo de cocina.

—Entonces no puedes ir.

—¿Qué quieres decir?

—¿Vas a nadar con dos hombres y sin chaperón?

—No veo por qué no.

—Es malo, por eso no. No hay ningún arreglo entre tú y esos hombres, no hay mujul. Tienes que pedir una novia siete veces antes de que se case contigo. ¿Esos hombres lo han pedido aunque sea una vez?

—Ellos no son así. No son macehuales.

—Los dzules también necesitan cortejar adecuadamente. No es apropiado. No soy tonta, Loti.

—Voy a ir —dijo Carlota, su gentil disposición dando paso a una terquedad inflexible.

Pero mientras Carlota hablaba, oyó pasos detrás de ella. Era Montgomery. Por supuesto, se puso del lado de Ramona. Carlota pensó que lo hacía para exasperarla. No entendía por qué si no podía importarle a dónde iban. No era que él se hubiera esforzado en ser sociable. Se sintió engañada mientras caminaban hacia el cenote, pero intentó convencerse de que la situación podía salvarse.

Cuando llegaron ella se sintió, por un momento, feliz. El agua era hermosa y los pájaros cantaban en los árboles, y ahí estaba toda la magia y la gloria a la que estaba acostumbrada. Pensó que ellos también lo sentirían y que aquel lugar los tranquilizaría a todos.

Entonces Montgomery decidió actuar como un payaso. Con cada palabra que pronunciaba, Carlota tenía ganas de apretar una mano contra su boca y mandarlo callar. Estaba rompiendo el hechizo que mantenía unidas la tierra y el agua, que unía a los peces en las profundidades con el sol en el cielo.

Era como si estuviera lanzando un maleficio.

Cuando Carlota pensaba que no podía ser peor, Montgomery tiró su sombrero a un lado, se quitó la camisa y se preparó despreocupadamente para ir a nadar.

Conocía los nombres de los músculos y los huesos por los libros de texto de medicina de su padre, pero nunca había visto a un hombre sin ropa. O medio vestido, en este caso, ya que tuvo la decencia de dejarse por lo menos los pantalones en su sitio. Aunque los pantalones, de color blanco y de un material delgado, se volvían casi transparentes una vez mojados, haciendo que el recato quedara obsoleto.

Montgomery era delgado. Las cicatrices le recorrían el brazo y, a pesar de su flacura, su cuerpo mostraba la fuerza de un trabajo tosco y constante. Se preguntó si debajo de aquellas magníficas ropas los Lizalde se verían diferentes, si carecerían de la robusta eficiencia de Montgomery. Después de todo, tenían cuerpos que se habían templado frente a pianos y escritorios, cuerpos que conocían los movimientos de los carruajes y los sonidos de la ciudad.

Montgomery era como una pieza de cerámica astillada. No podía imaginar que alguna vez hubiera estado entero, y sus ojos, cuando la miraban, eran de un gris acuoso. No eran verdes y exuberantes y llenos de promesas como los de Eduardo, sino grises como los de las tormentas.

Volvió la cara, sonrojada, y juntó las manos.

Nadie dijo nada.

Deseaba decir a los hombres que no entendía lo que estaba pasando, que normalmente Montgomery no se comportaba así, que esperaba que no se sintieran ofendidos, pero no se le ocurría qué decir ni cómo empezar a decirlo.

Había lanzado un maleficio, sin duda.

Lo había arruinado todo.

Cuando Montgomery salió del agua y la apartó, ella seguía sin poder hablar, pero cada paso la llenaba de ira y por fin se puso delante de él.

—¡Cómo te atreves, Montgomery! —exclamó.

En lugar de parecer contrito, se mostró indiferente. Más que eso: petulante.

Le dio una cachetada, golpeando la mano contra su suave mejilla. Pero eso no hizo más que empeorar la situación y ella se alejó corriendo con lágrimas en los ojos. Los pájaros de los árboles gritaban, sus gritos estridentes eran el eco de su burla.

Cuando llegó a su habitación se acurrucó en la cama y lloró. Muchas de las señales de su infancia aún permanecían a su alrededor. El baúl con los juguetes estaba al pie de la cama y los estantes estaban llenos de muñecas. Carlota miraba fijamente sus rostros sonrientes, esperando encontrarlos reconfortantes, pero le parecieron viejos y feos.

Recordó cómo Montgomery había parecido tan confiado frente a ella, prácticamente riéndose. Incapaz de soportarlo, arrastró las uñas por las sábanas, como si deseara acuchillarle la cara.

¡Cómo había podido atreverse! Y sin embargo lo había hecho, se había atrevido, no le había importado nada, la había puesto en ridículo. Estaba ebria de un cóctel embriagador de emociones. La ansiedad, la ira, la excitación y la vergüenza se mezclaban, sumiendo su cuerpo en el caos.

Sus uñas se engancharon en la tela, el fino lino estaba manchado, y Carlota se sacudió empujando la sábana superior fuera de la cama. Se abrazó a la almohada.

Más tarde, cuando las sombras de la noche empezaron a danzar a través de su ventana, Lupe llamó a la puerta y entró. Llevaba el vestido negro, los guantes y el velo que utilizaba siempre que había algún forastero en Yaxaktun para poder ocultarse. La chica se mantenía al margen, pero era una precaución extra.

Lupe llevaba una bandeja que depositó en una mesa.

—Los caballeros invitados van a cenar en su habitación y el señor Laughton dice que está indispuesto, así que Ramona me ha dicho que te trajera un plato en lugar de que ella pusiera la mesa.

Carlota sintió que las lágrimas volvían a rebosar en sus ojos, que ya estaban rojos y en carne viva de tanto llorar.

Lupe se levantó el velo. Tenía el ceño fruncido.

—¿Qué ha pasado? ¿Por qué lloras?

—Hemos ido al cenote y Montgomery se ha portado fatal con ellos. Estoy segura de que están ofendidos y me encuentran aburrida. Probablemente quieran irse por la mañana.

—¿Y qué si quieren irse?

Apretó su mejilla caliente contra la cabecera de caoba.

—No lo entiendes. Mi padre se pondrá furioso. Lo único que ha hecho es decirme lo maravilloso que sería que me casara y luego dijo que si moría no tendríamos un solo centavo. Quiero complacer a mi padre y quiero gustar a Eduardo.

—Estoy segura de que sí. A todo el mundo le agradas.

—A ti no, ya no —susurró Carlota—. No paras de mirar hacia el camino y solo hablas de lo que se puede encontrar en otros lugares.

—Sí que me agradas, tonta —murmuró Lupe, y se sentó en la cama y abrazó a Carlota—. Eres rara. Esto no es nada. ¿A quién le importan esos chicos tontos?

Cuando eran pequeñas se acurrucaban juntas y miraban a través del estereoscopio, admirando las vistas lejanas que florecían ante sus ojos. Se habían asustado mutuamente repitiendo los cuentos de Ramona sobre los espíritus que ahogaban a los niños en los abrevaderos. Pero hacía tiempo que no estaban tan cerca.

—Deberías sentarte alrededor de la hoguera esta noche —dijo Lupe.

—¿Vais a encender la hoguera? Pero tenemos invitados.

Lupe se encogió de hombros.

—¿Qué les va a importar? Estarán en sus habitaciones y, si lo que dices es cierto, estarán contando las horas para irse. ¿Por qué iban a querer mirar detrás del muro? Además, Montgomery me ha dicho que está bien.

—Por supuesto que sí. Quiere beber.

—Creo que ya ha estado toda la tarde bebiendo. Lo más probable es que esté absolutamente ebrio para cuando llegue allí. Cuando está así, no le importa nadie.

—No quiero estar cerca de él —susurró Carlota, recordando la sonrisita tonta en su cara y, peor aún, el pecho y los hombros desnudos y bronceados. Y su pelo, normalmente desordenado y cayendo ante sus ojos, peinado hacia atrás cuando salía del agua.

Era indecente que Montgomery desfilara así. Se preguntó si, de haber pintado a Adán en el mural, se habría parecido a Montgomery en lugar de a Eduardo. Ahogó el pensamiento, furiosa consigo misma por haberlo concebido de entrada.

—¿Qué te importa si está ahí? Tírale a la cara el vaso de aguardiente que está bebiendo si te da problemas.

—Haces que todo parezca fácil —murmuró Carlota.

—Entonces quédate aquí alicaída —dijo Lupe—. Tal vez le tire el vaso a la cara por ti, si tú no lo haces. ¿Ayudaría eso?

Carlota esbozó una pequeña sonrisa y Lupe se rio.

—Debería irme. Te dejaré la puerta abierta, por si cambias de opinión —dijo Lupe.

Aquella noche, cuando ya era tarde, a pesar de haberse dicho a sí misma que no se aventuraría junto a la hoguera, Carlota acabó por cambiarse rápidamente a una bata blanca con el cuello bordado y se puso un par de zapatillas. Salió sin hacer ruido. No necesitaba una vela. La luna estaba en lo alto y podía ver bien. La oscuridad nunca la había asustado, ni siquiera cuando era pequeña.

Cuando llegó a la puerta del muro, esta se abrió con facilidad y enseguida vio la hoguera y el círculo de híbridos que la rodeaba. Estaban sentados en sillas desvencijadas y unos pocos en el suelo, todo el contingente, que sumaba veintinueve. Un par de ellos se habían quedado dormidos, otros conversaban alegremente y algunos comían y bebían.

Estrella y K'an jugaban a los dados mientras Aj Kaab se hurgaba los dientes con un palo, cerrando perezosamente los ojos. Cachito y Lupe estaban sentados juntos y reían. Montgomery estaba medio en la sombra junto a Peek', que tenía el largo hocico del tapir y las manos deformadas con solo tres dígitos rematados con largas uñas. Las manos, a pesar de sus limitaciones, habían sido ágiles en otro tiempo, pero la artritis afligía ahora al híbrido en su vejez y Montgomery lo ayudaba sosteniendo un cuenco para que pudiera beber.

Carlota vaciló un momento, pensando en alejarse. Peek' terminó de beber y se puso en pie, luego hizo un gesto a Parda y entabló conversación con ella. Montgomery dejó el cuenco a un lado y se inclinó hacia delante, con sus largas piernas estiradas, llevándose un cigarro a la boca. Levantó una ceja cuando la vio y Carlota se acercó a la hoguera, con los ojos fijos en él. Montgomery le devolvió la mirada, observándola con un celo que ella interpretó como un desafío.

—¡Has venido, Loti! —gritó Cachito, poniéndose en pie y levantando una botella—. No estábamos seguros de si lo harías. ¿Quieres un trago?

—Quizá medio vaso —dijo ella. No estaba acostumbrada a beber con ellos. No le gustaba que su padre permitiera aquel tipo de juergas, pero aquella noche se sentía más atrevida. Tal vez fuera la forma en que Montgomery la miraba lo que inspiró a Carlota. Quería que se diera cuenta de que no le importaba él ni nada de lo que hacía.

—No sé si tenemos un vaso de sobra. Pero toma —dijo Cachito y le entregó la botella—. Adelante. Era una bebida muy fuerte, a diferencia de los sorbos de anís o de brandy que tomaban después de la cena, o del vino que podía adornar la mesa. Casi tuvo ganas de escupir, pero se lo bebió todo. Se limpió la boca.

Cachito le dio una palmadita en la espalda y se rio cuando se dio cuenta de su mueca.

Montgomery se acercó a donde estaban.

—¿Qué crees que estás haciendo? —preguntó en voz baja.

—Tomando una copa. Supongo que tú ya has bebido muchas —respondió ella.

Montgomery tiró su cigarro al suelo y pisó la colilla humeante.

—No deberías estar aquí. Es tarde y a tu padre no le va a gustar.

—Se me permite estar aquí —dijo ella, impertinente, queriendo empujarlo y ver a dónde la llevaba. Era infantil comportarse así, pensó, y sin embargo él también había sido infantil; había sido un cretino aquella mañana.

—Vamos a llevarte a la casa —dijo, quitándole la botella y entregándosela a Cachito.

—¿Quieres que te acompañe? —preguntó Cachito—. Necesitamos más aguardiente, puedo traerlo.

—Lo traeré.

—Montgomery, puedo ir yo. No me importa.

—No te molestes —insistió sin mirar a Cachito.

La sujetó por el brazo y comenzó a sacarla por la puerta, por el camino de tierra que llevaba a la casa. Las altas hierbas le hacían cosquillas en los tobillos. El zumbido de los insectos y el lejano ulular de un búho marcaban la noche.

El búho era un mal presagio y ella debería haberle temido y haber corrido silenciosamente a casa, pero en lugar de eso levantó la voz.

—¡Lupe me ha invitado! ¡Suéltame! —exigió.

—Me vale madre, como si te hubiera invitado el papa. Tu padre no quiere que bebas con los híbridos —dijo secamente.

—¿Y entonces por qué tú sí que puedes hacerlo?

—Porque tú y yo no somos iguales.

—¿En qué somos diferentes?

—Señorita Moreau, usted es la hija de mi patrón.

—Señor Laughton, parece que eso no le importa cuando le conviene —dijo ella, con palabras rápidas, prácticamente hablando por encima de él.

—¿Qué bicho te ha picado?

La estaba agarrando con fuerza, pero ella se liberó y miró triunfalmente a Montgomery.

—Debería haberte tirado el aguardiente a la cara, como dijo Lupe. No importa. Hoy has sido grosero conmigo y no veo por qué debería obedecerte o ponértelo fácil o…

—¿Así que ahora te la pasarás fastidiándome?

—¡Quizá! Y puede que la próxima vez no decidas arruinarme la vida.

En aquel instante pensó sinceramente que él lo había arruinado todo, que nada volvería a tener importancia. La comida perdería su sabor, el sol no saldría por la mañana. Su padre la odiaría y ningún hombre la amaría jamás.

—Por el amor de Dios, me estás dando jaqueca —dijo con un suspiro, y volvió a sujetarla del brazo.

—Te duele la cabeza porque estás borracho, vago —susurró.

Era como si realmente le hubiera tirado el aguardiente a la cara. No, peor. Tenía un aspecto sombrío, estaba cerca de ella y olía a la bebida que había estado bebiendo y a los cigarros que había fumado.

Se preguntó qué haría Montgomery ahora, si insistiría en acompañarla o si se daría media vuelta. O si se enfadaría y seguirían discutiendo. Pero algo en su rostro hizo que Carlota recordara una o dos veces antes, cuando lo había sorprendido mirándola y él había alzado rápidamente los ojos y los había fijado en un punto más allá de ella. Aquella vez no lo hizo y siguió mirándola.

—¡Señor! ¡Suelte a la dama! —ordenó Eduardo.

Ambos giraron la cabeza para descubrir a los Lizalde a pocos pasos de ellos. Montgomery suspiró.

—Caballeros, ¿qué hacen merodeando por Yaxaktun de noche?

—Yo podría preguntar lo mismo —respondió Eduardo—. La dama parece afligida.

—Estoy acompañando a la señorita Moreau a su habitación. Ahora, si nos disculpa…

Eduardo se adelantó, bloqueando el paso a Montgomery.

—Quiero saber lo que están haciendo —dijo.

Carlota abrió la boca para explicarlo. No la verdad, por supuesto. Tenía intención de urdir una bonita mentira. Pero Montgomery habló más rápido.

—No es de su incumbencia —dijo, con su voz desafiante.

Inevitablemente, Eduardo respondió ante aquel desafío, enderezándose el abrigo.

—Mi padre es el dueño de este lugar —respondió Eduardo—. Así que sí que es de mi incumbencia.

Montgomery la había soltado y tenía los dedos cerrados en un puño. Su rostro se endureció y Carlota pensó: *No, no se atrevería*. Pero por otro lado había estado bebiendo toda la noche y ahora no parecía sombrío. Parecía furioso. Antes de que ella tuviera la oportunidad de decir algo, Montgomery dio un paso adelante y le asestó un puñetazo.

Golpeó a Eduardo en la cara y este dio un grito y retrocedió dos pasos con un aspecto tan sorprendido que se podría pensar que ningún hombre se había atrevido a darle un puñetazo nunca antes. Tal vez nadie lo había hecho. Los caballeros se batían en duelos.

Pero Montgomery no era un caballero, había dicho su padre.

Montgomery se abalanzó rápidamente sobre Eduardo de nuevo y aquella vez Eduardo reaccionó bloqueándolo y devolviendo los golpes. Isidro, que no se contentó con mirar desde la barrera, se lanzó a la refriega y también atacó. Montgomery, enfrentado a dos furiosos oponentes, no pareció inmutarse.

—¡Caballeros, no! ¡Montgomery, no! —gritó ella—. ¡Deténganse!

Carlota pensó que Montgomery la obedecería, porque sus ojos se posaron en ella y bajó las manos, pareciendo casi aplacado. Entonces Eduardo vino de un lado y lo golpeó en la cabeza con un desenfreno tan vicioso que Carlota supo que definitivamente había estado en peleas.

Montgomery parecía aturdido: se tambaleó, con una mano presionada contra la oreja, e hizo un gesto de dolor, agachándose como si estuviera a punto de vomitar. Isidro aprovechó la oportunidad para dar una patada a Montgomery y el golpe le hizo perder el equilibrio. Cayó tapándose todavía la oreja con una mano.

De repente, Cachito rugió y saltó desde las sombras. Carlota se llevó la mano a la boca, sorprendida. No sabía de dónde venía ni cuánto tiempo llevaba siguiéndolos. Súbitamente estaba allí y empujó a Isidro contra el suelo con tal fuerza que el joven fue incapaz de emitir un grito. Cachito volvió a rugir antes de apretar la mano extendida de Isidro entre sus dientes.

Isidro trató de quitarse al híbrido de encima y Eduardo pateó a Cachito. Isidro por fin soltó un grito ronco y Carlota sujetó a Cachito por los hombros, tirando de él hacia atrás.

—¡Detente! —suplicó ella—. ¡Suéltalo, detente!

Cachito soltó a Isidro. El hombre yacía en el suelo gimiendo de dolor y Cachito estaba agachado, con sangre chorreándole por la boca y las orejas apretadas contra el cráneo. Cuando Montgomery se levantó Carlota se dio cuenta de que también tenía sangre en su sien izquierda, donde uno de los anillos de Eduardo debía haberlo cortado.

—Por el amor de Dios, ¿qué es eso? —susurró Eduardo.

Cachito soltó un siseo bajo y Carlota se agachó a su lado, presionando una mano contra su brazo, con los dedos clavados en su pelaje.

—El paciente de mi padre —susurró.

Eduardo no respondió. Isidro gemía e intentaba ponerse en pie. Montgomery le tendió una mano y le ayudó a levantarse.

El joven miró fijamente al mayor, pero Montgomery estaba inmutable.

—Cachito, límpiate y vete a dormir. Traeremos al médico para que le mire la mano, señor Lizalde. Vamos. Volvamos a la maldita casa —dijo Montgomery, y luego escupió al suelo.

El búho seguía ululando en la distancia, augurando miseria, mientras empezaban a caminar juntos. Montgomery sin duda había lanzado un maleficio.

CAPÍTULO DOCE

Montgomery

Entraron al laboratorio y el médico hizo que Carlota le ayudara a traer gasas, alcohol y otros materiales mientras Isidro se sentaba en una silla y el doctor lo examinaba. Montgomery sostuvo un farol y Eduardo encendió otros dos; las sombras se desvanecieron rápidamente y permitieron una clara visión del paciente.

—No es tan grave como me había imaginado al principio —dijo el médico con voz tranquila—. Cachito no es un animal rabioso. No será necesario cauterizar ni frotar la barra de cáustico lunar en la herida. Con limpiar y vendar la mano será suficiente.

Los dos jóvenes parecían aliviados. Montgomery bajó el farol y lo puso sobre la mesa. La camisa de Isidro estaba manchada con una gran cantidad de sangre, pero el médico tenía razón. La herida no era muy profunda. Al final, Cachito se había contenido.

—El tratamiento es bastante sólido, pero ¿puede explicarnos qué demonios era esa criatura de afuera? —preguntó Eduardo—. Su hija ha dicho que era un paciente, pero no era humano.

—En efecto, no lo es. Es un híbrido animal, parte de los experimentos que hago en Yaxaktun para tu padre. Normalmente Cachito es dócil.

—¡Dócil! ¡Casi me arranca la mano! —exclamó Isidro.

—Nos estábamos peleando. Debió de asustarse por eso —dijo Montgomery—. Probablemente quería defenderme. Los híbridos confían en mí. Al verme en problemas...

—¿Híbridos, en plural? ¿Hay varios? —preguntó Eduardo.

—Sí. Estamos buscando muchas respuestas importantes aquí en Yaxaktun, respuestas a misterios médicos, y los híbridos pueden ayudarnos a encontrarlas. Supongo que tu padre nunca insinuó la naturaleza de mi trabajo.

—No. Aunque eso explica por qué no quería que viniéramos solos aquí —dijo Eduardo—. Le escribí diciéndole que pasaríamos unos días con ustedes y me contestó que no debíamos ir sin él. Que vendría de Mérida y visitaría Yaxaktun con nosotros, pues quería hablar de un asunto importante con usted. Me pareció extraño que insistiera en que no podíamos venir solos. Odia salir de Mérida.

Y no podías esperar unos días por él, pensó Montgomery. *Simplemente tenías que regresar a toda prisa y echar otro vistazo a la chica.*

No le cabía duda de que esa había sido la razón por la que Eduardo había tomado un caballo con tanta ilusión y se había puesto en marcha hacia Yaxaktun. ¿Qué otra explicación había? Montgomery miró a Carlota, que estaba enrollando hábilmente la venda alrededor de la mano de Isidro con movimientos cuidadosos y suaves. A pesar de la conmoción, había recobrado la compostura rápidamente.

—Mi padre me dijo que usted es un genio y que su investigación médica es importante, pero no podía imaginar que llegara a lo que sea esa criatura.

—Un ser del diablo —dijo Isidro.

—Del diablo, no; un ser de la ciencia. Iba a mostrarles los híbridos, pero me pareció prudente facilitar su presentación. No pretendíamos mantener esto en secreto eternamente —dijo el doctor—. Estaba planeando una cena para presentarlos y explicarte mis métodos.

—¡Pues al carajo con ese plan! ¿Cómo piensa castigar a ese animal infernal? —preguntó Isidro, flexionando los dedos y probando la venda—. Se merece unos buenos latigazos. Deje que lo azote unas cuantas veces y no tendrá dientes para morder a nadie nunca más.

Carlota dio un grito ahogado, sorprendida. Montgomery mantuvo el rostro inexpresivo. No había nada que pudiera decir y estaba seguro de que cualquier intervención por su parte sería más perjudicial que beneficiosa.

—Todos lo lamentamos. Por favor, no lo azoten —dijo Carlota con tal vehemencia entrecortada que un hombre tendría que ser de piedra para no conmoverse con sus palabras.

De todos modos, Isidro no pareció impresionado por aquella respuesta e inmediatamente abrió la boca, pero Eduardo sujetó el hombro de su primo.

—Tiene que haber una alternativa —dijo Eduardo.

La magia de Carlota parecía haber funcionado en él. Era bonita, sus ojos eran grandes y dulces y, o bien Eduardo estaba sinceramente conmovido por ella, o había evaluado la situación y apostado que le iría mejor siendo galante.

El médico golpeó su bastón contra el suelo, como si estuviera pensando.

—Lo castigaré físicamente mañana por la mañana. Puedes mirar, pero el látigo sería excesivo. No quisiera recurrir a ello. Además, estaba en estado de ebriedad, había estado bebiendo con el señor Laughton y algunos de los otros híbridos. El aguardiente debió confundirle los pensamientos.

—¿Y qué pasa con Laughton? ¿Quedará impune? —preguntó Isidro.

—Al señor Laughton le embargarán el salario durante un par de meses. Eso le enseñará a cuidar sus modales.

—Eso sería una hazaña.

—Mañana, después de administrar el castigo, les mostraré los híbridos y les explicaré cualquier duda que pudieran tener. Les aseguro que ha sido un accidente horrible. Y raro. Por favor, caballeros, se los ruego, hablemos por la mañana.

—Muy bien. Hablaremos mañana —dijo Eduardo.

Isidro se levantó, refunfuñando una maldición, y ambos se retiraron a dormir. En cuanto los tres se quedaron solos, Carlota se acercó a su padre, posando sus dedos sobre su brazo.

—No pegarás de verdad a Cachito, ¿no? —preguntó.

Su padre hizo un movimiento brusco, casi como un caballo encabritado, y apartó la mano de la chica.

—¡Pues claro que sí! ¿No ves lo cerca que has estado de fraguar mi destrucción? Debería haber dicho que sí al látigo, ¡así que ni se te ocurra exigir otra concesión!

Carlota miró a su padre con los ojos bien abiertos y ansiosos. Montgomery pensaba que no diría nada más, pero la chica lo sorprendió hablando de nuevo.

—Pero no fue culpa de Cachito. Fue culpa nuestra... mía.

—Escúchame bien, niña tonta, ya que parece que no entiendes a qué nos enfrentamos. Si Hernando Lizalde se dirige aquí para discutir asuntos importantes conmigo significa que está a punto de retirar el apoyo financiero que me proporciona para mi investigación. Ya ha amenazado con ello y ahora, sin duda, este incidente con Isidro le servirá de excusa perfecta. Así que no haré nada que disguste más a sus familiares y castigaré a ese estúpido animal. ¡Más vale que Cachito agradezca que no lo despelleje mañana por la mañana! ¿Qué haríamos sin los Lizalde, niña? ¿¡Qué!?

La voz de Moreau había ido subiendo de tono y su hija había ido retrocediendo lentamente con cada palabra hasta chocar con una mesa. Los instrumentos que había sobre ella repiquetearon.

—Y tú —murmuró el doctor, dándose la vuelta y señalando a Montgomery—. Pensé que eras más inteligente que esto. Creía que entendías. ¡Pelearte como si estuvieras en una taberna barata! Si perdemos a los Lizalde, ¿cómo podré cuidar a los híbridos? ¿Cómo voy a producir la medicina para ayudar a mi hija?

—Le conseguiré cien jaguares si los necesita —dijo Montgomery—. Ella no sufrirá por mi culpa.

—¡Jaguares! ¿Y qué hay de los otros ingredientes? ¿Y de los materiales de laboratorio? ¿Y del espacio del laboratorio? ¿También me los vas a conseguir? —exigió Moreau—. ¡Sin el dinero de los Lizalde mi hija estaría condenada! ¡Tú eres un cretino y mi hija es un fracaso constante! El trabajo de mi vida... has amenazado el trabajo de mi vida. Todo... la vida, la creación de la vida, la vida perfeccionada...

Montgomery sabía que cuando Moreau se ponía así podía seguir rugiendo durante una buena hora. Sin embargo, aquella vez hizo un gesto de dolor y sujetó el bastón con fuerza, y una extraña expresión apareció en su rostro. Se había puesto pálido.

—¿Padre? —preguntó Carlota, acercándose a él.

Unas gotas de sudor brillaron en la frente del médico. Empujó a la chica a un lado, saliendo rápidamente de la habitación.

—Ya está bien de ustedes. De todos ustedes —murmuró.

Carlota juntó las manos con fuerza y se quedó de pie en medio del laboratorio, con los labios temblorosos.

—Déjalo ir —dijo Montgomery, cansado—. Lo empeorarás si lo sigues ahora.

—¿Qué sabes tú? —susurró ella.

—Conozco al doctor Moreau.

Carlota se quedó medio en la sombra y lo miró. Sus ojos casi parecían brillar, como los de un gato. Montgomery ya se había preguntado antes ociosamente en qué consistía el tratamiento de Moreau y cómo podía afectar al mecanismo del cuerpo de la chica. ¿Solo le fortalecía la sangre? El doctor no lo había dicho. Cazaba jaguares para él, le traía los cadáveres de los grandes felinos cada pocos meses y Moreau urdía su extraña alquimia. Gémulas de jaguar para mantenerla viva.

Y sin ellos, sin aquel laboratorio con sus pipetas y matraces aforados, se marchitaría tan rápido como una flor cortada. Y los Lizalde eran dueños de su seguridad y su futuro. Carlota era una orquídea que debía mantenerse encerrada en cristal.

—Siento lo de hoy —dijo Montgomery.

—Yo también lo siento —susurró Carlota, y salió rápidamente del laboratorio.

No durmió mucho después de aquello. Estaba listo por la mañana, vestido y afeitado, cuando el médico llamó a la puerta y le dijo secamente que quería que fuera a buscar a Cachito y lo llevara a la cabaña del burro.

Cachito estaba sentado afuera, junto al lugar donde la noche anterior había ardido alegremente la hoguera. Lupe estaba sentada a su lado, envuelta en un rebozo. Al verlo, ambos se levantaron.

—El médico dice que debes ir a la cabaña del burro.

—A la Casa del Dolor —dijo Lupe.

Montgomery nunca había oído llamarla así. No entraba allí porque no había nada dentro que pudiera querer y el viejo cráneo del burro le hacía temblar con cierto miedo supersticioso. Tenía la sensación de que la maldad perduraba en aquel lugar. Los híbridos tenían la misma sensación, excepto quizá Lupe, a quien había visto sola en aquella vieja choza.

Moreau utilizaba aquel miedo a su favor. Cuando quería regañar o castigar a un híbrido hacía que lo llevaran a la cabaña del burro. El alcohol los mantenía manejables, la medicina los mantenía leales, los sermones grababan las reglas en sus mentes y la cabaña aseguraba que las fechorías se corrigieran rápidamente.

—Vamos —dijo Montgomery.

Lo siguieron sin decir ni una palabra más y los tres esperaron afuera de la cabaña. Pronto apareció Moreau. Con él venían los Lizalde, y para su sorpresa también estaba Carlota. Montgomery se quitó el sombrero de paja al cruzar el umbral.

El edificio estaba en mal estado. Montgomery hacía un mínimo mantenimiento de aquel lugar. Las arañas habían tejido sus nidos en todos los rincones y había polvo en todas las superficies. La luz se filtraba a través de los agujeros de las tablas de madera e iluminaba el cráneo de burro clavado en la pared con tal ángulo que lo hacía brillar. Daba la impresión de que estaba sonriendo.

Los caballeros parecían más curiosos que asustados por la vieja cabaña y los huesos que colgaban de la pared.

—Cachito, mordiste la mano del señor Lizalde y por eso serás castigado —dijo Moreau mientras se quitaba la chaqueta y se la entregaba a Carlota—. No escatimes la disciplina en un niño; si lo golpeas con la vara, no morirá. Si lo golpeas con la vara, librarás a su alma del Seol. Dilo.

—Si lo golpeas con la vara, librarás a su alma del Seol.

—El castigo es agudo y certero y lo sentirás ahora. Arrodíllate y reza.

Cachito hizo lo que se le dijo, arrodillándose como lo hacía en la capilla durante uno de los oficios religiosos del doctor. Cuando Moreau predicaba, Montgomery prestaba poca atención. Miraba hacia otro lado, bostezaba y no escuchaba. Cuando Moreau castigaba a uno de los híbridos, Montgomery no estaba presente. Pero ahora no había más remedio que mirar.

Primero, el médico no hizo nada. Cachito siguió rezando y el hombre lo dejó. Entonces el doctor levantó el brazo y lo bajó, martillando la cabeza de Cachito con su gran puño. Incluso en su vejez, el doctor era alto, fuerte, una criatura de proporciones hercúleas. Cachito era escuálido y pequeño.

El niño dio un grito y el médico lo volvió a golpear. Y otra vez. Montgomery recordó de repente a su padre y la forma en que sus dedos se habían cerrado alrededor del cuello de su camisa, acercándolo, con su aliento agrio, y luego el feroz escozor de sus nudillos contra su carne.

Montgomery no había llorado cuando su padre lo golpeaba, no había protestado. Sabía muy bien que una sola lágrima o un grito de pánico habrían provocado golpes más duros. Simplemente había respirado.

Cachito parecía estar haciendo lo mismo. Se estremeció, pero aparte de aquel primer grito sobresaltado, no había dicho nada más. Aceptó los golpes y los golpes volvieron, más fuertes.

Todos los padres son tiranos, pensó.

Hasta aquel momento Moreau se había limitado a golpear a Cachito con las manos, pero entonces arrebató su bastón de las manos de Carlota y lo levantó. Su punta plateada brillaba.

Montgomery aplastó el sombrero entre sus manos y cayeron trozos de paja al suelo. Pero no fue él quien habló.

—¡Papá, por favor! —gritó la chica.

Su voz fue como un trueno. Los sobresaltó a todos. Moreau vaciló, con el bastón aún en alto, pero su rostro se contorsionó con la duda. Eduardo se aclaró la voz y habló.

—Creo que ya ha quedado claro el asunto.

—Sí —murmuró Moreau. Su rostro estaba enrojecido—. Sí, ha quedado claro.

Moreau bajó el bastón y le quitó la chaqueta a Carlota. Los hombres salieron juntos. Los dedos de Montgomery se relajaron y tuvo ganas de reírse. *Soy un pinche cobarde*, se dijo a sí mismo.

Lupe estaba ayudando a Cachito a levantarse. Montgomery oyó a Carlota decir algo sobre limpiar las heridas y siguió a los tres a la casa. Por qué los siguió, no tenía ni idea. No lo necesitaban. No podía hacer nada por ellos. Ni siquiera podía levantar la voz contra Moreau. Cuando importaba, era un inútil.

Carlota llevó a su habitación alcohol para frotar, bolas de algodón y otros pequeños suministros.

Cachito se sentó en la cama de la muchacha mientras Lupe rondaba a su lado. Montgomery estaba de pie junto a la puerta. Quería abrir otra botella de aguardiente, rápido, y casi le entraron ganas de reír y tuvo que apretarse una mano contra la boca.

Dios. Era una mierda despreciable.

—¿Cómo te sientes, Cachito? —preguntó Montgomery, con la voz ronca.

—¿Cómo crees que se siente? —preguntó Lupe, prácticamente siseando.

—Está bien —dijo Cachito—. Estoy bien.

—Lo siento —dijo Carlota, arrodillándose junto a Cachito y tocándole las manos—. Lo siento mucho.

—Sé dónde encontrar a Juan Cumux —le dijo Lupe a Cachito—. Deberíamos dirigirnos allí, lejos de este lugar. No se atreverán a buscarnos allí.

Carlota soltó las manos de Cachito y miró a Lupe.

—¿De qué estás hablando? No pueden ir a ninguna parte. Morirían ahí afuera. Siempre estás inventando historias tontas…

—Tú eres la que tiene historias en el cerebro. Toda la basura que lees en los libros.

—Basta, por favor —dijo Montgomery, sacudiendo la cabeza—. Ustedes dos, no empiecen a discutir ahora. Lo último que queremos es que el doctor o esos chicos vengan aquí.

Se callaron. Montgomery entró a la habitación, más cerca del trío, y habló en voz baja.

—Moreau se encuentra en apuros monetarios. Quiere que estos hombres sigan financiando Yaxaktun, pero no me fío de ellos. Tenemos que permanecer juntos, no destrozarnos unos a otros.

—¿Y si nos destrozamos unos a otros? No podemos seguir viviendo así. El doctor Moreau nos tiene agarrados del cuello. Sin su fórmula secreta, sin una forma de medicarnos, no podemos ir a ninguna parte.

—¿De verdad quieres irte? —preguntó Carlota a Lupe.

—Sí. ¿De cuántas formas tengo que decirlo?

—Podría pedirle a mi padre la fórmula. Tal vez me la dé. Pero eso significaría… —dijo la chica, con la voz entrecortada.

—Él nunca haría eso —murmuró Lupe con amargura.

—Quizá —dijo Montgomery—. Tal vez Carlota pueda convencerlo. Pero no conseguirás nada hablando de Juan Cumux en su presencia.

Lupe frunció el ceño. Finalmente, asintió.

—Nos mantendremos en silencio. Pero tienes que ayudarnos. —Lupe miró a Montgomery y luego a Carlota—. Los dos. Vamos, Cachito, debes descansar.

Cachito se levantó y se apoyó en Lupe, caminando lentamente. Carlota comenzó a meter sus suministros de nuevo en el maletín médico negro.

—No debería haber dicho eso. No debería meterles ideas en la cabeza —susurró.

—Cariño, ya tienen esas ideas en la cabeza y las tienen desde hace tiempo. Esto no puede ser eterno, y tu pinche padre ha indicado…

—No lo insultes. Mi padre está tratando de salvarnos —dijo con vehemencia mientras cerraba el maletín médico.

—Tu padre está tratando de seguir un plan desesperado que nunca funcionará. Está tratando de salvarse a sí mismo.

Respiró con fuerza y sus manos se posaron sobre el maletín.

—Supongo que tú también quieres dejarnos.

—Debí haberme esfumado hace mucho tiempo. Tal vez podría llevar a Lupe, a Cachito y a los demás a un lugar seguro.

—¿Te crees Moisés?

Tu padre se cree Dios, pensó. Pero no quería contrariarla más. Sin pensarlo, se había acercado a Carlota y ahora estaba a un par de pasos delante de ella y ella estaba mirándolo, con los ojos bien abiertos llenos de lo que no eran lágrimas pero que bien podrían serlo en uno o dos minutos.

Ella extendió una mano para tocar la suya, su pulgar rozó la cicatriz que comenzaba debajo de su muñeca, donde lo había atacado el jaguar, y un escalofrío le recorrió la columna vertebral.

—No quiero que nada cambie —dijo ella.

—Es inevitable.

Carlota levantó la mano y la colocó sobre el maletín, con las uñas clavadas en el cuero y los labios apretados. Cuánto deseaba Montgomery convencerla para que volviera a poner aquella mano sobre su piel. Nada más que aquel simple contacto; sus dedos entrelazados con los suyos serían una bendición.

Su brazo izquierdo yacía inútilmente contra su costado, donde mantenía sujeto el sombrero. Lo tomó con ambas manos y se apartó de ella. *Pinche cobarde,* pensó. *Eres un cobarde en todos los sentidos posibles*.

CAPÍTULO TRECE
Carlota

Su padre pasó el día con los Lizalde, explicándoles sus experimentos o simplemente tratando de calmar sus temores, o ambas cosas, Carlota no lo sabía. Pero mandó decir a través de Ramona que iban a celebrar una gran cena y que los híbridos los atenderían. Quería que fuera una demostración, para poner en evidencia que sus creaciones eran dignas de confianza.

Los preparativos para un evento así normalmente habrían entusiasmado a Carlota, pero estaba apagada. Fue a la cocina, con la idea de ayudar en algunas tareas. A pesar de necesitar el trabajo, se distrajo y Ramona la reprendió.

—Carlota, estás añadiendo el azúcar demasiado rápido. El merengue no se esponjará —dijo la mujer. A su padre le encantaban los merengues, aunque en Francia los hacían de otra manera. Quería preparar una delicia y estaba fracasando.

—Lo siento —murmuró Carlota.

—Niña, ¿qué pasa? —preguntó Ramona, levantándole la barbilla.

Carlota no sabía qué decir. *Todo* le parecía mal. Le dolía el estómago y quería hablar con su padre, pero estaba ocupado. Y aunque tal vez le hubiera ayudado hablar con Ramona y con Lupe para aclarar sus turbias preocupaciones, no se le ocurría qué decir.

—Tu mente está en ese joven patrón —dijo Lupe.

—No lo está —respondió rápidamente Carlota.

—¿En qué otra cosa podrías pensar excepto en ti misma y en tus pretendientes? No en nosotros, eso no. No has preguntado cómo está Cachito hoy. Pasó la noche adolorido, ¿sabes? Todos lo escuchamos.

—Yo no lo golpeé.

—No, lo hizo tu padre. Por el bien de esos payasos a los que intentas impresionar.

Lupe la miró fijamente y Carlota apartó la vista. Tenía el sabor de la bilis en la boca. Hizo un gesto de dolor.

Ramona negó con la cabeza.

—Carlota, deberías ir a arreglarte. Tu padre quiere que te veas bien.

Carlota asintió. Fue a su habitación y se echó agua en la cara. Luego pasó las manos por los vestidos que colgaban en el gran armario. Había uno que rara vez se ponía y que su padre le había comprado el año anterior. Todos sus vestidos los confeccionaba una costurera de Mérida a quien le habían proporcionado sus medidas. Montgomery llevaba las prendas a Yaxaktun junto con los suministros y los artículos que necesitaban para la casa.

Aquel vestido en particular era una especie de locura, lo más ostentoso que poseía. Era un atuendo de noche, adecuado para una fiesta, pero ella no asistía a fiestas. Había visto algo parecido en una revista femenina y le rogó a su padre que se lo confeccionaran. Tenía una falda blanca con volantes plisados de gasa, adornada con encaje y envuelta en una sobrefalda de satén azul. El corpiño escotado dejaba sus hombros al descubierto.

Trabajó lentamente en su pelo. Cuando se miró al espejo sintió como si hubiera una grieta invisible en él, quizás en ella. Esa grieta crecía lentamente día tras día, amenazando con obliterar a Carlota.

En dos ocasiones se le cayeron las horquillas que sostenía en una mano y tuvo que respirar hondo antes de continuar con el cuidadoso peinado de su pelo.

Finalmente, entró al comedor con el vestido azul intenso con sus encantadores toques de amarillo. El mantel estaba puesto y sobre él brillaban los candelabros de plata y ardían las velas suavemente. Ramona o alguien más se había tomado la molestia de cortar flores y dejarlas caer en un gran cuenco de cristal lleno de agua. Se ajarían todas por la mañana con el calor de la selva, pero por ahora conservaban sus exuberantes colores.

—Querida, estás preciosa —dijo su padre cuando entró, y luego se inclinó más hacia ella y añadió en voz baja—. Compórtate lo mejor que puedas, debemos embelesarlos.

Carlota asintió y sonrió a los invitados. A la mesa se habían sentado su padre, Eduardo e Isidro y, sorprendentemente, Montgomery. Supuso que su padre intentaba dejar algo claro al hacer que se sentara con ellos después de la trifulca. En cuanto a la comida, no fueron los platos los que llamaron la atención de sus invitados, sino el aspecto de quienes los servían. Lupe, Aj Kaab, Parda y La Pinta se turnaban para traer platos cargados de carne o llenar copas con vino de Borgoña. Lupe se comportaba como si Carlota no estuviera allí, con la cabeza alta, y de nuevo Carlota tuvo aquella sensación de que algo estaba roto y mellado en su interior.

—Es notable la variedad de formas y aspectos que adoptan sus híbridos —dijo Eduardo—. A veces no puedo distinguir de qué animal concreto derivan. Uno parece una especie de gato, otro un extraño lobo.

La Pinta limpió las migas de la esquina de la mesa mientras Eduardo hablaba, y Parda depositó cuidadosamente un plato ante Carlota. Ella le dio las gracias en un susurro.

—Como señalaría el señor Darwin, se nos presentan infinitas formas de lo más bellas —dijo su padre—. Aunque debo admitir que los mamíferos son los más adecuados para mi trabajo. Mis experimentos con reptiles fueron decepcionantes.

»Pero lo que quiero que hagan, caballeros, es considerar las otras posibilidades que les he mencionado. Hay muchos milagros médicos que podríamos lograr. Mi hija, por ejemplo, no estaría hoy sentada con nosotros si no fuera por el tratamiento que he desarrollado para ella. Sería una inválida, confinada en sus aposentos. Pero no se trata de Carlota, esa no es la única posibilidad; no, señor. La cura para la ceguera o la capacidad de dar el habla a los mudos podrían estar a nuestro alcance algún día.

Ella observó cómo una palomilla extraviada, que había conseguido infiltrarse en la casa, volaba por la habitación y se posaba en la pared, como una pequeña mancha marrón temblorosa. Cuando una libélula entraba a la casa, significaba que pronto llegaría un visitante. Cuando entraba una palomilla podía ser un buen o un mal presagio. Si era negra, significaba la muerte. Pero la palomilla marrón no significaba nada.

—Eso está muy bien, pero no creo que mi tío esté buscando una cura para la ceguera, ¿verdad? —preguntó Isidro—. Le está pagando para que le dé trabajadores. Sin embargo, los que tiene aquí deben ser terriblemente caros. ¿Cuánto dinero ha invertido en esta empresa?

—La investigación siempre tiene un precio —dijo el doctor secamente.

—Ya lo veo. Usted no vive precisamente sin lujos —contestó Isidro, y lanzó a Carlota una mirada tal que ella imaginó que debía estar tratando de determinar cuántos metros de satén se habían empleado en la confección de su vestido—. Los indios de las tierras del este están malcriados. Hay que castigarlos, con prudencia, por supuesto, o de lo contrario marchan por ahí como niños inconscientes. ¿Pero puede garantizar que sus híbridos son mejores? Después de todo, puedo dar fe de su temperamento.

Con estas palabras, Isidro levantó su mano vendada con el mismo orgullo que un hombre podría mostrar un trofeo.

—Cachito tenía miedo —dijo Carlota; tenía baja la mirada y su voz era suave. Hasta ahora se había mantenido al margen de la discusión, consciente de su padre y temerosa de cometer un error—. Si alguien a quien quisieras estuviera en peligro, lo defenderías.

—Pero, entonces, ¿cree que esa criatura *quiere* al señor Laughton? —preguntó Isidro, incrédulo.

—Cachito es dulce. Si lo conocieras mejor, verías...

—Veo que tiene un corazón tierno. La gente se aprovecha de los que tienen un corazón tierno. En nuestras haciendas, si los dejáramos, los indios trabajarían un día y descansarían cinco. No tiene que creerme a mí tampoco, pregunta al cura del lugar y él te lo dirá.

—Sí. Los curas también reclaman su cuota —dijo Montgomery—. Y yo no me fiaría de ellos en estos asuntos. Los he visto exigir dinero para bautizar a un niño que pronto moriría y a los padres vender cualquier cosa que tuvieran para asegurar que su hijo fuera al cielo. ¿Le parece bien?

—¿Es usted ateo, señor?

—Somos piadosos en esta casa —dijo su padre—. El señor Laughton asiste a nuestros oficios religiosos cada semana. Mi hija se sabe la Biblia de memoria.

—Eso es bueno. Está alejado de la civilización y cerca de esos infelices paganos que infectan la península. Odiaría pensar que ha absorbido sus supersticiones y ha apartado su rostro de Dios. Fe, señorita Moreau. Uno debe tener fe. Eso es lo que les falta a los indios de aquí. Ese es su defecto —dijo Isidro con una sonrisa de satisfacción y un tono terminante.

Carlota se alisó un mechón de pelo, pasándoselo por detrás de la oreja.

—Debemos tener caridad el uno por el otro, señor.

Su voz era tan apagada como los colores de la palomilla en la pared, pero aun así llegó al oído de Isidro, pues estaban sentados uno al lado del otro.

—¿Qué? —preguntó él, con cara de sorpresa.

—Y ahora subsisten la fe, la esperanza y la caridad, estas tres. Pero la mayor de todas ellas es la caridad —dijo ella, más alto, más fuerte.

—No veo cómo la caridad podría tener alguna relación con esta discusión.

—Cristo nos instruyó a amarnos unos a otros. Si los macehuales carecen de fe, tal vez usted carezca de caridad.

Isidro se mofó. Ella pensó en explicarse mejor, pero su padre lanzó a Carlota una mirada que indicaba claramente que debía vigilar lo que decía. Montgomery, sentado frente a ella, sonreía con suficiencia y Eduardo parecía sorprendido. ¿Había dicho algo horrible? Carlota no lo creía. Sin embargo, la voz de Isidro se había vuelto gélida.

—Simplemente no puede entender nuestra situación. Quizá lo mejor para nosotros sea conseguir esos trabajadores chinos de los que la gente habla. He pensado que es un gasto extravagante, pero si mi tío va a tirar el dinero al viento, al menos ellos no me morderán. O, si no, podemos quedarnos con los indios. Con caridad o sin ella —concluyó Isidro mordazmente.

—Creo que a algunos de ellos sí les gustaría darnos un mordisco —dijo Eduardo—. Algunas de las historias que cuenta mi padre sobre el levantamiento del '47 helarían la sangre de cualquier hombre.

La palomilla echó a volar y chocó con una de las velas. Quedó chamuscada sobre el mantel, junto a la mano de Carlota. Estiró el dedo para tocarle el ala, pero La Pinta apareció silenciosamente por detrás de ella y apartó al insecto, luego rodeó la mesa y volvió a llenar la copa de su padre.

—Fue la ejecución de Manuel Antonio Ay lo que inició la revuelta —señaló Montgomery, limpiándose la boca y tirando la servilleta sin cuidado junto a su plato.

—¿Sí? ¿Y? —respondió Eduardo escuetamente—. ¿Está insinuando que de alguna manera eso hizo que fuera justo que asesinaran a todas esas mujeres y niños en Tepich?

—La guerra rara vez es justa para cualquiera de las partes implicadas.

—Olvidas que el señor Laughton es inglés —dijo Isidro—. Lo justo es lo mejor para la corona.

—Bien visto. Tengo curiosidad, señor Laughton, siendo usted ciudadano de la corona británica, ¿está a favor de la creación de un estado maya independiente? Por supuesto, «independiente» no es la palabra adecuada, ya que estoy seguro de que los británicos lo supervisarían de un modo o de otro.

—No vamos a iniciar un diálogo innecesario sobre política —dijo Moreau. Como respuesta, Montgomery metió la mano en el bolsillo de su chaqueta y sacó un cigarro y una pequeña caja de cerillas.

Era costumbre que cuando un hombre fumaba debía ofrecer sus cigarros a los demás a su alrededor, pero Montgomery no hizo tal gesto aunque pudiera resultar ofensivo. Sin embargo, los demás no se dieron cuenta de esto o tal vez lo ignoraron.

—¿Cree que la política es innecesaria? —preguntó Isidro.

—Soy un científico. El estudio de la naturaleza es lo que me obliga. No procedo a hacer caso de nada más que de la cuestión que persigo. La investigación es la parte importante —dijo el doctor con orgullo—. La investigación médica propiamente dicha. Las curas...

—Ah, sí. Para la ceguera —dijo Isidro con desprecio.

Aunque a Carlota no le agradaba mucho Isidro, le produjo un poco de placer ver lo bien que cortaba a su padre. Nunca nadie le contestaba mal en Yaxaktun. Era como un dios. Sin embargo, en compañía de otros hombres ahora no parecía tan grande y macizo como siempre. Su trato hacia Cachito la había consternado. Había sido cruel por parte del doctor obligarlos a participar en aquella actuación, exigirles que estuvieran alegres a pesar de que Cachito debía estar retorciéndose de dolor.

Es un mal padre, se dijo a sí misma.

Casi inmediatamente se sintió culpable por haber tenido un pensamiento tan poco caritativo. Volvió a sentir que había una grieta dentro de su carne que crecía constantemente, y recordó cómo Montgomery le había dicho que todas las cosas debían cambiar. Miró en su dirección preguntándose qué estaría pensando, pero su rostro era una máscara sardónica.

Montgomery había encendido una cerilla y la apretaba contra la punta de su cigarro; sus ojos parpadeaban hacia arriba para mirarla mientras la apagaba.

Las manos de ella revolotearon contra el satén de su vestido, deslizándose por su estómago hasta que las atrapó en su regazo.

—Bueno, creo que la investigación del doctor Moreau es interesante, aunque las aplicaciones todavía no sean prácticas —dijo

Eduardo—. Al fin y al cabo, como él ha explicado, si no fuera por su trabajo en las ciencias biológicas su hija no estaría entera y sana y cenando aquí con nosotros. Creo que eso sería una pena. Es usted una revelación de la belleza, señorita Moreau.

Ella sonrió al oírlo, alegrándose de que alguien se mostrara contento con su presencia en la mesa. Desde luego, Isidro no parecía muy emocionado de conversar con ella. Frente a Carlota, Montgomery se reclinó en su silla y sonrió durante unos breves segundos.

—Gracias —dijo ella, sonrojándose.

—Realmente no deberíamos hablar de los trabajadores y sus problemas —dijo Eduardo—. Es un fastidio y no quiero que la señorita Moreau piense que somos aburridos.

—Así sin más, nos va a tener hablando de caballos el resto de la noche —dijo Isidro poniendo los ojos en blanco.

La conversación continuó, las frases pronunciadas eran ligeras y relajadas, y no se tocó ningún tema importante. Después de la cena Isidro declaró que estaba cansado y que se retiraría a su habitación. El padre de Carlota se sentó en un banco del patio y Montgomery se quedó apoyado en la pared, con los brazos cruzados. Eduardo y Carlota caminaron juntos por el patio.

Se sintió extraña al ser observada por dos pares de ojos y más extraña aún al estar caminando con Eduardo. Pensó que era como si los hombres estuvieran observando el ritual de cortejo de un pájaro colorido. Ella estaba allí para dar un espectáculo.

—Hoy has estado callada —dijo Eduardo—. Me preocupa que te haya disgustado.

—Y yo que estaba pensando lo mismo.

—¿Pero cómo podrías hacerlo si eres encantadora?

—Parece que no le agrado a tu primo —susurró.

—Está molesto. Le duele la mano.

—Lo siento mucho. Pero debes creerme cuando te digo que Cachito es un chico amable. Hemos crecido juntos.

—¿Has crecido con esas aterradoras criaturas? —preguntó Eduardo.

Qué extraño era oír a Eduardo referirse a ellos como «aterradoras criaturas» cuando ella los consideraba sus amigos. Aj Kaab la había levantado en el aire, haciéndola chillar de alegría cuando era pequeña; había jugado al escondite con Cachito y con Lupe, y había enseñado a los demás las rimas que leía en los libros. Sus mandíbulas prognatas, sus ojos extrañamente colocados y sus manos malformadas no le inspiraban ninguna sorpresa.

Sin embargo, supuso que no era inesperado que Eduardo considerara a los híbridos como aterradores. El propio Montgomery se había quedado estupefacto por su aspecto al principio, y sin embargo ahora bromeaba y trabajaba alegremente con ellos.

—No los conoces, pero si lo hicieras, verías que no hay que temerles —dijo.

—Esa cosa lobuna tiene unos dientes que podrían desgarrar el cuello de un hombre en segundos. ¿Eso no te molesta?

Era cierto que Parda tenía unos dientes grandes que le sobresalían del hocico, y sus ojos eran pequeños y penetrantes, pero solo se roía el pelaje cuando le picaba; no mordía a nadie más.

Carlota negó con la cabeza.

—No. Es más, nunca podría imaginarme separada de ellos.

—En algún momento los enviarán a Vista Hermosa o a otra hacienda.

—¿Por qué?

—Van a ser trabajadores, ¿no es así?

Sabía que su padre había creado a los híbridos para complacer a Hernando Lizalde y que, en última instancia, él los querría en sus haciendas, pero nunca había pensado que abandonarían los confines de Yaxaktun. La investigación de su padre no estaba donde tenía que estar para permitirlo y, además, ella había alimentado una sensación de seguridad.

—Y tú también tendrás que abandonar Yaxaktun —añadió Eduardo.

—¿Por qué iba a hacerlo? —preguntó ella, alarmada.

—¿Y qué hay de las grandes ciudades del mundo? ¿No deseas verlas y explorar costas lejanas? Yo no veía la hora de salir de Mérida.

—¿Querías dejar a tu padre?

—Si conocieras a mi padre, no querrías estar cerca de él —dijo Eduardo con amargura.

—¿Te trata mal?

—Él es... Todo debe hacerse a su manera. Él dicta los pasos del baile y todos debemos seguirlos. Seguro que no quieres hacer siempre lo que dice tu padre.

—Una hija debe ser obediente —respondió con rapidez. Pero fue la fuerza de la costumbre la que le hizo encadenar las palabras; frunció el ceño, irritada por la idea de la deferencia ciega que normalmente le resultaba fácil—. Pero debo admitir que también me gustaría dar mi opinión a veces.

—¿En qué sentido?

—Quiero cuidar de mi padre, de los híbridos, de este lugar. Amo mi hogar, pero es... A veces mi padre dicta demasiado los pasos, como el tuyo —explicó Carlota mirando hacia él.

Los dedos de Eduardo rozaron sus nudillos.

—Estás desperdiciada aquí.

—¿Qué quieres decir?

—Si estuvieras en Mérida te invitarían a multitud de fiestas.

Ella sabía de Mérida, por supuesto. Sabía de sus grandes casas con sus pórticos con columnatas, de las puertas de hierro curvadas, de las calesas tiradas por hermosos caballos, de la alameda sombreada por hileras de árboles donde se podía pasear cuando el calor del día daba paso al frescor de la tarde. Pero ¿qué había de especial en eso? El frescor de la tarde también la tranquilizaba en Yaxaktun, en el patio interior con las plantas en maceta.

—Ciudad de México es más grande, por supuesto. Me gustó estudiar allí. Nosotros tenemos una casa en la capital, obviamente, y aunque no he conseguido visitar París, espero hacerlo dentro de uno o dos años. Seguramente querrás ver París. Tu padre es, después de todo, francés.

—Me gusta cuando mi padre habla de París, porque quiero aprender sobre ello. También me gusta cuando el señor Laughton me habla de Inglaterra o de las islas que ha visto. Pero no creo que haya nada que pudiera encantarme en París. —Se sentó en el borde de la fuente y sumergió los dedos en el agua.

—Debo admitir que estoy desconcertado. Todas las mujeres jóvenes que he conocido querrían ser vistas y admiradas por el mayor número posible de personas.

Carlota sacudió la cabeza con recato.

—Siento que Yaxaktun es un hermoso sueño y deseo soñarlo por siempre.

—Pero en el cuento de *La bella durmiente* el príncipe besa a la princesa para que despierte —dijo Eduardo, sentándose cerca de Carlota, su mano cayendo sobre la de ella.

Con qué facilidad conseguía que se le sonrojaran las mejillas. Por el rabillo del ojo pudo ver que su padre se había marchado, pero Montgomery permanecía clavado en su sitio, con su cigarro brillando como una luciérnaga en el crepúsculo.

—El señor Laughton nos está observando —susurró ella.

Eduardo asintió.

—Es un halcón. Estoy harto de padres y chaperones. Ven.

Se levantó y Carlota lo siguió. Las buganvilias que crecían en el patio rebosaban de color, se extendían sobre las paredes y ofrecían racimos de espléndidas flores magenta al cielo. Eduardo la condujo hacia uno de esos parches de flores silvestres, metiéndola rápidamente entre la sombra de la enredadera. Ella se dio cuenta de que, envueltos en aquella oscuridad perfumada, no podían ser vistos desde el ángulo en el que se encontraba Montgomery.

Antes de que ella pudiera sacarle una pregunta a Eduardo, él la apretó contra la pared y presionó los labios sobre los suyos. La boca de Carlota se abrió y sintió que los brazos del joven la rodeaban por la cintura; la audacia de su abrazo la hizo resentir su respuesta inexperta, pues no quería que la consideraran una completa tonta que no sabía nada. Pero en realidad no sabía nada y la timidez luchaba con el deseo de devolverle el abrazo, de besarlo con fuerza en la boca.

Las damas deben ser mansas, pensó, pero levantó una mano para sujetar la solapa de su abrigo y colocó la otra alrededor de su cuello, para acercarlo todo lo posible y que no los vieran.

Creyó que su corazón iba a estallar al sentirlo, y cuando Eduardo apoyó la barbilla en la parte superior de su cabeza, estaba segura de que todos en Yaxaktun debían haberlo oído latiendo como un tambor. Pero, aun así, Carlota levantó la cabeza e inició otro beso, lo que provocó una carcajada en Eduardo.

—Eres un tanto audaz.

—No lo soy —susurró. Realmente no lo era, y sabía que si Ramona o Montgomery los veían la reprenderían, y aquel miedo la hacía querer huir de él. Pero Eduardo era encantador y le gustaba la forma en que su cuerpo se moldeaba contra el suyo, así que se quedó quieta.

—¿Qué podría darte que te complaciera? —preguntó él.

—¿Que me complaciera?

—Un regalo, una baratija —dijo él, con la voz baja, impregnada de una deliciosa ferocidad que la hizo temblar—. Pide cualquier cosa.

Pensó que la respuesta adecuada sería pedirle flores o bombones, pero no necesitaba ninguna de las dos cosas. Sus dedos rozaron los botones de latón de la americana y todo lo que pudo decir fue la verdad, lo único que deseaba.

—¿Serías capaz... si fuera tuyo para disponer de él... me darías alguna vez Yaxaktun?

—Eres realmente audaz —dijo.

No parecía disgustado, pero Carlota se sonrojó. Eduardo la besó rápidamente en la boca antes de apartarse. De nuevo al aire libre, caminaron lentamente por el patio, con la mano de ella apoyada en el brazo de él. Montgomery seguía de pie en el mismo lugar, fumándose su cigarro, y en el suelo estaban los extremos desechados de las cerillas y una colilla humeante. Cuando pasaron a su lado, pisó la colilla y levantó los ojos hacia ellos con tanta burla que Carlota estaba segura de que los había visto besarse después de todo y que los regañaría por ello. Pero lo único que hizo fue asentir.

Carlota se apresuró a pasar junto a él y volver a su habitación. Un rato después, Ramona vino a ayudarla a quitarse el vestido. El crujido del satén fue fuerte para sus sensibles oídos y se estremeció.

—¿Te encuentras mal? —preguntó Ramona.

—Estoy cansada —dijo Carlota, sentándose—. Y mis nervios... estoy terriblemente nerviosa.

Ramona le quitó las horquillas del pelo.

—¿Estás nerviosa por estos hombres? Solo son hombres, Loti.

Pero no lo son, pensó, y se asomó al cristal, observando cómo Ramona colocaba las horquillas en una copa.

—A Montgomery no le agradan —dijo.

—Al señor Laughton no le agrada nadie. Está enfermo, necesita un curandero que sepa escuchar su sangre.

—No está enfermo.

—Por supuesto que sí. Tu papá puede sanar varias enfermedades, pero no sabe de todas las enfermedades. El señor Laughton perdió su alma. Se fue volando y está atrapada en algún lugar. Una vez le dije que fuera a ver a un curandero que lo limpiara de esa enfermedad. —Ramona se encogió de hombros—. No importa lo que el señor Laughton piense de nadie.

—Pero sí importa lo que piense mi padre —murmuró Carlota, y giró la cabeza—. ¿Tu matrimonio lo arregló una casamentera?

Ramona asintió.

—Consultaron a las estrellas y tuve un buen collar para mi mujul. Pero no fue un buen partido.

—Yo no tengo mujul —susurró, recordando lo que su padre le había dicho. Que nada en aquella casa les pertenecía realmente. Tampoco es que Eduardo hubiera pedido una dote, pero ella recordaba la magnitud de sus circunstancias—. ¿Y cómo puedes saber si el partido será bueno o malo?

—No puedes —dijo Ramona—. Es lo que es. Todos tenemos un camino que recorrer y un destino escrito en el libro de los días.

Pero cuál, se preguntaba Carlota, sería su camino…

CAPÍTULO CATORCE
Montgomery

Se aventuraron por la orilla del agua hasta el lugar donde los mangles se anudan como serpientes resbaladizas. Se suponía que estaban allí para revisar el esquife que estaba en el embarcadero. Era su medio de transporte más rápido y su llave al mundo exterior cuando necesitaban suministros. Tenían que revisarlo periódicamente y también cuidar el camino que en primer lugar permitía el acceso al embarcadero.

Pero no era necesario que se sentaran y sumergieran los pies en el agua ni que se entretuvieran. Sin embargo lo hicieron, porque Montgomery trataba de mantener a Cachito fuera de la vista y lejos de sus invitados. El ojo derecho de Cachito estaba hinchado por la paliza que le había propinado Moreau. Montgomery no quería que ofendiera a los invitados por segunda vez.

—¿Cómo se siente? —preguntó, señalando el ojo.

—Está mejor, supongo. ¿Cómo está el corte en la frente?

—No va a estropear mi aspecto.

Montgomery sacó su maltrecha cigarrera del bolsillo y ofreció uno a Cachito, quien lo rechazó con un giro de cabeza. No muy lejos de ellos, dos ibis níveos se encontraban en la orilla, contrastando con el verde de los árboles que había detrás. Lentamente, muy lentamente, uno de ellos se giró un centímetro y miró en su dirección.

—Nunca me había pegado. Melquíades me pegaba, y una vez lo mordí y me pegó aún más, pero el médico no lo había hecho nunca. Siempre había pensado que él era mejor. Habla de obediencia y habla de mansedumbre y dice que nos ama y luego... luego él...

—¿Entonces es un hipócrita? —respondió Montgomery—. Una vez estuve en un pueblo donde el cura predicaba los tormentos del infierno. Pedía a las jóvenes que le ayudaran a limpiar la iglesia después de la misa. Y quién iba a saberlo, a pesar de todos sus sermones aquellas chicas terminaron con bastardos en sus vientres que se parecían mucho a aquel cura.

También había oído cosas peores. Había oído y visto una verdadera letanía de horrores. Así era el mundo. Lo había creado Satanás, pensaba cuando era más joven y estaba en camino de convertirse en un hereje en ciernes. Ahora simplemente pensaba que era obra de un dios cruel y malvado.

—En el periódico, a veces, leo los anuncios de hacendados. Escriben que un trabajador se ha escapado y que dan una recompensa a quien lo traiga de vuelta —dijo Cachito—. Pero no consiguen encontrarlos a todos. Algunos se esconden y se convierten en bandidos, o se escabullen a un lugar seguro. Si ellos pueden, ¿quién dice que nosotros no podríamos escaparnos?

Montgomery asintió, pero no quiso ofrecer una respuesta completa. ¿Qué podía decir? Si Cachito se escapara estaría muerto en pocos días sin su medicamento, y si lograba sobrevivir más tiempo quizás Hernando Lizalde enviara a un cazarrecompensas tras él. Eso es lo que hacían con los peones que se atrevían a abandonar sus haciendas. Luego, la cuota del cazarrecompensas se añadía a las deudas que el peón tenía con el hacendado. Esta era también la razón por la que Montgomery permanecía en su puesto. Debía dinero y Lizalde podría cobrárselo con sangre si se atrevía a huir.

—¿Pasaba lo mismo en Cuba?

—¿Si la gente huía? Allí también tienen trabajadores contratados. Llevan décadas enviando chinos a trabajar en las plantaciones. Lo llaman «comercio amarillo». Ocho años, a eso es a lo que se comprometen los chinos. Ahora están enviando indios mayas rebeldes a la isla. En lugar de arrastrarlos a la cárcel, los meten en un barco y los arrastran a Cuba. Es todo lo mismo —dijo, agitando su cigarro en el aire—. Todo el mundo está condenado, y si prohíben el comercio de indios encontrarán la manera de eludir la prohibición. El comercio de esclavos supuestamente cesó hace sesenta años, pero encontraron formas de burlar las leyes.

—Los rebeldes se defienden. Siempre pensé que eras valiente por haber luchado contra un jaguar, Montgomery. Pero no creo que seas tan valiente después de todo. No luchas por nada. Solo quieres morir —dijo Cachito con gravedad.

Montgomery sacudió la cabeza y dio una larga calada a su cigarro. No se molestó en negarlo. Sí, estaba muerto y moribundo, un pez que daba vueltas y respiraba entrecortadamente en busca de aire, y por alguna maldita razón el universo no había considerado adecuado cortarle por completo el suministro de oxígeno. Aquel dios cruel e inmutable disfrutaba de su sufrimiento. Tal vez se regocijaba con él. Esa podría ser la cara definitiva de Dios: la cara del horror implacable.

Los ibis blancos se alejaban volando y Cachito volvió a hablar.

—Lupe dijo que vio a Juan Cumux una vez. Fue cerca del cenote.

—¿Cómo supo que era él?

—Lo supo. No tenía a sus hombres, estaba él solo. Dice que es viejo, pero no como Moreau. Moreau es viejo como si fuera de piedra, pero Cumux es viejo como el manglar. Resiste la tormenta.

Puso una mano en el hombro del chico.

—Estarás bien. No tengas miedo, Cachito.

—No tengo miedo —dijo el chico con brusquedad.

Montgomery pensó en decirle que no había nada malo en tener miedo, que él había tenido miedo muchas veces en su vida. Que cuando su padre lo golpeaba cerraba los ojos y rezaba para poder salir volando. Pero hubiera sido inútil porque sabía por la dureza de su mirada que aquellas palabras ofenderían aún más a Cachito. Así que lo dejó así y Cachito le tendió la mano y Montgomery le dio el cigarro.

Se sintió terriblemente viejo mientras volvían juntos, y cuando se detuvo frente a la puerta de la biblioteca estaba agotado. Entonces vio a Carlota, acurrucada en el único sofá de la habitación. Sostenía un libro en una mano y un abanico con la otra. Se mordía el labio inferior, sumida en sus pensamientos. Debía ser uno de esos libros que le gustaban sobre un pirata o un filibustero, empapado de aventura y romance embriagadores.

—¿Dónde está Eduardo? —preguntó.

El día anterior había dado vueltas y vueltas al patio con él. Montgomery esperaba que el joven se quedara a su lado, como un percebe. Era un raro placer encontrarla así, sola, y por un momento deseó no haber hablado y limitarse a admirarla desde lejos. Parecía tranquila.

Carlota marcó la página de su libro con una cinta antes de mirar hacia él. Detrás de ella había unos libreros altos abarrotados de muchos volúmenes, pero la biblioteca era precaria en comparación con la sala de estar, con un viejo escritorio en un rincón que servía de adorno.

—Está echando una siesta. ¿Dónde estabas? Mi padre te estaba buscando.

—He salido a dar un paseo con Cachito. ¿Era algo importante?

—Seguro te encontrará si es urgente.

—Bueno, está bien. Quería hablar contigo, de todos modos.

—¿Sobre qué?

Se reacomodó correctamente, señalando el sofá con un movimiento de su abanico y haciendo espacio para él, por si quería sentarse a su lado. Así lo hizo.

—Supongo que no has hablado con tu padre sobre los híbridos.

—Quieres decir que si le he preguntado por la fórmula.

—Así es.

—No he tenido la oportunidad.

—No, por supuesto que no —murmuró—. No con el joven patrón alrededor para distraerte.

—¿Qué se supone que significa eso? —preguntó bruscamente—. ¿Qué quieres de mí?

—Nada. Estaba pensando en ti y en Eduardo, pero no me corresponde entrometerme.

—Eso no es «nada». Hable, señor.

—He dicho que no es nada.

—Me vas a contestar —dijo ella, y le dio un golpecito en el brazo con el abanico.

Cuando estaba con Eduardo blandía el abanico pintado como el arma de una coqueta; temblaba en sus manos en señal de saludo, su movimiento puntualizaba su risa. Pero con Montgomery, el abanico se utilizaba para administrar un castigo. Y ella tenía una mirada tan petulante, con la barbilla levantada y displicente, que él no pudo contenerse, aunque sabía, por el rubor de sus mejillas, que estaba avergonzada y que por eso había reaccionado de esa manera.

—En lugar de hacer algo útil estás perdiendo el tiempo con ese Eduardo. No me extraña que no hables con tu padre, todas tus palabras las desperdicias en otra persona, eso es lo que pienso —le dijo con amargura, y cuando ella lo miró fijamente, con los ojos muy abiertos, él continuó, queriendo provocarle más ira—. ¿O es que te da miedo el médico? ¿Por eso no quieres hablar con él?

—*Tú* podrías hablar con mi padre, Montgomery, si lo desearas —dijo ella.

—Pero no fui yo quien dijo que lo haría. Les prometiste a Cachito y a Lupe que los ayudarías. Bien, entonces. Si vas a ser una cobarde, entonces tendré que jugarme el pellejo.

—No tienes derecho a llamarme «cobarde». ¡Eres tan cruel como Lupe!

Indignada, amenazó con volver a abofetearlo con el abanico cerrado, pero él lo atrapó, al igual que su mano. Cuando Montgomery sintió aquella mano bajo la suya y el pulso tembloroso debajo de las yemas de sus dedos, también sintió la amargura desangrándose.

—Carlota, no sé lo que te ha dicho Lupe, pero no lo he dicho para ser cruel. Es solo que Eduardo no es bueno para ti —explicó suavizando el tono.

—¿Tienes algún otro pretendiente que me quieras presentar?

—No. Pero vendrá alguien más digno. Otro chico.

—Mi padre quiere que yo… ¿Qué tiene Eduardo de malo? —preguntó ella, y también se había ablandado y no había retirado la mano. En cambio, lo miró con curiosidad.

—Conozco a los de su calaña. Es el tipo de hombre que solo toma. No creo que te quisiera bien y tú, Carlota… bueno, te conozco. Compartes mi mismo mal.

—¿Un mal? —preguntó ella, ahora más curiosa que irritada.

—Sí, del corazón. Estás enamorada del amor, Carlota —dijo, sujetando más fuerte su mano—. Enamorada de la mera idea, lo veo en tu cara. Lo anhelas *todo* y estás a punto de caer en un abismo. Algunas personas dan una fracción de sí mismas, pero hay otras que se entregan por completo. Y tú lo harás. Te darás por completo. He estado donde tú has estado. He sido joven y elegí mal, y eso me quebró.

Pensó en la bonita Fanny Owen y en los breves momentos de su felicidad que fueron obliterados por el dolor y la pena. Era algo imposible de explicar. A la mayoría de la gente le parecería ridículo que uno pudiera sentirse tan lastimado por una sola persona. Pero él siempre había sido un romántico, y tal vez también había estado solo y marcado y había querido que lo salvaran, incluso entonces. Y Fanny había sido el aroma de un bosque verde y la primavera y la esperanza, hasta que todo se marchitó en la nada.

—No quiero que te pase lo mismo —dijo, y deslizó la mano hasta apartarla.

Todo aquello era cierto. Montgomery sabía bien que algún día Carlota encontraría a un chico joven que le interesara y nunca le envidiaría eso. Pero acabar en los brazos de Eduardo Lizalde le parecía casi obsceno. ¿Por qué no otro hombre? Cualquier hombre. Bailaría con gusto en su boda, siempre que el novio no fuera aquel sapo fastidioso.

Carlota frunció el ceño, como si lo pensara detenidamente.

—Pero podría darme Yaxaktun —dijo—. Si no, ¿qué haríamos para conseguir dinero?

—Una mujer no debería casarse solo por dinero —dijo, y ahora pensaba en su pobre hermana y en su terrible y temprana muerte. Comprendía lo que un mal matrimonio podía hacerle a una mujer.

¡Si pudiera volver atrás! Pero había perdido a Elizabeth. Lo había perdido todo. Ahora sentía que Carlota podría enfrentarse a un final similar y terrible, y no podía permitir que aquello sucediera, por mucho que Moreau salivara tras la fortuna de Lizalde. Debía decir lo que pensaba. Pero ella no parecía escuchar.

—Es muy fácil para ti decirlo —le dijo ella, negando con la cabeza—. Si el señor Lizalde nos quita este lugar puedes trabajar en otra parte. Puedes volver a Honduras Británica, a Cuba o incluso a Inglaterra. Pero ¿qué haríamos nosotros? ¿Qué haría yo?

Entonces ven conmigo, pensó de repente. Puede que Carlota no tuviera nociones románticas sobre él, pero podría llevársela si ella lo deseaba, y si a ella le gustaba él, aunque fuera un poco, le resultaría suficiente. Era una idea tonta y sin embargo pensó en pronunciarla. Pero entonces ella habló, deprisa, nerviosa.

—Esta casa… esta vida… los árboles y los híbridos y, oh, incluso cosas como este libro y mi abanico —dijo, casi suplicante—. ¿Qué haría sin ellos?

—Sí, supongo que sería difícil comprar abanicos con mangos de marfil si el señor Lizalde dejara de pagar tus cuentas —contestó él, enfadado. Estaba a punto de abrirse idiotamente ante ella y Carlota estaba pensando en su abanico.

—Eres horroroso.

—Lo soy. Y probablemente debería irme —dijo, haciendo un movimiento como para ponerse de pie.

Pero ella lo tomó del brazo y tiró de él hacia abajo.

—Me juzgas cruelmente, pero no me das opciones. No entiendo qué he hecho para merecer este trato.

—Suéltame, Loti —dijo con cansancio.

Así lo hizo. Montgomery se levantó, dio unos pasos pausados y Carlota también se levantó, sujetando con fuerza su libro entre las manos.

—¡Te odio! ¡Eres horrible! —gritó, y lanzó el libro en su dirección. Se estrelló contra la pared. Montgomery se dio la vuelta. Carlota estaba de pie en medio de la biblioteca y presionaba una mano contra su estómago, mirando hacia abajo.

—Deberías controlarte. Si destruyes ese libro, no dudo de que me lo descontarán de mi salario, del que ya estoy desprovisto, dado que estoy castigado —dijo, esperando que le lanzara su abanico a continuación.

Pero ella se quedó allí de pie, sin mirarlo. Las manos le temblaban.

—¿Carlota? —preguntó acercándose a ella.

No parecía estar bien. De repente, tropezó en sus brazos y se aferró a él, tratando de recuperar el equilibrio.

—No puedo respirar —dijo ella. Sus ojos parecían brillar, se veían tan amarillos. No eran ámbar, sino dorados.

El médico le había dicho que cuando Carlota era más joven solía tener terribles ataques y que pasaba la mayor parte de sus días en la cama, enferma y débil. Pero aunque Montgomery sabía que Carlota a veces tenía que descansar y que cuando se agitaba podía sentirse mareada, no recordaba que nunca hubiera tenido un ataque. Para eso estaba su medicamento. La mantenía a salvo.

—Montgomery —susurró Carlota. Su voz estaba a punto de quebrarse y le clavaba las uñas en el brazo con tal fuerza que hizo un gesto de dolor.

—Dame un minuto, cariño —dijo, tomándola en brazos como se levanta a una novia en el umbral porque está a punto de desplomarse—. Vamos a buscar a tu padre. Será un minuto. Por el amor de Dios, solo un minuto.

CAPÍTULO QUINCE
Carlota

Al principio no oyó nada. Solo notaba la presión de los brazos de Montgomery a su alrededor, levantándola, sosteniéndola. Pudo percibir el latido del corazón de él y la sangre que corría por sus venas. No oía el golpeteo del corazón, era una vibración, un tambor silencioso. Tenía la barbilla apoyada en su omóplato y podía olerlo. El jabón que usaba para lavarse la cara cada mañana, la camisa lavada que había tendido para que se secara el día anterior, el olor de su sudor y su cuerpo debajo de todo eso.

Montgomery murmuró algo, pero ella no entendió nada. Su cabeza era un destello de rojo y amarillo.

Entonces llegó la voz de su padre, fuerte y clara, el tintineo del metal y el cristal, y la almohada bajo su cabeza. Montgomery se había alejado. Ya no podía sentir su pulso. Pero él seguía allí, en algún lugar de la habitación. Podía oír su corazón. Casi quería preguntarle por qué sonaba tan fuerte.

—Pásame ese frasco.

La jeringa le pinchó el brazo y sintió la presión de la mano de su padre contra la suya. A lo lejos oyó el grito de un pájaro. Se preguntó si podría atraparlo si era rápida.

Giró la cabeza. En el estante estaban sus viejas muñecas, que la miraban con ojos de cristal. Sintió como si retrocediera en el tiempo, a una infancia que era una nube de enfermedad y dolor, ahora medio olvidada.

Entonces llegó la compresa fría en su frente e inhaló. Pasaron los minutos. Cuando abrió los ojos, su padre seguía sentado junto a la cama.

—Papá —dijo ella.

—Ahí estás —dijo su padre, y le apretó la mano—. Toma un sorbo de agua.

Tomó una jarra y llenó un vaso. Carlota se incorporó y bebió el agua obedientemente. Le temblaban las manos, pero solo derramó un par de gotas. Le devolvió el vaso.

—Hija, me has dado un pequeño susto.

—Lo siento, papá. No sé qué ha pasado.

—Hemos hablado de esto. Te he dicho que estuvieras tranquila y evitaras la excitación. Es simplemente el medicamento. Hay que ajustarlo.

—He perdido los estribos. He lanzado un libro —murmuró.

—¿Por qué? ¿Qué te ha agitado?

—Estaba discutiendo con Montgomery. Pero no había tenido una recaída en años, papá. Ni siquiera recuerdo cómo era estar enferma —dijo, y realmente no lo recordaba. Aquella nube de dolor era terriblemente lejana y sus recuerdos más claros eran los de su padre a su lado, consolándola, liberándola de su sufrimiento.

Pero su cuerpo parecía acordarse. Resonaba con un antiguo dolor, como si hubiera cicatrices bajo su piel, ocultas, que ahora se alzaban, como setas después de la lluvia.

—Quizás aprendas la lección y te pelees menos con él. Ya no eres una niña para hacer berrinches.

—Lo sé —susurró, y recordó su discusión y todo lo que Montgomery había dicho. ¡Se había comportado horriblemente con ella! Pero tenía razón en una cosa: no había preguntado a su padre sobre los híbridos aunque les había prometido que lo haría.

—¿Qué crees que habría pasado si nuestros invitados hubieran presenciado este episodio? ¿O si te hubieran visto lanzando libros a Laughton y peleando como una loca? Su opinión sobre ti se vería muy disminuida.

—Solo estábamos nosotros dos en la biblioteca.

—Carlota, eres muy sensata. Sabes que no es apropiado.

—Lo entiendo.

—Afortunadamente para ti, Laughton te trajo rápidamente. Te recuperarás pronto. Sin embargo, necesitas dormir. El medicamento debe surtir efecto y no puede hacerlo si estás corriendo por la casa —dijo su padre, poniéndose de pie, con aspecto cansado y tal vez ansioso por irse de su lado.

Carlota deseaba cerrar los ojos y dormir sin decir más. Pero lo que Montgomery había dicho le seguía doliendo. Sí, aquel maldito hombre tenía razón: era una cobarde y había dado su palabra.

—Papá, me gustaría saber la fórmula de mi medicamento —dijo rápidamente, antes de que su padre tuviera la oportunidad de escapar, antes de que su valor la abandonara.

Su padre frunció el ceño.

—¿Por qué me pides eso?

—Porque.... supongo que me haría sentir más a salvo. Y también me gustaría saber la fórmula del medicamento que toman los híbridos.

—¿No te sientes a salvo conmigo?

—Sí, pero todos dependemos de ti y tú mismo has dicho que ya no soy una niña. Si he de casarme y dejar Yaxaktun, ¿cómo podré manejar mis asuntos si ni siquiera puedo ocuparme de mi salud? ¿Vendrás a visitarme cada vez que tenga un ataque?

La boca de su padre se torció ligeramente.

—No deberías tener un ataque si sigues las reglas que he establecido. Ir a la cama a la misma hora cada noche y dormir profundamente, rezar y leer tu Biblia para reconfortarte, ser dulce y serena y evitar el esfuerzo físico.

—Pero una no puede ser dulce perpetuamente —dijo ella, con voz vacilante.

—Son asuntos médicos complicados.

—Tú mismo has dicho que soy inteligente. Y he estado ayudándote en el laboratorio durante estos últimos años. Podría aprender, estoy segura.

—No tan inteligente —dijo su padre. No había levantado la voz, pero estaba enfadado, sus palabras eran heladas—. Tú y

Laughton pueden ayudarme con una pequeña tarea aquí y allá, pero no es lo mismo que ser un médico formado.

—Papá…

—No se hable más. Necesito que descanses. ¿Serás una buena chica?

Carlota bajó los ojos y asintió. Su voz era suave, delicada como el encaje de su vestido.

—Sí, papá.

—Bienaventurados los mansos, porque ellos heredarán la tierra. Dilo.

—Bienaventurados los mansos.

—Échate una siesta y pronto te sentirás mejor —le dijo, y le besó la frente antes de marcharse.

Pero no podía descansar porque la paradoja permanecía en su mente: debía ser una niña para su padre y también una mujer adulta. Él no la dejaba crecer y, sin embargo, esperaba que se comportara como una persona madura y sofisticada.

La hija de Moreau debía seguir siendo siempre una niña, como las muñecas que la observaban atentamente. Pero estaba inquieta; se sentía como si le hubiera crecido demasiado la piel y tuviera que mudarla.

Se tumbó en la cama y cerró los ojos, pero no durmió.

Más tarde, Lupe pasó con una bandeja, una tetera y una taza, y una rebanada de pan con miel. El sol se estaba ocultando y el calor agobiante del día había dado paso a la comodidad más fresca de la noche. La hora le daba ganas de estirarse lánguidamente y mirar las estrellas.

—Montgomery ha pensado que el té te sentaría bien. Soy de la opinión de que una taza de chocolate es mejor. Pero ya lo conoces, no soporta el chocolate —dijo Lupe, haciendo una mueca—. Los hombres británicos. Té, té, té.

—Muy considerado de su parte, supongo.

—Se nota que está arrepentido. ¿Se han peleado?

Carlota asintió. El té era de manzanilla. Se sirvió una taza y sujetó las pinzas de plata, tomando un terrón de azúcar. Lupe encendió dos velas y las colocó en la gran mesa del otro lado de la habitación. Sobre ella descansaban su espejo, su cepillo de pelo y las cajas de madera que contenían collares, pulseras y un rosario.

—¿Por qué se han peleado esta vez?

Carlota no podía decirle que Montgomery la había llamado «cobarde». Desde luego, no quería repetir la charla con Montgomery sobre el anhelo. Casi le daba vueltas la cabeza cuando recordaba la forma en que había hablado. «Enamorada del amor». ¿La creería tan tonta? ¿Y tendría razón? Por lo que ella sabía, Montgomery solo había amado una vez. Aquella esposa suya que lo había abandonado hacía tiempo. De ser así, ¿qué sabiduría podría ofrecerle? Tal vez poca, tal vez ninguna.

¿Acaso Eduardo no era apuesto? Y ser apuesto no lo era todo, pero había sido lindo cuando la había besado, y era un gran caballero. Su padre así lo decía.

«Enamorada del amor».

—Estábamos hablando de esto y lo otro —dijo Carlota, revolviendo el té.

—Alguien está siendo evasiva.

—No es así. Fueron varias cosas y no estoy segura de que le guste que repita toda nuestra conversación.

Lupe no parecía convencida. Recorrió la habitación con la pretensión de ordenar algunas cosas. Recogió un chal blanco que Carlota había dejado sobre una silla y volvió a colocar un libro en su estante. Carlota dio un sorbo a su té. Estaba demasiado caliente y le escaldó la lengua. Dejó la taza. —Le he preguntado a mi padre por la fórmula. No ha querido compartirla conmigo —dijo ella mientras volvía a agitar su taza.

—Me sorprendería que te la hubiera dado.

—Todavía puedo obtenerla.

—¿Cómo?

Carlota respiró hondo. Le daba miedo decirlo, pero lo hizo.

—De sus cuadernos en el laboratorio.

—¿Serías capaz de hacer algo con eso?

—No lo sé. Mi comprensión de su trabajo es rudimentaria. Pero debería intentarlo, ¿no? —preguntó, sin gustarle lo estridente que sonaba su voz, lo mucho que se parecía a una súplica.

Lupe seguía revoloteando por la habitación. Finalmente, volvió al pie de la cama de Carlota y ocupó la silla en la que su padre se había sentado antes.

—Te diré algo, pero debes mantenerlo en secreto. ¿Lo harás? —preguntó Lupe, en el mismo tono que usaba cuando eran pequeñas y hablaban de alguna travesurilla que podrían cometer, como atiborrarse de dulces.

—Sí, por supuesto.

—Hay un sendero cercano que va directo al campamento de Juan Cumux. Está bien escondido, nadie se da cuenta de que está ahí. Pero si conoces las señales puedes encontrarlo.

—¿Vive allí? ¿Juan Cumux?

—Si no él, uno de sus hombres de confianza. Carlota, si Cachito y yo y los demás nos dirigiéramos allí, no podrían atraparnos. Podríamos ir lejos después de eso. Podríamos ir al sureste, a las tierras que controlan los rebeldes. Allí estaríamos a salvo.

—¿Pero serían amistosos con ustedes?

—Creo que sí. Podrías venir. Vaya, Montgomery podría venir si quiere. Podría ayudarnos a desplazarnos. Podríamos dirigirnos a Honduras Británica. Hay precipicios y arroyos y lugares para esconderse. Lo he leído en los periódicos y Montgomery también lo ha dicho.

Lupe parecía tan feliz que a Carlota le dolía el corazón. Se preguntó si podría hacer lo que había prometido. No solo descubrir la fórmula, sino ser capaz de reproducirla. Además, ayudar de alguna manera a los híbridos en su huida. Sería una traición a su padre. Carlota podía reñir con Montgomery o hacer aspavientos cuando Lupe la irritaba, pero nunca contestaba mal al doctor. Cumplía su voluntad. Todos lo hacían.

—¿Y si pudieras quedarte a salvo en Yaxaktun? —preguntó Carlota.

—¿Cómo? Los Lizalde no se preocupan por nosotros. Ya los oíste en aquella cena. Hablando de dinero, de lo caro que es Yaxaktun y de las pocas ganancias que pueden obtener de él. Si cierran este lugar, ¿qué te imaginas que nos harán?

Pensó en los ojos verdes de Eduardo y en cómo le había dicho que le pidiera cualquier cosa, y ella le había dicho que quería Yaxaktun. Él la había llamado «atrevida», pero también la había besado. Ella le gustaba, ¿y qué era Yaxaktun para él? Era una hacienda, no mucho teniendo en cuenta su vasta fortuna. Podría ser lo mismo que regalarle un peine para el pelo.

—Podría no llegar a eso. Toma la bandeja y siéntate aquí, siéntate conmigo y sujétame la mano —dijo Carlota.

Aferró con fuerza la mano peluda de Lupe, sintió las garras escondidas en sus vainas.

—¿Te sientes mal otra vez?

—Es un poco de fiebre, como cuando era pequeña. Mi padre me ha dicho que descansara.

—Entonces debería irme y dejarte descansar. ¿A menos que quieras que llame al médico?

—No, no lo molestes —dijo Carlota—. Dormiré y me sentiré mejor por la mañana.

—Muy bien.

Se sentaron juntas durante un rato. Cuando Lupe se marchó, Carlota apartó las sábanas y se puso delante del espejo. La luz de las velas hacía que su reflejo se viera extraño. Tuvo esa curiosa sensación, una vez más, de que había una grieta, una costura, dentro de ella. Se pasó las manos por el cuello, buscando un defecto que no podía ver. Sus dedos, en el espejo, parecían muy largos, las uñas casi demasiado afiladas y los ojos…

Se inclinó hacia delante y vio sus ojos brillantes, casi resplandecientes. Pero era la luz de la vela y cuando inclinó la cara de forma diferente el efecto desapareció.

Podía oír, en el exterior, el aleteo de una palomilla, y en el interior alguien caminaba por el pasillo, y cuando cerraba los ojos casi podía oler… ¿Sería Montgomery quien andaba por allí? Pero era su imaginación. No podía oler nada desde el interior de su habitación.

Se acercó a la puerta y apretó una mano contra ella, escuchando atentamente. Los pasos se habían detenido. Esperó a que llamaran, pero no se oyó nada, ningún sonido. Entonces los pasos comenzaron de nuevo. Se estaban alejando.

Pensó en abrir la puerta y preguntarle a quien fuera qué quería.

Pero en lugar de eso, se dirigió a la mesa, apagó las velas de un soplido y se metió de nuevo en la cama.

CAPÍTULO DIECISÉIS
Montgomery

—Ella siempre ha sido así, aunque los últimos años han sido buenos para ella —dijo Moreau, disipando la ansiedad de Montgomery mientras hablaban en la sala de estar, con las cortinas blancas ondeando con la brisa—. Solo es cuestión de cambiar la dosis de su medicamento.

—Pero su aspecto, doctor. La he visto fatigada antes, pero esto era completamente diferente. Nunca la había visto así.

Moreau estaba de pie ante la jaula del loro y este lo miraba fijamente, ladeando la cabeza. El médico miró a Montgomery, sonando casi aburrido.

—Fatiga, hinchazón de las articulaciones, fiebres bajas, dolores de cabeza, sensación de adormecimiento en las manos. Es una constelación de síntomas que pueden aparecer y desaparecer. Ya te lo he dicho.

Moreau actuaba como si Carlota se hubiera golpeado un dedo del pie y no como si se hubiera desplomado en los brazos de Montgomery. Esto lo desconcertó y, aunque se dio cuenta de que Moreau no quería seguir hablando del incidente, continuó.

—Pensé que se iba a morir. Me he asustado. Soy consciente de que Carlota tiene una enfermedad...

—Una enfermedad de la sangre. Mi esposa la tuvo... Murió. No pude detener su sangrado. Y la niña... —Moreau se interrumpió y sus ojos se posaron en un punto lejano—. A pesar de todo lo que sé, fue imposible contener la hemorragia.

—No sabía que estaba casado con la madre de Carlota —dijo Montgomery. Siempre había tenido entendido que Carlota era la hija natural del médico. Pero como tal, no podía disfrutar de todos los derechos de los hijos legítimos. Puede que el médico no tuviera mucho dinero, pero seguramente había algunos pesos en su cuenta bancaria de Mérida. Si Carlota no fuera una hija ilegítima, sino su legítima heredera, al fallecer el doctor Carlota sería seguramente la beneficiaria de aquella cuenta. Eso le daba a la chica más influencia y posición social de lo que él creía.

El doctor parpadeó, como si despertara de un sueño. Se alejó de la jaula del loro.

—¿Carlota? No, no me casé con su madre. Supongo que siento que fue una situación similar a un matrimonio. Me vas a perdonar, no me gusta hablar de ella.

—Entiendo —dijo suponiendo que en la envejecida mente de Moreau tanto su primera esposa como su posterior amante se habían fusionado y convertido en una sola.

—Carlota dijo que estaban peleándose en el momento en el que sufrió el ataque.

—Teníamos opiniones diferentes.

—Se supone que no debe ponerse ansiosa.

—¿Pero fue solo eso? ¿Se sintió ansiosa y eso generó una reacción tan violenta?

No podía creerlo. Carlota, con todo su encanto, era capaz de discutir con él sobre varios temas. Y de discutir con Lupe, también. Y no había sufrido ningún paroxismo por eso.

—Carlota ha crecido. Ha cambiado y está cambiando. —La voz del médico tenía un tono sordo, no del todo irritado, más cercano quizás a la duda—. Yo la controlaba perfectamente cuando era una niña. Sabía exactamente la dosis de su medicamento y cómo mantener su enfermedad bajo control. Pero un organismo vivo no es estable. No está tallado en piedra. Utilizo todos mis conocimientos científicos sobre las leyes del crecimiento. Pero no es suficiente.

—Entonces esto es grave. Debe estar muy enferma y no puede ser un episodio arbitrario como usted ha dicho.

—Puedo controlarlo —insistió Moreau, desterrando cualquier duda que hubiera tensado su voz segundos antes, como un mago realizando un truco sin esfuerzo—. Carlota siempre ha sido un trabajo en curso. Un proyecto. Los niños son eso, Laughton: un gran proyecto.

Como de costumbre, Moreau era grandilocuente y Montgomery esperaba que se lanzara a un discurso interminable, pero en lugar de eso el hombre le echó una mirada suspicaz.

—Quiero que seas cuidadoso con Carlota. Por favor, no la molestes.

—Señor, no lo haría. No lo hago.

Moreau no parecía muy convencido. Apoyó una mano en su bastón y frunció el ceño. Eduardo e Isidro entraron a la sala de estar, ambos con un aspecto tan saludable y de buen humor que Montgomery se sintió inmediatamente irritado por sus rostros sonrientes y sus voces fuertes.

—Caballeros, ¿a dónde ha ido la señorita Moreau? Hemos estado buscándola —dijo Eduardo.

—Mi primo quiere invitar a la dama a montar a caballo. Por supuesto, con su permiso, señor —añadió Isidro.

—Me temo que eso tendrá que esperar hasta mañana. Carlota se siente cansada —dijo Moreau, pero mantuvo una sonrisa cordial en el rostro por los jóvenes.

—¿Va todo bien? —preguntó Eduardo. Sonaba solícito, pero su mera voz era chirriante. Había sanguijuelas y murciélagos vampiros que a Montgomery le habrían agradado más.

—Perfectamente bien. Es ese mal menor que a veces afecta a mi hija. Pero ya ha tomado su medicamento. No necesita nada más.

—Doctor, tal vez deberíamos enviarle té a su habitación —sugirió Montgomery, deseando emprender la retirada a la cocina, lejos de estos hombres—. Puedo pedirle a Ramona que lo prepare.

—Buena idea. Y yo también estaría encantado de sentarme con ella —dijo Eduardo—. Es bastante deprimente tomar el té solo, después de todo.

—¿Sentarse en la habitación de una dama, señor? No me parece correcto.

—Me sorprende que se preocupe tanto por lo que es correcto, señor Laughton. Me da la impresión de que usted es poco... poco convencional —dijo Eduardo con una sonrisa.

A mí me da la impresión de que eres un idiota, pensó Montgomery.

—¿Por qué no buscamos otra forma de entretenerlo? —dijo Moreau, levantándose de su asiento—. ¿Quizá quiera jugar una partida de ajedrez conmigo?

—Con mucho gusto.

Los hombres salieron de la habitación para su gran alivio. Por desgracia, Isidro se quedó. Pasó una mano por la repisa de la chimenea, tarareando para sí mismo, antes de dirigirse al piano y tocar un par de teclas.

—¿No juega al ajedrez? —preguntó Montgomery, deseando que el hombre desapareciera.

—No puedo decir que sea mi pasatiempo favorito. ¿Y usted?

—Cartas —dijo simplemente.

—Eso debe significar que usted es un hombre de apuestas.

—A veces.

—Y alguien que equilibra las probabilidades.

—¿A qué viene eso, señor?

Isidro se apartó del piano para sentarse directamente frente a Montgomery, recostándose en una silla con una indolencia practicada.

—Conozco a mi primo, y si fuera un apostador diría que las probabilidades de Carlota son muy buenas.

—¿De qué?

—De amarrarlo. Dejémonos de contemplaciones. Está intentando clavarle las garras.

—A usted no le agrada Carlota.

—Es bastante bonita. Pero hay algo en ella... algo *lascivo* —dijo Isidro, con aspecto incómodo—. No ha sido educada correctamente. Nadie podría serlo habiendo creciendo en una finca tan lejana. ¿Y qué tiene ella para ofrecerle, aparte de esa cara bonita?

—Tal vez eso sea suficiente para el joven patrón.

—Las emociones de Eduardo son como una mecha: arden rápidamente. No tiene paciencia, y cuando quiere algo no desiste. De todos modos, ¿cuál es el linaje de la chica? Puede que el doctor Moreau sea médico, pero no pertenece a ninguna de las buenas familias de Yucatán. Sabrá Dios quién era su madre. Es una chica bastarda, lo sé. Y es morena. Bonita, pero morena.

Qué odioso eres, pensó, aunque el comentario no le sorprendió. En México, como en muchas otras partes del mundo, el árbol de la vida estaba firmemente estructurado. El color y el linaje determinaban tu lugar en una rama. Los españoles habían abandonado el país, pero sus costumbres permanecían. Las castas eran reales y también los antiguos prejuicios. Montgomery, como extranjero sin dinero, ocupaba un espacio nebuloso en esta intrincada red de personas y podía eludir las clasificaciones. El papel de Carlota, sin embargo, había sido trazado con mano más firme.

—Es una joven dulce. El joven Lizalde tiene suerte de contar con su atención —dijo Montgomery.

Isidro se reacomodó, echando ahora un brazo sobre el respaldo de su silla.

—Supongo que usted piensa que se casará con ella. Pero ¿y si la toma como amante? ¿Entonces qué?

La boca de Montgomery se torció.

—Eso sería lamentable.

—Entonces empezamos a entendernos. Sé que no le agrado, señor Laughton, y usted no me agrada en lo absoluto. Pero ninguno de nosotros quiere que Eduardo y Carlota caigan en los brazos del otro y causen un caos. Él la arruinará y luego tendremos que arreglar este lío de alguna manera.

—¿Qué es lo que quiere de mí? —preguntó Montgomery con brusquedad.

—He escrito una carta a mi tío instándole a que viniera a Yaxaktun para poner en orden a su hijo —dijo Isidro, metiendo la mano en el bolsillo de su americana y sacando un papel doblado—. Me gustaría que la llevara a Vista Hermosa. El mayordomo de allí podrá enviarla rápidamente a la ciudad.

—¿Y por qué debería llevarla?

—Yo no puedo irme. Eduardo sabría inmediatamente que yo envié la carta. No puedo permitirlo.

—¿Así que me utilizaría como mensajero en secreto?

—Estoy seguro de que puede ensillar un caballo y llegar hasta allí y volver sano y salvo.

—Y de paso arruinar el futuro de Carlota.

—Cuando vivíamos en Ciudad de México, Eduardo se enamoró de una costurera. La cortejó durante una temporada, la amó durante otra y a la tercera se retiró precipitadamente. ¿Cuántos meses crees que tardaría en cansarse de Carlota? No soy un hombre que condone la inmoralidad. No quiero ver el honor de la dama mancillado. Mi primo es tan tonto como impulsivo.

Pensó en su hermana y en el monstruo de su esposo. No había salvado a Elizabeth, no había movido un dedo para impedir su matrimonio. ¿Podría dejar que Carlota se perdiera a manos de un canalla? Y suponiendo que se casara con ella, luego se echaría en brazos de una serie de amantes. O, como decía Isidro, supongamos que la tomara como amante durante una o dos temporadas. Las leyes de México decían que si un hombre seducía y desvirgaba a una mujer tenía que casarse con ella o pagar una indemnización. Sin embargo, a pesar de que el estupro estaba claramente definido así como las penas que podía acarrear, supuso que esto no calmaría las heridas de la chica si la utilizaban cruelmente y después la rechazaban.

—Plantee el asunto a su padre.

—¿Moreau? Ambos sabemos que no me ayudará y que hará todo lo posible por ponerme trabas.

—Yo también podría ponerle trabas. Deme la carta, se la entregaré al doctor.

—No creo que lo haga. Se nota que la estima —dijo Isidro, y levantó la carta con dos dedos.

—Precisamente.

—Entonces haga algo.

—Romperle el corazón, quiere decir.

—Mejor así que de la otra manera, ¿no cree?

Montgomery se levantó y le arrebató la carta de la mano.

—No le prometo que la entregaré.

Isidro asintió.

—Bien. Piénselo. Voy a ver cómo va la partida de ajedrez —anunció.

Montgomery, por su parte, pidió a Ramona que se asegurara de que Carlota recibiera el té en su habitación más tarde, pensando que le vendría bien, mientras él iba a consultar con una botella. Después de unos cuantos vasos, empezó a componer una carta propia en su cabeza.

Querida Fanny:

¿Has tenido alguna vez la oportunidad de hacer el mal para producir algún bien? Carlota es una chica dulce. Demasiado dulce para conocer la pena y la miseria. Yo me encuentro en posición de evitar dicha miseria y vacilo entre mis opciones. Me doy cuenta de lo que podrías pensar: que solo intento librarme de un rival. Pero eso es absurdo, porque imaginar que Eduardo es mi rival implicaría que tengo la posibilidad de cortejar a la chica o que incluso deseo cortejarla. Y sin embargo, no lo hago, no lo haré.

Fanny, cuando éramos jóvenes, ¿qué viste en mí? ¿Qué podría ver una mujer en mí ahora que mis mejores partes se han ido?

Unos vasos más tarde, la noche envolvía su habitación. Encendió una vela y giró la carta de Isidro entre sus manos, examinando el sobre. Le bastaría un pequeño movimiento de la mano para quemarla y arrojar las cenizas por la ventana.

En cambio, se metió la carta en el bolsillo y salió a trompicones de su habitación. La casa estaba en silencio y él se movía como un sonámbulo, antes de detenerse frente a la puerta de Carlota. Se pasó una mano por el pelo y trató de enderezarse. Tenía la ropa arrugada y sabía que apestaba a aguardiente. De nuevo.

Levantó una mano para llamar a la puerta. Quería mostrarle la carta de Isidro y explicarle lo que aquel hombre había dicho. Pero al apoyar la palma de la mano en la puerta se dio cuenta de que no podía hacerlo. Ella no le creería y, aunque lo hiciera, temía balbucear sandeces.

Estaba ebrio y era estúpido, y si ella abría la puerta le tomaría la cara entre las manos y la besaría. Primero en la boca, luego en aquel largo cuello que le quedaba tentadoramente descubierto cuando se trenzaba el pelo. Le rogaría que no se casara con aquel muchacho, le rogaría y se perdería.

Y ella diría que no, Montgomery estaba seguro de ello.

Ella diría que no, le daría un portazo en la cara y todo se arruinaría. Moreau se libraría de Montgomery y Carlota estaría indignada.

Moreau había dicho que no molestara a su hija.

No lo haría.

Montgomery se dio la vuelta y en cambio regresó dando tumbos a su habitación.

CAPÍTULO DIECISIETE

Carlota

La mañana siguiente a su episodio en la biblioteca, Carlota fue al laboratorio.

Su padre tenía razón. Se encontraba bien. Su enfermedad había sido breve y había desaparecido con el amanecer. No obstante, se sentía extraña. Permanecía aquel borde dentado y roto que temía que creciera bajo su carne. No sabía lo que significaba aquella sensación desconcertante de que algo andaba mal, de que algo era diferente, pero no le gustaba.

Después de una rápida taza de café se lavó la cara, se puso un vestido de té azul y salió de su habitación. Carlota echó un vistazo a la antesala, hojeando los numerosos libros y diarios apilados en las estanterías. Los bocetos de animales salvajes de su padre eran abundantes. Había un dibujo que mostraba la cabeza de un conejo muerto desde arriba. El cráneo había sido retirado y la posición de los nervios estaba claramente indicada. Una ilustración de un perro mostraba su médula espinal.

Los jaguares aparecían a menudo en los bocetos de su padre. A veces no parecían estudios científicos, sino más bien actividades artísticas. Admiró los colmillos del animal y recordó que un jaguar había estado a punto de destrozarle el brazo a Montgomery, dejando una red de escabrosas cicatrices.

Pero los papeles de su padre no contenían ninguna información sobre sus fórmulas médicas a pesar de todos los dibujos.

Carlota pasó de la antesala al espacio del laboratorio y observó una vitrina que su padre mantenía cerrada. Detrás de las puertas de cristal vio más diarios encuadernados en cuero. Se preguntó si sería allí donde guardaba sus notas sobre cuestiones químicas. Sin embargo, no tenía la llave.

Había pasado toda la mañana en el laboratorio y no había descubierto nada útil. Sin embargo, había mucho que revisar. Sus someras exploraciones eran claramente insuficientes y ahora temía que, aunque encontrara las notas que necesitaba, fuera incapaz de interpretar la información. Sí, entendía ciertos aspectos básicos del laboratorio de su padre, sabía destilar ácido sulfúrico y alcohol para crear éter, podía nombrar los huesos del cuerpo humano e insertar una aguja hipodérmica con notable facilidad, pero todo esto, se dio cuenta, equivalía a poco.

Cuando salió del laboratorio, Carlota estaba alicaída, aunque se le ocurrió que tal vez Montgomery podría decirle si las notas que buscaba estaban efectivamente en aquella vitrina o si debía centrarse en otra sección del laboratorio. Sin embargo, Montgomery no estaba en su habitación.

Lo buscó por el resto de la casa. Cuando se aventuró a entrar a la sala de estar vio a Eduardo, quien estaba pasando ociosamente las páginas de un libro. Al verla, se levantó de inmediato y le sonrió.

—Señorita Moreau. Es un placer verla de nuevo en pie. ¿Se encuentra mejor? —le preguntó, y le dio un beso en la mano—. Su padre dijo que había caído enferma.

—Estoy bien. No ha sido nada. ¿Cómo estás?

—Un poco inquieto, para serte sincero —dijo—. Mira, he encontrado a tu viejo amigo: sir Walter Scott.

—¡Estás leyendo *Ivanhoe*! Pero creía que no te gustaba.

—«¡Arrancaré esta locura de mi corazón, aunque me sangre cada fibra!» —declamó, cosa que la complació. Montgomery y su padre tenían un pobre concepto de sus novelas de aventuras y ella consideró que el conocimiento de Eduardo del libro era un buen augurio. Si a él le gustaba la misma literatura que a ella le encantaba, pensó que debía ser indicativo de un espíritu afín, tal vez de un buen partido—. Lo he leído, sí. No está mal, pero el día es caluroso. Resulta difícil pasar las páginas cuando estás sudando —concluyó, arrojando el libro sobre la silla que había estado ocupando—. Estaba pensando en volver a ese cenote que nos mostraste. ¿Quieres venir conmigo?

—El señor Laughton no está para acompañarnos.

—Prefiero que no esté con nosotros. Si puedo ser totalmente honesto, es un chaperón horrible.

El reloj hacía tictac sobre la repisa de la chimenea. Una docena de tictacs y una docena de latidos de su corazón.

—Supongo que podría acompañaros una parte del camino —se ofreció. Realmente no quería que Montgomery estuviera con ellos y Dios sabía dónde se escondería. Temía que armara otro escándalo. Montgomery y Eduardo no se llevaban bien.

El paseo hasta el cenote fue lento y agradable. Una vez que siguieron aquel sendero conocido, el fracaso de su búsqueda matutina y la sensación de que algo andaba mal se desvanecieron. Dio un paso y pensó en regresar, en despedirse de Eduardo, pues le había dicho que lo acompañaría una parte del camino, pero luego dio otro paso porque el día era hermoso.

Llegaron juntos al cenote y se sentaron en la orilla, bajo la sombra de los árboles. No podían nadar, pues eso significaría desvestirse el uno frente al otro. Aunque ella ansiaba sentir el agua contra su piel, la luz que se filtraba entre las ramas y la pacífica belleza del oasis le bastaban.

El aire estaba impregnado del aroma del franchipán rojo y blanco. Cerró los ojos.

—¿En qué estás pensando? —preguntó Eduardo.

—No estoy pensando, estoy escuchando —dijo—. Tengo la sensación de que si cierro los ojos y presto atención podría escuchar a los peces en el agua.

La noche anterior su audición se había vuelto terriblemente aguda. Ramona le dijo una vez que todo está vivo y todo habla. Incluso las piedras tienen un lenguaje. También dijo que la gente que estaba enferma de tuberculosis tenía el oído agudo. Eso podría explicarlo, aunque Carlota no fuera tuberculosa.

—Tienes mucha imaginación.

Ella abrió los ojos y lo miró.

—¿Es eso malo?

—No, en absoluto. Es parte de tu encanto.

—Montgomery dice que sueño despierta muy a menudo. Y que tengo la cabeza llena de tramas de libros.

Y que estoy enamorada del amor, pensó.

Estaban sentados uno al lado del otro, pero mantenían una distancia modesta. Sin embargo, cuando habló, Eduardo extendió una mano y le tocó el brazo. Fue un toque leve, como si tratara de captar su atención.

—El señor Laughton es un bocón. Haré que lo despidan.

—No lo hagas —dijo ella rápidamente.

—¿Por qué no? No hace más que actuar de forma impertinente.

—Debe permanecer en Yaxaktun.

—Ese tipo debe volver a la alcantarilla donde lo encontró mi padre.

—No digas eso. Es cruel. Promete que no serás cruel con él. Está solo en el mundo.

Eduardo había tomado un mechón de su pelo, enrollándolo lentamente alrededor de su dedo. Frunció el ceño.

—Me pondré celoso si vuelves a mencionarlo.

—No seas tonto.

—Él te mira.

—¿Y qué hay de malo en eso?

—Bueno, lo hace sin ningún tipo de decoro. Me preocupa. —Carlota sin duda había sorprendido a Montgomery observándola con esa mirada suya fija y fría unas cuantas veces, pero no se había dado cuenta de que aquello constituyera un descaro. Montgomery parecía siempre un poco perdido. No lo imaginaba capaz de hacerle ningún daño, a pesar de sus peleas verbales.

—Conozco a Montgomery desde hace años —protestó.

Eduardo retiró la mano, frunciendo el ceño.

—Tal vez lo prefieras a él.

—¿Preferirlo a él? ¿En qué sentido?

—Vamos —dijo, bajando la voz, la implicación obvia.

—Por favor, no confundas mi afecto por un viejo amigo con algo... oh, algo...

Algo lascivo, pensó. No podía decirlo. Estaba mal entretejer tal ficción cuando Montgomery nunca le había hablado con afecto amoroso, cuando nunca la había tocado. Aunque, ahora que lo pensaba, tal vez Montgomery no fuera indiferente a ella después de todo. Durante los pocos minutos que habían estado en la biblioteca, había parecido poseer un afán que le pareció cercano a la pasión. La idea le hizo querer ocultar su rostro.

—Montgomery es nuestro mayordomo —dijo ella, juntando las manos en la muselina de su falda—. Es el confidente de mi padre.

—¿Y también es tu confidente?

Está celoso, pensó ella, y lo miró sorprendida.

—He dicho que es un amigo. ¿Qué más quieres que te diga?

—Simplemente di que me prefieres a mí —le dijo Eduardo como un desafío, con un tono petulante—. Que si pudieras elegir, compartirías tu cama conmigo.

Se soltó la falda y se preguntó cómo debería responderle. Montgomery dijo que todo lo que ella entendía eran las aventuras de la página impresa y que no se podía aprender todo en los libros. Tal vez tuviera razón y ella quería saberlo todo; tenía curiosidad por comprender los muchos hechos que se le escapaban. Sin embargo, le parecía inadecuado responder afirmativamente a Eduardo, pero si no respondía podría pensar que era una tonta, una simplona que no podía igualarlo en ingenio.

Un doloroso silencio se extendió entre ellos.

—¿Qué? ¿No lo dirás?

Parecía molesto. Ella temía que debería estar coqueteando con él, respondiendo con un juego de palabras. Su cabeza estaba en blanco.

—Hay tantas cosas que quiero contarte. Pero simplemente no sé cómo hacerlo —contestó con dulzura—. Cuando estoy contigo el mundo no tiene sentido. Estoy demasiado nerviosa.

El rostro de él se suavizó.

—¿Lo estás?

Eduardo se acercó a Carlota, sus dedos bailaron sobre sus muñecas antes de levantarle la mano y plantarle un beso en ella. Ella respiró con fuerza. Quería acercarse a él, apretar la cara contra su pecho. Giró la cabeza y retiró la mano.

—No deberías —susurró ella.

Él pareció considerar algo y se puso serio.

—¿Y si pido tu mano en matrimonio?

Ella parpadeó y consiguió murmurar su respuesta.

—¿Te casarías conmigo?

—Lo juro.

—Tu familia... tu padre, ¿yo le agradaría? ¿Nos daría su bendición?

—Estoy harto de pedir permiso para todo —dijo Eduardo con un resoplido—. Mi padre me considera un niño, pero soy un hombre. Si digo que me casaré contigo, lo haré. ¿Acaso dudas de mí?

—No.

—¿Entonces? Tal vez no te guste, después de todo.

El corazón de Carlota se estremeció y lo miró fijamente mientras la mano ahuecada de Eduardo sostenía su mejilla.

—No empieces con eso otra vez —dijo ella.

—Perdóname por sonar rencoroso, por ser desconfiado. Pero eres hermosa y estoy seguro de que otros te codiciarían. Parece una tontería, lo sé, y pensarás que soy un tonto impetuoso al proponerme así, y sin embargo no puedo hacer otra cosa. Me moriré sin ti.

—Hablas como un personaje sacado de un libro —dijo ella asombrada, emocionada por la fiereza de sus palabras y el temor al rechazo que acechaba en sus ojos.

—Pensé que te gustaban los libros. Volúmenes con romance y aventura.

—Así es. —Le rozó los labios con las yemas de los dedos—. Y a ti te gusta hablar de cuentos de hadas.

—Las mil y una noches de Scheherazade. Blancanieves y Rosa Roja casándose con príncipes al final. El beso de la bella durmiente. Todo eso.

La mano de Carlota acarició entonces su mandíbula y bajó hasta detenerse en el cuello de la camisa.

—Sí. —La sílaba fue una exhalación de aliento, apenas una palabra. Se sentía aletargada por el deseo.

Eduardo la arrastró más cerca de él, sus dedos recorrieron el camino de su columna vertebral bajo el vestido de té de muselina antes de angular su boca contra la suya para darle un dulce beso. El beso se prolongó, se hizo más desesperado hasta que Carlota sintió su lengua en la boca y su mano deslizándose por su muslo.

—¿Me darás Yaxaktun como regalo de bodas? ¿Como te pedí antes? —dijo ella, aunque su garganta estaba en llamas y apenas podía hablar.

—Y más. Collares de perlas y un carruaje para llevarnos al Gran Teatro Nacional y mil vestidos. Quiero mimarte. ¿Cuál es tu piedra preciosa favorita?

—No lo sé.

—¿Rubíes? ¿Esmeraldas, tal vez?

Sus ojos eran de un fantástico tono verde. Más brillantes que cualquier piedra preciosa.

—Esmeraldas.

—Supe que te amaba desde el momento en que te conocí y quizás antes. Correspondeme —suplicó.

No tuvo tiempo de pensar en una respuesta adecuada porque él la estaba besando de nuevo, acallando cualquier palabra que ella hubiera intentado improvisar. Además, sentía como si Eduardo estuviera tirando de una costura y ella estuviera a punto de deshacerse. El pulso le latía intensamente y ella le sujetó la cabeza entre las manos, devolviéndole el beso hasta que, sin aliento, se apartó y lo miró a los ojos.

—Quítate el vestido. Quiero verte —dijo Eduardo.

Carlota se sonrojó y no movió un músculo, demasiado confundida para obedecer. Él echaba mano de su propia ropa y se desvestía, quitándose la americana, el chaleco y finalmente la camisa. A pesar de su desconcierto, las manos de Carlota se deslizaron por su pecho. Tenía curiosidad por sentir su piel y los músculos que había debajo. De cerca, olía a canela y a naranja. Era el aroma de su colonia, fresca y brillante, como él. Montgomery tenía un mapa del dolor tatuado en el brazo, grandes cicatrices como ríos en un atlas, y unas finas líneas de expresión avivaban sus ojos. El cuerpo de Eduardo no estaba marcado con cicatrices, el mundo no había tenido oportunidad de herirlo.

—Eres guapo —le dijo. Él se rio. La combinación de su descarada alegría y su febril anhelo lo hacía aún más atractivo.

Comenzó a ayudarla a quitarse el vestido, aunque la siguió bombardeando con tantos besos que se convirtió en algo lento. A ella no le importaba. Era una tortura y también una delicia. Su cuerpo era una maravilla, un misterio. No había visto nada como él antes y su propio cuerpo le parecía también salvajemente nuevo. Tocó los duros músculos y la carne y la aspereza de su vello púbico.

Sintió sus labios contra la oreja. Su boca era suave, y estaba sudoroso y tibio; ella saboreaba la sal en su piel. Él le apretó la cara en el cuello, entre los pechos, y luego la acercó aún más, sobre su regazo, hasta que ella le pasó las uñas por la espalda y él le hizo promesas que ni siquiera pudo entender.

Algo sobre el amor.

Ella lo amaba, en aquel momento, cuando él se deslizó dentro de ella, cuando la empujó hacia atrás contra la fina tierra negra y se mecieron el uno contra el otro. Los dedos de él apretaron con fuerza las muñecas de ella. Un pájaro dejó escapar unas cuantas notas agudas y ella se rio suavemente cuando él maldijo y su voz casi pareció astillarse con el esfuerzo. Pensó que ella también se rompería. Pero no. Simplemente se tumbaron juntos y ella enterró su cara contra su pecho hasta que el pájaro que les había estado dando serenata se cansó y se fue volando. Entonces bajaron al cenote para lavarse. Los muslos de Carlota estaban pegajosos por su semilla y olió el aroma cobrizo e intenso de su sangre.

Carlota se lanzó al agua, contenta de sentir su abrazo. Eduardo fue tras ella, la atrapó en sus brazos y la besó, y fue diferente porque estaba menos frenético y sus labios estaban frescos.

—¿Estás satisfecho? —preguntó.

—Nunca he tenido a una virgen antes. Medio esperaba que tú… bueno, no importa —dijo, sacudiendo la cabeza.

—¿Has estado con muchas chicas?

—Se supone que no debes preguntar eso —dijo, pareciendo avergonzado.

—No me importa. Mientras seas mío ahora —dijo ella, apartando un mechón de pelo lejos de sus ojos—. ¿Lo eres?

—He dicho que me casaría contigo.

No era eso lo que había preguntado, pero tampoco estaba segura de cómo explicar lo que quería decir. Suyos eran el agua y la tierra negra y los árboles y esos pájaros en vuelo, no porque ella los poseyera sino porque se tenían el uno al otro. Pero Eduardo parecía desesperadamente enamorado en aquel momento, cuando le sonreía, y era como si un segundo sol la calentara.

Se encaramaron encima de las rocas hasta que se secaron y pudieron volver a ponerse la ropa. Ella le abotonó la camisa y le anudó el pañuelo, pensando que a partir de ahora podría hacerlo por él cada mañana, y él podría atarle los cordones del corsé. Podrían hacer un millón de cosas maravillosas el uno por el otro y no habría nadie que les dijera que no. Podrían asegurar que Yaxaktun fuera un paraíso hermoso y tranquilo.

La parte de ella que se sentía rota y desgarrada aquella mañana parecía haber sanado. No había bordes dentados.

Sabía que sería feliz para siempre. En el camino de vuelta, se tomaron de la mano.

CAPÍTULO DIECIOCHO

Montgomery

Cabalgó de prisa y esperaba que le ocurriera una desgracia. Tal vez su caballo perdería la herradura y él sería arrojado de la montura. Pero ningún problema lo afligió y llegó a las puertas de Vista Hermosa sin ningún rasguño.

Deseaba que el destino interviniera para no entregar la misiva que llevaba en su bolsillo, pero también se sentía obligado a completar la tarea que tenía entre manos.

El mayordomo lo hizo esperar y Montgomery golpeaba con el pie con impaciencia. Finalmente, tras lo que parecieron horas, el hombre salió al patio, rascándose la cabeza.

—Tengo una carta que debe ser entregada al señor Hernando Lizalde. Debes enviar un hombre inmediatamente —dijo Montgomery.

—Bueno, por supuesto que puedo enviar a alguien mañana…

—Inmediatamente, he dicho. Es del joven patrón.

Le entregó la carta y el mayordomo se encogió de hombros.

—Muy bien.

Montgomery llevó a su caballo al abrevadero de piedra para que bebiera y también llenó su ánfora de agua en lugar de pedir al mayordomo un vaso de aguardiente. Su regreso a casa fue considerablemente más lento. Más de una vez se detuvo bajo la sombra de un árbol y contempló la tierra que lo rodeaba.

Lo había hecho. Había intervenido en los asuntos de Carlota, quizás incluso había precipitado una catástrofe y no quería considerar las consecuencias. Si Moreau llegara a enterarse de esta traición, sería expulsado a gritos de Yaxaktun.

Se decía a sí mismo que lo hacía por ella, pero seguía sintiéndose como un cerdo.

Cuando entró a la sala de estar eran ya las últimas horas de la tarde. Estaban todos reunidos allí, con aspecto alegre, copas en mano.

—¡Señor Laughton! Hoy ha brillado por su ausencia —dijo Moreau.

—Sí, por un momento hemos pensado que no podría unirse a la celebración —dijo Eduardo.

—¿Qué estamos celebrando?

—He pedido la mano de la señorita Moreau en matrimonio y ella ha aceptado.

La sonrisa de Eduardo era kilométrica. A su lado, Carlota también sonreía.

—Acompáñanos en un brindis —dijo Moreau, sirviéndole rápidamente una copa de vino antes de que Montgomery tuviera la oportunidad de reaccionar adecuadamente—. Por mi hija, nunca hubo una hija más bendecida. Y por su prometido, que la haga feliz.

Todos levantaron sus copas, aunque Isidro, sentado en el sofá, lo hizo sin entusiasmo. Lanzó a Montgomery una mirada inquisitiva, como si tratara de cerciorarse de que había completado su entrega. Montgomery apartó la mirada del hombre y sujetó su vaso con dos dedos, lejos de su boca.

—Soy el más feliz de los mortales, simplemente el más feliz —dijo Eduardo—. Quiero que la boda sea a finales del verano.

—Eso significa que estarán comprometidos poco tiempo —dijo Isidro.

—No hay necesidad de esperar. ¿A dónde deberíamos ir de luna de miel? Ciudad de México es la opción más lógica, pero preferiría ir más lejos.

—Mientras esté lejos de este lugar, debería estar bien. Las criaturas de aquí me dan escalofríos —dijo Isidro. Mientras hablaba, derramó un par de gotas de vino sobre su inmaculada camisa.

—Son bastante espantosos, ¿no? —contestó Eduardo—. Pero no será de nuestra incumbencia una vez que estemos viviendo en Mérida.

—¿Deseas vivir en Mérida? —preguntó Carlota, dirigiéndose a su futuro marido.

—¿Por qué no? No podemos vivir aquí.

—Pero Yaxaktun es hermoso.

—Querida, Yaxaktun es una finca no apta para la esposa de un Lizalde —dijo Eduardo juguetonamente, levantando su barbilla—. Además, quiero que conozcas a mis amigos y me acompañes a muchas reuniones sociales.

—Me gustaría quedarme más cerca de casa, de mi familia.

—Quiero que tengas lo mejor.

No, quieres presumir de ella, pensó Montgomery. Como un hombre que se ha comprado un cuadro valioso o un anillo. Un hombre en una tienda, señalando una baratija que le gustaría comprar y pidiendo que se la envuelvan. Estaba al lado de Carlota con toda la certeza de un propietario.

—Creo que Yaxaktun es una finca bonita.

—Carlota, aún no has visto nada.

—Tal vez. Pero prefiero tener voz y voto en estos asuntos. Al fin y al cabo, debemos formar un hogar, juntos, que sea del agrado de ambos —dijo sin perder su dulzura, su mano tocando ligeramente el brazo de su prometido. Pero su voz era firme.

Eduardo arqueó una ceja.

—Debemos brindar de nuevo, pues aunque no estoy de acuerdo con la afirmación de Baudelaire de que uno debe estar siempre ebrio, es imperativo que estemos ebrios en la fiesta de compromiso de mi única hija. *Pour n'être pas les esclaves martyrisés du Temps, enivrez-vous sans cesse* —dijo Moreau, tomando la botella y sirviendo más vino.

Ah, diablo astuto, pensó. Tratando de evitar cualquier fricción entre la pareja, distrayéndolos rápidamente con el vino y un comentario ingenioso.

Montgomery no había tomado ni un solo sorbo y no hubo necesidad de llenar su vaso. Permaneció clavado en su sitio, incómodo, y deseando desaparecer sin llamar la atención. Como si intuyera sus pensamientos, Eduardo se acercó a él, trayendo consigo a Carlota.

—Señor, estoy tratando de elegir una piedra preciosa para mi futura esposa. Ella dice que esmeraldas, pero casi me siento inclinado a elegir una opción más inusual. Quizás un zafiro amarillo, que dicen que es la piedra más valiosa en Birmania. Podría estar cerca de igualar sus ojos, que son los más hermosos del mundo.

—Sé poco sobre bodas y joyas —dijo Montgomery, recordando a Fanny y los magníficos pendientes que le había comprado una vez. Pero no hablaría de ella con ese hombre.

—Olvidé que un soltero como usted no tiene la oportunidad de pensar en regalos para una dama.

—Por favor, no te burles del señor Laughton —dijo Carlota, deslizando los dedos sobre la manga de la americana de Eduardo.

—No lo haré. Soy muy malo, a veces, señor Laughton, y mis bromas no hacen reír a todo el mundo.

—Enhorabuena por su compromiso —dijo Montgomery, con la voz sin inflexiones y los ojos fijos en el rostro de la chica. Eduardo sonrió a Carlota y ella agachó ligeramente la cabeza, tímida como un ciervo.

Se dieron la vuelta, alejándose de Montgomery. La mano de Eduardo se apoyó en la parte baja de la espalda de Carlota. La forma en que se miraban revelaba la fácil intimidad de los amantes. Podía imaginárselos besándose y tocándose. En la sonrisa afilada de Eduardo leyó el anuncio triunfal de un conquistador. El tonto no podía ver los hilos de seda del deseo que la chica había tejido a su alrededor. Sin embargo, al final, aunque hubiera bailado a su son, o si hubiera sido al revés, la tenía bien sujeta en la palma de la mano. El hacendado, con una casa magnífica, muebles extravagantes y una hermosa esposa tan torneada como una estatua de Venus.

Muchacha, te has vendido, pero ¿has calculado bien el precio?, se preguntó. El chico tenía un aguijón. Tal vez no le importara.

Algunas personas tenían escorpiones como mascotas, después de todo.

Montgomery se recostó en una silla hasta que el reloj marcó la hora, se excusó y salió. Ya solo en su habitación estiró las piernas y se fumó un cigarro, echando la cabeza hacia atrás y mirando al techo.

En cuanto la oscuridad cubrió la casa, tomó un farol de aceite y salió al patio, respirando los aromas de la noche. La casa le pareció pequeña, a pesar de todas sus ventanas y habitaciones.

—¿No puedes dormir otra vez? —preguntó Carlota.

Se dio la vuelta. Estaba de pie en las sombras, sin ningún farol en la mano, con la cabeza inclinada hacia un lado, observándolo. Su bata era de color borgoña y se mezclaba bien con la noche, y su pelo formaba una trenza que le caía por la espalda. Debería estar en la cama. Todo el mundo lo estaba.

—¿Qué hace, señorita? —preguntó, y pensó en una cita a medianoche con un amante. Podría estar buscando a Eduardo.

—Anoche te oí caminar por ahí. Te detuviste frente a mi puerta —dijo ella, sin molestarse en responder a su pregunta y dando un paso adelante. Sus ojos brillaron durante un segundo, como si captaran la luz. Se deslizaba dentro y fuera de la oscuridad con notable facilidad y, cuando se movía, como lo hacía ahora, lo hacía con una delicadeza que lo hacía querer suspirar.

Bajó el farol y lo dejó a sus pies. El suelo estaba cubierto con una pequeña cantidad de pétalos del árbol de ya'axnik que protegía la fuente.

—Estuve bebiendo. No recuerdo a dónde fui —respondió.

—Hoy no has bebido y no has sonreído.

—Eres observadora. E inteligente y rápida. Lo que has hecho ha sido un movimiento experto. La reina toma al rey.

—La vida no es un juego —dijo ella; el frufrú de su bata al moverse era una especie de música sutil. Caminaron uno al lado del otro, moviéndose en círculos, girando alrededor de la luz como dos palomillas.

—Me permito disentir. Todos somos piezas en el ajedrez de marfil y caoba de tu padre. Pero tú eres su reina, para moverte libremente por el tablero en todas direcciones y hacer su voluntad. Buen trabajo.

—¿Tienes que amargarme el día? —preguntó ella, con un movimiento de cabeza—. Ha sido un buen día. Tengo a Eduardo y tengo a Yaxaktun.

—Sí, en efecto. Te advierto que te alejes del hombre y te precipitas hacia él más rápido que un colibrí. Pero no debo reprenderte.

—No, no deberías.

Carlota giró sobre sus talones y Montgomery pensó que se iba a alejar de él, pero simplemente se quedó quieta mirando en dirección a la casa.

—Debo saber que puedo confiar en ti, Montgomery. Yaxaktun te necesitará.

—¿Cómo?

—Alguien debe velar por él y por los híbridos cuando yo no esté. Ya oíste a Eduardo, desea que vivamos en Mérida, y aunque formáramos nuestro hogar en Vista Hermosa, eso significaría dejar Yaxaktun.

—Tu padre está aquí.

—Ambos sabemos que está viejo y enfermo. Además, puede que yo decida llevar las cosas de otra manera ahora que todo esto va a ser mío. Me lo va a dar como regalo de boda. Todo esto —dijo, extendiendo los brazos.

—¿En qué estás pensando?

—Mi padre tiene que ofrecer los secretos de su fórmula a los híbridos. Esto debe ser un santuario, no el patio de recreo de mi padre.

—Qué extraño que digas eso, ya que eres la niña obediente que lo quiere tanto.

—También quiero a Lupe y a Cachito. Y son infelices. Quiero asegurarme de que nunca serán maltratados. Mi padre desea que sea una mujer adulta, así que debo serlo. Pero esa posición conlleva responsabilidades que no puedo eludir.

—¿Has hablado con tu padre entonces?

—Le pedí la fórmula. No soy tan cobarde como supones.

—Me disculpo por haber dicho que lo eras.

Carlota pareció sorprendida por aquel comentario y asintió. Tenía la espalda muy recta. Juntó las manos.

—Cuando le pedí a mi padre que me diera la fórmula, me dijo que no lo haría y que yo era demasiado tonta como para entender su ciencia. Busqué entre sus notas, tratando de discernir la respuesta. No he encontrado la información que necesito. Pero cumpliré mi promesa.

—Estás enfadada con él, entonces.

—No lo estoy. El enfado no es lo que me impulsa a esto. Es, tal y como ya he dicho, mi amor por Lupe y Cachito y los demás.

—Y también está todo tu amor por Eduardo. Tienes una gran cantidad de amor —dijo, incapaz de controlar su lengua.

—Soy feliz y quiero que los demás también lo sean. ¿Tan terrible es eso? —preguntó—. ¿No deseas la alegría de los demás?

—¿Qué voy a saber yo? —murmuró, recordando que había llevado aquella maldita carta a Vista Hermosa horas antes. Su felicidad iba a durar poco si Hernando Lizalde se enteraba de la situación. Tal vez por eso Eduardo quería una boda rápida, con la esperanza de poder cerrar el trato antes de que su familia pudiera interponerse. O bien era la atracción de la carne, el deseo de que la chica empezara a calentarle la cama cuanto antes.

—Si todos estuviéramos a salvo, entonces sería feliz.

—¿Eso es todo, entonces? ¿Te estás sacrificando por el bienestar de los demás? —preguntó él.

—Amo a Eduardo.

El amor a esa edad era un fuego que se encendía rápidamente, así que no debería haberle sorprendido que ella hablara en serio, pero aun así le escocía oírla expresar su afecto con tanta facilidad. Conocía al chico desde hacía un segundo y medio, y sus labios ya se curvaban con una dulzura melosa cuando pronunciaba su nombre. Dale un mes y estaría lista para apretar un áspid contra su pecho si aquel mocoso mimado alguna vez la abandonara.

—¿Cómo se conoce el amor? ¿Echando una ojeada a un tesauro o a una enciclopedia? ¿Por la pluma de Altamirano o de otro escritor que te guste? ¡El amor! Él es rico y eso es bueno —dijo Montgomery, aunque no quería ser rencoroso.

—¿Por qué deberías definir el amor por mí? —preguntó ella, con los ojos entrecerrados por la indignación.

—El amor es fácil cuando puedes ofrecer joyas exóticas a una dama como incentivo. Si fuera un zapatero, a pesar de toda su guapura, no lo habrías aceptado.

Pensó que ella respondería con una diatriba apasionada, pero en cambio los ojos de Carlota se entristecieron.

—Monty, no me gusta cuando eres cruel.

—Siempre soy cruel —dijo él, más por contradecirla que por hacer hincapié en ello. Estaba a punto de acceder a cualquier cosa que ella deseara y ahora simplemente retrasaba su rendición.

—No, no lo eres —dijo ella, sacudiendo la cabeza—. Te gusta decirte a ti mismo que lo eres y esconderte del mundo. Pero eres un hombre decente y creo que puedo confiar en ti para que cuides de este lugar. Sé que amas Yaxaktun. Mi padre reside aquí, pero no lo ama.

—Carlota, te prometo que te ayudaré si me lo pides —dijo. No quiso decir que cuidaría de Yaxaktun, porque difícilmente podría prometer tal cosa sabiendo que Hernando Lizalde podría no consentir el compromiso de su hijo con la muchacha.

¡Aquella carta! ¿Por qué había enviado aquella maldita carta? ¿Cómo podía mirar a la chica a los ojos con semejante espada colgando sobre sus cabezas? Y después de que ella había dicho que amaba a Eduardo, aquel tonto.

Ella le escudriñó el rostro, quizá tratando de encontrar una mentira, y él bajó la mirada.

—Gracias —dijo ella.

—No me des las gracias, Carlota. Hoy no te he hecho ningún favor —murmuró.

Pero ella no podría entender lo que él quería decir y se limitó a encogerse de hombros, alejándose, fuera de su alcance, con los pies ligeros y su bata revoloteando detrás de ella mientras una brisa soplaba en el patio, haciendo que los pétalos de las flores salpicaran contra el farol.

CAPÍTULO DIECINUEVE

Carlota

Después de que Eduardo pidiera su mano, anunció que se quedaría en Yaxaktun hasta su boda. A su primo no le hizo ninguna gracia, pero Eduardo estaba perdidamente enamorado y le dijo a Carlota que no se separaría de ella. Carlota sospechaba que también esperaba encontrar una ocasión para escabullirse de nuevo al cenote, pero no la hubo. Isidro se había designado a sí mismo como su chaperón, y si no estaba cerca aparecía Montgomery, quien caminaba unos pasos detrás de la pareja mientras daban vueltas al patio.

Carlota deseaba mucho tener algo más que un fugaz beso en la mejilla de su prometido, pero se recordó a sí misma que la paciencia es una virtud y en cambio se distrajo revisando más papeles de su padre. Era una búsqueda infructuosa, y aunque había preguntado a Montgomery, él le había dicho que no tenía la llave de la vitrina que había llamado la atención de Carlota. De nuevo había que tener paciencia.

Fue después de una de aquellas incursiones en el laboratorio cuando su padre entró y la encontró desempolvando una repisa. Ella ya había guardado los cuadernos que había estado leyendo, así que no había ningún indicio de culpabilidad que él pudiera discernir.

—He estado ordenando un poco —explicó ella al ver la pregunta en sus ojos—. Hay mucho polvo por ahí.

—Sí. No me extraña. Tampoco es que pueda hacer nada aquí, así que ¿por qué debería molestarme en ello? —refunfuñó su padre—. Hernando Lizalde ha reducido mi financiamiento a una cantidad ínfima estos últimos tres años. No se puede lograr mucho cuando hay que economizar así. Seré feliz cuando pueda tener un equipo mejor y recupere mi financiamiento. Carlota, querida, debes asegurarte de que esto se lleve a cabo lo más rápido posible, de la misma manera que has logrado impulsar este matrimonio. Debo poder realizar mis experimentos. Nuevos experimentos.

—Un financiamiento renovado te permitiría realizar nuevos experimentos, pero te he oído quejarte de que los híbridos siempre están por debajo de tus expectativas.

—Así es. Puedo conseguir la forma humana casi con facilidad, pero hay problemas con las manos y las garras, y hay brechas dolorosas... pero eso no debe preocuparte. Hay secretos que han de descubrirse: tesoros de la naturaleza que hay que abrir. Los híbridos no son el tesoro que busco, son simplemente una pieza en un rompecabezas, una llave que abrirá una cerradura más.

Detrás de su padre brillaban el cristal y el metal, y Carlota vio los elaborados instrumentos de su oficio. Por primera vez en su vida, se preguntó verdaderamente lo que significaba todo aquello. Su padre decía que era en beneficio de la humanidad, para que se sanara y se elevara, pero Carlota ya no lo creía cuando le hablaba.

—¿Podrías sanar a Lupe y a Cachito? ¿Para que no necesitasen tus tratamientos?

—No se pueden arreglar —dijo su padre con firmeza.

—Entonces, ¿se puede mejorar el tratamiento? ¿Para que sea menos oneroso y se lo administren ellos mismos?

—¡Ya estás otra vez con la misma idea! ¿No te dije que no quería discutirlo? Pierdes el tiempo con esos híbridos. Tú y Montgomery, educándolos, acariciándolos y ablandándolos. Sé que quieres arreglarlos, pero están rotos.

Cuando era niña, Carlota había enseñado a Lupe y a Cachito a leer, y también había visto a Montgomery señalar una palabra en un periódico y decirla en voz alta para ellos. ¿Su padre hablaría en serio? ¿Serían sus conversaciones con Lupe y con Cachito algo que los ablandaba? ¿Y por qué la suavidad estaba mal cuando su padre les pedía mansedumbre a todos?

—Los híbridos ya no son importantes, Carlota. Estaban destinados a Hernando Lizalde. He prostituido mi inteligencia por él, para obtener el dinero que necesitaba. No he buscado otras vías de investigación más emocionantes, pero ahora tendré la oportunidad de hacerlo. Tu esposo será mi mecenas y tendré rienda suelta.

—Si te niegas a ayudar a los híbridos, no le diré a mi esposo que te dé las riendas de nada, si...

—¿Si qué? —preguntó su padre, con la voz afilada como un bisturí—. ¿Ahora vas a amenazarme?

Su padre era alto y tenía la fuerza de un buey. La edad le hacía mella en el cuerpo, pero aún no lo había llevado a la ruina, y mirarlo cuando se levantaba recto e imponente, ver sus grandes manos, sus ojos penetrantes y sus labios apretados, era para temerle.

Carlota tragó saliva.

—Yo también quiero opinar.

Si Eduardo estaba cansado de pedir permiso para todo, ella también.

Su padre la miró fijamente.

—Niña ingrata. No te eduqué para que me hablaras así.

—No he dicho nada grosero o tonto. Solo pido mera decencia.

—Mis experimentos permitirán dar enormes saltos científicos. Y recuerda que sin mi conocimiento no estarías aquí, Carlota.

Su voz era ahora glacial, pero había una fiereza bajo cada sílaba que hacía que Carlota deseara llevarse una mano a la boca y callar. No obstante, volvió a hablar.

—Estoy agradecida por el tratamiento médico que he recibido, pero el precio es alto.

—El estudio de la naturaleza hace que el hombre sea finalmente tan implacable como ella. El conocimiento no se concede gratuitamente.

—Entonces, si utilizaras ese conocimiento para mejorar la vida de los híbridos y concederles mejores cuidados...

—«Hijos, obedezcan a sus padres en todo, porque esto agrada al Señor». ¿Acaso has olvidado tus lecciones?

—Yo también puedo citar las escrituras. «Padres, no exasperen a sus hijos».

—¿Cómo te atreves? —le dijo su padre, con la mirada sombría.

El amargo reproche quedó atrapado en su garganta, áspero, y Carlota se apretó una mano temblorosa contra la frente. Se sintió débil, sin aliento.

—Siéntate, Carlota. No quiero que vuelvas a sobreexcitarte —murmuró su padre—. Siéntate, siéntate. Voy a por las sales aromáticas.

Se sentó y lo oyó rebuscar en un armario, pero cuando se acercó a ella con el frasco en la mano, Carlota le hizo un gesto para que se quedara donde estaba.

—Estoy bien. No ha sido nada —dijo, y se levantó sujetándose a la silla.

—Carlota, debo ajustar tu medicamento, pero tengo que tener cuidado. Mientras tanto, no quiero que te esfuerces. Ya hemos tenido esta conversación.

Dejó el frasco sobre la mesa y le estrechó suavemente la mano. Esa misma mano que le había limpiado el sudor de la frente cuando estaba enferma y que pasaba las páginas de los libros de cuentos cuando le enseñaba las letras. Esa mano que Carlota amaba y respetaba.

—Todo lo que hago lo hago por ti, Carlota —dijo su padre.

—Lo sé.

Sin embargo, durante el resto del día, Carlota sintió que la duda volvía a roerle las entrañas. Había conseguido convencerse de que el camino a seguir era claro y bueno, pero ahora volvía a preocuparse por lo que realmente podría conseguir. Su padre era intratable y, lo que era peor, Carlota dudaba de él.

Aquel que era tan intachable en los últimos días le había parecido totalmente disminuido. Lo peor de todo era que no podía encontrar consuelo en los demás, pues seguro que Lupe estaba enfadada con ella y Montgomery se mostraba distante. Pensó en hablar con Ramona, pero entonces Carlota se dio cuenta de que sería imposible explicar lo que sentía.

Todo lo que tenía era aquel espantoso y ansioso nudo en el estómago.

En la cena, le levantó el ánimo Eduardo, quien parecía determinado a ser especialmente encantador aquella noche y la hacía reír.

No se sorprendió cuando, al levantarse de la mesa, le susurró algo al oído.

—Iré a tu habitación más tarde.

No se sonrojó, se limitó a mirar su plato con una discreta sonrisa en los labios. El temor fue sustituido por el entusiasmo.

Aquella noche se puso un camisón sencillo y se cepilló cuidadosamente el pelo, observando su reflejo entre las velas de su mesa.

Eduardo llegó a medianoche, llamó suavemente a la puerta y Carlota le abrió, dejándolo entrar y plantándole un rápido beso en los labios. Él intentó besarla con más pasión y ella dio un paso atrás.

—Deberías irte a dormir —susurró ella, pero sonreía. Le encantaba su espíritu impetuoso y la intensidad de su afecto.

Eduardo hizo girar la llave que normalmente yacía imperturbable en la cerradura, encerrándolos.

—Guardaré silencio, ni un solo ruido —juró, y le tomó la mano, atrayéndola hacia la cama, donde le subió el camisón por los muslos, exponiéndole las piernas.

—¿Cómo podemos? Sin...

—Lo he prometido, ni un solo ruido —dijo, despojándose de su ropa con dedos ágiles.

Carlota se tomó su voto de silencio como un desafío y luego él dijo que aquella vez podrían hacer el amor de otra manera, lo cual fue un segundo desafío de lo más interesante.

El cuerpo de Eduardo se veía diferente a la luz de las velas, cada detalle suavizado, pero seguía siendo guapo y arrogante mientras la guiaba encima de él, con las manos deslizándose por sus pechos y su vientre. Al principio, ella no tenía ni idea de lo que estaba haciendo y esto no se sentía bien porque Eduardo no dejaba de mirarla y ella quería esconder la cara. Luego cambió, encontraron un ritmo. Las caderas de él se agitaron y ella lo hizo callar aunque quería reírse.

Estirado debajo de ella, Eduardo tuvo que presionarse una mano contra la boca para no gritar. Fue entonces, cuando él se traicionó a sí mismo, que Carlota apretó sus senos contra el torso de Eduardo y sus labios encontraron el camino hacia el costado de su garganta, mordiendo ligeramente la delicada piel.

Ella no se apartó, descansando encima de él, aunque él ya se había consumido. Eduardo trazó perezosamente círculos en la parte baja de su espalda.

—Es una tontería que estés aquí, ¿sabes? —le dijo Carlota.

—Tal vez sea audaz, pero no es una tontería. No tenemos ni un solo momento a solas. ¿Qué se supone que debo hacer?

—¿Esperar al día de la boda?

—Eso podría ser pedir demasiado. Y me recuerda que debo hacer algunas indagaciones. Una vez visité una bonita casa en Mérida con palmeras en el patio. Debo ver si puedo conseguir algo así para nosotros. Y debo escribir a mi madre para que le diga a mi padre que he decidido casarme.

—¿Por qué no puedes escribirle directamente a él?

—Mi madre tiene un toque más sutil cuando se trata de él —dijo Eduardo, pero ella percibió una vacilante cautela en sus palabras. Supuso que Hernando Lizalde debía ser como su propio padre: una fuerza formidable que a veces asustaba a sus hijos.

—También debería ver lo de los papeles para Yaxaktun. Quiero que sea tuyo antes de la ceremonia, si no, no sería un regalo de bodas. ¿Crees que necesitarás dinero para los arreglos? No quiero que se caiga a pedazos.

Recordó lo que su padre le había dicho sobre el dinero, cómo quería que Eduardo fuera su mecenas. Se dio cuenta de que

Eduardo era una criatura que se centraba en lo concreto y que se movía con rapidez y pasión. Si ella le susurraba que necesitaba los fondos, él seguro que se los concedería. También sospechó que la cama era el lugar adecuado para pedir favores a Eduardo, para atraparlo cuando estuviera dócil.

Y aunque hubiera sido sencillo cumplir las órdenes de su padre, se encontró trazando una línea por el estómago de Eduardo y encogiéndose de hombros.

—No creo que necesite mucho dinero para el mantenimiento. Pero sería bueno visitar Yaxaktun cuando podamos.

—Carlota, Mérida es mejor que este lugar.

—Tal vez. Pero me has dicho que tienes muchos amigos allí y que hay que ir a todas esas veladas… suena agotador. Además, en Mérida tendremos que hacer lo que tu familia quiera. Lo que diga tu padre.

Eduardo frunció el ceño. La otra cosa de la que Carlota se había dado cuenta era de que para él la emoción de una boda estaba ligada a la noción de independencia. Marcaría un hito. Sería un hombre, con su propia casa y su esposa, ya no sería el niño. Carlota comprendía aquel sentimiento porque tenía un razonamiento similar. Lo último que uno quería, en ese caso, era un padre que le dijera qué hacer y cuándo hacerlo.

—Pero tu padre estaría en Yaxaktun —dijo Eduardo—. Sería lo mismo.

—Entonces quizá deberíamos instalarnos en Valladolid. Yaxaktun podría ser nuestro lugar para pasar las vacaciones. Mi padre no nos molestaría. Te respeta demasiado como para darte órdenes. Y podríamos ir andando al cenote todos los días, pasar la mañana indolentes en la cama y salir a cabalgar cuando nos apeteciera. ¿No dijiste que me mimarías?

Carlota seguía sentada a horcajadas sobre Eduardo y su miembro volvía a endurecerse mientras le pasaba una uña por el esternón y levantaba una ceja inquisitivamente. Él se rio.

—Bien, bien, haz lo que quieras. Por Dios, eres una chica obstinada.

No solía serlo, pensó. Hacía todo lo que le decían. Pero ahora había empezado a comprender que existía la posibilidad de elegir y que había formas de dar un empujoncito a su prometido en la dirección que ella quería, igual que se guía a un caballo. Su padre podría pensar que ella había repetido como un loro sus palabras al oído de Eduardo, y Montgomery la creía ingenua, pero Carlota aprendía rápido.

Eduardo frunció el ceño, pero solo durante un minuto. Luego se interesó por el movimiento de sus uñas y suspiró.

—Sabes, te pareces a una chica de un libro que leí de niño.

—¿De verdad? —dijo ella, escéptica.

—Era *Las mil y una noches*. Scheherazade estaba sentada junto al rey y su pelo era negro-violáceo, del color de las uvas, y sus hombros estaban descubiertos.

—Cuando era niña tenía un libro que me hacía temer ser devorada por un salmón.

—¡Dios mío! Mi libro era mejor, entonces.

—¿Por qué? ¿Esperabas que Scheherazade te contara historias durante toda la noche? —preguntó ella, inclinándose, cerca de él, con su largo pelo cayéndole como una cortina de terciopelo alrededor de su cara.

—No. No espero que me cuentes historias.

—Estaremos callados, entonces.

—Muy callados —susurró, rozando las yemas de sus dedos contra sus labios.

CAPÍTULO VEINTE

Montgomery

El día era terriblemente caluroso, e incluso bajo la sombra de su sombrero de paja Montgomery sentía que el sol le asaba el cráneo. Junto con Cachito, dieron de comer a los cerdos y a las gallinas; después Montgomery volvió a la casa, empapó un trapo con agua y se lo pasó por la frente sudada.

Una vez realizada aquella tarea, Montgomery se dirigió al patio para fumar, sentándose junto a una ventana. Los caballeros estaban tocando el piano; podía oír el tintineo de las teclas bajo las manos de Isidro y el sonido de las risas. Se imaginó a Carlota abanicándose. Su alegría era como una astilla bajo su piel e hizo una mueca.

Sacó la caja de cerillas y la hizo girar entre sus dedos mientras se frotaba la nuca con su mano libre.

Antes de que tuviera la oportunidad de encender su cigarro, oyó golpes en las puertas de la hacienda. Se levantó y se dirigió al portón, rozando con la mano la pistola que llevaba en la cadera.

—¡Moreau! ¡Abre, Moreau! —gritó alguien.

El barullo continuó y Montgomery quitó el cerrojo de la decorativa puerta de hierro y luego el postigo. La puerta más pequeña permitía a la gente entrar a pie. No iba a abrir de golpe las puertas dobles.

—¡Por fin! —exclamó Hernando Lizalde, con aspecto exhausto y polvoriento debido el camino.

Montgomery no se sorprendió al verlo. Lo había estado esperando cada mañana de aquella semana. Pero aun así sintió un sabor agrio en la boca al darse cuenta de que la carta había surtido el efecto deseado. Lizalde había venido a buscar al mocoso de su hijo, y por una vez Montgomery no se alegró de librarse de Eduardo porque había tenido la oportunidad de presenciar las sonrisas alegres de Carlota y la forma en que se aferraba al brazo del muchacho.

—Señor Lizalde —dijo Montgomery, haciéndose a un lado y permitiéndole entrar. Detrás de él venían dos hombres y vio a otros dos sentados encima de sus caballos—. ¿En qué puedo ayudarle?

—Estoy buscando a mi hijo. ¿Dónde está ese granuja? —preguntó Hernando, entrando al patio a paso ligero con su fusta bajo el brazo. Sus botas de cuero golpeaban el suelo de piedra.

—Creo que está en la sala de estar.

—Llévame hasta él. Ustedes dos, esperen aquí —dijo el hombre señalando a sus acompañantes.

Montgomery catalogó rápidamente a los hombres, tomando nota de las armas que llevaban. Hernando también estaba armado, la empuñadura de marfil de su pistola era de un blanco intenso contra sus ropas oscuras. Las pistolas para un hombre de aquel calibre eran puramente ornamentales, pero Montgomery receló del detalle.

—Por aquí, señor —dijo sin inflexión.

Cuando entraron a la sala de estar, el primero en ver a Hernando fue su hijo. Eduardo se levantó rápidamente y tragó saliva. Luego fue Moreau quien giró la cabeza y miró en su dirección.

—Señor Lizalde —dijo Moreau, apoyándose en su bastón y poniéndose también de pie—. Qué sorpresa. No he recibido ninguna carta diciendo que estaría por aquí.

—No he enviado ninguna —dijo Hernando. Sus ojos se posaron en Carlota, quien había estado abanicándose en el sofá y ahora estaba quieta, con su abanico en el regazo. Isidro había dejado de tocar y se apoyaba en el piano. Una sonrisa danzó en sus labios.

—Parece que te estás divirtiendo.

—El doctor Moreau es un buen anfitrión, padre —dijo Eduardo, esforzándose por sonar alegre—. Me alegro de verte. ¿No quieres tomar asiento?

El hombre no lo hizo. Encima de la repisa de la chimenea, el reloj francés hacía tictac y tictac.

—No dije que pudieras venir aquí. Te dije explícitamente que visitaríamos Yaxaktun juntos y, sin embargo, aquí estás.

—No pensé que importara.

—Sí que importa.

—¿Pasa algo? —preguntó el médico. Parecía sorprendentemente tranquilo mientras todos los demás se veían aterrorizados.

—Iba a ser más mesurado sobre este asunto, Moreau, pero como me tienes una falta de respeto absoluta, voy a ser directo y rápido: tu investigación ha terminado. Tienes que entregarme a todos esos híbridos y ponerte en marcha —dijo Hernando, y mientras hablaba sujetó su fusta con fuerza, golpeando el brazo del sofá donde estaba sentada Carlota. La chica se acercó rápidamente al otro extremo, en el que estaba parado Eduardo.

Moreau miró a Hernando con ojos fríos.

—¿Puedo preguntar qué ha pasado? ¿O se supone que debo ser despedido sin una explicación?

—Puedes intentar explicarlo, pero dudo de que lo logres. Durante años no me has proporcionado nada más que cuentas y excusas. Te pedí trabajadores y no me has dado nada. Te dije que no podía seguir patrocinándote tan generosamente.

—Lo sé. Has sido bastante frugal en lo que respecta a mi investigación estos últimos años.

—¡Porque es inútil, Moreau! Nada más que discursos rimbombantes y animales enfermizos. Sin embargo, no me habría importado si no fuera porque ha llegado a mis oídos que alguien en Yaxaktun ha estado proporcionando ayuda a Juan Cumux.

—Eso es ridículo —dijo rotundamente Moreau.

—Yo también lo pensaba, hasta que investigué más. Hace poco capturaron a un indio fugado, un granuja que había trabajado hace tiempo en Vista Hermosa, y al interrogarlo el hombre confesó que había estado viviendo cerca de Yaxaktun y que la gente de allí era amigable con Cumux.

—¿Y le crees a un peón fugado? Se lo está inventando todo.

—Lo creo después de que haya estado bajo el látigo más de una docena de veces —declaró Hernando, y volvió a agitar la fusta, haciéndola crujir contra el brazo del sofá. Carlota brincó en su asiento.

Montgomery vio que ella extendía su mano hacia arriba y que Eduardo la sujetaba con fuerza.

—Su hijo dijo unas palabras similares cuando llegó aquí por primera vez —afirmó Montgomery—, pero, como le expliqué aquel día, aquí no sabemos nada de eso. No se puede confiar en los chismes.

Hernando miró entonces a Montgomery, con una sonrisa despectiva en los labios.

—Los chismes se originan en los hechos, señor Laughton. Y cuando considero todos los hechos, me parece que he gastado una fortuna para nada, y quizá lo único que esté haciendo sea alimentar a los hombres de Cumux y proveerlos de armas para que puedan saquear mis propiedades. Se me ocurre ir a buscar a ese bastardo indio con unos cuantos de esos animales inútiles suyos, doctor, y matar a ese cerdo. ¿Para qué más pueden servir si no es para eso?

—Hernando, no es posible que pienses que puedes tomar a los híbridos y ¿qué...? ¿Ponerles cuchillos en las manos y pedirles que busquen a un fantasma? —preguntó Moreau.

—¿Por qué iban a necesitar cuchillos? Tienen garras, ¿no? Mordieron a mi sobrino, ¿no? —dijo Hernando, señalando a Isidro—. Si pueden morderlo, pueden darse un festín con otra carne. Como he dicho, tu investigación ha sido infructuosa. Otro podría continuar tu trabajo por una fracción de tu precio.

—Nadie puede hacer lo que yo hago —dijo Moreau con fiereza—. Intenta traer a un tonto aficionado aquí, ya verás como no encuentra la manera de aproximarse a mi genialidad.

Hace demasiado calor para estar peleando, pensó Montgomery. En días como aquel se había enfrascado en peleas sin sentido, impulsado por una rabia idiota. Eso era lo que estaba ocurriendo ahora. Hernando no tenía mejor aspecto que el de un bufón en un tugurio barato, lamentándose de haber sido engañado en las cartas, y Montgomery se temía lo peor. Los días como aquel nunca terminaban bien. Estaban empapados de sangre.

—Caballeros, padre, por favor, sentémonos y discutamos esto mientras tomamos una copa —dijo Eduardo con la voz llena de pánico. El chico, a pesar de toda su estupidez, parecía oler también la sangre en el aire—. No podemos discutir. El doctor es el padre de mi futura esposa.

Seguramente no podría haber dicho nada peor. El rostro de Hernando se enrojeció inmediatamente de ira.

—¿Futura esposa? —preguntó Hernando. Miró a Isidro—. ¿Cuándo ha ocurrido esto? La carta no mencionaba nada de un matrimonio.

—Le pidió la mano en matrimonio hace unos días —dijo Isidro.

—¿Y no pensaste en detenerlo?

—Tío, te escribí antes de que sucediera y no pude hacer nada más.

—No te vas a casar con ella —dijo Hernando—. Tendrás que pasar por encima de mi cadáver.

Eduardo negó con la cabeza.

—Señor, he dado mi palabra y mi corazón...

—¡Maldito sea tu corazón! ¡Estás ciego! ¿Es que no lo ves? —rugió Hernando, apuntando con la fusta en dirección a la chica. Cuando hablaba, le salía saliva por la boca. Parecía un perro rabioso.

En unas pocas y rápidas zancadas estaba ante la joven, levantando su barbilla con la fusta y haciéndole dar un grito ahogado. Miró a Carlota con un odio abrasador en los ojos. Montgomery había visto a borrachos acuchillar a otro hombre con aquella misma mirada. Se acercó inquieto a ellos, con la mano izquierda formando un puño.

—¿Qué está haciendo, señor Lizalde? —preguntó Montgomery con voz baja.

—Admirando la obra del doctor —murmuró Hernando, y dio un paso atrás, soltándola—. Es como ellos, una de las creaciones del doctor.

La chica se sujetó del brazo de Eduardo y su prometido se rio.

—Padre, debes estar bromeando. Ella es una mujer y no se parece en nada a los híbridos.

—Es una de ellos, te lo digo yo. Cuando conocí a Moreau no tenía ninguna hija. Aun así, no me incumbía si tenía una bastarda oculta y la traía a vivir con él. Pero cuando Isidro me escribió y me dijo que estabas interesado en la chica, tuve que darle más importancia al asunto.

»¿Recuerdas a tu antiguo asistente, Moreau? Me reuní con él hace unos meses, tratando de discutir la posibilidad de su regreso a Yaxaktun. Volví a contactarlo y le pregunté si sabía algo sobre tu hija. Pensé que me diría que el doctor se había valido de una criada y que tendría que informarte, Eduardo, de que estabas encaprichado con un engendro bastardo de una criada, una chica sin posibilidades. No esperaba que me dijera que la hija del médico era la hija literal de un *gato montés*.

—Melquíades estaba tratando de robarme mi investigación —dijo el doctor—. Tiene razones para ser mi enemigo y escupir su veneno.

—Demuéstrame que no es un monstruo, un cruce impío entre un jaguar y un humano —exigió Hernando, señalando de nuevo a la chica, quien ahora se aferraba a Eduardo y había enterrado la cara en su pecho. Estaba temblando, tal vez llorando. Parecía querer hacerse más pequeña, esconderse entre los pliegues de la americana de su prometido—. Demuéstramelo si puedes.

—Puedo llevar a tu hijo ante un magistrado por estupro, Lizalde, así que no empieces a exigirme que demuestre nada, o demostraré más de lo que quieres y tendrá que casarse con ella de todos modos —advirtió Moreau.

Hernando miró a su hijo, con el rostro desencajado.

—Por Dios, dime que no es verdad. ¿No te habrás dejado seducir por esa puta?

—No es ninguna puta. Padre, cuando me acosté con ella era virgen —dijo el chico con seriedad.

Hernando palideció, y no era de extrañar. Si su hijo sin duda había desvirgado a Carlota, Moreau tenía pruebas suficientes y sería una humillación para Eduardo. Carlota tendría que ser examinada por médicos, pero el chico también podría ser examinado para determinar si era capaz de desvirgar a una chica. Imagínate, un Lizalde con los pantalones bajados y un médico mirándole el pene como si fuera un sucio y vulgar patán. Y luego estaría la repugnancia de estar frente a un juez, la amenaza de arresto, los nombres salpicados en los periódicos.

El cuerpo de la chica se agitaba con grandes sollozos y cuando volvió la cabeza y miró a Hernando sus ojos brillaban con lágrimas. Montgomery quiso gritar a Lizalde, decirle que ya bastaba.

—Dios mío, prometido en matrimonio con una abominación —dijo Hernando, y se volvió hacia Moreau con la fusta preparada—. ¡Tú has hecho esto! ¡Tú, loco!

Hernando se lanzó contra el médico y fue tan rápido que consiguió golpearlo en la cara. El cuero lo abofeteó con tal saña que Moreau dejó caer su bastón y soltó un fuerte gemido. Dio un paso atrás y casi perdió el equilibrio.

Carlota se precipitó a su lado, ayudando a estabilizar al médico antes de que pudiera caerse.

—¡Aléjate de mi padre! —gritó.

—Apártate o te azotaré hasta que sangres —le advirtió Hernando, levantando de nuevo su fusta.

Montgomery se hartó e hizo un movimiento con la intención de arrastrar a Hernando Lizalde al otro lado de la habitación, ya que la distancia parecía lo más prudente. Pero no tuvo oportunidad, porque mientras el hombre sujetaba la fusta con fuerza, la chica se lanzó hacia delante.

Se movió rápidamente y al principio Montgomery no entendió lo que había pasado. Lo único que oyó fue el grito aterrorizado de

Hernando. Luego vio unas líneas rojas en la mejilla del hombre. Lo había arañado.

La chica levantó la cabeza y Montgomery tuvo una visión perfecta de sus ojos amplios y furiosos. Ahora brillaban, saturados de color. Los ojos de Carlota eran de un hermoso color miel, pero ahora tenían un tono diferente. Los ojos parecían brillar y le pasaba algo en las pupilas; puntitos de negrura sobre un fondo cetrino.

No eran los ojos de una mujer, y cuando Carlota se volvió con el pecho hinchado, Isidro casi derribó un jarrón al retroceder. Montgomery, por su parte, no movió ni un músculo.

Había visto ojos así, una vez, cerca de su cara. Eran los ojos de un jaguar. La postura de la muchacha, la forma en que mantenía la cabeza en alto, el cuello estirado y el cuerpo tenso, era la actitud furiosa de un gato.

Aturdido, pensó en todas las veces que había estado cerca de ella, en cómo había admirado la forma en que se movía, como una acróbata, sumamente elegante. Cómo sus ojos a veces parecían brillar en la oscuridad durante un brevísimo instante. Podía ver tan bien sin necesidad de luz, caminaba sin una vela en medio de la noche, y sus pies eran silenciosos, un susurro. No podías saber que se acercaba a ti si no quería anunciarse. Las sombras la acunaban: se deslizaba dentro y fuera de ellas en la negrura del patio, en el verdor de la selva. Fluida, como el agua, como un fantasma, como el jaguar cuando caza.

Y entonces supo que era verdad. Todo ello. Carlota era una híbrida. Y los demás también lo supieron.

—¡Cómo te atreves! —dijo Hernando, y sacó su pistola con una mano mientras apretaba la otra contra su mejilla herida.

Montgomery tomó su propia pistola y apuntó a la cabeza del hombre.

—Suelte eso —dijo con voz baja.

Al principio Hernando no pareció entender. Se quedó mirando a Montgomery con más sorpresa que rabia. Luego resopló.

—Señor Laughton, no se atreva a amenazarme. Mis hombres están justo afuera de esta casa y le dispararán.

Aunque Montgomery había hablado desafiantemente a Eduardo la primera vez que se habían encontrado, aquella era una situación diferente. Se trataba de Hernando Lizalde, el hombre que, en última instancia, tenía su deuda y pagaba su salario. Se estaba condenando a sí mismo al hablar en su contra, pero se tragó cualquier recelo y sujetó la pistola con firmeza. Era el momento de armarse de valor.

—No antes de que le meta una bala en el cráneo —dijo Montgomery—. ¿Hace falta que le recuerde que soy un excelente tirador?

—Piensa en lo que estás diciendo y del lado de quién te estás poniendo.

—Tire eso al suelo. Los quiero fuera de aquí. Ya he tenido suficiente de todos ustedes.

El hacendado adoptó un aire despectivo, pero dejó la pistola en el suelo y se enderezó. Montgomery mantuvo el arma apuntando hacia él y recogió la pistola con empuñadura de marfil.

—Salgan de aquí, los tres —ordenó.

—Si nos obligan a irnos, volveremos, Moreau —dijo Hernando, mirando ahora al médico—. Y cuando regrese será con una docena de hombres y nos llevaremos a esos híbridos tuyos, los usaremos para matar a los indios que nos han estado molestando y luego te castigaremos severamente. Es mejor que te rindas ante mí ahora. Si obedeces, seré misericordioso. No fuerces mi mano porque te haré daño.

Moreau sujetó con vigor el brazo de su hija para poder ponerse de pie y miró fijamente a Hernando. —Tienes que irte.

—Ya habéis oído al doctor —dijo Montgomery, señalando con una de las pistolas a Eduardo—. Salgan de esta casa.

Eduardo e Isidro se dirigieron lentamente hacia la puerta, detrás de Hernando.

—Eduardo —dijo Carlota. El nombre era una súplica, y extendió una mano en su dirección. Ese único gesto habría roto el corazón de cualquier hombre.

Pero el muchacho se resistió, sus ojos recorrieron el rostro de Carlota, llenos de temor, antes de cruzar el umbral. Montgomery siguió a los tres hombres con las armas apuntando a sus espaldas.

Cuando llegaron al patio, los dos hombres de Hernando lo miraron alarmados y sacaron sus pistolas.

—Nos vamos; no saquen sus armas —dijo Hernando, suponiendo sabiamente que había un revólver apuntando a su columna vertebral.

Los hombres se quedaron estupefactos, pero hicieron lo que les dijo su jefe y se dirigieron a las puertas de la hacienda. Una vez que estuvieron todos afuera, Montgomery atrancó la puerta y se dirigió rápidamente hacia la casa.

TERCERA PARTE
(1877)

CAPÍTULO VEINTIUNO

Carlota

—Ven, siéntate aquí —dijo su padre—. Montgomery, tráeme una jeringa. Ya está, sí, ya está.

A Carlota le temblaba todo el cuerpo. Sentía que iba a vomitar y le dolían mucho las manos. Tenían mal aspecto, los dedos eran anormalmente largos, algo torcidos, y sus uñas estaban demasiado afiladas, ligeramente dobladas. Vio su reflejo en la superficie de una vitrina. Sus ojos también estaban alterados. Brillaban como si fueran piedras pulidas.

Se pasó el brazo por el vientre y se agachó, llorando, sin querer verse.

—Dame tu brazo —dijo su padre.

—¡No! —gritó ella, apartándole la mano de un golpe—. ¡No me toques! ¡No se acerquen a mí, ninguno de los dos!

Montgomery la miró fijamente y su padre levantó las manos en el aire. Su rostro estaba tranquilo. —Carlota, necesitas tu inyección. Cordero mío, recuerda: bienaventurado…

—Necesito una explicación. ¡Me lo vas a explicar! ¿Qué me está pasando? —exigió, y se puso de pie, derribando la silla en la que había estado sentada y empujando una bandeja con instrumentos médicos que había sido colocada en la mesa a su lado. Los instrumentos repiquetearon y cayeron al suelo.

La antesala del laboratorio, que tan bien conocía, le resultaba extraña. Los animales en sus frascos y en las estanterías, los libros, las tablas que mostraban los huesos y los músculos del cuerpo, estaban mal. Tuvo la sensación como si nunca los hubiera visto antes, y por su cuerpo corrió un dolor terrible, espantoso.

—¡Ha dicho que soy una híbrida! ¡Mírame las manos! —exclamó, levantándolas en el aire y abriendo los dedos—. ¿Por qué mis manos tienen este aspecto? ¡Tengo garras!

Así era. Como las de un gato, sus uñas eran largas, curvadas y afiladas, y no podía entender cómo este era su cuerpo y estas eran sus manos.

—Debes calmarte. Simplemente debes hacerlo. No quiero inmovilizarte… pero lo haré.

—¡Dime por qué!

—Carlota, pequeña, para.

Ella le siseó. El sonido brotó de sus labios involuntariamente mientras estiraba el cuello hacia delante. Se giró alejándose, colocando la mesa entre ella y los hombres. Comenzó a caminar rápidamente, de un lado a otro de la habitación. Su corazón latía a todo ritmo y cerró las manos en puños, apretándolos contra sus sienes.

—Carlota, eres así porque hay una parte de ti que no es humana y que he controlado y mantenido a raya durante años. Pero tu cuerpo ha cambiado de forma que me ha desconcertado en los últimos meses y el tratamiento que suprimía esos rasgos no está funcionando.

—¿Cómo puede haber una parte de mí que no sea humana? ¿No soy tu hija? Ramona dijo que vino una mujer a verte. Una mujer bonita de la ciudad —dijo, aferrándose a esa hebra de habladurías—. Era tu amante. Era mi madre.

—Aquella mujer conocía a tu madre. —Su padre negó con la cabeza.

A Carlota le dolían los músculos, como si hubiera estado corriendo durante mucho tiempo, y respiraba de forma agitada, con las fosas nasales ensanchadas. Podía oler los cien aromas del laboratorio, los productos químicos y las soluciones, así como el sudor que se acumulaba en la frente de su padre y el olor de Montgomery. Eran intensos y claros, todos mezclados entre sí.

—Estuve casado una vez con una mujer encantadora. Mi Madeleine —dijo su padre, y sonrió un poco—. Has visto su retrato en mi habitación. Pero mi esposa sufría de una dolencia congénita. Murió mientras estaba en el último trimestre de su embarazo. No debería haber sido así. Pero no hubo nada que pudiera hacer. El defecto estaba en el cuerpo de Madeleine. Los curas nos dicen que Dios nos hizo perfectos, a su imagen, pero mienten. ¡Mira todos los defectos! Todos los errores que la naturaleza siembra en nuestra carne. Los deformes y los enfermos y los que van a la tumba antes de tiempo. Traté de rectificarlo. Para perfeccionar la creación de Dios. Para eliminar los males de la humanidad.

El rostro de su padre había parecido tranquilo hasta ese momento. Entonces se agrió y frunció el ceño.

—Mis experimentos eran demasiado esotéricos y salvajes para ser comprendidos en París. Me vi obligado a dejar el país donde nací y me refugié en México. Pero necesitaba dinero. Lizalde tenía dinero en abundancia. Algunas de mis investigaciones le resultaron atractivas. A esas alturas había conseguido crear híbridos rudimentarios y se me ocurrió que alguien como él podría apreciar aquella línea de investigación. Me ofreció Yaxaktun y su auspicio, y mi trabajo pudo avanzar a un ritmo más seguro. Debes comprender que los híbridos no eran lo que yo deseaba estudiar, sino lo que me obligaron a estudiar. ¡Trabajadores! ¿Qué me importaban a mí los peones de campo? Esa era la preocupación de Hernando.

»Crie a los híbridos en los vientres de los cerdos y luego transferí los fetos viables a mis tanques. Pero hubo errores, detalles que salieron… bueno, pensé que tal vez el problema fueran los materiales que utilizaba. Estaba empleando gémulas de criminales y vagabundos. Decidí que mis propias gémulas serían más adecuadas. Y también decidí que sería una mujer la que daría a luz a la criatura, no un cerdo. Encontré a Teodora en un prostíbulo. Esa fue la mujer que te dio a luz.

Carlota dejó de dar vueltas. Lo miró fijamente.

—Entonces sí que tuve una madre y Hernando Lizalde se equivoca. No soy hija de un jaguar.

Los labios de su padre estaban apretados en una línea sombría y fina. Dejó escapar un suspiro.

—Saqué a Teodora de aquel prostíbulo y ella accedió a darme una hija a cambio de dinero, y la niña creció en su vientre. Tenía algunos de sus rasgos, sí, y algunos de los míos. Pero también tenía las gémulas de un jaguar. Carlota, no eres hija de dos padres. Yo te hice, como hice a los otros híbridos. Eres una imposibilidad, prácticamente una criatura de los mitos. Una esfinge, mi amor.

No supo qué decir y se quedó quieta, de pie detrás de la mesa, mientras su padre la rodeaba poco a poco, apoyándose en su bastón. Sus ojos se dirigieron velozmente hacia Montgomery, quien se frotaba una mano contra la mandíbula.

—Como los otros híbridos —susurró.

—Cuando naciste no te parecías a ellos. Mis otras creaciones habían sido miserables y defectuosas de alguna manera, ¡pero tú parecías sumamente humana! Había trabajo que hacer, sí, pero nunca había visto nada como tú. Tuve que corregir ciertos rasgos y expresar otros con mayor plenitud, y hubo una cantidad de dolor al principio…

—No recuerdo más que dolor cuando era niña —dijo ella bruscamente, evocando la negra nube de sufrimiento de su niñez y la fría mano de su padre sobre su frente—. ¿Fue obra tuya?

—Ya has visto lo que pasa con los híbridos. Tuve que afinar ciertos componentes. Pero no puedes negar la genialidad de mi trabajo. Tu cara está perfectamente equilibrada, tus rasgos son de lo más agradables.

—¿Así que me hiciste y rehiciste?

—Sí. Porque estabas cerca de la perfección. A diferencia de los otros. Ese montón de bellacos tienen demasiado de animal en su interior, están plagados de errores. Tú no. Nunca ha habido otro que se haya aproximado a ti en forma y pensamiento. Eres una niña dulce y obediente y… ah, Carlota, ¿no lo ves? Eres una obra en curso, un…

—Un proyecto —dijo Montgomery, con una expresión desdeñosa en los labios. Había estado apoyado en la pared y ahora se impulsó hacia delante—. ¿No fue eso lo que me dijo, doctor? Un gran proyecto. Bueno, supongo que no mentía.

—Sí, ¿y qué tiene de malo? —preguntó su padre, dándose la vuelta exasperado y mirando a Montgomery—. ¡Cada hijo es un proyecto! El mío resultó ser mejor que los sucios y bajos proyectos de los hombres comunes que simplemente desean tener hijos para que les ayuden a cultivar sus escasas parcelas.

—No es lo mismo.

—Pero sí que lo es. Y he sido un buen padre. He vestido, alimentado y educado a mi hija. Ella no tuvo que soportar los golpes de un hombre violento, como tú, Montgomery. Tampoco tuvo la desgracia de heredar los rasgos de un alcohólico vicioso que la habrían condenado a la misma vida de embriaguez. Ha crecido entera y sana, y si decidiera exhibirla en este instante, ante hombres doctos, nadie podría negar que he creado una quimera que supera a cualquier mujer común y corriente.

—Mi padre era una escoria, sí, pero usted también lo es —dijo Montgomery, señalando con un dedo acusador al doctor—. Siempre supe que estaba un poco loco, pero ¿tratar a su propia hija como una cosa que desearía exhibir en una feria?

Moreau se dio una palmada en el pecho, alzando la voz.

—Nunca he dicho que la exhibiría. He dicho que podría hacerlo. Hay una diferencia.

—¡No es de extrañar que haya tratado de venderla como se vende un caballo!

—Ahórrate tus desplantes idiotas, Laughton. Todos los hombres casan a sus hijas. Simplemente quería que se casara con el mejor. La ambición no tiene nada de malo.

—¿Dónde está mi madre? —preguntó Carlota mirando al suelo. Se sentía agotada y en algún momento habían dejado de dolerle las manos, como si se rompiera un hechizo, como si poco a poco algo en su interior se replegara y se recompusiera. Las uñas parecían más pequeñas y redondeadas—. ¿Dónde está Teodora?

Ambos hombres giraron la cabeza para mirarla.

Su padre se humedeció los labios y levantó una mano en señal de conciliación.

—Fue un parto difícil. Murió poco después. Por eso nunca me planteé la opción de hacer crecer otro híbrido en un vientre humano. Me parecía demasiado arriesgado. Pero ese podría ser el truco. Nada más se ha aproximado a ti. O tal vez fue una singularidad, una alquimia milagrosa que no puedo esperar recapturar.

—¿No tenía familia? ¿Ni hermanos?

—Ninguno que yo supiera. Era una expósita que se prostituía desde los quince años. La señora que me visitó era la propietaria del burdel donde trabajaba. Me escribió varias veces, pidiéndome dinero; incluso vino en persona en una ocasión. Probablemente creyó que había asesinado a la chica. Bueno, no la maté. Ella murió poco a poco. Como mi esposa. Mi pobre esposa... —dijo, su voz apagándose.

—¿Dónde está enterrada mi madre? ¿Está aquí?

—No. El cadáver está en la laguna. Lo sumergí con algo pesado. Nunca lo encontrarán. Oh, no me mires así, Carlota. No tuve intención de hacerle daño, nunca. Incluso me gustaba fingir, a veces, que fue mi amada y que tú no fuiste ningún experimento. Era una bonita ficción.

Toda la vida de Carlota había sido una bonita ficción, una historia que el médico había urdido. Respiró hondo y cerró los ojos. Sintió que las lágrimas se le agolpaban en los párpados y la voz le tembló.

—Los tratamientos que me administras cada semana dices que ya no funcionan. ¿Qué pasará conmigo?

—Sin ellos pareces expresar ciertos rasgos animales. Ocurre cuando estás agitada, por lo que he tratado de proporcionarte un entorno relajante.

—Entonces siempre cambiaré. Como lo he hecho ahora.

—No, no, mi niña —dijo su padre; dejó el bastón a un lado, apoyándolo contra la mesa, y tomó las manos de Carlota entre las suyas, apretándolas contra sus labios—. Perfeccionaré la dosis. Es un pequeño detalle.

Quería que su padre la abrazara y le dijera que todo estaría bien, pero también quería salir corriendo de la habitación y alejarse de él.

—¿Y los demás? Necesito saber la fórmula de su medicamento —murmuró.

—No son importantes.

—¿Cómo no van a ser importantes? —preguntó ella, dando un paso atrás y apartando las manos—. Los tienes cautivos. No pueden ir a ninguna parte sin su tratamiento.

—¿A dónde irían? ¿Al circo? ¿A mostrarse en un espectáculo de fenómenos?

—¿Un espectáculo de fenómenos? ¿Eso es lo que piensas de nosotros?

—Tú no eres como ellos —dijo su padre—. Nunca has sido como ellos. Esa es la cuestión. Ellos son bestias.

Entonces Carlota sintió tanta rabia que por un momento fue incapaz de ver. El mundo se volvió carmesí. Había estado asustada y enfadada en la sala de estar. Pero aquello era pura furia, y si bien antes había tratado de controlarse, de calmarse como su padre le exigía, ahora dejaba fluir esa furia y abría la boca de par en par para rugir. Estiró una mano y sus dedos se clavaron en el cuello de su padre. Con un rápido movimiento lo estampó contra una vitrina.

Era alto, grande y poderoso, pero ella lo inmovilizó contra el mueble y el cristal se hizo añicos contra su espalda. Sintió sus dientes grandes en la boca, afilados como cuchillos.

—¡Quiero esa fórmula! —gritó.

—Yo... no hay... —murmuró su padre.

—¡La quiero!

—Carlota, suéltalo —dijo Montgomery, que intentaba apartarla, sujetándola del brazo y luego de la nuca. De alguna manera, logró arrastrarla lejos de su padre.

Carlota intentó morderlo, pero sus dientes chasquearon en el aire en lugar de hundirse en la carne. Montgomery le dio la vuelta, la aferró por los hombros y la miró fijamente a los ojos hasta que ella le siseó. Pero, por inverosímil que pareciera, no estaba asustado. Recordó que era un cazador, acostumbrado a tratar con animales salvajes, y eso le hizo desear echar la cabeza hacia atrás y reír.

—Tienes que respirar hondo —dijo, con la voz baja—. ¿Puedes respirar hondo por mí?

No tenía idea de si aquello era posible. Tenía la sensación de que había olvidado cómo respirar, pero de alguna manera asintió y abrió la boca. Le ardían los pulmones. Respiró entrecortadamente y una oleada de agotamiento y terror la golpeó. ¿Qué estaba haciendo?

—Buena chica —susurró Montgomery.

—Carlota —murmuró su padre.

Ambos giraron la cabeza. Moreau se estaba levantando, sujetando firmemente su brazo. Lo había estado agarrando con tanta fuerza que tenía moretones en su pálida garganta.

—No hay ninguna fórmula, Carlota —murmuró, haciendo una mueca de dolor y secándose el sudor que le caía por la frente—. Me lo inventé todo. Es el mismo litio o la morfina que uso para tratar mi gota. Se ha empleado en casos de manía aguda y parece que los mantiene calmados. A ti también te ayudó… cuando eras más joven.

Entonces Carlota sí que se rio: apretó los dedos contra sus labios y estalló en carcajadas. ¡No había ninguna fórmula! Y ella era una de sus creaciones, algo inhumano, algo que podía lanzar a un hombre adulto al otro lado de una habitación.

—Siempre… siempre quise una hija. Y tú fuiste la mía. —Su padre se enderezó y luego retrocedió a trompicones, con los cristales crujiendo bajo sus pies—. Mi corazón —dijo, sujetándose el pecho.

Luego se desplomó y el gigante que era el doctor Moreau quedó desparramado en el suelo de su laboratorio.

CAPÍTULO VEINTIDÓS

Montgomery

Llevaban horas sentados junto a la cama del doctor. El doctor Moreau dormía y ellos esperaban. Ramona trajo té y le entregó una taza a Montgomery. Él le dio las gracias y ella asintió, recorriendo la habitación y repartiendo a los demás su café y su té, según su elección. Cuando terminó, Ramona dejó la bandeja sobre una mesa.

Montgomery rara vez había estado en aquella habitación y se sentía incómodo sentado allí, entre las cosas de Moreau, con el retrato ovalado de su difunta esposa custodiando la pared y su ropa colgada en el armario, con el médico en la gran cama de caoba y las cortinas alrededor abiertas. Le recordó a los últimos días de su madre, cuando él y Elizabeth tuvieron que permanecer quietos, callados, mientras ardía el fuego.

Carlota apretaba un pañuelo entre sus manos. Estaba junto a la cabecera de la cama. Lloraba a ratos. Cachito y Lupe no lloraban. Sus rostros eran máscaras de espantosa calma y sus voces eran susurros cuando hablaban, sentados uno al lado del otro. Montgomery se movía sin cesar. No quería sentarse, temía quedarse dormido en una silla y despertarse por la mañana con la espalda hecha un desastre.

Se preguntó qué pasaría si el médico muriera durante la noche y luego se preguntó qué pasaría si viviera. Había visto a hombres que habían sufrido una apoplejía y apenas podían mover el cuerpo o hablar. ¿Qué haría Carlota, tendría que valerse por sí misma y quizá también velar por su padre?

Era tarde y las velas ardían con una llama baja.

—Lizalde volverá en compañía de sus hombres, por lo que tenemos que tomar decisiones antes de que ocurra —dijo, porque alguien tenía que decirlo y estaba cansado. Quería recostar la cabeza y no podía hacerlo si estaban sentados allí, apiñados en la habitación del médico, siguiendo un voto de silencio.

—¿Qué decisiones? —murmuró Carlota.

—Hernando Lizalde dice que vendrá a llevarse a los híbridos y también a librar una guerra contra los hombres de Cumux.

Carlota sacudió la cabeza.

—Los hombres de Cumux no son reales. Es una mentira. Nadie en Yaxaktun ha ayudado nunca a los insurgentes.

—Lizalde no se equivocó en eso —dijo Lupe—. Hay un sendero cerca que lleva a uno de sus campamentos, ya te lo dije. Y Lizalde lo va a encontrar y lo va a seguir.

—Ese es un cuento que te dices a ti misma —dijo Carlota, retorciendo su pañuelo.

—No es un cuento —dijo Ramona. Todos se volvieron para mirarla. Ella se mantuvo firme y recta—. Hay un sendero que los macehuales siguen para llegar aquí cuando vienen a por provisiones, y ahora que estos dzules lo saben lo buscarán y los encontrarán.

Carlota dejó caer el pañuelo.

—¿Fuiste tú entonces? ¿Has estado ayudando a los hombres de Cumux? Y tú, Lupe, ¿lo has sabido durante todo este tiempo?

—Te dije que no era mi imaginación —dijo Lupe.

—¡Pero cómo pudiste! ¡Nunca me lo dijiste! —gritó Carlota, volviéndose hacia Lupe.

—¡Te he dicho que estás ciega! Además, él también lo sabía —dijo Lupe, señalando a Montgomery.

Los ojos de Carlota se entrecerraron y lo miró fijamente.

—¿Lo sabías?

—¿Cómo no iba a saberlo? Es el mayordomo. La comida desaparece, las provisiones se esfuman... ¿crees que no podría saberlo? Grítale a él —dijo Lupe.

—No lo sabía con certeza —dijo Montgomery.

—Pero seguro que sospechabas.

—Un costal de harina, algunos frijoles y arroz. ¿Crees que habrían valido mucho para Lizalde? —preguntó Montgomery—. No es nada para él. No sabía exactamente quién estaba metiendo mano a nuestras provisiones y ni siquiera cuánto se llevaban, pero ¿por qué iba yo a ser mezquino?

—¿Quieres decir que por qué te habría importado? Tú nos metiste en esta situación.

—Eso no es obra suya —dijo Lupe. Es culpa de tu precioso Lizalde. ¿Por qué no pudiste casarte con él y marcharte inmediatamente?

—Iba a hacerlo —murmuró Carlota, y se levantó y les dio la espalda.

Pensó en la estúpida carta, en el enfrentamiento. Tal vez la interferencia de Hernando podría haberse evitado o manejado de forma más elegante, pero Montgomery no podía retroceder en el tiempo. Ya se reprendería por ello más tarde, en la intimidad de su habitación. Ahora mismo había otros asuntos más apremiantes que tratar.

—Lo hecho, hecho está. No nos sacará de este lío. Los hombres de Cumux están en peligro, al igual que nosotros —dijo Montgomery.

—Vendrán con rifles y nos dispararán —declaró Cachito con aire sombrío.

—Entonces cerraremos las puertas y nos encerraremos dentro —le dijo Lupe—. No pueden atravesar las paredes.

—Pueden derribar puertas.

—Entonces huiremos —dijo Lupe con firmeza—. Carlota dijo que ya no necesitamos los medicamentos del médico. Escaparemos. No nos encontrarán. Podemos dirigirnos al sur de Honduras Británica, a territorio inglés. Seremos rápidos.

—No todos los híbridos son rápidos —dijo Montgomery, pensando en los viejos Aj Kaab y Peek' y en los demás con rarezas en sus cuerpos.

—¿Y qué pasa con los macehuales? ¿Qué pasa con Cumux y sus hombres? —preguntó Cachito—. Ellos también están en peligro.

—Pueden defenderse —dijo Lupe.

—No podrán defenderse mucho si no saben lo que se les viene encima.

—No es nuestro problema. Tenemos que huir.

—Huir no servirá de nada. Lucharemos contra ellos —dijo Montgomery con firmeza.

Carlota se dio la vuelta. Tenía los ojos enrojecidos de tanto llorar y se le escapaban mechones de la trenza. Le temblaban los labios.

—Quieres matarlos.

—Si llegamos a eso, sí —dijo.

—Si les haces daño, volverán a venir. Si matas a diez hombres, regresarán con treinta.

—Estamos aislados. Si matáramos a diez, la gente no se enteraría durante días y para entonces todos podríamos haber desaparecido. Es mejor tener una semana de ventaja que ninguna. Y es difícil reunir hombres para este tipo de persecuciones —dijo Montgomery—. Cuando hay grandes incursiones de indios, los hacendados tienen que ir a buscar a las autoridades peninsulares, lo que es una expedición en sí misma, o bien rogar a sus vecinos que envíen hombres. Si creen que ha habido una incursión, los otros hacendados se tomarán su tiempo o incluso entrarán en pánico y huirán a la seguridad de una ciudad. No volverán aquí. Más de una semana. Tendríamos incluso más tiempo si matáramos a la primera oleada de atacantes.

Carlota negó con la cabeza.

—Esto no es una incursión india.

—Todo lo que sé es que Hernando Lizalde tiene la intención de regresar. Debemos recibirlo con pistolas y rifles —dijo Montgomery.

—Sí —dijo Cachito con entusiasmo—. Los destrozaremos.

—¿Se están escuchando? —preguntó Carlota—. ¡Están planeando el asesinato de personas!

—¿Qué crees que tienen planeado para nosotros, Carlota? ¿Crees que tienen planeado invitarnos a tomar el té? —preguntó Lupe, y apartó la bandeja de plata con la tetera y las tazas. Las pinzas del azúcar repiquetearon y cayeron al suelo.

—No. Puedo hablar con ellos. Puedo negociar algo.

—¿El qué?

—Un acuerdo, no lo sé. No van a hacer esto.

—No eres tú quien debe decidir por nosotros.

—¿Y te toca decidir a ti? —preguntó Carlota—. Tú no hablas por nadie.

—Entonces vamos a preguntar a los demás —exclamó Lupe—. Pero no te quedes aquí, pensando que eres nuestra ama.

—Lo someteremos a votación por la mañana —dijo Montgomery, tocándose el puente de la nariz y haciendo una mueca de dolor—. Debo descansar.

Salió de la habitación. No podía aguantar más. Nunca había sido bueno cuando alguien estaba enfermo. Recordaba las horas que había pasado agachado junto a la cama de su madre cuando estaba convaleciente, la necesidad de hablar en voz baja. Cuando su madre estaba viva, las cosas habían ido mejor con su padre, pero no mucho. Pero al menos entonces había tenido a su hermana, había tenido a Elizabeth. Se dio cuenta de que Carlota podría quedarse sola sin Moreau.

En su habitación se quitó la chaqueta y se lavó la cara; luego encendió un cigarro y sacudió la cabeza.

Le gustaba aquel lugar. Había sido bueno para él. Le había ofrecido seguridad, pero ahora su seguridad se desvanecía con una rapidez asombrosa. Dejó que las cenizas cayeran en una taza mientras sacaba su pistola y la colocaba sobre el escritorio. Puso la pistola con empuñadura de marfil de Hernando Lizalde junto a la suya. Su rifle favorito descansaba en la pared, junto al escritorio.

Había matado a un jaguar, cazado animales, sabía manejar las armas, pero no era un asesino a sangre fría. No era uno de esos hombres que van por ahí con amenazas rápidas, a pesar de los lugares rudos en los que se había aventurado. Cuando estaba ebrio, a veces había problemas. Pero incluso en medio de su borrachera conocía una medida de contención.

Cuando llamaron, no se sorprendió, pero sí que se consternó. Realmente deseaba dormir, no discutir, y la cara de Carlota al abrir la puerta era la de un general que va a la guerra.

—Siempre tienes una botella de aguardiente en tu habitación, así que se me ha ocurrido pedirte un vaso —dijo.

—Tú no bebes aguardiente. Desde luego, no del tipo barato que guardo.

—Tampoco arrojo a mi padre contra una vitrina y, sin embargo, lo he hecho hace unas horas —dijo ella, dándole un codazo y entrando con el aire despreocupado de una conquistadora. El pelo le caía ahora suelto a lo largo de la espalda. Se había deshecho la modesta trenza.

Montgomery se dirigió al escritorio, abrió un cajón y sacó la botella y dos vasos. Le sirvió un par de dedos de la bebida.

—Es más fuerte que lo que bebiste junto a la hoguera, es una bazofia barata y horrible —le advirtió—. Un par de sorbos y estarás mareada.

—Déjame probarlo.

Se lo bebió de un trago con un rápido giro de muñeca y se limpió la boca con el dorso de la mano. Tenía una boca preciosa, unos labios generosos. La lámpara de su escritorio hacía que su pelo pareciera dibujado con carbón presionado con fuerza contra el papel.

—¿Qué te parece? —preguntó.

—No está tan malo como pensaba. Cachito dice que tus bebidas preferidas son viles —contestó, y tomó la botella, llenando el vaso hasta arriba.

—Te empieza a gustar si lo permites. ¿Has venido a que te diera lecciones sobre los diferentes tipos de bebidas alcohólicas? Por alguna razón no lo creo. ¿Qué es tan importante para que hayas venido a verme en medio de la noche?

—Pronto amanecerá.

—A eso me refiero precisamente.

Carlota se sentó en la silla que Montgomery había estado ocupando; él tomó la cama. Su camisón estaba debidamente oculto por una bata carmesí y cruzó recatadamente los tobillos, pero la mirada que le lanzó por encima del borde del vaso fue atrevida.

—No puedo permitir que mates a esos hombres —dijo ella.

—Quieres decir que no quieres que maten a Eduardo.

—No quiero que nadie muera. ¿Estás preparado para ver a los demás heridos? ¿Para ver a Cachito y a Lupe sangrando? Quiero intentar una negociación pacífica.

—¿Ondear una bandera blanca y todo eso? Supongo que tú dirigirías el tratado, ¿eh?

—¿Y por qué no?

—Puede que ahora no les agrades. Ya no.

Carlota sonrió con suficiencia y bebió. Montgomery tuvo que darle crédito. No hizo ninguna mueca mientras el aguardiente le bajaba por la garganta. Estiró la mano y mantuvo el vaso suspendido por encima de las pistolas, mientras con un dedo trazaba sus empuñaduras, siguiendo las espirales del marfil.

—Aun así quiero intentarlo. Tienes que presionar a favor de una solución pacífica.

—Dije que lo someteríamos a votación por la mañana.

—Cachito te escuchará. Y también lo hará la mayoría de los híbridos. Te respetan casi tanto como a mi padre. Tú y yo podríamos influir en ellos.

—Has venido a conspirar y a manipular, entonces.

—He venido a rogarte que reflexionases. No quiero ver a nadie herido. Antes de considerar las balas, consideremos las palabras. Montgomery, debemos intentarlo. Crees que quiero proteger a Eduardo, pero estoy tratando de protegernos a nosotros. Estoy tratando de salvar nuestro hogar.

Él dio un suspiro exasperado.

—Carlota, yo no soy el monarca de ningún reino. He dado mi opinión y los demás darán la suya. Tú también darás la tuya.

Ella volvió a tomar el vaso y se sirvió y bebió más. Se encontraría mal por la mañana, pero aquello no era cosa suya.

Ella quería la paz, ¿no? Pero mientras la observaba, mientras examinaba la suavidad de su perfil, recordó cómo había clavado sus dedos en la garganta de Moreau, y en su lugar se imaginó a la chica cometiendo actos de violencia. Los macehuales contaban historias de brujos que se metían en una segunda piel, que se convertían en perros y gatos y sembraban el mal por todas partes. Él no creía en aquellas historias, pero le temblaban las manos. Su cigarro se consumía rápidamente. Tiró la colilla en la taza de té y la dejó sobre la mesita de noche.

Carlota tenía la cabeza muy inclinada hacia la izquierda y miraba hacia abajo.

—Huelo tu miedo, ¿sabes? —murmuró ella.

—¿Qué?

—Mis sentidos son más agudos. Puedo olerte. Si apagaras todas las luces de esta casa, podría encontrarte en plena oscuridad —dijo Carlota. Montgomery no podía verle los ojos, ya que tenía la cabeza inclinada hacia abajo; no podía ver si brillaban de forma extraña y terrible, o si parecían humanos—. No te preocupes. Eduardo también me tiene miedo. ¿Has visto su cara cuando me ha mirado? Tenía miedo. Y también estaba asqueado. Mi padre no estaba asqueado. Solo estaba aterrorizado. ¿Está usted asqueado ahora, señor Laughton? Además del miedo, quiero decir.

—No tengo miedo.

Se acercó a él, acunando el vaso de aguardiente contra su pecho.

—¿Lo supiste alguna vez? ¿El doctor Moreau te dijo lo que soy?

—No.

—Pero tú guardas secretos. Sabías que Ramona estaba tomando nuestras provisiones.

—Como dije, simplemente decidí no investigar el asunto.

—Si lo sabías y no me lo dijiste, te odiaré por siempre.

—No lo sabía.

Ni siquiera lo había adivinado. Tal vez eso lo hacía estúpido, pero habría sido un pensamiento demasiado descabellado. Carlota nunca le había parecido otra cosa que completamente humana.

Estaba de pie frente a él, con aspecto pensativo. Los pliegues de su bata le rozaban las rodillas y ella asintió con la cabeza, llevándose una mano a los labios mientras se mordisqueaba una uña. Manos y uñas humanas. Por ahora.

—Dijo que soy una esfinge, pero las esfinges no son reales —susurró, y seguía mirando hacia abajo, evadiendo su mirada—. Ya no sé si existo siquiera.

—¿Has agotado la autocompasión? ¿Me devuelves el vaso? —le preguntó, enfadado, porque ya había tenido suficiente de su teatro y estaba realmente cansado. No podía soportar más de ella.

—¡Estás temblando de miedo! ¡Dime que me tienes miedo! —gritó, lanzando el vaso. Se hizo añicos contra la pared y los fragmentos volaron por el suelo.

Los ojos de Carlota, cuando lo miraba fijamente, eran como caléndulas, un estallido de amarillo, pero aun así eran humanos. Pero si no lo hubiera sido, aquello tampoco habría cambiado las cosas. La jaló y la besó en la boca, y sintió las uñas de Carlota contra su piel mientras lo abrazaba con fuerza. Aquello lo hizo temblar.

La arrastró debajo de él. Pensó que tal vez lo mataría por la impertinencia. Pero Carlota suspiró y allí estaba ella, dispuesta y ansiosa, con el pelo extendido sobre su almohada. Carlota Moreau, que era inhumana, una híbrida soñada por el viejo doctor. Si hubiera sido una sirena atrayéndolo al fondo del mar, la habría seguido. Si hubiera sido una gorgona, se habría dejado convertir en piedra.

Que lo destrozara y lo devorara. No le importaba. Carlota había venido para eso y Montgomery no iba a dar vueltas a aquello ni un segundo más; la deseaba demasiado. Que se ensañara con él, que lo magullara si eso la llevaba al límite.

Pero las manos de Carlota eran cuidadosas y lo besó lenta y suavemente, de una manera que no lo habían besado en años y años. Sabía que sería fácil perderse en ella y podía hacerlo agradable para Carlota; podía trazar su cuerpo con sus dedos, tomarse su tiempo. Su chico era guapo, pero era joven. La edad al menos da a las manos cierta habilidad, y Montgomery había aprendido un par de cosas a lo largo del tiempo.

La bata que llevaba era de terciopelo con un forro verde y adornos dorados. Se había deteriorado, como todo lo que había en la casa. Tal vez había pertenecido a la esposa del médico, quien debía haber sido una señora fina. Carlota también era fina; más fina que todo lo que él había contemplado. Fanny Owen era bonita y le había salpicado la cara con besos el día que se casaron, pero no había apretado su frente contra la suya como lo hacía Carlota. Tampoco le había quitado la bata a Fanny como había hecho con Carlota, porque entonces había sido tímido y demasiado entusiasta.

Quería complacerla, hacerla feliz. Carlota era dulce y tierna y el mundo era amargo. Montgomery no quería que conociera la tristeza.

Pero entonces vio que tenía los ojos cerrados. No era tan estúpido como para pensar que era un signo de pasión. Había hecho cosas así en el pasado, había buscado el abrazo anónimo de mujeres en tugurios y prostíbulos. Montgomery cerró los ojos con fuerza. Sabía lo que ella buscaba, y no era a él. Si la tomaba ahora, apostaba a que le susurraría el nombre equivocado al oído. Todo aquel anhelo, todos los toques ligeros como una pluma, eran para otro hombre.

Montgomery suspiró.

—Mírame.

Carlota lo hizo. Tenía lágrimas en los ojos que todavía no había derramado pero que brillaban. Sus manos descansaban sobre su pecho.

—No me quieres —dijo Montgomery. Era la afirmación de un hecho. No se iba a molestar con una pregunta.

—¿Y? —respondió ella, con voz desafiante. Su aliento estaba perfumado por el aguardiente—. Tú tampoco me quieres.

—Estás enamorada de Eduardo Lizalde —dijo él, y ella apartó la mirada con la mandíbula apretada.

Estaba mareado por el alcohol, el cansancio y el deseo, pero se incorporó y se acercó a los pies de la cama mientras ella se levantaba y apoyaba una mano en la cabecera, con el pelo alborotado y luciendo más bonita de lo que jamás le había parecido. Debía ser un espectáculo después de que Eduardo le hiciera el amor, contenta y sonriente. Siempre le envidiaría eso al chico.

Montgomery se pasó una mano por el pelo.

—Sé por lo que estás pasando. Estás herida y te sientes sola. Cuando mi esposa me dejó busqué consuelo, pero no lo vas a encontrar entre las sábanas, y definitivamente no en el fondo de una botella.

—Eso es muy sabio de tu parte, y sin embargo bebes hasta morir.

—Tal vez no quiero que seas como yo.

—Nunca seré como tú. No fui *hecha* como tú.

—Copular conmigo no te hará más humana. Te hará más triste cuando abras los ojos y veas mi cara en lugar de la suya. Copular conmigo no compensará lo que pasó en el laboratorio, no borrará lo que tu padre confesó ni lo sanará.

Parecía ofendida, tal vez por su elección de las palabras o por su tono acre. El lazo de su camisón estaba deshecho y le ofrecía una vista perfecta de su cuello mientras tragaba saliva y alzaba la barbilla.

—Quizá no se trate de nada de eso.

—Se trata de todo eso, y aunque no lo fuera te diré algo más: tengo miedo.

—Lo sabía —murmuró.

—No *de ti*. Sino de amarte.

—No lo entiendo.

Por un momento tuvo la idea de quedarse callado e incluso tuvo el anhelo egoísta de retractarse de sus palabras, de besarla de todos modos y condenar al mundo. Pero quería ser honesto, no jugar una partida de cartas con ella a pesar de su predilección por el juego.

—Una vez amé a una mujer que no me correspondió y eso me rompió. No quiero que se repita —dijo con voz suave y baja.

Tal vez no fuera lo único que lo había roto. El peso de la crueldad, del mundo, le había pasado factura y lo había marcado. Pero Fanny había sido su consuelo y su esperanza, el bálsamo contra la fealdad y la maldad. Entonces lo había dejado y admitido que nunca lo había amado realmente. Había sido únicamente su idea errónea de que podría tener algo de dinero lo que la había llevado al altar; había sido el negocio de su tío lo que la había conducido a él. Cuando no hubo monedas que cobrar, lo había abandonado. Lo había escrito todo en una carta maravillosamente brutal después de que Montgomery fuera atacado por el jaguar, y él le había respondido pero en sueños.

Y tras ello no había habido ninguna belleza en el mundo, nada bueno ni compasivo, así que había vagado sin rumbo y esperaba que tal vez Dios lo aniquilara, porque Montgomery era demasiado cobarde para llevarse un cuchillo al cuello.

—Te brindarás a mí por el lapso de una hora y luego ¿qué? Estoy a dos pasos de amarte, a dos pasos de tener el corazón destrozado —dijo, y sonrió con suficiencia—. Porque no me vas a corresponder, y cuando me dejes, como a un barco encallado, no te importará. No es porque seas cruel, es porque así es el mundo. Así que si me deseas, tendrás que decir que me amas y hacer de ti una mentirosa.

Ella no pronunció ni una sola palabra, acurrucándose en el centro de la cama, parpadeando entre las lágrimas, sin permitirse llorar, conteniéndose, pero aun así terriblemente triste. Al menos ahora estaba más tranquila; el aguardiente le hacía pesados los párpados.

—Necesito a alguien que no me abandone —susurró Carlota por fin.

—Me tendrás durante todo el tiempo que necesites mi ayuda.

Montgomery podía darle eso. Carlota necesitaba aquello más de lo que necesitaba su cuerpo.

—¿Lo juras?

—Sí.

Se sentía agotado, pero la observó hasta que se quedó dormida sabiendo que no volvería a tener el placer de ver aquel espectáculo.

CAPÍTULO VEINTITRÉS

Carlota

Era temprano cuando se despertó y estiró su cuerpo, sus dedos tocando la cabecera. Giró la cabeza sobre la almohada y vio a Montgomery dormido en una silla junto a su escritorio, con los brazos cruzados contra el pecho. No parecía una posición cómoda y le dio pena que estuviera durmiendo así.

Entonces recordó que lo había besado la noche anterior y cómo la había tocado antes de apartarla. La vergüenza debería haberla matado en el acto, pero en cambio se sintió mejor, aunque hubiera hecho el ridículo.

Tenía el corazón roto y en carne viva. Cuando Eduardo la había mirado había sido como una daga en el corazón. La forma en que se había estremecido, la forma en que sus ojos se habían posado en ella antes de salir de la habitación... Carlota no olvidaría nunca aquella mirada.

Había querido fingir que todo estaba bien y que todavía la querían, que alguien se preocupaba por ella, porque su padre era un mentiroso y ella era monstruosa y pensaba que el pozo de afecto se había secado. Pero Montgomery había sabido ver su desesperación.

Carlota se levantó, recogió su bata tirada en el suelo y le tocó el brazo. Él gruñó y la miró.

—Buenos días, Montgomery —dijo.

—¿Días? —murmuró y se frotó los ojos—. No lo parece.

—Ya ha salido el sol.

—Mmm… déjame dormir más tiempo y tal vez préstame una almohada.

—Me temo que no sería una buena idea. Tenemos mucho que discutir con los demás y los Lizalde volverán pronto.

—Si tienen algo de decencia, volverán después de que desayune —murmuró.

Carlota sonrió, apreciando su tono humorístico. Llevaba un par de días sin afeitarse y cada vez estaba más desaliñado, pero se parecía más a sí mismo que cuando intentaba afeitarse la cara.

—Tengo un fuerte dolor de cabeza y me he levantado… Así que tú también puedes levantarte.

—No me extraña teniendo en cuenta la forma en que engulliste mi aguardiente. Te sentirás mejor después de tomar una taza de café —dijo, haciendo crujir los nudillos y sacudiendo la cabeza como para despertarse.

—Debo disculparme por eso. No debería haber… Seguro que no lo pasaste nada bien —dijo Carlota, sin saber exactamente cómo decirlo.

Montgomery sonrió.

—Cariño, fue lo más divertido que he hecho en años.

—No debes bromear conmigo —dijo ella, dándole un golpe en el brazo, pero él se rio más fuerte—. Hablo en serio, canalla. No es que… no quiero que pienses mal de mí ni que eso sea algo… no quiero romper nada —dijo Carlota rozando el borde del escritorio con el dedo índice.

Montgomery se quedó callado y la miró solemnemente.

—No hay nada roto y no pienso mal de ti por ello. No hay nada malo en besar a un hombre si quieres y sientes que es lo correcto. Pero no fue el caso anoche y no necesito mentiras. No de ti. Somos amigos, Carlota. Eso no va a cambiar.

Carlota sintió un gran alivio. Temía que el rechazo lo pusiera en contra de ella, pero realmente no parecía molesto. Tal vez se le diera bien disimular sus decepciones, a diferencia de Carlota, que lloraba y despotricaba y ardía, incapaz de enmascarar nada. Ya no.

—Nada de mentiras, entonces —dijo ella, y extendió su mano—. Mantendremos nuestra amistad.

—Brindaría por ello, pero te bebiste mi aguardiente —dijo, estrechándole la mano.

—Sé que tienes otra botella escondida en este escritorio —dijo, golpeando un cajón con los nudillos.

—Sí, pero no voy a dejar que te la bebas y te pases de la raya conmigo otra vez.

Carlota se sonrojó y Montgomery se rio más fuerte, pero ahora estaba mejor. Esto eran ellos mismos, como normalmente eran, menos complicados. Su corazón ya estaba enredado y ella no quería retorcerlo más, y tampoco quería hacerle daño por egoísmo.

—Voy a cambiarme. Quizá quieras echarte un poco de agua. No hueles bien esta mañana —dijo Carlota frunciendo la nariz, y Montgomery le dedicó otra sonrisa y un movimiento de cabeza.

Antes de volver a su habitación fue a ver a su padre. Ramona estaba sentada a su lado, bebiendo una taza de café, cuando asomó la cabeza al interior de la habitación. Carlota se quedó en la puerta, mordiéndose el labio, sin saber si debía acercarse más. Nunca le había contestado mal a su padre. Jamás imaginó que le haría daño. Pensó que debería rezar por él, pero temía que Dios la matara de un solo golpe.

Por otra parte, el doctor Moreau había sido el dios de Yaxaktun, el que dispensaba sabiduría, castigo y amor. Si pereciera, sería como si el sol se extinguiera en el cielo, y sin embargo no pudo evitar desearle el mal.

Soy una mala hija, pensó.

—Todavía está durmiendo —dijo Ramona, al verla—. ¿Quieres café?

—¿No ha habido ningún cambio? ¿No se ha despertado? —preguntó tímidamente, entrando por fin a la habitación.

—No. Se necesita tiempo para sanar.

Tal vez, pero Carlota no sabía si sanaría de esto y no era como si pudieran mandar traer un médico. Se agachó y le tocó el brazo, presionando la palma de la mano contra él. Su padre era un hombre muy fuerte, pero la fuerza se le había escapado y ahora podía ver claramente las marcas de la edad en su cuerpo, el pelo blanco y las arrugas que se esforzaba por ocultar detrás de aquella voz de mando suya. Incluso cuando la gota lo atacaba, el doctor Moreau no era un inválido.

—¿Por qué les dabas provisiones? —le preguntó a Ramona, retirando la mano.

—No lo planeé. Fui al cenote de Báalam y me topé con un joven que se escondía allí. Era un fugitivo que había huido de una hacienda. Buscaba a Cumux y a sus hombres. Yo no sabía nada de eso, pero le di de comer y le dije que se fuera. Volvió más tarde, agradeciendo mi ayuda, y me dijo que había encontrado lo que buscaba. Pero se veía escuálido y le dije: «Llévate esta comida». Luego regresó y, si no él, otros.

—Y Lupe lo sabía.

—Lupe siempre está en la cocina, ayudándome. Se dio cuenta, incluso me siguió un par de veces cuando fui a dejarles provisiones. No deberías enfadarte con ella ni con el señor Laughton. Es un mundo duro ahí fuera, Loti. Azotan a los trabajadores en los campos. Tuve que ayudar al chico.

—No estoy enfadada —dijo Carlota con cansancio—. Pero sí que me gustaría que hubiera una forma de hacer desaparecer todo esto.

Tiró de una esquina de la sábana de su padre, alisándola con la mano.

—Ramona, ¿sabías que soy una híbrida?

—No, Loti. Eras una niña cuando llegué aquí. Te enfermabas a menudo, pero el médico me explicó que era algo de tu sangre y no te parecías en nada a la gente animal.

—Montgomery dice que tampoco lo sabía. No puedo entender cómo pude ser tan estúpida y no adivinar la verdad, o cómo otros no lo habrían sabido.

—Cachito y Lupe tampoco lo sabían, así que ¿cómo podría alguien entender lo que él había hecho?

Carlota miró el rostro de su padre, intentando recordar los rasgos que compartían. Pero él parecía haberse transformado durante la noche, y poco podía ver de él en ella. Se levantó.

—Gracias por cuidar de mi padre. Volveré dentro de un rato y ocuparé tu lugar.

Carlota se puso rápidamente un vestido de día y se cepilló el pelo con movimientos firmes. Su padre siempre le había pedido que fuera mansa y dulce. No la había preparado para tomar decisiones difíciles ni para afrontar conflictos. Pero ahora tenía muchos asuntos que considerar y no podía echarse atrás. Cuando estuvo lista, buscó a Montgomery y juntos se dirigieron a la zona de las cabañas de los trabajadores, donde Cachito y Lupe y los demás los estaban esperando.

Todos se habían reunido afuera, como cuando su padre les administraba su medicamento. Los híbridos ancianos y los más jóvenes, los pequeños y escuálidos, y las grandes criaturas pesadas. La mayoría de ellos estaban sentados, como podrían haber estado alrededor de la hoguera, y todos parecían solemnes y algunos completamente asustados bajo el cielo azul abrasador. Veintinueve pares de ojos se posaron en Carlota.

Cuando los híbridos se reunían, era el médico quien hablaba. Carlota no se dirigía a la congregación. Se sentía tímida ante ellos, consciente de que no tenía la voz de su padre, que era un trueno.

—Estoy segura de que Lupe y Cachito les han contado lo que pasó anoche y sus ramificaciones —comenzó, porque todos la miraban—. Basta con decir que mi padre ha caído enfermo y, lo que es peor, el dueño de Yaxaktun pretende sacarnos de esta tierra.

Los híbridos susurraron y la miraron fijamente.

Carlota respiró hondo.

—Se han propuesto varias opciones entre nosotros. Los demás hablarán de ello. En cuanto a mí, no deseo ninguna violencia ni huir, aunque podríamos hacerlo, ya que el tratamiento de mi padre era una farsa. Espero que podamos razonar con los Lizalde. Puede que no sean tan intratables como pensamos.

Volvió a pensar en el rostro de Eduardo y en su mirada de repulsión, pero no le importaba que la ayudara por lástima y que no se dirigiera con amor hacia ella nunca más. Aunque esa deserción le dolería, sufriría con gusto la ruptura de su corazón si eso significaba la salvación de Yaxaktun.

No se atrevió a considerar que a él todavía le importara, aunque una pequeña chispa ardía dentro de su mente, esperando y anhelando. Deseaba apagarla, pero no se decidía a hacerlo todavía.

—Carlota cree que podemos negociar, pero es muy difícil hablar cuando los hombres llevan rifles —dijo Lupe limpiándose las palmas de las manos contra su falda y poniéndose de pie—. He oído hablar a esos caballeros. No tendrán reparos en meternos una bala en el pecho. Ramona conoce un sendero a través de la selva que puede llevarnos lejos, al lugar donde viven Juan Cumux y sus hombres. Podemos escondernos allí.

—¿Y si los siguen? —preguntó Carlota—. ¿Y si los capturan?

—Mejor que sentarse aquí y esperarlos, ¿no crees?

—¿Está lejos ese lugar? ¿Tendríamos que caminar muchos días? —preguntó una de los híbridos. Su cara peluda y sus colmillos parecían los de un jabalí. Era Paquita, una de las más jóvenes, y hablaba con una voz tan fina como un junco.

—Sí —dijo Lupe—. Pero todos los viajes terminan.

—¿Dónde terminaría este exactamente? —preguntó Estrella—. ¿Y qué harán los humanos si nos ven en el camino?

—Asarnos en una fosa —dijo La Pinta, y aulló.

Los rostros de los híbridos eran sombríos. El viejo Aj Kaab se hurgó los grandes colmillos con una ramita y se relamió.

—¿Qué dice usted, señor Laughton? Está muy callado esta mañana.

Montgomery estaba de pie con los brazos cruzados, mirando al suelo. Carlota lo miró fijamente, temiendo que volviera a hablar de tomar las armas y masacrar a los hombres.

—Había pensado proponerles que les tendiéramos una emboscada y los matáramos —dijo, y Carlota sintió su aliento caliente contra las yemas de los dedos mientras se apretaba la mano contra la boca—. Pero no es correcto pedirles que se arriesguen y se enfrasquen en tal violencia. Lupe tiene razón, sería mejor escapar mientras sea posible. Podemos reunir provisiones, tomar todo lo que seamos capaces de llevarnos. Con suerte, Ramona podría garantizar un paso seguro para todos a través del territorio macehual, ya que conoce a los hombres de Cumux. ¿Votamos al respecto?

—No creo que haya mucho que votar —dijo Peek', rascando su largo hocico de tapir con una uña afilada—. Solo un tonto se quedaría aquí.

—Flacucho cobarde —dijo Aj Kaab, su voz era casi un gruñido—. Me enfrentaré a ellos si los demás no lo hacen.

—Y te asarán en una fosa —dijo La Pinta, repitiendo la tétrica imagen y dejando escapar otro aullido.

—¿Tú qué dices, K'an? —preguntó Lupe.

La híbrida sacudió su larga melena amarilla y golpeó sus extensos brazos contra los muslos.

—Digo que Aj Kaab es demasiado perezoso para salir corriendo, pero yo estoy lista para pegarme una carrera.

Algunos de los híbridos se rieron. Lupe pidió que votaran a mano alzada. El consenso era claro: se irían. Cachito empezó a decir a los demás que recogieran sus pertenencias. Lupe y Montgomery se colocaron junto a Carlota mientras veían a los híbridos arrastrando los pies hacia sus cabañas, buscando costales y ropa y todo lo que pudieran encontrar.

—Tengo joyas que debes llevarte, Lupe —dijo Carlota—. La mayor parte de lo que me dio mi padre era bisutería y cristal tintado, pero aquí tengo mi abanico con el mango de marfil, y quizás Aj Kaab pueda cargar con parte de la cubertería de plata. Es lento pero fuerte. Necesitarán dinero.

—¿Piensas quedarte en Yaxaktun? —preguntó Lupe.

—No puedo dejar a mi padre aquí —dijo Carlota, y comenzó a avanzar hacia la casa. Lupe caminaba cerca de ella. Montgomery frunció el ceño y las siguió a unos pasos.

—Loti, no puedes quedarte sola en la casa. Además, el doctor es un mal hombre. Te mintió. ¡Nos mintió a todos!

—No puedo dejar que se pudra solo en la cama. Quizás a ti no te importe, pero a mí sí.

—No, no me importa un carajo —dijo Lupe con vehemencia—. Nos creó sabiendo muy bien que Lizalde vendría a cobrar su deuda algún día. Nos contó mentiras. Y lo peor de todo es que nos tatuó la muerte en la carne. ¿Nos has visto? ¿Has visto a los ancianos y cómo les duelen los músculos y los huesos? Y Cachito y yo nos volveremos viejos antes de tiempo. Se merece su destino. No seas estúpida, Loti. Huye mientras puedas.

—Tienes que prepararte —murmuró Carlota, caminando más rápido, sin querer considerar la idea. Lupe también aceleró el paso.

—¿Es que todavía quieres a ese hombre? ¿Es que crees que Eduardo Lizalde te va a salvar? —preguntó Lupe.

Carlota no contestó, con las manos apretadas contra sus faldas. Lupe la miró incrédula y se rio.

—¿De verdad estás pensando en él?

—No. Estoy pensando en mi padre. Pero si pudiera hablar con Eduardo, tal vez él podría convencer a Hernando Lizalde de que no los persiguiera.

—Eres una estúpida. ¡Bien! Quédate. Me voy —dijo Lupe, y se dio la vuelta y caminó de regreso a las cabañas de los híbridos.

Carlota respiró hondo y cerró los ojos. La cabeza le punzaba, adolorida por los excesos de la noche anterior. No entendía cómo Montgomery podía hacer de la bebida un hábito ni cómo podía haber pensado que el licor le arreglaría los problemas. Bueno, ahora sabía que ni la carne ni el alcohol le proporcionaban el consuelo que buscaba. Como había dicho Montgomery, lo que ella quería no se encontraba en el fondo de una botella, pero no tenía ni idea de dónde podía estar.

Deseaba no tener miedo y que el mundo fuera bueno. Pero ninguna de las dos cosas parecía posible.

—Lupe no se equivoca —dijo Montgomery. Tenía las manos en los bolsillos del pantalón y, a pesar de su aspecto adormilado de hacía un rato, ahora parecía alerta, con unos ojos grises que la invitaban a debatir, como él solía hacer.

—¿Tú también crees que soy estúpida? —preguntó sin poder evitar sonar amargada y más desagradable de lo que quería.

—Creo que deberías irte.

—No podemos mover a mi padre y no puedo irme sin él.

—Hernando Lizalde no será amable. Ese hombre está buscando sangre y dudo que Eduardo te proteja.

—Soy consciente del riesgo que corro —dijo ella, firme.

—No estoy seguro de que lo seas —murmuró él.

La hierba crecía junto al sendero de piedra caliza blanca que conducía desde el muro divisorio hasta la casa. Cuando era niña, la hierba había sido más alta que ella y se había agachado allí, riéndose; había jugado al escondite con su padre. Ahora tiraba de un par de briznas, retorciéndolas entre las manos.

—No me harás cambiar de opinión. Dejarlo solo significaría dejarlo morir. No haré eso, nunca.

—Podríamos llevar al doctor Moreau con nosotros. Hacer una camilla o un artilugio de algún tipo —sugirió Montgomery, pero Carlota negó con la cabeza.

—Retrasaría a los demás y podría matarlo. Me quedaré.

—Entonces me quedaré contigo —dijo rápidamente.

—Tú no...

—Prometí anoche que lo haría, ¿no?

—Eso no significa que supieras entonces lo que ibas a prometer.

—Cumplo mis promesas, señorita Moreau, sean las que fueren.

—En esta ocasión, tal vez quieras reconsiderarlo y romper tu voto.

—No, no lo haré.

—Tampoco es que vayas a ser de ayuda si te quedas.

—Sabes, Carlota, habrá un día en el que realmente estarás de acuerdo conmigo, pero ese día será el del fin del mundo. Aun así, lo espero con ansias.

Por su mirada, Carlota se dio cuenta de que no se iría a ninguna parte y dejó escapar un suspiro, pero se sintió terriblemente agradecida.

—Gracias, Monty —dijo, y tomó su mano entre las suyas.

Montgomery se rascó la cabeza y la miró con bastante nerviosismo. Ella se preguntó en qué estaría pensando y qué le haría estar ansioso.

—Mira, Carlota, debería decirte…

—¡Montgomery! —Cachito les hizo señas desde la puerta que llevaba a la zona de estar de los trabajadores—. ¿Qué debemos hacer con los caballos y los burros? Y Aj Kaab insiste en que deberíamos llevarnos a un cerdo. Es un glotón. ¡No creo que debamos hacerlo!

Montgomery suspiró y frunció el ceño, volviéndose a mirar a Cachito con una irritación mal disimulada.

Carlota sonrió y le soltó la mano.

—Adelante, señor. Ya hablaremos más tarde —le dijo.

—Carlota, me retiro por ahora —dijo Montgomery, muy formalmente, inclinando su sombrero de paja hacia ella antes de caminar hacia Cachito y gritarle—. ¿Y qué más, no quiere un guajolote para acompañar el cerdo? ¡Déjame hablar con él!

CAPÍTULO VEINTICUATRO

Montgomery

Montgomery nunca había sido hábil en las despedidas y hubiera preferido simplemente decir adiós en silencio con un gesto de la mano. Aun así, habló con el chico.

—Ten cuidado —le dijo a Cachito—. Cuídense los unos a los otros y sean inteligentes.

—Lo intentaré. Pero, Montgomery, no estoy seguro de que podamos llegar lejos —dijo Cachito. Los híbridos seguían terminando de empacar la ropa y de envolver las cosas amarrándolas con cordel, entrando y saliendo de las cabañas, mientras Montgomery y Cachito hablaban. La excitación y el nerviosismo eran palpables, y Cachito parecía medio aterrado—. Me pareció buena tu idea de emboscarlos.

—¿Y si te hieren? ¿O mueres?

—Algunos queremos luchar.

—Tú quieres luchar. La mayoría de los otros no.

—Bueno, tú también quieres luchar —dijo Cachito a la defensiva—. Quizás incluso quieras morir heroicamente por Loti.

—Confía en mí, muchacho. Preferiría no morir pronto.

—Antes querías hacerlo. Y es realmente estúpido, Montgomery, simplemente despacharnos así.

—Lo sometimos a votación, ¿recuerdas?

Cachito refunfuñó y Montgomery puso una mano en el hombro del chico y sonrió. Le entregó a Cachito su vieja brújula y un mapa.

—Mi tío me la regaló. Es de plata y tiene grabadas mis iniciales. ¿Ves? Ahora es tuya. Quizá te ayude a encontrar el camino. En el peor de los casos, podría valer algo.

—Montgomery, pero es tu brújula.

—Era. No la pierdas en una partida de cartas. Si lo haces, róbala de vuelta. Sé que lo he hecho de vez en cuando.

Cachito se rio de eso. Después hubo más preparativos y algunos asuntos que arreglar, pero pronto llegó el momento de caminar hacia el portón y abrir de golpe las puertas dobles.

Ramona lloró y le dijo a Carlota que fuera una buena chica, y Carlota también lloró. Pero no hubo una despedida triste e interminable entre Lupe y la chica. Lupe parecía ansiosa por partir y le dio un rápido abrazo a Carlota antes de apartarse.

Los híbridos alzaron sus pertenencias (comida, ropa y otras provisiones que habían gorroneado) y comenzaron a caminar juntos. Los que tenían las extremidades lisiadas iban en la retaguardia, moviéndose más lentamente, y los más jóvenes, aquejados de menos deformidades, en la vanguardia. Era un tapiz de pieles lustrosas y sarnosas, brazos deformes rozando la tierra, columnas vertebrales torcidas. Sin embargo, se movían con una extraña gracia a pesar de la desproporción de sus cuerpos mientras cruzaban por las puertas de Yaxaktun, por el arco morisco y las dos ceibas. Pasaron los numerosos recintos que los separaban del exterior hasta que el último de los híbridos se perdió de vista. El sol terminaba su recorrido y la tierra pronto se envolvería en la oscuridad. Con suerte los ocultaría. En este lejano lugar los visitantes y los vagabundos eran pocos, pero el velo de la noche sería una precaución extra.

—Lupe apenas me ha dicho una palabra —susurró Carlota.

—No siempre es fácil despedirse. A mí no se me da bien.

—Sí, pero aun así... Me gustaría que hubiera dicho más. Puede que no la vuelva a ver y ella...

La chica pareció atragantarse con sus palabras y se precipitó hacia el interior de la casa. Montgomery cerró las puertas, las atrancó y entró también. Encontró a Carlota de nuevo junto a la cama de su padre, como había estado la mayor parte del día, y se alejó en silencio. Tampoco se le daban bien las lágrimas.

Caminó alrededor de las cabañas vacías de los trabajadores y se detuvo para admirar el huerto que Ramona y Carlota habían montado cuidadosamente. Se preguntó qué pasaría con él cuando nadie pudiera atenderlo y echó un vistazo a los cerdos y las gallinas. Tendría que abrirles las puertas, dejar correr libres a los caballos y a los burros, y abrir las jaulas de los pájaros en el patio. Tendría que hacerlo antes de que llegaran los hombres de Lizalde.

Pensó en el patio, que ahora crecía frondoso y hermoso, y lo imaginó descuidado, lleno de maleza y vegetación muerta. Le gustaba Yaxaktun. No por el doctor, quien tenía sus sueños grandiosos. Montgomery albergaba sueños más pequeños que había plantado casualmente en aquel suelo; el sueño de la tranquilidad y la distancia del mundo.

La noche era densa a su alrededor. Montgomery encendió algunas lámparas. Se retiró a la sala de estar y escuchó el tictac del reloj rococó antes de buscar la cúpula del cielo estrellado. En el patio, la fuente borboteaba y Montgomery sumergió una mano en el agua y se la frotó contra la nuca, para poder disfrutar del frescor.

Querida Fanny, pensó. Pero no podía expresar ninguno de sus emociones o pensamientos en frases. Por una vez en su vida aquel mecanismo familiar le falló. Se quedó solo, sin nada que lo anclara.

—¿Qué estás haciendo? —preguntó Carlota.

Se había acercado a él en silencio, como solía hacer, y él no se sobresaltó.

—Perder el tiempo —dijo—. ¿Algún cambio en el estado del médico?

—Ninguno. No sé qué hacer —susurró, levantando las manos con un revoloteo, y los dedos le rozaron los labios por un segundo.

—Nada más que aguardar.

—Pensé en ir a la capilla y rezar por él. Pero entonces pensé que Dios podría matarme de un solo golpe.

—Dios no es real.

—Me enfadaría más por tu blasfemia, pero estoy demasiado cansada —dijo ella.

—¿Quieres que vigile al doctor un rato? —preguntó, pensando que no podía ser fácil para ella estar sentada junto a la cama del viejo durante horas y horas.

—Necesito unos minutos y un poco de aire fresco —hizo una pausa, con la voz baja—. Tengo la sensación de que debemos hablar en susurros, aunque no entiendo por qué.

—Uno suele hacerlo cuando alguien está enfermo —dijo, pensando en los últimos días de su madre. No sabía cómo habían sido los últimos días de Elizabeth. Los pensamientos de suicidio eran, tal vez, una enfermedad igual que el tumor que había consumido la vida de su madre.

—¿Qué edad tenías cuando murieron tus padres?

—Era un niño cuando mi madre falleció y mayor que tú cuando mi padre finalmente pereció.

—¿Y lloraste su pérdida? ¿A pesar de que te hizo daño?

—No. No me vestí de negro, ni recé por él. Deseé que se fuera al infierno.

—Pero tú no crees en el infierno.

—Y sin embargo me gustaría creer en el infierno.

Sus ojos eran suaves, oscuros y tristes. Carlota alzó la cara hacia el cielo y Montgomery pensó en rodearla con sus brazos, pero se metió las manos en los bolsillos y contempló las piedras del patio.

—La casa parece terriblemente grande y solitaria ahora, ¿no crees? Parece embrujada, aunque yo me he criado aquí y nunca he visto a un fantasma —susurró—. Ramona nos habló de una casa en Villahermosa que está embrujada. Hay un fantasma que huele a carne podrida y que se mueve por las habitaciones. Me pregunto si algún día dirán que esta casa está embrujada.

—Ven, Carlota, deberíamos entrar, y yo vigilaré a tu padre —dijo. No le gustaba que hablara así.

—No, estoy bien. No te preocupes por mí, simplemente estoy cansada.

—Más razón para ir a la cama. Déjame cuidar al doctor.

—No puedes quedarte despierto toda la noche. Sería peor si vinieran por la mañana y estuvieras agotado, ¿entonces qué vamos a hacer?

—Puedo disparar aunque haya dormido solo un par de horas.

—No debes volver a mencionar eso —dijo ella, sacudiendo la cabeza—. Por favor, no los recibas con las armas desenfundadas.

—Tal vez debería saludarlos con un cálido abrazo.

—No, pero intentemos hablar primero y luego desenfundar las armas. Por favor. A veces te enfadas demasiado rápido.

—Lo mismo podría decirse de ti.

—Sí, y no me agrado por ello. Si no hubiera perdido los estribos cuando el padre de Eduardo estaba en la sala de estar, si no hubiera saltado como lo hice y no lo hubiera arañado… si no hubiera hecho eso, entonces tal vez podríamos haberlo resuelto todo de forma sencilla.

—¿Quieres decir que quizá te hubiera dejado casarte?

—Si no hubiera estado tan predispuesto contra mí… —dijo Carlota, retorciéndose las manos—. Lo eché todo a perder, eso es.

—Debo decirte algo. No lo habrían permitido. Isidro escribió a su tío. Yo no leí la carta, pero se la entregué al mayordomo de Vista Hermosa para que la enviara a Mérida. No la leí, pero me puedo imaginar lo que decía porque Isidro me dijo, antes de enviarla, que no le agradabas. Que eras una novia inadecuada. Me arrepiento de haberla enviado, pero sospecho que el resultado habría sido el mismo. Te habrían odiado igual.

Ella le dirigió una mirada profunda y grave, con sus grandes ojos fijos en su rostro.

—¿Fuiste tú quien lo mandó llamar, entonces?

—Lo hizo Isidro, pero yo le ayudé —dijo con voz ahogada, aunque no quería decirlo. Pero debía hacerlo. Había querido decírselo esa mañana, cuando estaban juntos afuera, antes de que

Cachito los interrumpiera. No le parecía justo guardar aquellos secretos.

—¿Por qué lo hiciste? ¿Me desprecias?

—Carlota, lo hice porque pensé que Eduardo te haría daño. Porque estaba seguro de que sería malo para ti y que te utilizaría y te desecharía. Fue antes de que anunciaras tu compromiso, antes...

—Y tal vez estabas celoso —dijo bruscamente.

Por un segundo quiso jurar que sus intenciones habían sido buenas y puras, que solo buscaba protegerla, pero al mirarla era imposible negar la verdad: había querido librarse del joven y sí, había sido celoso y mezquino.

—Lo estaba —dijo—. Y también lo siento por eso.

—«Lo siento» no es suficiente. Debería darte una cachetada —murmuró ella, pero no levantó la mano contra él. Parecía agotada por la profunda pena. En cambio, sus dedos se apoyaron en su brazo.

La suave quietud de la casa los indujo al letargo. Montgomery no quería hablar con Carlota, sino simplemente deleitarse con su presencia durante unos minutos, y sintió que ella también tenía poca necesidad de palabras en ese momento. Tal vez se pelearían más tarde y ella le haría un reproche y aquella cachetada se posaría en su mejilla.

Se oyeron golpes en el portón y Montgomery se puso tenso inmediatamente, con la mano en la pistola.

—Montgomery, por favor —susurró Carlota, apretando su brazo—. No dispares antes de que tengamos la oportunidad de hablar.

—No voy a disparar primero —murmuró—. Pero de todos modos necesitaré mi rifle. Ve, corre rápido por él.

Carlota parecía insegura, pero asintió y se apresuró a marcharse. Mientras los golpes continuaban, Montgomery se acercó lentamente a la puerta y abrió el portón de hierro, y luego se paró junto al postigo. Carlota corrió hacia él, veloz y con aspecto asustado, y le entregó el rifle. Él supuso que ni la pistola ni el rifle podrían garantizar su seguridad, pero se sintió un poco mejor con algo más sólido en las manos.

Respiró lenta y decididamente.

—¿Quién anda allí? —preguntó Montgomery.

—Soy Lupe —dijo una voz.

Abrió la puerta y, efectivamente, era Lupe, con la ropa empolvada por el camino.

CAPÍTULO VEINTICINCO
Carlota

Carlota preparó café y le ofreció una taza a Lupe. También sacó una hogaza de pan que Ramona había horneado el día anterior y sopearon trozos de pan crujiente en el café mientras se sentaban a la mesa de la cocina. Lupe se quitó el rebozo que le envolvía la cabeza, lo dobló y lo puso a su lado. Sus ojos, muy fijos, observaron a Carlota con atención.

—Fui con ellos y seguí el sendero. No está lejos de aquí. Pero me volví después de un tiempo —dijo Lupe. No había hablado mucho desde que habían entrado a la casa. Montgomery les había dicho que iría a ver cómo estaba el médico, lo que les dio la oportunidad de conversar.

—Pensé que querías irte.

—Lo hablé con Cachito mientras caminábamos. Ambos pensamos que eres una tonta y decidí que podrías necesitarme aquí.

—Me alegro de que hayas vuelto —dijo Carlota, y apretó la mano peluda de Lupe—. Estabas enfadada conmigo, apenas dijiste una palabra cuando te fuiste.

Lupe apartó la mano y golpeó con las uñas su taza de barro. Sus labios se movieron, pero no emitieron ningún sonido.

—Eres mi hermana —dijo Carlota en voz baja, y Lupe la miró fijamente.

—Eso es mentira.

—Es cierto. No me importa cómo llegamos a ser. Sigues siendo mi hermana. Y Cachito es mi hermano. Ustedes son mi familia.

—Vaya familia más interesante que somos —murmuró Lupe—. Los retorcidos errores del doctor Moreau.

—Mi padre decía que había creado a los híbridos con un gran propósito, para resolver los males de la humanidad. Incluso cuando mencionaba que Hernando Lizalde financiaba su investigación a fin de conseguir nuevos trabajadores siempre hacía hincapié en ese otro punto. Quería creer que, efectivamente, buscaba un conocimiento importante y que nunca dejaría que ninguno de los híbridos saliera perjudicado. Pero ahora, sabiendo la facilidad con la que mintió y pensando en todas las cosas que dijo, no puedo... Lupe, lo siento.

El silencio reinó entre ellas. Carlota se apretó las manos.

—Me preguntaste varias veces por qué me gustaba más ir a la cabaña con el cráneo del burro que a la capilla —dijo Lupe—. Creo que era porque pensaba que allí vivía un dios más veraz que el Dios del que hablaba tu padre. Tu padre decía que Dios deseaba que él corrigiera los errores de la naturaleza al crear nuestra carne y que nos obsequiaba el dolor, pero ese Dios debe ser cruel si es capaz de hacer algo así. Levantaba la Biblia y la leía, pero no creo que supiera las palabras.

—Mi padre ha sido un irresponsable, completamente descuidado —susurró Carlota.

Sus investigaciones habían dado a luz a criaturas destinadas a sufrir, a morir dolorosamente, y él había enmascarado sus búsquedas sin rumbo con conversaciones sobre Dios y grandes propósitos, y luego había maquillado todo esto con cuidadosas mentiras que ella aún no comprendía del todo.

—Sí. Y por todo eso deberías dejarlo morir en su propia orina e irte conmigo, pero sé que no lo harás y no te pediré que lo hagas. Así que aquí estamos, para velar a un moribundo. He vuelto porque no quería que te enfrentaras a esto sin mí.

—Lupe.

—No llores, Carlota. Lloras con demasiada facilidad.

Carlota sonrió y Lupe le devolvió la sonrisa. Cuando eran pequeñas, Lupe le trenzaba el pelo a Carlota y esta se reía y pasaba un cepillo por el suave pelaje de la espalda de Lupe. Habían seguido hileras de hormigas hasta su hormiguero y habían aplaudido juntas, habían jugado al escondite por toda la casa. A ella le agradaba Cachito, pero era más cercana a Lupe. Pero entonces, en algún momento de los últimos meses, había aflorado una brecha entre ellas que se había hecho muy grande. Pero entonces Carlota sintió que, por primera vez, podrían atravesar aquel abismo.

—Tu padre está despierto —dijo Montgomery, de pie en la puerta—. Desea hablar contigo.

Carlota se levantó rápidamente. Volvieron a la habitación de su padre. Montgomery había encendido dos lámparas, de modo que la cama estaba bañada por una luz amarillenta. El doctor Moreau yacía pálido y frágil bajo las sábanas. En efecto estaba despierto, y cuando Carlota se sentó junto a la cama, volvió la cara en su dirección y levantó una mano, sus dedos se dirigieron hacia ella. Carlota le tomó la mano, pero débilmente, mientras que antes se la hubiera besado y la hubiera apoyado en su mejilla.

—Carlota, ahí estás —murmuró.

Ella no dijo nada. Estaba avergonzada de su furia, de haberle hecho daño. Temía por su vida. Tampoco podía mirarlo a los ojos. Le sirvió un vaso de agua y lo levantó para que se lo bebiera. Él lo hizo lentamente. Cuando terminó, Carlota volvió a dejar el vaso en la mesita de noche.

Los papeles se habían invertido. En sus primeros años, su padre se había sentado junto a su cama y ella se había aferrado a su mano para consolarse, impotente y débil. Ahora el médico estaba allí, con su robusto cuerpo que parecía que iba a disolverse bajo las yemas de sus dedos, con los tendones y los huesos desprendiéndose.

—Niña, no te culpo por lo que ha pasado —dijo su padre con voz baja.

—Yo sí te culpo por ello. Por haber guardado secretos. Por no haberme dicho quién soy —dijo ella a su vez con calma, y lo vio hacer una mueca de dolor como si lo hubiera golpeado de nuevo.

—No podía hablar con franqueza, Carlota.

—Me dijiste que era tu hija y que estaba enferma y que necesitaba un tratamiento especial. Dijiste que los híbridos también necesitaban su medicamento, pero eso tampoco era cierto. Intentabas mantenernos dóciles y tranquilos.

—Tuve que decirte que necesitabas medicación constante. No podía permitir que te fueras de Yaxaktun. También era preciso mantener la ficción por Hernando Lizalde. Así no podría quitarme a los híbridos.

—¿También era menester darnos vidas dolorosas y truncadas? —preguntó Lupe. Se puso al otro lado de la cama, con los ojos fijos en el médico.

Su padre suspiró.

—Reconozco que cometí un error garrafal. Pero a veces di con una mina de oro y pude cantar una victoria casi perfecta. Carlota, por ejemplo… Carlota, ¡me proporcionaste una información tan valiosa! —dijo, con la voz llena de emoción—. Los híbridos más jóvenes han mejorado mucho. Ya no hay monstruosidades como Aj Kaab con sus dientes cada vez más grandes o los tumores que desarrollaron los híbridos anteriores. Y fue gracias a ti que pude crear híbridos más fuertes con menos defectos y una vida prolongada.

—¿Prolongada cómo? —preguntó Carlota—. Treinta años, esa es la vida de un híbrido. Eso es lo que le dijiste al señor Lizalde.

—Rebasé ese límite, pero nunca lo revelé por miedo a que pensara que el proyecto había llegado a su fin, por miedo a que te arrebatara de mis brazos. Tú, Lupe, Cachito, los más jóvenes, todos deberían tener la esperanza de vida de un adulto común. Mejoré mi trabajo.

Extendió una mano temblorosa, como si quisiera tocarle la cara.

—¿Acaso no ves la difícil hazaña que eres? Eres mejor que un humano. Casi impecable.

Carlota giró la cabeza para que no la alcanzara.

—¿Qué hay de los otros híbridos? ¿No has oído lo que ha dicho Lupe? Les duele el cuerpo. Les duelen las articulaciones. Su vista se debilita rápidamente o tienen tumores sobre la piel. Siempre has desestimado sus quejas, y aunque sean más fuertes que las creaciones anteriores, distan de ser saludables.

Lupe había dado la espalda al médico y se había acercado a la ventana, sujetando las cortinas y mirando hacia fuera.

—Tuve que crear los híbridos para Lizalde, Carlota. Lo hice. Sin ellos, no habría tenido financiación, nada. La mezcla de rasgos humanos y animales tuvo efectos secundarios inesperados. Defectos de nacimiento, enfermedades. Es como si al arrancar la primera página de un libro se arrancaran también tres de la parte posterior. He intentado corregir el rumbo, pero es difícil, y la financiación disminuyó con cada año. Hernando Lizalde hizo oídos sordos a mis súplicas. Hice lo que pude por ti, hija mía.

Pero no por los demás, pensó Carlota. ¿Podría haber desarrollado tratamientos para ellos en lugar de haber hilado una elaborada ficción? ¿Podría haberles proporcionado algún alivio?

—Hiciste que Montgomery trajera jaguares periódicamente —dijo Carlota, frunciendo el ceño—. Dijiste que se usaban para mi tratamiento, pero como eso era mentira, ¿para qué los usabas?

—Al principio, para intentar repetir mi éxito contigo. Pensaba que el jaguar había sido el ingrediente clave, pero con el paso de los años sospeché que había sido tu madre la que, de alguna manera misteriosa, marcó la diferencia. Pero no me atreví a que otra mujer gestara un hijo y me limité a utilizar los cerdos y mi cámara de incubación en lugar de un vientre humano. Aun así, mantenía la esperanza de que el jaguar pudiera ser una pista importante. Más tarde, se convirtió en una pretensión necesaria. Si alguna vez manifestabas algún rasgo animal, pensé que podría convencerte de que eran las inyecciones que te había puesto. Podría contarle a mi asistente la misma historia.

—Pero Melquíades sabía la verdad. No pudo haber sido una gran pretensión.

—Melquíades sospechaba, pero hacia el final. Por eso hice que lo echaran y contraté a Montgomery. También intentaba robarme mi investigación, cosa que no ayudaba. Metía las narices donde no debía, revisando mis diarios. —El rostro de su padre se había agitado, recuperando una fracción de su furiosa vitalidad—. Y funcionó, funcionó. Montgomery no lo sabía, Hernando tampoco. Melquíades lo adivinó. Lo adivinó. Pero yo podría haberlo arreglado. Si no hubieras atacado a Hernando... pero, ah, aún podría arreglarlo.

»¡Sí, piensa en tu juventud! Llevas muchos años perfectamente sana. Se acabaron las migrañas, los dolores. Incluso ahora, esta transformación que te sobrevino no es más que un breve episodio. Tus extremidades son fuertes y rectas, tus ojos son claros. Te cuidé y seguiré haciéndolo. Todo se puede afinar.

Pensó que su padre trataría de alcanzarla de nuevo y aquello le dio ganas de llorar. Pero en lugar de eso, Carlota levantó la cabeza.

—Para ti todo es todavía un trabajo en curso. Algo que debe afinarse. Pero a veces se rompe algo, padre, y no se puede recomponer.

Su padre murmuró un par de palabras y luego gimió, aparentemente sin aliento, su explosión de energía se agotó con rapidez. Apretó los labios y luego desvió la mirada hacia un rincón de la habitación, donde Montgomery permanecía en silencio.

—Señor Laughton, ¿puedes buscar papel y bolígrafo y tomar un dictado?

—Sí.

—Entonces hágalo ahora, por favor.

Oyó a Montgomery toquetear los cajones y tirar de una silla y se sentó a la mesa donde su padre garabateaba notas. Entonces Moreau volvió a hablar.

—¿Está listo?

—Sí.

—Fecha el documento, por favor. Yo, Gustave Moreau, en pleno uso de mis facultades físicas y mentales, por la presente lego todas mis posesiones y el dinero de mi cuenta bancaria a mi hija natural, Carlota Moreau. Designo como mi albacea a Francisco Ritter de Mérida, y le asigno también la tarea de ponerse en contacto con mi hermano, Émile, para que sepa de la existencia de su sobrina. No he pedido nada para mí, pero sí te pido, Émile, que se le conceda a mi hija la fortuna que me fue negada, que se la provea como corresponde a un Moreau. Esto se lo ruego a mi hermano como mi última voluntad. Ahora debes firmar como mi testigo, Montgomery, y yo también firmaré con mi nombre.

—¿Qué estás haciendo? —preguntó ella.

—Dejándote lo que tengo. Y asegurándome de que alguien cuidará de ti. Mi familia me desterró, pero han pasado muchos años desde entonces y mi hermano se sentirá obligado con su parentela, aunque sea una chica que nunca ha conocido.

—Una chica que no es humana.

—Una chica que es mi hija. Siempre serás la mejor parte de mí —dijo con una ternura terrible y una tristeza que le hizo temblar la voz.

Carlota observó en silencio cómo su padre firmaba y luego le entregó el papel. Lo miró como si nunca hubiera visto algo así, inspeccionando la compacta letra de Montgomery y la firma de su padre, y luego lo dobló cuidadosamente.

—Esta es la otra cosa que puedo darte —dijo su padre con cansancio, jalando una cadena de plata que le rodeaba el cuello y levantando una pequeña llave—. Hay una vitrina en mi laboratorio. Siempre está cerrada. Ahí es donde guardo mis diarios y todas las notas de mis investigaciones. Te he ocultado secretos, pero ya no lo seguiré haciendo. Ahora necesito descansar. Me sentiré mejor después.

Sujetó la llave y la carta entre sus manos y observó cómo su padre cerraba los ojos. Su respiración era superficial.

Carlota se levantó mareada por una horrible mezcla de emociones. Lupe había vuelto a observar en su dirección y le lanzó una mirada inquisitiva. Recordó lo que le había dicho, que lloraba con demasiada facilidad, y se pasó el dorso de la mano por los ojos.

—Carlota, yo lo vigilaré. Tú y Lupe vayan a dormir. Las despertaré en unas horas —ofreció Montgomery.

Su primer instinto fue decir que no. Temía que su padre muriera durante la noche y que ella no estuviera allí cuando ocurriera. Pero también temía estar junto a él cuando se produjera su deceso. A pesar de que se había quedado en la casa por él, ahora deseaba huir para no ser testigo de aquel terrible suceso.

—Sí, creo que me retiraré —dijo Carlota.

Lupe la acompañó fuera de la habitación. Caminaron una al lado de la otra y Carlota se apoyó en Lupe cuando salieron al pasillo; apenas podía ver por dónde iba.

—Lupe, ¿qué voy a hacer si muere?

—Loti, lo siento —dijo Lupe pasándole los dedos por el pelo—. Sé que lo quieres.

—Sí. No puedo evitarlo. Y está enfermo y... Dios, tengo miedo —admitió Carlota—. Quiero llorar y llorar y nada me ayuda. He intentado beber y he intentado... Lupe, tengo miedo.

Cada hora del día estaba cargada de ansiedad. El terror le oprimía los pulmones, dificultándole la respiración, y le aterrorizaban muchas cosas, incluso ella misma.

—No tengas miedo y no llores. He vuelto, ¿verdad? Eres una tontilla, Loti, y te morirías de miedo sin mí. Está bien, nena cobarde.

A Carlota le temblaron los labios, pero cuando miró a Lupe consiguió sonreír.

—No me estás ayudando nada insultándome.

—Eres un bebé llorón y molesto.

—Oh, eres mala —dijo Carlota dando un pequeño empujón a Lupe, y esta se lo devolvió. Así era como jugaban. Lupe la jaló acercándola, rodeando la cintura de Carlota con un brazo. Se quedaron quietas.

Carlota respiró hondo.

—Creo que mañana iré al laboratorio —susurró, abriendo la mano y mirando la llave.

CAPÍTULO VEINTISÉIS

Montgomery

Se pasó todo el día pensando en beber. Desde el momento en que Carlota lo relevó y ocupó su lugar al lado del médico hasta la mañana, cuando se lavó la cara y desayunó, hasta la hora en que el sol estaba más alto en el cielo y abrió los corrales para que las gallinas y los cerdos pudieran andar libres. Pensó en ello mientras se secaba el sudor de la frente y antes de acostarse a dormir la siesta, con el brazo apretado sobre los ojos.

Es cierto que no hacía tanto tiempo desde que se había tomado una copa, pero quería otra y otra. Quería estar apestosamente borracho porque estaba nervioso y molesto, y el alcohol siempre había sido su amigo de confianza.

Pensó en Cachito y se preguntó dónde estaría, y sintió que se le revolvían las tripas. Luego se imaginó a los hombres de Lizalde golpeando las puertas y egoístamente deseó que el doctor Moreau pereciera en los próximos cinco minutos para que los tres pudieran huir. No había mentido cuando le había dicho a Cachito que no tenía especial interés en morir. Ni por una bala ni por un cuchillo. De haber sido así, hacía años que se habría enfrascado en una pelea y se habría alegrado de acabar sus días en un charco de sangre.

No, estúpido masoquista que era, había pretendido morir lenta y tranquilamente.

Quería beber, porque siempre que el mundo era amargo el alcohol sofocaba el dolor y quería escabullirse un poco. Pero ahora no podía, no con la forma en que se estaban desarrollando las cosas. Se sentía malditamente deprimido aquel día y realmente le hubiera gustado despacharse una botella a solas en su habitación. En lugar de eso, la mandó a volar por la ventana para que se estrellara contra el suelo.

Querida Fanny, no es el mejor momento para estar sobrio, pensó. Sus largas cartas a su exesposa ahora se estaban convirtiendo en telegramas.

Era casi el anochecer cuando encontró a Carlota en el laboratorio, inclinada sobre una de las largas mesas, con libros y papeles esparcidos a su alrededor. Apartó con cuidado un libro y colocó el tazón con arroz y frijoles sobre la mesa y la taza llena de café a su lado. En lugar de buscar más aguardiente, decidió echar una mano y se aventuró en la cocina. Nunca había sido un buen cocinero y apreciaba las habilidades de Ramona para preparar sabrosos manjares para todos ellos.

El platillo que había preparado en un santiamén era probablemente deficiente a pesar de su sencillez, pero era lo que podía hacer, y Lupe al menos había apreciado el café que había preparado.

—He pensado que Lupe y tú querrían cenar —dijo.

La joven levantó la cabeza y lo miró fijamente, pero no respondió.

—No puedes estar aquí en la oscuridad, vas a forzarte la vista. Déjame encender la lámpara.

—Puedo ver en la oscuridad —dijo ella, con la voz apagada.

—¿Carlota? —preguntó él con cautela—. ¿Estás bien?

Ella asintió; la línea de sus labios no le dijo nada. Encendió la lámpara y la colocó sobre la mesa. Se ubicó frente a ella, mirando los papeles que había sacado de la vitrina. Carlota no tocó la comida ni el café.

—Vamos, cariño, habla conmigo —dijo.

Ella suspiró profundamente, pero no dio ninguna respuesta. Parecían estar en un punto muerto. Entonces Carlota empezó a dibujar figuras invisibles con la punta del dedo, rozando la página de un cuaderno abierto. Vio que en la página habían dibujado un jaguar.

—He estado leyendo los diarios de mi padre. Hay unos cuantos. He buscado información sobre mi madre. Tenía veinte años cuando me tuvo. Murió de sepsis. La pesó, la midió, observó su coloración, tomó notas sobre su embarazo y mi parto. Sin embargo, no dijo casi nada sobre quién era. Y cuando escribía sobre mí era lo mismo. Sé que mis reflejos eran anormalmente rápidos, pero no sé si celebró mi primer cumpleaños. Mi vida y la de todos en Yaxaktun está registrada en estos papeles, pero él no dice nada sobre nosotros, no de verdad. Y en su monstruoso egoísmo se pregunta, constantemente, cómo vamos a serle útiles.

Se metió las manos en el regazo, mirando hacia abajo.

—He amado ciegamente a mi padre y al hacerlo he pasado por alto las atrocidades que nos legó. Lo he seguido sin rechistar y por eso Dios me castigará.

—Ya te lo he dicho, no hay ningún Dios.

—Tal vez no para usted, señor —dijo, enfadada—. Pero yo sí creo en Dios. Quizá no en el Dios cuyo rostro me mostró mi padre, pero sí en un dios. Al hacer lo que hemos hecho aquí, con la crueldad innecesaria de los experimentos de mi padre y la creación de los híbridos, hemos pecado. Pensaba que Yaxaktun era un paraíso, pero no es así. Él moldeó el dolor en la carne.

»Me hizo y escribió… ¿sabes lo que escribió? Que yo era «la más humana de su lote maldito». *Hi non sunt homines; sunt animalia.* Somos *animales*. Y siendo animales nuestro único propósito era servirlo —dijo, y levantó un diario, leyendo de él—. «Investigaciones similares han sido emprendidas por criadores de caballos y perros, por todo tipo de hombres torpes sin formación que trabajan para sus propios fines inmediatos. La diferencia es que yo actúo con más delicadeza». Eso fue lo que dijo mi padre. ¿Y sabes cómo termina esta entrada? Se pregunta en voz alta sobre el gran recibimiento que tendrá en Europa una vez que demuestre sus logros científicos, se imagina la gloria que cargaría sobre sus hombros. Y dice: «Cuando Carlota comprenda la magnitud de mis éxitos y experimentos, podría resentirse conmigo. Pero todos los hijos llegan a guardar rencor a sus progenitores, y su malestar no es algo que deba considerar en comparación con mis pasiones intelectuales. Aunque he hecho monstruos, también he obrado milagros».

Dejó caer el diario sobre la mesa y lo miró fijamente.

—No hay ningún sitio perfecto en la Tierra. En todos los lugares a los que he ido, he visto las crueldades y los excesos de los hombres. Por eso vine a Yaxaktun y me quedé aquí, porque al menos ofrecía una apariencia de felicidad. Nunca vi ningún monstruo —dijo él.

El rostro de Carlota había adquirido un aspecto severo y afilado, y respiraba más rápido.

—No importa lo que hayas visto. Estuvo mal. ¿Y qué será de los híbridos ahora? Debería haber ido con ellos, son mi responsabilidad. Soy la hija del doctor, después de todo. Debería haberlo hecho, pero no pude.

—No digas nada más —dijo Montgomery, y caminó alrededor de la mesa, sosteniendo a la chica, pues parecía febril y temía que se desplomara ante él como ya lo había hecho una vez.

—No te importa —murmuró ella, y Montgomery sintió sus manos apretadas contra su pecho.

—Sí que me importa. Me pregunto si Cachito tendrá miedo casi todas las horas del día y si los rastreadores serían capaces de capturarlos.

—¡Rastreadores! Hernando Lizalde no sería capaz de conseguir rastreadores tan rápidamente, ¿verdad?

—Sospecho que no. Pero incluso si lo hace en un mes o en dos el peligro seguirá ahí.

Montgomery sintió un pinchazo de dolor por encima del corazón y soltó una queja ronca. La muchacha gritó de sorpresa, lo empujó y lo apartó con una fuerza contenida que le sorprendió. Él retrocedió dos pasos y se tropezó suavemente contra un armario, haciendo temblar a los especímenes que estaban detrás del cristal.

—Lo siento, no me he dado cuenta de que estaba...

Sus dedos se estrechaban en uñas largas y afiladas, como un gato que muestra sus garras, y al igual que un gato estaba retrayendo las uñas. El sitio en que lo había cortado se estaba convirtiendo en una pequeña flor roja que manchaba su camisa.

—Te he hecho daño. —Levantó una mano para cubrirse la cara—. No puedo controlarlo. Mi padre me dijo que me portara bien y me calmara. Pero no sé qué hacer. No sé cómo hacer que pare.

Su mano libre se apoyaba en un libro abierto y sus dedos se enroscaron, dibujando un tajo en la página. Entonces el jaguar quedó destrozado, con las líneas perfectas de su cuerpo rotas.

—No pasa nada. Siéntate, Carlota. Dame un minuto para atenderme —dijo, con la voz temblorosa. Tampoco tenía ni idea de qué hacer.

Buscó entre los estantes y encontró un trozo de gasa. Luego procedió a desabrocharse la camisa y a frotar suavemente la herida. Era poco profunda, como un corte de papel. Carlota había aplicado poca fuerza y le recordó una vez más a un gato, pero esta vez amasando con sus patas contra un regazo humano. ¡Qué pensamiento tan extraño! Y era fuerte, a pesar de su delgadez. Ya lo había comprobado cuando había levantado a Moreau.

Cuando volvió a abotonarse la camisa, ella le estaba dando la espalda y se había sentado de nuevo.

Pensaba que Carlota rompería en un buen llanto, pero en lugar de eso la chica tomó el cuenco y la cuchara y empezó a comer. Bebió un sorbo de café, pero arrugó la nariz. Cuando terminó, Montgomery le preguntó si quería que le hirviera una taza de té por si prefería beber otra cosa. Ella asintió con la cabeza y apartó la taza.

—Carlota, mírame —dijo él, y ella levantó los ojos—. He conocido monstruos. Y no eran híbridos ni eras tú.

—Podría matar a un hombre —dijo, y levantó las manos, examinándolas detenidamente. Pero sus dedos volvían a ser largos y elegantes como los de una dama.

—Yo también podría, si alguien quisiera hacerme daño. —Colocó una mano sobre la suya, rozando sus nudillos con las yemas de los dedos—. No sé cómo ayudarte, pero no puedes empezar por odiarte a ti misma.

—Pero tú no te agradas a ti mismo, Montgomery —dijo acusadoramente.

Sonrió, con una sonrisa torcida. Pensó en Elizabeth, muerta y desaparecida hace mucho tiempo, y en su espectro anudado alrededor de su corazón. Pensó en los errores y en los delitos de omisión que había cometido, en sus numerosas debilidades y en los vicios que había alimentado.

—No, no me agrado a mí mismo —dijo, sacudiendo la cabeza—. He pasado mucho tiempo aborreciéndome y tratando de acelerar mi deceso. Pero tú no deberías ser como yo. Tómalo de alguien que sabe de lo que habla.

—No sé quién debería ser. Soy la hija obediente del doctor Moreau y eso ya no es suficiente.

—Afortunadamente no tienes que determinarlo todo en este instante.

—No creo que quede mucho tiempo —dijo ella—. Los Lizalde dijeron que volverían.

Era cierto, pero a él no le apetecía explorar esa línea de pensamiento en aquel momento, así que se llevó la taza a los labios y dio un sorbo al café.

—Mira —dijo cuando terminó y se hubo limpiado la boca con el dorso de la mano a modo de pañuelo como acostumbraba a hacer—, podemos ayudar a los demás manteniéndonos con vida y luego veremos cómo nos va. Si los Lizalde permanecen lejos un par de días más, tal vez podamos intentar trasladar al médico y tomar el barco.

—Sigue estando bastante frágil.

—Pero está bebiendo y comiendo un poco, ¿no?

—Solo sopa.

—Eso es una buena señal, y se ha despertado. El médico es fuerte. No creo que esta enfermedad vaya a matarlo.

—¿De verdad crees que seríamos capaces de llevárnoslo?

Montgomery no estaba muy seguro de nada, pero Moreau era muy terco. Además, quería que la chica se calmara. Carlota tenía los ojos atormentados y estaba hecha un manojo de nervios y a él mismo no le estaba yendo bien ese día. Se preguntó si podrían llegar a Yalajau. Había sido una vez una guarida de criminales y filibusteros, pero aquello fue en el pasado, elementos que sirvieron para fabricar novelas románticas. Ahora era simplemente un puerto. Desde allí se podía intentar pasar a Corozal. Una vez en territorio británico, estarían a salvo.

Por supuesto, aquel plan requería una cadena de acontecimientos que difícilmente estaban grabados en piedra.

—Creo que será mejor que recemos a ese Dios tuyo para que nos vaya bien —dijo Montgomery—. Y dedica otra oración para los híbridos.

—Rezaré con usted, señor, pero después deberíamos construir una camilla —dijo Carlota—. La necesitaremos si habremos de transportar a mi padre.

—Tal vez debas descansar —dijo Montgomery temiendo que si movían a Moreau en aquel instante acabarían arrastrando un cadáver por la selva.

—Has sido tú quien lo ha sugerido.

Era cierto. Pero se suponía que era un paliativo ficticio. No se había imaginado que Carlota entraría en acción, aunque supuso que podría ser una buena distracción.

—¿No sabes cómo hacer una? —preguntó Carlota.

—¿Tú sí?

—Sí, lo he leído en un libro —dijo ella levantando la barbilla con orgullo. Él sonrió.

—Entonces, ábrelo por la página correcta —dijo, y pensó que tal vez aquello podría funcionar después de todo. No podía transportar a todos los híbridos a través de una laguna, pero quizá pudiera mover a un solo hombre.

CAPÍTULO VEINTISIETE
Carlota

El tercer día después de que su padre sufriera una apoplejía intentaron moverlo y no lo consiguieron.

Su camilla improvisada estaba hecha de costales de harina y frijoles enrollados alrededor de dos piezas de madera con cuerda, con travesaños clavados en los postes. Era robusta, y Montgomery y Lupe eran lo suficientemente fuertes como para llevarla junto con el médico.

Pero cuando llegó el momento de trasladar a su padre, parecía haber empeorado. Tenía la cara enrojecida y la frente caliente al tacto. Carlota le administró acónito para bajar la presión arterial y se sentó junto a su cama.

Montgomery le había dicho de broma que debería rezar y ahora lo estaba haciendo, inclinando la cabeza y entrelazando las manos. Lupe y Montgomery la observaban con preocupación. Al cabo de unas horas, el estado de su padre mejoró y dormía profundamente.

Era de noche. Carlota volvió a su habitación y Lupe la relevó. Cuando caminaba por el pasillo escuchó a Montgomery hablando en su habitación. «Querida Fanny», dijo. La puerta estaba cerrada y hablaba en voz baja. No debería haber sido capaz de oírlo, pero lo hizo.

Era extraño que sus sentidos parecieran agudizarse. Tal vez se debiera a que su padre ya no la atiborraba de litio ni de otras sustancias que creía que podían calmarla. Tal vez fuera un proceso que había comenzado hacía mucho tiempo y que ahora estaba floreciendo por completo. Pero aquella extraña línea divisoria dentro de su cuerpo, la grieta que parecía anidar en el centro de su ser, ahora tenía la sensación de que era profunda y sólida. Una falla geológica, llena de pavor y de ira. Ahogada con una furia que le quemaba los huesos, su boca estaba lista para abrirse en un gruñido.

Tuvo que apretar los puños con fuerza y cerrar los ojos.

Le asustaba aquella capacidad enérgica, violenta. También la sobrecogía.

Una vez dentro de su habitación, Carlota se despojó de sus ropas y se colocó ante el espejo, desnuda como Eva, como el mural de la capilla, y se examinó el cuerpo con cuidado como nunca antes lo había hecho. Sintió los músculos bajo las yemas de los dedos y el pulso que latía en sus muñecas; observó sus ojos brillantes en la penumbra.

Su padre le había enseñado a ser mansa. Pero sus manos podían arrancar flores o herir a un hombre.

¿Deseaba hacer daño? No. Ni a Montgomery, ni a su padre, ni siquiera a Hernando Lizalde. Sin embargo, podría hacerlo. Y qué extraño era pensar en aquella posibilidad.

Ramona contaba historias sobre brujos que podían cambiar de piel y volar por la noche. Pero Carlota no era como ellos. No podía mudar de piel a voluntad; era una transformación incontrolable que le recorría el cuerpo.

Eso la aterrorizaba. Se aterrorizaba a sí misma. Se puso el camisón y se deslizó bajo las sábanas, escondiéndose como un niño se esconde de los fantasmas o de los chaneques.

Al cuarto día de la apoplejía de su padre llegaron Lizalde y sus hombres. Hicieron tanto barullo que, incluso sin su agudo oído, Carlota habría podido oírlos.

Estaba con Montgomery en la cocina cuando se presentaron, y él salió rápidamente en busca de su rifle. Carlota lo siguió, sujetándose la muñeca izquierda con la mano derecha y apretándola contra su pecho, y durante uno o dos minutos no supo qué decir. Luego dejó caer las manos a los costados y respiró.

—No queremos que piensen que deseamos hacerles daño —dijo ella, practicando la calma que deseaba que él también transmitiera—. Por favor, llévalos a la sala de estar. Te pedí que no dispararas antes de que tuviéramos la oportunidad de hablar. Recuérdalo.

—Muy bien —dijo.

Lupe, quien también había oído el ruido, los golpes y los gritos, entró en la sala de estar y se puso al lado de Carlota.

—Lupe, deberías ir a la habitación de mi padre. Puede que te necesite y, en caso de que los hombres se mostraran intratables, tendrías la oportunidad de huir —dijo Carlota.

—He vuelto para estar contigo, Loti.

—No seas terca.

Pero Lupe no se movió y pronto regresó Montgomery, y con él llegaron los Lizalde y cuatro de sus hombres. Montgomery no parecía inquieto a pesar de que lo superaban en número y de que, al parecer, le habían quitado el rifle.

Carlota vio a Eduardo y le temblaron las manos, pero las juntó. Hernando Lizalde tenía una venda en la mejilla y la fulminó con la mirada. Isidro tampoco se alegró de verla.

—Trae a Moreau —le ordenó Hernando Lizalde—. Lo necesitaremos aquí.

—Mi padre ha caído enfermo. Está en cama y no puede levantarse.

—Qué conveniente.

—Si quiere que lo lleve hasta él, lo haré. Pero no miento —dijo, con la voz todavía tranquila.

—Entonces que se tumbe en su lecho de enfermo, si eso es lo que quiere. No me importa si desea esconderse bajo las sábanas. Hemos venido a por mis híbridos. Reúnanlos.

—Se han ido.

—¿Qué quieres decir con que se han ido? ¿Cómo han podido hacerlo?

—Les abrí las puertas.

—Será mejor que me indiques dónde están, entonces —dijo el iracundo hombre. Esta vez no había traído ninguna fusta, pero su voz era un látigo—. Es mi valiosa propiedad la que has soltado en la selva.

—Mi padre tiene un poco de dinero que puedo ofrecerle si usted nos deja a todos en paz.

Hernando Lizalde soltó un gruñido irritado.

—Cualquiera que sea la patética suma que Moreau tenga en su cuenta bancaria no puede compararse con la inversión que he hecho. Esta es mi casa, estos son mis muebles y esos híbridos siguen siendo de mi propiedad.

Carlota miró hacia abajo con los labios apretados.

—No puedo ayudarlo —dijo.

—Te sacaré la respuesta a golpes.

Ella no respondió nada a eso y permaneció inmóvil, con las manos entrelazadas como si rezara. Aquello pareció indignar aún más al hombre y empezó a insultarla.

—Puta —dijo—. Bestia asquerosa.

—¡Maldita sea tu lengua, cerdo! —gritó Montgomery, y se lanzó hacia delante con el puño en alto.

Pero los hombres de Lizalde saltaron tras él y uno de ellos golpeó el rifle de Montgomery contra su espalda con una fuerza tan brutal que Carlota pensó que el arma se rompería. Montgomery lanzó un grito ahogado y cayó.

—¡No! —dijo ella, pero la ignoraron. Dos hombres habían sujetado a Montgomery y lo habían puesto en pie mientras un tercero le propinaba un puñetazo en el estómago. Isidro parecía divertido. Carlota miró a Eduardo, que observaba la escena, impasible.

—¡Señor, por favor!

Eduardo la miró fijamente, con sus ojos verdes afilados.

—Esto no es necesario. ¿Quizá podría hablar con ella en privado y averiguar más sobre la situación? —preguntó Eduardo, alzando la voz contra la tumultuosa lucha.

Los hombres dejaron de golpear y se volvieron en dirección a Hernando Lizalde como si esperaran una señal. Montgomery lanzó una mirada fulminante a Eduardo, murmurando una maldición en voz baja y luego escupió.

—Bien. Vamos, fuera, todos ustedes. Fuera —dijo Hernando Lizalde, agitando una mano.

—¿Debería quedarme? —le susurró Lupe al oído.

—No, está bien. Ten cuidado —respondió en voz baja apretándole la mano. Lupe asintió y se fue con Montgomery y el resto. Las puertas se cerraron. Quedaron encerrados en la habitación, el reloj haciendo tictac en la repisa de la chimenea. Se enderezó, con todo el cuerpo rígido y las manos tibias, como si tuviera fiebre. Su corazón latía rápidamente.

—Lamento todo esto —dijo Eduardo—. A los hombres se les prometió una pelea y están ansiosos por probar la sangre.

—¿Tú también tienes ganas de sangre? ¿Es por eso que has venido?

—Quería verte de nuevo.

Pensaba que había aprendido todas y cada una de sus miradas en el poco tiempo que lo había conocido. Sin embargo, la forma en que caminaba hacia ella y la manera en que sus ojos la recorrían eran diferentes. Curiosa y extraña.

—Tu cuerpo es un mimetismo perfecto —dijo—. Como el camaleón que cambia de color. No puedo discernir la parte animal de ti.

—No soy un rompecabezas compuesto por diferentes piezas —dijo.

—¿Te ofenden mis palabras?

—No me gustan.

Se quedó callado con aquella misma mirada inquisitiva, todavía tratando de dar sentido a cómo encajaba ella.

—¿Dónde están los híbridos, Carlota?

—Se han ido para siempre.

—No pueden haberse esfumado todos.

Ella respiró hondo.

—Sé que a estas alturas no puedo esperar que cumplas tu promesa conmigo. No exigiré matrimonio, ni Yaxaktun como obsequio, ni la más mínima muestra de afecto. Pero espero que podamos separarnos amistosamente, a pesar de lo que ocurrió la última vez que nos vimos —dijo—. No sé dónde están los híbridos. Esta es la verdad. No le he mentido a tu padre. Te pediría, como gentileza hacia mí, que hablases con él y lo convencieses de que no los buscase, dondequiera que hayan ido.

—Hay muchas razones para que vayamos tras ellos. Aparte de que son de nuestra propiedad, suponen un peligro para nosotros.

—No suponen ningún peligro. Esperaba que siguiéramos viviendo todos juntos en Yaxaktun. Ahora sé que eso es imposible. Vamos a desalojar la casa, voy a entregar el dinero que prometí. Pero te suplico, cancelen cualquier cacería que tengan en mente. Mi padre está terriblemente enfermo. Pronto podría ser una huérfana sin hogar y sin nadie a quien recurrir.

Eduardo se acercó más a ella, tan cerca que Carlota no pudo evitar el nervioso parpadeo de su mirada. Giró la cabeza con el corazón dando trompicones.

—Por favor, no me agobies con más miseria. Por favor, ayúdame.

—Carlota, pareces estar a punto de llorar. Solo un sádico desearía verte llorar. Eres demasiado bonita para eso. Debes saber que cuando te miré la primera vez, me perdí.

La última vez que se habían visto él la había mirado con aversión y miedo. Pero ahora su rostro no reflejaba ninguna de esas dos cosas. Era como si recordara su encuentro en el cenote o las horas robadas de aquella noche que habían pasado juntos. Las manos de Eduardo encontraron su cintura con seguridad y le levantaron la cara hacia él. Y su cuerpo, a su vez, recordó las ardientes caricias que él había compartido con ella y la memoria de aquel deleite le hizo abrir la boca, devolverle el beso con la sencilla y franca dulzura que siempre le había ofrecido.

—¿Qué estás haciendo? —susurró ella.

—¿No es obvio? —respondió él.

—Pensé que ya no me querías.

—No seas tonta. Claro que sí —dijo con la misma ferocidad que la había atraído a él desde el principio, lo que tuvo el efecto de desconcertar aún más a Carlota.

—Parecías tan alterado cuando te fuiste. Pensé…

—Estaba molesto. El médico y tú intentaron engañarme.

—¡Yo no te engañé! —dijo ella con vehemencia—. Mi padre me ocultó muchos secretos. Y no mentí cuando dije que te quería. No fabriqué mi amor.

—No, no creo que lo hicieras. He pensado en ti y en lo que podríamos hacer con este lío. Entonces decidí: ¿por qué habría de ser complicado?

—No hay nada que hacer. ¿Qué otra opción tengo sino abandonar Yaxaktun?

—¿Qué harías ahí afuera? El mundo es peligroso para una joven como tú.

Ella lo miró, muda de confusión.

—Carlota, querida —dijo en tono cariñoso—. No puedo dejarte ir.

¿Querría decir… querría decir que su amor era inalterable? Tal vez deseaba huir con ella. Tal vez había ideado por arte de magia una solución inteligente a todos sus problemas.

La abrazó con fuerza y sus labios se deslizaron por su cuello. No se imaginó una miseria solitaria en su futuro, sino una cálida isla de seguridad. Pensó en el refugio que aún podrían construir juntos, a lo mejor no en Yaxaktun, sino en otro lugar. Pensó en todos los híbridos que quedaban ilesos, en todos ellos felices. Se permitió soñar con ello. Inspiró y separó los labios.

—Serás mi amante en Vista Hermosa. Será agradable. Mi padre está de acuerdo. Al principio se mostró reacio, pero lo convencí. Una amante es más limpia y segura que las putas de los burdeles, y los híbridos no pueden tener hijos, lo que significa que no tendré bastardos.

Eduardo había enterrado una mano en su pelo oscuro. Ahora la sujetaba con más fuerza al tiempo que ella inclinaba la cabeza y lo miraba.

—No puedes... No puedo aceptar ese arreglo.

—Tú misma lo has dicho. No puedes esperar que me case contigo. No es un cuento de hadas perfecto, pero lo aprovecharemos al máximo.

—Tampoco esperaba un acuerdo así.

—Carlota, estarás a salvo y contenta en el campo. No me importará mimarte y tú a cambio serás generosa conmigo. No es raro que un hombre tome a una amante, y definitivamente es más de lo que podrías esperar dadas las circunstancias.

Los dedos de Carlota encontraron acomodo en su hombro.

—¿Qué harías con los híbridos? Si me tuvieras, ¿los dejarías ir?

—Por Dios, no —dijo con una sonrisita de suficiencia—. Son nuestros. El antiguo asistente de tu padre se hará cargo de las operaciones aquí. Estarás más cómoda en Vista Hermosa, conmigo. Sí, estaré en Mérida durante algunas semanas, pero...

Carlota le arrancó la mano de encima y retrocedió un par de pasos.

—No deseo ser tu amante, ni estoy dispuesta a vivir en Vista Hermosa. Si crees que esta oferta es un favor, entonces te equivocas.

—Me rechazarías.

Carlota sintió como si tuviera un nudo en la garganta y tragó saliva.

—Podría estar de acuerdo, pero solo si dejaras a los demás en paz.

—¿Crees que puedes *imponerme* condiciones? —preguntó, su voz se volvió áspera—. No tienes elección.

Cerró los ojos, las lágrimas ardientes amenazaban con ahogarla. Pero cuando volvió a abrirlos, habló sin tapujos.

—Entonces te rechazo.

Con un movimiento violento, Eduardo se inclinó y la apretó contra él de nuevo, echándole la cabeza hacia atrás y ensañándose con sus labios. Esto la sobresaltó y se congeló con furia, sintiendo su lengua en la boca, antes de recuperar la cordura y empujarlo. Eduardo retrocedió a trompicones, chocando contra la repisa de la chimenea y derribando accidentalmente el delicado reloj que allí descansaba. Cayó con un estruendo que hizo gritar a Carlota.

Miró al suelo y dejó escapar un suave *oh*. Aquel reloj había presidido cada una de sus horas de vigilia; sus campanadas marcaban el ritmo de sus días. La hermosa escena de cortejo que mostraba había embelesado sus jóvenes ojos. El caballero besaba la mano de la bella dama y, por encima de ellos, los querubines sonreían bendiciendo a la pareja.

Pero ahora era un montón de fragmentos en el suelo, el mecanismo del reloj yacía al descubierto y expuesto.

—¿Qué has hecho? —preguntó ella en un murmullo.

—¡Estoy tratando de ser bueno contigo! —gritó Eduardo.

Las puertas de la sala de estar se abrieron de golpe y los hombres entraron de nuevo, con las armas preparadas, lanzándole duras miradas. Se dio cuenta de que habían atado las muñecas de Lupe y de Montgomery.

—¿Qué es este barullo? —preguntó Hernando Lizalde.

Eduardo se pasó una mano por el pelo y luego se frotó la muñeca.

—Nada.

—¿Te ha dicho algo útil?

—No —murmuró Eduardo.

—Bueno, entonces, más vale que empieces a hablar, chica.

—No sé dónde están. Ya lo he dicho —respondió, con los ojos fijos en el reloj roto.

—Eres una gata obstinada. Veamos exactamente cuán obstinada. Traigan a Laughton junto a mí —dijo Lizalde, y dos hombres empujaron a Montgomery hacia adelante.

Sin más preámbulos, Hernando Lizalde apretó el cañón de su pistola contra la mejilla de Montgomery y miró fijamente a Carlota. Ella se llevó una mano al pecho.

—Es difícil fallar a esta distancia.

—Montgomery tampoco sabe nada —dijo rápidamente—. No estamos tratando de mentirle.

—No, estás tratando de engañarnos.

—No es cierto. De verdad que no es cierto.

—No creo que quieras los sesos de tu amigo decorando estas paredes, ¿verdad? ¡¿Dónde están los malditos híbridos?! —rugió.

De nuevo no podía respirar. Las manos tibias le ardían ahora y sintió que las lágrimas se deslizaban por sus mejillas mientras se sujetaba al sofá y se arrodillaba en el suelo con un sollozo.

Pensó que le sobrevendría otro desmayo. Carlota abrió la boca y se llevó una mano a la garganta.

—Sé a dónde fueron. Puedo llevarlo —dijo Lupe, sorprendiendo a Carlota cuando habló, sonando decidida—. No está lejos.

—Al menos alguien tiene sentido común por aquí —gruñó Hernando Lizalde.

Apenas escuchó el resto de lo que dijeron. Su respiración era agitada y se aferraba al sofá, temblando.

—Eduardo, vendrás con nosotros. Al igual que tú, Laughton. No me fío de ti como para dejarte atrás. Isidro, te quedarás con la hija de Moreau. No quiero que se escape. ¿Bueno, qué le pasa a esta puta? ¿Está enferma?

—Son sus nervios —respondió Lupe, mirándola fijamente—. Todo estará bien, Loti.

Carlota tragó saliva, con el sabor de la bilis en la boca. Los dedos de Eduardo se cerraron alrededor de su brazo mientras la ayudaba a ponerse en pie. Ella se tambaleó, vacilante, e intentó apartarlo débilmente, pero su fuerza se había agotado.

—¿Dónde está mi pistola con empuñadura de marfil? —preguntó Hernando Lizalde—. La quiero.

—No quería gritarte. Pero no vuelvas a hablarme como lo has hecho —susurró Eduardo, guiándola hacia la puerta, donde estaba Isidro—. Sí que te quiero, tonta. ¿No lo entiendes? Estamos hechos el uno para el otro.

Le levantó la cabeza y la miró a los ojos con una sonrisa confiada en los labios.

Al quedarse contemplando su bello y juvenil rostro, Carlota sintió otra oleada de náuseas y se apartó de él con asco cuando su mano le rozó la cara. Tenía la sensación de que la fractura de su cuerpo podría finalmente partirla en dos, pero no cayó al suelo, sino que avanzó a trompicones mientras Eduardo tiraba de ella.

CAPÍTULO VEINTIOCHO

Montgomery

Le habían atado las muñecas con tanta fuerza que le dolían y no tenía forma de deshacer el nudo. Incluso si hubiera encontrado el modo de desatarse, estaría en compañía de más de dos docenas de hombres armados. No era precisamente una posibilidad atractiva.

Montgomery esperaba que el sendero fuera estrecho y estuviera cubierto de maleza, lo que dificultaría el avance a caballo y, por lo tanto, los retrasaría, pero resultó estar en buen estado. Podían cabalgar sin necesidad de abrirse paso a machetazos a través de la selva y cubrirían el terreno con suficiente rapidez de esta manera, incluso aunque se movieran en fila india.

Lupe cabalgaba al frente del grupo mientras que Montgomery iba hacia la mitad, seguido de cerca por Eduardo. Ella también tenía las manos atadas. Ninguno de los dos tenía posibilidad de escapar.

Montgomery se lamentaba de su aprieto actual y maldecía su situación, deseando haber hecho las cosas de otra manera. No solo su pinche encuentro con esos hombres, sino todo el asunto. Había pasado seis años al servicio del doctor Moreau vigilando Yaxaktun, y siempre se decía a sí mismo que su posición no era inmoral. No había creado los híbridos ni quería beneficiarse de ellos. Era simplemente un hombre haciendo un trabajo.

Amaba la distancia y la paz de Yaxaktun, y se había preocupado por todos allí, considerando a los híbridos como los únicos amigos que podía esperar tener. Sin embargo, ¿de qué había servido su compasión al final? Los híbridos estaban sometidos a Moreau y a Lizalde, y ahora los perseguían.

¿Y qué pasaba con Carlota, quien se había quedado atrás con su padre? ¿Qué sería de ella? Moreau no podía protegerla; el hombre ni siquiera podía levantarse de la cama, aunque Montgomery supuso que en aquel preciso instante debería estar más preocupado por lo que pudiera pasarles a Lupe y a él. Si lo hubieran querido muerto ya lo habrían matado y Lupe era algo valiosa aunque solo fuera porque Lizalde la consideraba de su propiedad. Pero eso no significaba que no hubiera una bala con su nombre esperándolo al final de aquel sendero.

La estrecha senda serpenteaba hacia la izquierda. El caballo de Montgomery no había doblado la curva cuando un disparo resonó en el aire. Le siguieron tres disparos más. El hombre que iba delante de él cayó de su caballo. Montgomery, sabiendo que era un blanco fácil simplemente por estar sentado, se tiró al suelo y rodó hacia el lado del camino. El polvo blanco del camino se le pegó a la ropa mientras apretaba los dientes, presionando tan bajo como podía.

Los hombres de Lizalde tomaron sus rifles y comenzaron a devolver los disparos, pero con los árboles y el follaje era difícil ver exactamente de dónde provenían. El hombre que había caído de su caballo no se había levantado, y Montgomery se alzó y se precipitó hacia delante, tirando de él hacia un lado y dándole la vuelta. Estaba muerto. Montgomery se agachó junto al camino, conteniendo la respiración, esperando no ser el siguiente en recibir una bala.

Sus atacantes habían dejado de disparar enérgicamente. Hernando Lizalde gritaba delante de ellos y vio a Eduardo encima de su caballo, con las riendas en la mano y aspecto nervioso.

—¿Qué está pasando? —preguntó el joven.

Bienvenido a una pelea de verdad, pensó Montgomery, y se adelantó pasando por la curva del camino, para ver mejor lo que ocurría allí. Eduardo lo siguió cautelosamente.

Un par de hombres de Lizalde habían resultado heridos. Lupe seguía al frente de la columna y parecía estar bien. Todos estaban atentos, esperando otra descarga de fuego y la oportunidad de señalar la ubicación del tirador. Montgomery apostaba que había dos o tres personas disparando contra ellos. Si hubiera habido más, habría causado daños considerablemente mayores. Aun así, dos o tres hombres con rifles decentes podrían crear una gran cantidad de problemas.

—Vuelve a tu montura —dijo Eduardo.

—Silencio —murmuró Montgomery. Oyó un crujido, ramas rompiéndose.

—Tú no me das órdenes.

—Cierra la boca.

—Sujétenlo —ordenó Eduardo a uno de los hombres—. Sujeten a este pendejo.

Algo se movió rápidamente entre los árboles y uno de los hombres de Lizalde apuntó en su dirección. Probablemente esperaba otra descarga de fuego, pero en su lugar una ágil criatura surgió de las sombras y saltó sobre el hombre, arrojándolo al suelo. Luego aparecieron una segunda y una tercera.

Reconoció a K'an, con su larga cabellera amarilla en un remolino y su boca en un gruñido, mientras esta se sujetaba a las piernas de un jinete y tiraba de él hacia abajo al tiempo que el hombre gritaba. Allí también estaban la lobuna Pinta y Áayin, con su cola de caimán moviéndose de un lado a otro. Se deslizaron hacia delante, saltando sobre los hombres. Sus puños golpearon sus cabezas y espaldas.

Era un espectáculo aterrador. Sin embargo, el bruto al que Eduardo había ordenado que sujetara a Montgomery, o bien no vio a los tres híbridos que saltaban alrededor o no le importó. Su único objetivo era Montgomery. Con las manos atadas, Laughton no pudo hacer más que esquivar sus golpes. Uno de ellos le dio en el estómago, mientras que el otro impactó contra su barbilla. Montgomery se tambaleó hacia atrás y cayó.

El bruto dio un paso adelante, golpeando su pie contra la pierna derecha de Montgomery. ¡Maldita sea! Gimió y evitó por poco una rápida patada rodando sobre su vientre, lo que no mejoró la situación. El hombre lo pateó de nuevo, quitándole el aliento. Se revolvió en el suelo, tratando de alejarse. Montgomery estaba arrodillado, tratando de estabilizarse, cuando sintió el cañón de una pistola presionado contra su cráneo.

—Levántate lentamente —dijo el bruto.

—No hace falta que me apuntes con eso —murmuró Montgomery.

El hombre sonrió. No lo ayudó a levantarse, pero al menos dio un paso atrás, aunque la pistola seguía apuntando a su cabeza. Montgomery se puso en pie.

—También podrías dejarme ir —dijo Montgomery. Por el rabillo del ojo había vislumbrado una forma gris familiar.

—Eso no va a suceder.

—¿Seguro? Sería mejor si lo hicieras.

—Cállate.

Y entonces Aj Kaab, lento y grande, llegó por la izquierda y mostró sus hileras de dientes despiadados al bruto, quien inmediatamente perdió el valor, apuntó su pistola en dirección al híbrido e intentó disparar, solo para encontrar que le habían arrancado el arma de las manos. La pistola cayó al suelo. Los dientes de Aj Kaab se cerraron en torno a la mano del hombre y este gritó.

Montgomery se estremeció al oír el inconfundible crujido de los huesos mientras Aj Kaab rugía, mordía y masticaba con fuerza.

Recogió rápidamente el arma que estaba en el suelo, manteniendo un agarre difícil con las manos todavía atadas, pero al menos ahora tenía una pistola.

—¡Qué es esto! —gritó Eduardo. El joven patrón se había dignado a ensuciarse por fin las manos y saltó del caballo.

Montgomery miró al joven y Eduardo le clavó la vista. Golpeó la culata de su pistola contra la cabeza de Eduardo, empujándolo. Luego corrió hacia el lugar donde había visto a Lupe por última vez. Ya no estaba encima de su caballo.

Era un caos. Sus monturas se asustaron con los híbridos. Se encabritaron, resoplaron y patearon. Montgomery evitó por poco que uno de los jinetes lo pisoteara al lanzarse en picado y chocar contra un árbol.

—¡Lupe! —gritó.

No pudo verla por ningún lado. ¿Habría sido herida? Las balas llovían a su alrededor mientras algunos de los hombres intentaban disparar en cualquier dirección. Otros, más precavidos, habían bajado de sus caballos y mantenían sus pistolas o cuchillos cerca, moviendo los ojos velozmente de un lado a otro.

Se agachó de nuevo. Un hombre gritó cuando uno de los híbridos se abalanzó sobre él. Fue un sonido agudo y breve. Montgomery contó otros dos híbridos además de Pinta, Áayin, K'an y Aj Kaab, un total de seis criaturas que gruñían, delgadas y pequeñas, o torpes y fuertes, que giraban, se lanzaban y rugían. Espantaban a los caballos y hacían que los hombres se pusieran a rezar.

Lizalde gritó y ordenó que mataran a los animales, pero los híbridos eran rápidos y se escabullían y volvían a aparecer, y los hombres estaban cada vez más desesperados. Era como la más extraña de las danzas: los hombres se emparejaban de repente con un animal y giraban durante unos instantes, sus pasos trazaban patrones grabados en sangre.

—¡Atrápenlos! —seguía diciendo Lizalde.

En lugar de encontrar a Lupe, Montgomery se topó con Aj Kaab, quien avanzaba lentamente a trompicones por el sendero. Se le salía la lengua de la boca mientras resoplaba y se sentaba en medio del camino, con la gran cabeza caída hacia delante.

—¡Aj Kaab! Viejo amigo —dijo, arrodillándose frente a él—. Vamos, levántate.

—Laughton —dijo el híbrido, mostrándole sus grandes dientes y cerrando el puño, apretándolo contra su pecho—. Te lo dije, soy viejo pero fuerte. Necesito descansar.

—Descansa luego, Aj Kaab —dijo, y sujetó el hombro del híbrido. Pero el híbrido no se movía y Montgomery vio el mango del cuchillo que sobresalía de su vientre peludo. Contuvo la respiración.

Aj Kaab estaba muerto.

—¡Laughton! —gritó Lupe.

Montgomery parpadeó y ella se precipitó hacia él, saltando sobre un cadáver. Sus manos estaban desatadas. Tomó la cuerda que lo mantenía prisionero y la royó hasta que pudo apartar las ataduras. Los hombres gritaban y caían al suelo.

El miedo jugó a favor de los híbridos, pero los superaban en número por mucho y Hernando Lizalde seguía gritando órdenes, diciendo que eran simples animales. Había hombres luchando, intentando recargar sus armas, y había quienes habían decidido huir y se alejaban a pie o a lomos de una montura aterrorizada. Los caballos pisoteaban los cuerpos de los que habían caído mientras los híbridos corrían velozmente de un lado a otro, escupiendo sangre y trozos de carne.

—¿Estás herida? —preguntó Montgomery a Lupe, mientras avanzaban rápidamente a lo largo del camino.

—No. Estoy bien.

Un hombre canoso con un pañuelo rojo se acercó a ellos con un rifle en sus arrugadas manos. Con él estaba Cachito, quien sonrió a Montgomery.

—¡Montgomery!

—¿Qué está pasando aquí? —preguntó Montgomery.

—¿No puedes adivinar? Este es uno de los lugartenientes de Cumux.

—Señor —dijo Montgomery, buscando el ala de su sombrero de paja, pero lo había perdido en algún momento y terminó simplemente apartándose el pelo de la cara.

—Estamos peleando —dijo Cachito con entusiasmo.

—¡Abajo! ¡Agáchense! —gritó Lupe.

Detrás del hombro de Cachito, Montgomery vio a Hernando Lizalde y su hijo estaba de pie junto a él. El hombre mayor estaba apuntando su querida pistola con empuñadura de marfil en su dirección. Montgomery apartó al muchacho de un empujón y extendió el brazo, apretando el gatillo de su propia pistola. Cuando cazaba, lo hacía con delicadeza. En aquel momento, no hubo elegancia. Apretó torpemente el gatillo.

La bala alcanzó a Hernando y vio al hombre tropezar.

No estaba seguro de cuán gravemente había herido a Hernando Lizalde, pero no tuvo tiempo de averiguarlo, porque dos jinetes volaron hacia ellos y Montgomery giró su arma en su dirección, alcanzando a uno de los caballos. Luego se quedó sin balas y se oyó el fuerte estallido del rifle cuando alguien disparó al otro jinete. Una fuente de sangre brotó del cuello del caballo, rociando a Montgomery por la mejilla, incluso cuando se apartó y trató de distanciarse de la pobre criatura, no fuera a ser que lo pisoteara.

En su prisa, tropezó y cayó, golpeándose la cabeza al aterrizar en un ángulo incómodo. El caballo se desplomó justo delante de los pies de Montgomery con un ruido sordo y fuerte, y él se quedó mirándolo a los ojos.

El golpe en la cabeza le dolió, y todo se apagó y oscureció. Se oyó a sí mismo gemir. No sentía su propio cuerpo. Algo lo arrastraba por la selva y recordó el momento en que el jaguar se había abalanzado sobre él y sus garras se habían hundido en su carne.

Querida Fanny, escribió. *Puede que esté muriendo.*

Jaguar. Debería haber muerto aquel día, cuando le desgarró el brazo. Pero no había sido así y había vivido y seguía viviendo. Bueno... quizá no por mucho tiempo. Pensó en Carlota, se preguntó si podría morir con el recuerdo de su rostro y el susurro de su voz en sus oídos.

Parpadeó. Montgomery estaba tumbado en el suelo de una pequeña cabaña. Había dos hamacas a su izquierda y un par de sillas. Tenía lo mínimo indispensable, incluso cuando las casas de los macehuales solían ser sencillas.

El sudor rodaba por la magullada espalda de Montgomery. Todavía le dolía por el recuerdo del rifle con el que lo habían golpeado y tenía la boca seca.

—¡Ha abierto los ojos! Oye, Montgomery, estás a salvo —dijo Cachito.

Se limpió la boca con el dorso de la mano y giró la cabeza, mirando al chico. El olor a vísceras y a muerte del camino aún perduraba en su memoria, aunque obviamente había sido trasladado a otro lugar.

—¿Dónde estamos?

—¡En el campamento! Ramona tenía razón. Hay un campamento que usan los hombres de Cumux.

Montgomery frunció el ceño. La manga de la camisa de Cachito estaba manchada de sangre.

—¿Estás herido?

—Es una herida superficial. Me punza si me muevo —dijo Cachito, mirándose el brazo—. También me hirieron aquí.

Se levantó la camisa y le mostró las costillas que alguien le había envuelto en un grueso vendaje. Cuando movió los brazos, el chico hizo una mueca de dolor.

—La próxima vez no te enfrasques en peleas. ¿Qué demonios estabas haciendo allí?

—Nos imaginamos que estabas siendo terco, Montgomery, cuando dijiste que no peleáramos, y urdimos un plan. Algunos de nosotros esperamos a que vinieras por aquí. Lupe dijo que lo harías y que si no venías en cinco días debíamos seguir nuestro camino. También dijo que no te diríamos nada de esto porque probablemente te negarías y lo arruinarías.

Montgomery frunció el ceño.

—Eso dijo, ¿eh?

—Habrías querido detenernos.

—Probablemente —admitió Montgomery, recordando al pobre Aj Kaab, su cadáver abandonado en medio del camino—. ¿Dónde están tus nuevos amigos?

—Afuera. Tenemos tres de los hombres de Cumux y los híbridos que han querido luchar. No todos estaban dispuestos a esperar o a combatir. Es lo mejor que pude hacer.

—Inglés, vivirás —dijo el anciano del pañuelo rojo, con el rifle al hombro, de pie en la puerta de la cabaña. A su lado estaba un tipo más joven, quien también llevaba un rifle, y Lupe—. Bien. Tenemos que irnos.

—Un segundo, ¿ir a dónde? —preguntó Montgomery, frotándose la cabeza. Todavía le dolía como el demonio. Se preguntó cuánto tiempo había estado noqueado y a qué distancia estaba el campamento de Cumux del lugar donde había tenido lugar el enfrentamiento.

—A otro sitio. Hemos matado a algunos de los que los tenían prisioneros, hemos ahuyentado a otros, pero eso no significa que debamos quedarnos. No estamos a salvo.

—Los otros híbridos se han adelantado —dijo Cachito—. Los hombres de Cumux también se han movido. Se supone que debemos alcanzar a los demás.

—Debo volver a Yaxaktun —dijo Montgomery, frotándose la frente—. Carlota y Moreau están allí.

—Yaxaktun tiene muros gruesos —le dijo el hombre del pañuelo rojo. Tenía un rostro severo que no se prestaba a reprimendas—. No es posible traspasarlos. Y habrá más de esos hombres allí. Ya has corrido con suerte hoy. Le debía un favor a Ramona, por eso hemos venido con tus compañeros y te hemos esperado. No haremos más.

Carlota. Le había dicho que podía contar con él todo el tiempo que lo necesitara. Le parecía que si alguna vez lo había necesitado, era ahora.

—No les pediré que vengan conmigo.

—¿Pero quieres volver solo? —preguntó Cachito.

—Tengo que hacerlo —dijo Montgomery, y se impulsó sobre sus pies, un poco tambaleante todavía. Si hubiera habido mil hombres entre él y Carlota, y tantas lanzas como estrellas en el cielo, aun así habría vuelto a por ella.

—Ni siquiera puedes caminar —le dijo Lupe acusadoramente.

—No necesito caminar. Necesito montar a caballo. Si puedes darme un poco de aguardiente, eso lo mejorará todo, y si no, me las arreglaré sin él.

No le ofrecieron una botella, por lo que supuso que no había ninguna o que no lo habían tomado en serio. Bueno, podía hacerlo sobrio, aunque no le habría valido madre beber un par de sorbos fortificantes para la suerte.

Montgomery salió de la cabaña. En el exterior esperaban cuatro de los híbridos: Pinta, K'an y dos más que parecían andrajosos y cansados, con las uñas llenas de sangre. Aj Kaab estaba muerto y no veía a Áayin, por lo que supuso que también debía haber perecido.

Le hicieron a Montgomery una sombría indicación de cabeza. Vio otras tres viviendas con tejados de paja de palma como en la que había estado y un hombre de pelo negro que cuidaba de tres caballos. No había otros animales ni más estructuras. Aquel campamento era pequeño. Probablemente Cumux lo había empleado como parada para trasladar suministros y armas.

—Podemos darte armas y un caballo, inglés, pero te advierto que no es prudente. Es mejor que vayas con tus compañeros —dijo el anciano—. Ellos se preocupan por ti.

Montgomery miró a los híbridos, ensangrentados y cansados, y luego volvió a mirar al anciano, quien enrollaba lentamente un cigarro.

—El pequeño piensa que eres valiente y tonto a la vez —dijo el hombre. Sus ojos estaban fijos en Cachito—. Pero él también es valiente y tonto. Ha dicho que me mordería si no te ayudaba.

—No es verdad.

—Por supuesto que sí, y convenció a los demás para que se quedaran.

—Y usted le siguió el juego.

—Me recuerda a mí mismo.

—No les tiene miedo —dijo Montgomery, lo que le pareció extraño.

—Ya había visto a uno de ellos, a la orilla del agua —respondió el hombre—. Todos tenemos un doble animal, inglés.

Recordó lo que Cachito había dicho, que Lupe había visto una vez a Juan Cumux cerca del cenote. Que era viejo, pero no como Moreau.

—Usted no es uno de sus lugartenientes —dijo Montgomery, frunciendo el ceño—. Usted es Juan Cumux.

El hombre no respondió, pero no era necesario. Montgomery volvió a hablar.

—Corrió un gran riesgo al ayudarnos.

—Esos hombres venían por nosotros. Fue bueno que supiéramos que venían, esta vez. Y ahora puede que se lo piensen dos veces antes de encaminarse en esta dirección.

—¿Espera que la gente se espante?

—Tal vez. Sería bueno que dijeran que esta zona es peligrosa.

—Supongo que sí.

—Yo también debía un favor. Y quizás ahora tú también me debas uno, inglés.

—Me llamo Laughton —dijo—. Y no hay problema. Pago mis deudas.

—No puedo correr más riesgos, Laughton. Mis hombres no pueden esconder a tus amigos. Tendrán que valerse por sí mismos. Podemos llevarlos más al este, pero también debemos volver con nuestra gente.

Pero usted es Juan Cumux, pensó. El héroe de Lupe y de Cachito. Pero supuso que la verdad era que Moreau no era un dios y Cumux tampoco podía ser divino.

—Si pudiera reunir a mis amigos con los otros que ya se han adelantado, le estaría eternamente agradecido. Y le rogaría que permanecieran escondidos en algún lugar. No puedo permitir que sufran más daño.

—Podemos llevarlos más al este, pero ya te he dicho que no puedo resguardarlos.

—Una cueva, un campamento que ya no use —suplicó Montgomery—. Cualquier cosa servirá. Por favor, señor.

Cumux terminó de enrollar su cigarro y sacudió la cabeza. Lo encendió y dio una calada.

—Ahora me debes el doble.

—En ese caso, présteme un caballo y un rifle y que sea el triple.

—Las cosas se hacen mejor de tres en tres, así que sí.

Se estrecharon la mano y caminaron hacia los caballos. Lupe y Cachito fueron tras ellos rápidamente.

—Ni se te ocurra —le dijo a Cachito antes de que pudiera decir algo. El chico miró a Montgomery con ojos grandes y sorprendidos—. Estás herido.

—¡Una herida superficial!

—Herido —repitió Montgomery.

—Puede que él sí, pero yo no —dijo Lupe, sujetando la brida de un caballo.

—Lupe —le dijo Montgomery con cansancio.

—No puedes dejarme, Laughton. Me quedé porque no quería veros a Carlota ni a ti muertos y quiero asegurarme de que no seáis estúpidos —replicó tercamente—. Si no fuera por Cachito y por mí, esos hombres te habrían matado. Deberías dejarme ir contigo por el bien de ambos.

—De acuerdo. Pero al primer indicio de problemas quiero que te vuelvas.

Montgomery y Lupe recibieron un rifle, que llevaron en el arzón delantero, así como un par de jícaras llenas de agua. Cachito no quería dejarlos ir, insistiendo en que no estaba tan malherido, pero Montgomery se dio cuenta, por la forma en que hablaba y sus gestos de dolor, de que no estaba en condiciones de dar pelea.

—Escúchame —dijo Montgomery, apartando al chico—, los demás te necesitan.

—No a mí, Montgomery. ¿Qué sé yo?

—Le agradas a Cumux y eres inteligente. Mantén a todos juntos y haz que permanezcan a salvo. Tendrán alguna oportunidad si no se separan. Los encontraremos. Vayan al sureste, aléjense. ¿Entiendes?

—Por favor, no nos dejes solos de nuevo. Sabrá Dios si esta vez conseguirás volver —dijo el chico, y tenía lágrimas en los ojos.

—Tengo que volver por Carlota, ya lo sabes. Cachito, hoy nos has salvado a Lupe y a mí, pero ahora tenemos que ir a buscarla.

Juan Cumux no puede mantener a los híbridos a salvo, pero sé que tú sí.

—Montgomery, no.

—Tienes mi brújula y mi mapa.

—Eso no basta. Por eso decidimos buscarte, para que nos ayudaras. No puedo hacer esto.

Abrazó al niño. Cachito finalmente se calmó y asintió cuando Montgomery se alejó.

Se despidieron de los demás y Montgomery le estrechó la mano a Cumux antes de ponerse en marcha. Cuando llegaron a la parte del camino donde se había producido el enfrentamiento, Montgomery se bajó de la montura y miró a su alrededor, examinando los caballos y los hombres muertos. Con el calor de aquellas latitudes, los cadáveres pronto apestarían.

Encontró el cadáver de Aj Kaab en medio del camino con el cuchillo clavado en el vientre. Sacó el arma y la limpió contra sus pantalones. Comenzó a arrastrar el cuerpo a la orilla del camino. Lupe, al ver lo que hacía, también bajó del caballo y le ayudó. Dejaron el cadáver a una distancia suficiente del sendero como para que no lo vieran fácilmente si pasaba alguien. Repitieron el procedimiento cuando tropezaron con Áayin, quien estaba boca abajo junto a un caballo muerto. Más tarde tendrían que procurarles un entierro adecuado, pero ahora no tenían herramientas.

Montgomery sacudió la cabeza y buscó entre los cadáveres de los hombres, tomando un par de bolsas que contenían balas. También encontró una funda y una pistola. Mientras buscaba intentó dar con Eduardo y con Hernando entre los caídos, pero no estaban allí.

Lupe lo observaba, impasible. Cuando terminó, guiaron a su caballo por el camino blanco, que se había teñido de rojo por la sangre.

—Todavía estás a tiempo de dar la vuelta, Lupe —dijo—. No hay más que muerte por delante.

—No me asusta.

—A mí me asusta mucho.

—Carlota es mi pariente, Montgomery.

—¿Y lo sabe?

Lupe lo miró a los ojos, con el rostro serio.

—Somos hermanas y la quiero. Eso no significa que tenga que decírselo cada mañana y cada noche.

—Sería bueno que se lo dijeras de vez en cuando.

—Sería bueno que te ocuparas de tus propios asuntos. Yo no te digo lo que tienes que decirle. Además, si alguien tiene una obligación con Carlota, soy yo, no tú. Tú no eres nada de ella —declaró Lupe.

—Bueno, entonces supongo que tendremos que ir a buscarla juntos —murmuró.

Montgomery bebió de la cantimplora en su silla de montar. Tenía las muñecas en carne viva y enrojecidas, le dolía la espalda, e iban al rescate de la hija del doctor Moreau.

CAPÍTULO VEINTINUEVE

Carlota

Había pasado el día junto a la cama de su padre bajo la atenta mirada de Isidro o de uno de sus hombres. Entrada la noche, el doctor Moreau se despertó y Carlota le dio un poco de comida y agua. Moreau miró a Isidro con curiosidad.

—Han vuelto hoy —explicó Carlota.

—¿Dónde está Hernando? Tengo que hablar con él —dijo su padre.

—No está aquí.

—Está persiguiendo a los híbridos que tu hija soltó —intervino Isidro.

—¿Es eso cierto? ¿Los has liberado? Son el trabajo de mi vida.

—Había que hacerlo.

—Carlota, estos experimentos son mi gran logro, mi legado. No quería que te deshicieras de ellos. —La voz de su padre se volvió áspera y afligida—. Es un conocimiento sagrado que se debe preservar.

Tu legado es la miseria y el dolor, pensó Carlota, y giró la cabeza.

—Tengo tus notas, pero no podría haber mantenido a los híbridos aquí. Hacerlo habría sido cruel.

Isidro sonrió con suficiencia.

—Sí, bueno, ya que no es *tu* dinero. Vamos a tirar una fortuna al viento.

—No tiene usted compasión, ¿verdad, señor? —dijo rotundamente.

—¿Compasión? ¿Por una manada de animales? La razón de su existencia, su función, es servirnos, y sin embargo pensaste que podrías entrometerte en eso. ¿Qué imaginas que lograrán? ¿Cómo se alimentarán o afrontarán la selva?

—Al menos tienen una oportunidad.

—¿Crees que si entran en contacto con la gente sobrevivirán? Les dispararán y los desollarán.

—Ahora tomaré mi té, si me lo permiten —dijo Moreau, elevando su voz por encima de la de ellos.

Isidro parpadeó y miró al doctor.

—Puedo ir a por él —dijo Carlota.

—No —murmuró Isidro—. Quédate aquí. Haré que lo traigan.

Abrió la puerta y llamó a gritos a alguien. Isidro realmente no se arriesgaba, no la perdía de vista. No era que ella fuera a ir muy lejos. Carlota había contado otros cuatro hombres en la casa que podrían encontrarla rápidamente si salía de la habitación.

—¿Se han ido todos de verdad? —preguntó su padre, con la voz baja.

—Sí.

—¿Dónde está Laughton?

—Hernando Lizalde se llevó a Lupe y a Montgomery mientras buscan a los demás.

—Entonces estás sola. En ese cajón, Carlota, junto a la cama, está mi Biblia y al lado la caja con la pistola. Tómala y vete.

—Padre…

—Tómala y vete —exigió, con las manos sujetando con fuerza las cobijas—. Sal por el patio.

Abrió el cajón y vio la Biblia y la caja de madera que había dentro. Inhaló, con los ojos muy abiertos, considerando las implicaciones de tal elección y miró las puertas francesas que daban al patio con sus cortinas blancas.

Lentamente se dirigió hacia las puertas. Pensó en salir corriendo, en huir hacia la noche. Pensó en correr hasta quedarse sin aliento, hasta que las estrellas se apagaran. Entonces miró a su padre en la cama, frágil y roto. Y no podía dejarlo, a pesar de todo, aunque el precio fuera alto.

Las sombras se movían en el patio, detrás de las cortinas, y oyó voces. Retrocedió rápidamente y se sentó de nuevo en su silla.

—No puedo —susurró, y se apretó las manos contra la cara, con un sollozo alojado en la garganta.

—Está bien —dijo su padre—. No te preocupes, niña.

Las voces venían ahora del pasillo y se hacían más fuertes. Entró Eduardo con el pelo alborotado y la camisa manchada de sangre. Isidro y otro hombre lo seguían.

—Doctor, debe levantarse —dijo—. Mi padre ha recibido un disparo y requiere atención médica.

—¿Hernando?

—Sí, ¿quién si no? Venga, doctor. ¿Dónde está su bastón? —preguntó Eduardo, mirando alrededor de la habitación.

—¿Estás loco? No puede levantarse —dijo Carlota, incorporándose en su lugar.

—Mi padre necesita que alguien le examine las heridas, qué más...

—Llevaremos a tu padre al laboratorio y yo me ocuparé de él.

—¡Pero tú! —exclamó Eduardo, sorprendido.

—Puedo encargarme de esto.

—Carlota tiene razón —dijo su padre—. Ella sabe lo suficiente.

Los hombres la miraron con recelo, pero Eduardo murmuró algo a Isidro y luego asintió con la cabeza hacia ella. Carlota se movió con rapidez. Cuando llegaron al laboratorio, las puertas seguían abiertas, como las había dejado antes de la llegada de los hombres, y los papeles de su padre estaban esparcidos por la antesala. Pidió a Eduardo y al hombre que lo acompañaba que encendieran las lámparas.

Carlota buscó entre los estantes y tomó el maletín médico de su padre. No tenía experiencia en heridas de bala. Pero había leído sobre las heridas sufridas en el campo de batalla en uno de los volúmenes del médico. Sacó el libro y lo hojeó. Al cabo de unos minutos, Isidro entró con su tío. El hombre mayor hizo una mueca mientras se sujetaba el brazo.

—¿Dónde está Moreau? —preguntó.

—Solo soy yo. Mi padre aún se encuentra en cama.

—Eso no servirá. Levanten a ese hombre.

—No está en condiciones de ayudarlo. Por favor, siéntese.

—¿Y se supone que ahora eres médica? ¿Me pondrías en sus manos? —preguntó Hernando, volviéndose hacia su hijo.

—He aprendido de mi padre y no le haré ningún daño. No tengo el más mínimo deseo de ayudarlo, pero me veo obligada a hacerlo. ¿Dónde está herido?

—En el hombro.

El hombre parecía cansado, pero se sentó, aparentemente concluyendo que estaba peleando una batalla perdida. O tal vez fuera simplemente el dolor lo que lo ablandó. Carlota le pidió que se quitara la americana y la camisa mientras ella hervía agua. Cuando estuvo lista, le limpió el hombro. Entonces pudo ver la fea perforación de la bala. Había entrado cerca del hombro y había salido limpiamente. Ni el hueso ni la articulación habían sufrido lesiones. Hernando había corrido con suerte, con su fea y desgarrada carne y demás.

La principal preocupación de Carlota debía ser asegurarse de que sus instrumentos estuvieran limpios y de que no se introdujera ninguna sustancia extraña, siendo la infección el mayor riesgo. Espolvoreó yodoformo abundantemente sobre la piel. A continuación, aplicó un apósito y vendó el brazo herido, procurando colocar también una buena cantidad de gasa bajo la axila.

El hombre se quejó estruendosamente y gruñó mientras ella trabajaba, como si le hubieran disparado una bala de cañón, aspirando profundo y luego apretando los dientes.

Cuando Carlota terminó, se pasó la mano por la frente y dio un paso atrás.

—¿Dónde están los demás?

Hernando Lizalde hizo una mueca de dolor y miró el vendaje.

—Esos malditos animales tuyos nos han atacado.

—¿Los híbridos? —preguntó, sorprendida.

—Sí, tus híbridos. Y alguien más. ¡Había tres indios con ellos! Pero vamos a buscar al ejército, vamos a reclutar soldados de inmediato...

—Es de noche —dijo Isidro con cautela—. Podrían estar escondidos, esperando para tendernos una emboscada afuera, en la oscuridad. Deberíamos esperar hasta el alba.

—¿Y si vienen aquí? —preguntó el hombre mayor.

—Las puertas son gruesas —caviló Eduardo—. No podrían derribarlas. Isidro tiene razón, estaríamos expuestos ahí afuera entre las sombras. Somos siete, pero afuera puede que no sea suficiente, y para empeorar las cosas ahora hemos perdido todos los rifles, abandonados en medio de la selva.

—Pero los hombres aquí tienen balas y pistolas. Y debe haber otras armas por la casa.

—No he hecho un inventario, pero bien podría ser que Laughton tuviera rifles escondidos por ahí —dijo Isidro—. Después de todo, él caza.

—Eso todavía no quita el problema de movernos en la oscuridad —dijo Eduardo—. Y, padre, francamente me siento agotado. Supongo que tú debes sentirte igual.

—Reconozco que ha sido un día largo y difícil —dijo el hombre mayor, flexionando los dedos—. Deberíamos proceder a primera hora. Necesito una bebida fuerte y acostarme. Vamos, llévame a una habitación.

—Hay una habitación que sería perfecta para ti, tío.

—¿Y mi bebida?

—Puede ir a buscarla a la cocina —dijo Carlota secamente.

—Por aquí —dijo Isidro mientras salían al pasillo.

Carlota comenzó a seguirlos, pero Eduardo la detuvo, sujetándola del brazo.

—Tengo cortes y moretones que necesitan ser atendidos —dijo, mientras se quitaba la americana como para permitirle una fácil inspección de dichas lesiones.

—Debo volver al lado de mi padre. Puedes tomar su maletín médico y atenderlos tú mismo.

—No, no lo creo.

—Pero alguien tiene que vigilarlo.

—Isidro, ¿podrías vigilar al doctor Moreau después de ayudar a mi padre a acostarse? —gritó Eduardo.

Su primo se volvió para mirar a Eduardo.

—¿No vas a venir?

—Le echaré un ojo a ella.

—Echarle un ojo, por supuesto —murmuró Isidro con un tono rencoroso. Pero no dijo nada más.

El hombre de Eduardo seguía junto a la puerta, mirándolos. Parecía divertido.

Carlota le pidió al hombre que moviera las lámparas, luego buscó el maletín y lo abrió de nuevo, apartando los diarios, y lo colocó sobre la mesa de la antesala. Por lo que pudo ver, Eduardo solo tenía algunos cortes en los nudillos, que le limpió. Había sangre en la sien derecha y también la limpió.

—Serías una enfermera decente —dijo—. Eres muy cuidadosa.

—Como ya he dicho, mi padre me enseñó.

—Pensé que serías menos amable después de nuestra última conversación.

—No es amabilidad.

Era la compostura que su padre le había transmitido, así como su propio sentido de la decencia. No era un monstruo. No deseaba odiar ni deseaba herir.

—¿Qué ha pasado allá afuera? —preguntó ella.

—Los híbridos salieron de la nada y comenzaron a atacarnos. También había hombres con rifles. Indios, como dijo mi padre. Vi a tres de ellos. Causaron un caos. Murieron algunos hombres, otros huyeron.

—¿Qué hay de Lupe? ¿Y Montgomery?

—Tu amigo Montgomery disparó a mi padre y me golpeó aquí —dijo Eduardo, señalándose la sien—. Cuando nos encontremos de nuevo tengo la intención de devolverle el favor.

Carlota giró la cabeza y se mordió el labio para no sonreír.

—Entonces están vivos.

—Tal vez.

Pero debían estarlo; al fin y al cabo, Hernando y Eduardo estaban vivos. Sin embargo, le preocupaba que pudieran estar heridos y que no hubiera nadie para asistirlos tal y como ella había atendido a estos hombres. Comenzó a colocar los objetos dentro del maletín médico.

—Estoy cansado. Vamos a acostarnos —dijo Eduardo.

—Ya sabes dónde están las habitaciones —respondió ella, inmovilizando las manos.

—Me refiero a que deberíamos ir a tu habitación.

—No te quiero conmigo.

—La última vez, sí. Vamos, apuesto a que también estás cansada. ¿Cuánto dormiste anoche?

La tomó del brazo; en la mano libre llevaba una lámpara. No la sujetó con brusquedad, sino que se limitó a dirigir sus pasos. Ella pensó en protestar, pero vio al hombre en la puerta, mirándolos, con una mano apoyada despreocupadamente en su pistola. Debería haber tomado el arma que estaba junto a la cama de su padre. Se sintió tan cobarde.

Una vez que llegaron a su habitación, Eduardo se dio la vuelta y despachó al hombre, quien había estado caminando detrás de ellos en silencio. La llave estaba puesta en la cerradura y, después de que entraran, él la giró, dejándolos encerrados. Carlota se apartó de Eduardo, con los ojos fijos en él, evaluando la funda que llevaba en la cintura y el revólver que había allí.

La miró con curiosidad.

—¿Por qué pones esa cara? —le preguntó—. No me tienes miedo, ¿verdad?

Carlota no respondió, sino que se frotó los brazos y dio otro paso atrás, poniendo la cama entre ellos. En el librero estaban todas sus novelas de gallardos piratas y sus viejas muñecas, y en un baúl a los pies de la cama estaban los soldados de juguete de su infancia.

Eduardo dejó la lámpara en el suelo y se quitó la funda de la pistola, colocándola sobre la mesa.

—No voy a hacerte daño. Ven, siéntate —dijo, y se sentó en la cama, extendiendo una mano.

Ella negó con la cabeza.

—No te quiero conmigo.

—El lugar más seguro es a mi lado. Esos hombres de afuera son unos brutos a sueldo. Y aunque le has hecho un favor a mi padre, no le agradas. Pero me dejará conservarte, no te preocupes.

—Qué amable de su parte.

Eduardo se pasó una mano por la cara y se pellizcó el puente de la nariz, suspirando profundamente.

—Carlota, te estás tomando todo esto a mal. Debes ser razonable. Siéntate conmigo —dijo, dando palmaditas a las cobijas.

Ella lo miró fijamente.

—Déjame ir, por favor.

—Mira, he hecho todo lo que he podido por ti y más.

—¿Qué has hecho? Aparte de perseguir a los híbridos y hacer daño a mis amigos.

—¿Qué hay de la parte en la que intentaron masacrarnos? —preguntó Eduardo—. ¿Qué hay de eso? En cuanto al resto, ya te lo he dicho: te mantendré a salvo. Luché por ti con mi padre. Me estoy asegurando de que no sufras daño y de que sigas siendo mía.

—Tuya —dijo ella—. Como si me hubieras comprado en un mercado.

—¡Maldita sea, no quiero decir eso! —gritó él.

Carlota se encogió, queriendo hacerse más pequeña, pero el gesto pareció molestarlo aún más y Eduardo se acercó a ella pisando fuerte y le alcanzó la cintura. La palma de ella se levantó rápidamente contra el pecho de él, empujándolo hacia atrás, rechazándolo. Le recordó a cuando había estado con Montgomery y lo arañó accidentalmente. Y sin embargo, ahora, cuando deseaba infligir verdadero dolor a un hombre, no tenía garras para atacar.

Tenía esa horrible sensación de debilidad, de estar a punto de desmayarse. No quería que Eduardo pensara que estaba consintiendo con él, pero estaba tirando de ella hacia la cama y Carlota casi tropezó con sus pies.

—Parece que tienes fiebre —dijo Eduardo deslizando una mano por su mejilla.

—No me encuentro bien. Deberías dejarme en paz.

—Estoy cansado. Descansaremos juntos.

—No te quiero —susurró.

Eduardo la acostó y se estiró junto a ella. Era una parodia de la noche que habían pasado juntos. Se habían acostado así, y habían dormido hasta que casi había amanecido y él se había escabullido de su habitación. Pero ella lo había amado entonces, y ahora le temía. Ahora la enjaulaba con sus brazos y la obligaba a mirarlo.

—Me querrás de nuevo, un día.

—No lo haré. Lo has arruinado todo. Me escaparé.

—¿Y dejarás a tu pobre padre atrás? ¿Y tus amigos? Vamos a encontrarlos, sabes.

Ella le golpeó la sien, donde Montgomery lo había herido, con la palma de la mano. Él siseó de dolor y le apretó la barbilla.

—No me faltes al respeto —dijo, con la voz baja—. Puedo hacerte la vida difícil. O puede ser sencilla y buena.

Cuando Carlota no dijo nada, se limitó a colocarla de espaldas a él. Le rodeó la cintura con un brazo. Se sintió como si una cadena de hierro la sujetara con fuerza.

—¿No quieres ir a Vista Hermosa conmigo? —le preguntó, susurrándole al oído, el hierro convirtiéndose en seda, y sin embargo seguía habiendo aquel trasfondo de dulce salvajismo en sus palabras—. ¿No quieres andar en calesa y llevar esmeraldas y perlas en el cuello? Ya te dije que me enamoré de ti en cuanto te vi. No te dejaré ir. No te haré daño.

Él le pasaba una mano por el pelo y ella lo oía respirar lentamente. Al cabo de un rato, pensó que se había quedado dormido, que todo el día lo había afectado mucho. Pero no la soltó.

La sujetaba con fuerza, como un niño codicioso que se aferra a su juguete favorito.

Supuso que eso era lo que ella era para él: una simple muñeca para llevar de un lado a otro. La vida con Eduardo sería, como él decía, sencilla y buena siempre que Carlota estuviera de acuerdo con todo lo que dijera. Y entonces, si no lo hacía, sus dedos se clavarían con demasiada fuerza en su piel, sus palabras rasparían con voz apagada y peligrosa contra su oído.

Carlota tuvo el furioso deseo de meterse los dedos de él en la boca y morderlos. La piel de ella ardía como el carbón.

Un fuerte grito hizo que ambos se levantaran de un salto.

—¿Qué ha sido eso? —preguntó Carlota.

Eduardo corrió hacia la puerta, deteniéndose para agarrar su revólver. Tomó la llave.

—Espera —dijo Carlota corriendo detrás de él, pero antes de que pudiera alcanzarlo Eduardo echó el cerrojo de la puerta por fuera. Carlota golpeó contra la madera con la palma de sus manos.

CAPÍTULO TREINTA

Montgomery

Para cuando llegaron a Yaxaktun y ataron su caballo a los árboles junto a los arcos moriscos, la noche había caído y la casa era un *collage* de sombras. Se quedó mirando la robusta puerta principal. No tenía experiencia en forzar cerraduras y el portón no cedería a la fuerza bruta. Montgomery aún estaba considerando su dilema cuando se dio cuenta de que Lupe se había atado el rifle a la espalda con su rebozo y había comenzado a escalar las puertas de la casa.

Observó con asombro cómo se movía tan rápido como una lagartija, clavando las uñas en la madera, y desaparecía por encima de la puerta. Dos minutos después, estaba abriendo el portón para dejarlo entrar.

—No sabía que podías hacer eso —dijo él.

—No es difícil —respondió ella encogiéndose de hombros.

Montgomery caminaba preparado con su rifle. La luz de la habitación del doctor se derramaba tenuemente en el patio. El resto de la casa estaba a oscuras. Había contado el número de hombres que se habían quedado con Isidro. Eran cuatro, además del primo de Eduardo. Hernando y Eduardo Lizalde no habían estado entre los caídos, por lo que supuso que podrían haber regresado a Yaxaktun. Eso significaba que había al menos siete hombres dentro de la casa.

Las ventanas de Yaxaktun tenían verjas decorativas de hierro y las puertas auxiliares del patio tendían a ser de la misma madera negra y resistente que la utilizada en la parte delantera de la hacienda, pero la habitación de Moreau y la sala de estar tenían puertas francesas con cristal, así que se dirigió hacia la sala de estar y rompió uno de los cristales con la culata de su rifle, luego metió la mano por la ventana rota y abrió la puerta de un tirón.

Había muchas habitaciones en la casa y no podía estar seguro de dónde se esconderían los hombres o Carlota. Si tuvieran dos dedos de frente estarían preparados, con las armas al alcance de la mano.

—Ve a ver si Carlota está en su habitación y yo iré a ver al doctor. Lo agarraré y lo sacaré de aquí —le dijo Montgomery a Lupe en un susurro—. Nos encontraremos junto a los caballos. Ten cuidado, el rifle contra el hombro, como te he dicho. Si no, te dará un culatazo.

—Es solo apretar un gatillo —susurró Lupe, escabulléndose rápidamente.

Montgomery se dirigió al pasillo que conducía a la habitación del médico con pasos firmes. Cuando llegó a la puerta contuvo la respiración un momento y entró rápidamente. Moreau estaba tumbado en la cama y junto a él había un hombre en una silla.

El hombre se volvió hacia Montgomery e inmediatamente empuñó su pistola. Montgomery disparó primero, matando al hombre donde estaba sentado. Luego se volvió hacia Moreau, quien se estaba incorporando, con las manos temblorosas y mirándolo con ojos muy abiertos. Montgomery verificó alrededor de la habitación, pero Carlota no estaba por ningún lado.

—¿Dónde está Carlota?

El doctor tragó saliva y buscó su mesita de noche.

—No sé, ellos… ¡Laughton! ¡Detrás de ti!

Oyó cómo se abrían las puertas francesas y, antes de que pudiera reaccionar, se escuchó un golpe y sintió el dolor de una bala que le impactaba en el brazo. Se dio la vuelta y se tiró al suelo, boca abajo. Una sombra pasó junto a la ventana.

Hubo otro disparo.

Supuso que lo acribillarían. Pero la segunda bala no lo alcanzó y tampoco la tercera. Entonces parpadeó y se dio cuenta de que era Isidro quien le había disparado, pero ahora yacía desplomado junto a las puertas francesas. El médico sostenía una pistola contra su pecho y había disparado al hombre, y luego le habían disparado a su vez.

Montgomery se levantó, haciendo una mueca, y se dirigió al lugar donde yacía Isidro. Comprobó si tenía pulso, pero el hombre estaba muerto. Junto a su cuerpo yacía la hermosa pistola con empuñadura de marfil que le gustaba a Lizalde. Montgomery se dio la vuelta y volvió con el médico.

—Muy bien, Moreau, déjeme ver.

—No hay nada que ver —dijo el médico, apartando la mano.

—Moreau, yo...

Los ojos de Moreau estaban repletos de muerte y su pecho era una salpicadura de carmesí. Montgomery se aferró a su mano, ya que era lo único que podía hacer por él.

—Mi hija, cuida a mi hija.

—Estará bien, doctor.

—Dile que la quería. Carlota...

Eso fue lo último que dijo el médico, el nombre de la chica saliendo de sus labios. La Biblia del doctor había caído al suelo. Montgomery no creía en Dios, así que no rezó por el hombre, simplemente cerró los ojos y colocó la Biblia junto a su cuerpo. Luego maldijo en voz baja y decidió concentrarse en la herida de su brazo.

Se deshizo del rifle. Ahora no podía utilizar el brazo derecho, así que tendría que conformarse con la pistola y la mano izquierda. También tenía el cuchillo que se había metido en el cinturón. Se apresuró a ir hacia el armario de Moreau y sacó una camisa, rasgándola y atándosela alrededor de la herida. Era lo mejor que podía hacer dadas las circunstancias. Eso y rezar para que no se desangrara aquella noche.

Cinco, pensó. *Con suerte eso significa que quedan cinco hombres*. No le gustaban aquellas probabilidades, pero no iban a mejorar con él allí de pie, así que levantó su pistola y salió al pasillo.

Decidió que su mejor opción era simplemente seguir el camino de Lupe hasta la habitación de Carlota y esperar que los tres pudieran huir antes de que los otros hombres se les echaran encima. Pero la bulla que habían montado se oyó claramente y una puerta se abrió de golpe. Un tipo le apuntó con una pistola y disparó. Tenía mala puntería y falló, la bala dio en la pared de detrás de Montgomery. Este le devolvió el favor con dos balas rápidas en el pecho.

Montgomery se paró en la puerta y miró dentro de la habitación, con la pistola preparada. Hernando Lizalde estaba de pie junto a una cama y lo miraba aterrorizado con los ojos muy abiertos. Vio el vendaje alrededor del brazo y del hombro. Había un rifle sobre una mesa, junto a una ventana, pero Hernando estaba muy lejos de él.

—Laughton —dijo, con la voz ronca—. Estás vivo.

—Como tú.

—Estoy desarmado.

—¿Dónde está Carlota?

—No lo sé.

—Ponte de rodillas —dijo Montgomery, todavía en la puerta.

—Dios, Laughton. No dispares a un hombre desarmado.

—Tengo la intención de atarte, cerdo. ¡De rodillas!

Hernando obedeció.

—Ahora, Laughton, piénsalo bien. ¿Por qué te opondrías a mí? Tengo dinero. Puedo pagarte. Moreau no tiene nada. Deberías estar de mi lado.

—Lo único que quiero es llevarme a Carlota de aquí —dijo, y entró a la habitación. Justo cuando lo hizo, notó que los ojos de Hernando se desplazaban a su derecha. En el suelo se movía una sombra.

Tan rápido como pudo, Montgomery trató de golpear la puerta contra la pared, intentando mantener alejado a quienquiera que se escondiera tras ella, pero sintió la aguda punzada de un cuchillo clavándose en su brazo herido. El hombre trató de sacar el cuchillo y Montgomery disparó con su mano izquierda, dándole a su atacante en la ingle. Su atacante soltó un terrible grito y se desplomó.

Cuando levantó la vista vio que Hernando Lizalde se había precipitado hacia el rifle de la mesa y lo tenía en alto, procurando disparar a Montgomery en el vientre. Montgomery se volvió a pegar a la puerta y disparó. La bala impactó en la cara de Hernando y lo hizo caer al suelo.

Montgomery inhaló hondo y volvió a guardar su pistola en la funda, mirando el desastre que era su brazo con el cuchillo aún clavado en él. Se lo sacó con un fuerte gruñido. Se quedó de pie con el maldito cuchillo a sus pies y su brazo punzando. Entonces oyó unos pasos y se giró para encontrar a Eduardo Lizalde mirándolo confuso.

La confusión duró un segundo. Luego, Lizalde levantó su arma. Montgomery empujó al joven contra la puerta y le retorció la mano, el movimiento le arrancó el arma de los dedos.

Debería haber sido capaz de someterlo, pero Eduardo estrelló un puño contra la cabeza de Montgomery con furia frustrada y luego fue a por el brazo herido. El dolor rugió en el cuerpo de Montgomery, quien retrocedió tambaleándose y haciendo un gesto de dolor. Los puños de Eduardo impactaron con su mandíbula y luego con su estómago. Montgomery, tambaleándose por la agonía de sus heridas, no pudo bloquear los golpes. La sangre le chorreaba por la frente, por la cara, manchando un ojo y dificultando la visión, y de nuevo llegó otro golpe y había caído al suelo, boca arriba.

Eduardo lo estaba pateando ahora, yendo hacia las costillas y Montgomery sintió una nueva punzada de dolor allí. Una costilla. Se había roto una costilla. Mientras yacía en el suelo, recordó la vez que se había enfrentado a un jaguar y la forma en que la bestia le había hundido los colmillos en la carne. Fue el recuerdo de aquel terrible enfrentamiento lo que le hizo salir de aquel pantano de angustia en el que se estaba hundiendo.

Cuando se encontró con el jaguar, supo, en un instante muy claro, que tenía que defenderse en aquel momento o moriría. Y había luchado, reuniendo toda su fuerza, toda su febril necesidad de sobrevivir, en un solo golpe, al hundir el cuchillo en la cabeza de la criatura.

Ensangrentado, en el suelo, con el dolor sacudiéndole el cuerpo, Montgomery se abrió paso entre la agonía. Lo había hecho una vez. Podía hacerlo de nuevo.

Eduardo levantó una pierna con la intención de pisar la cara de Montgomery y este elevó ambas manos, atrapó el pie del hombre, y le torció el tobillo con un satisfactorio crujido. Eduardo gritó y se lanzó lejos. Montgomery tomó el cuchillo y se incorporó.

Escupió y le mostró los dientes a Eduardo con un aspecto más salvaje que el de cualquiera de los híbridos. El sabor de la sangre en su boca lo estimuló, porque no iba a morir aquella noche. No así, no por la mano del puto Eduardo Lizalde, de modo que sujetó con fuerza el cuchillo y gruñó a través del dolor ardiente. Supo que su cara debía ser la de un loco en aquel instante.

Los ojos del joven se entrecerraron, pero no tenía ningún arma y dio un paso atrás, cojeando. Su valor lo había abandonado. Montgomery oyó que se movía, alejándose por el pasillo, en dirección a la habitación del médico.

Montgomery simplemente quería derrumbarse en el suelo. Cada respiración que daba le dolía y la cabeza le punzaba. Pero no podía quedarse allí. Eduardo volvería con un arma. Carlota y Lupe podrían estar todavía en algún lugar de la casa.

Se sujetó con fuerza el torso y se incorporó un poco, pero volvió a caer. Inhaló, enderezó los hombros y se obligó a levantarse con un gruñido. Montgomery se tambaleó hacia delante como un juguete mal enrollado y se mordió el labio.

CAPÍTULO TREINTA Y UNO

Carlota

Golpeó las manos contra la puerta en vano y cuanto más gritaba Carlota, más parecía que sus fuerzas la abandonaban. La fiebre que tenía parecía ahora llegar al punto de ebullición y se deslizó contra la puerta sintiendo como si hubiera pasado todo el día corriendo por los senderos cercanos a Yaxaktun. Carlota se estrujó las manos y se apretó los nudillos contra los labios, rezando.

—¡Carlota!

—¿Lupe? —murmuró, al principio pensando que se había imaginado la voz y luego apretando la mejilla contra la puerta. Se restregó contra ella, empujándose hacia arriba.

—Lupe, estoy encerrada aquí.

—Aléjate de la puerta.

Carlota dio un paso atrás. Oyó un batacazo cuando Lupe golpeó algo pesado contra la madera hasta que las astillas volaron por los aires; había hecho un agujero, y todo el pomo de la puerta se vino abajo con un estruendo. Lupe abrió y se precipitó hacia ella.

—¡Lupe, has vuelto!

—Sí, por última vez, espero —dijo Lupe, pero estaba sonriendo—. ¡Dios, sí que te metes en problemas! Vamos, será mejor que corramos hacia los caballos y esperemos que Montgomery y el doctor nos encuentren rápido.

—¿Está aquí?

—Está con tu padre. Traerá al médico, no te preocupes.

—Mi padre no puede caminar.

—La camilla sigue en la habitación, ¿no?

—Sí, pero…

—¡Vamos! ¡Los demás están esperando!

Carlota estaba temblando.

—¿Los demás? ¿Están bien?

—Están bien. Vamos, luego te cuento.

Carlota no estaba segura de que Montgomery pudiera llevar a su padre a ninguna parte, pero Lupe parecía asustada y no podían quedarse en la habitación. Dio unos pasos, pero tropezó como si hubiera estado bebiendo aguardiente durante horas y horas.

—¿Qué pasa?

—No puedo respirar bien —murmuró Carlota. Las gotas de sudor le invadían la frente y sentía un cosquilleo en el cuerpo. Era como antes, como sus otros ataques. No podía ocurrir en peor momento.

Lupe pasó uno de los brazos de Carlota por sus hombros y tiró de ella hacia arriba, y con la mano libre tomó el rifle.

—No puedo conseguirte sales aromáticas así que tendrás que ayudarme aquí. Vamos, da un paso. Eso es, así.

Obedeció a Lupe, aunque sintió como si alguien le clavara agujas en la piel. Avanzaron arrastrando los pies en la oscuridad. Cuando estaban a punto de llegar al patio, un hombre con un rifle se puso delante de ellas y, sin preámbulos, disparó contra Lupe, alcanzándola en la pierna.

Lupe gritó y empujó a Carlota, alejándola. Carlota se golpeó contra la pared, sintiéndose como una marioneta. Dejó escapar un grito que hizo que el hombre se detuviera, asustado.

Antes de que pudiera disparar de nuevo, Lupe saltó hacia delante e hizo girar su rifle, golpeando al hombre en la cabeza con él. El matón gritó y trató de levantar su arma, pero ella lo golpeó de nuevo y él dejó caer su rifle. Lucharon con todas sus fuerzas; Lupe apretó los dientes cuando él trató de darle un puñetazo y ella lo aporreó, clavándole la culata del rifle en el estómago, lo que pareció ser suficiente. Luego lo golpeó una y otra vez, primero en el estómago y luego en la cabeza. Sus extremidades se sacudieron, lo cual hizo que Carlota recordara a cuando sacrificaban a los cerdos.

La sangre salpicó el suelo, manchando las baldosas. El hombre se había quedado quieto y Lupe dejó caer el rifle con un estrépito. Se volvió hacia Carlota.

Carlota yacía con la espalda pegada a la pared y se había deslizado hacia abajo, sentándose en el suelo. El olor de la sangre le asaltó las fosas nasales, haciendo que su estómago se revolviera con repugnancia.

—Vamos —dijo Lupe, y extendió los brazos, tratando de ayudarla a levantarse, pero cuando Carlota se apoyó en Lupe esta hizo un gesto de dolor.

—Mi pierna —murmuró Lupe, y se sujetó con fuerza a la pared—. Tendremos que ir despacio.

Comenzaron a caminar por el patio. Lupe cojeaba y Carlota intentaba no apoyar su peso en ella. Pero le costaba muchísimo arrastrar los pies. Era como si la angustia de la noche le hubiera convertido las piernas en plomo y le aterraba la posibilidad de transformarse en una bestia, como había ocurrido con su padre. Lo había estrellado contra la vitrina y le había hecho daño, y luego había dejado marcas de garras en el pecho de Montgomery.

No, eso no debía suceder.

No, no lo haría.

Ah, y su padre. Su padre, su padre. Deseó poder correr a su habitación y abrazarlo.

—Tengo que parar.

—¡No puedes parar!

—Mis… mis pulmones.

Su cuerpo estaba en llamas; su corazón era un carbón ardiente.

—Inhala. Vamos, Loti, como dice tu padre, inhala despacio y luego exhala.

Cerró los ojos e intentó calmar su desesperado corazón. Respiró hondo y luego exhaló. Dios, ¡le dolía! Los ojos le escocían. Finalmente, Carlota se recompuso y comenzó a caminar. Habían recorrido la mitad del patio cuando oyó el inconfundible sonido de las botas sobre las baldosas y la voz de Eduardo, áspera y fuerte.

—Estoy apuntando a la cabeza de tu perro —dijo—. Dense la vuelta.

Se giraron. Carlota se sujetó del brazo de Lupe y miró fijamente al joven. Tenía una pistola apuntando a Lupe y sostenía la empuñadura de marfil con fiereza. Carlota tenía la boca seca como el polvo; apenas podía hablar.

En el suelo del patio, las dos mujeres habían dejado un fino rastro de sangre que parecía atarlas a la casa, lo cual facilitó que diera con ellas.

—Eduardo, por favor —susurró ella—. Todo ha terminado.

—¿Terminado? No se ha terminado. ¡Me has arruinado la vida! —gritó, dando un paso y haciendo una mueca de dolor, como si estuviera herido, aunque seguía sujetando con fuerza la pistola—. ¡Todos ustedes, monstruos mestizos! Pero si crees que alguna vez vas a dejarme, estás muy equivocada. ¡Eres mía!

—Sí —dijo, dando un paso adelante, alejándose de Lupe y levantando las manos hacia él—. Sí, soy tuya, pero no le hagas daño.

—Voy a matar a todos y cada uno de ellos, y tú... ¡tú ven aquí! ¡He dicho que eres mía!

También tenía un aspecto febril, como si estuviera atormentado por una terrible enfermedad. Tenía el pelo alborotado y sudoroso. Pero su enfermedad era el odio, simple y llanamente. Carlota sabía que dispararía si no lo obedecía y se acercó a él a pesar de que Lupe intentó sujetarle la mano y retenerla, murmurando una maldición.

—Iré adonde quieras.

—Bien —dijo, asintiendo—. Eso es, ven aquí.

—Pero baja la pistola —le suplicó, porque había algo terrible en sus ojos, algo perverso, y la forma en que sujetaba con fuerza el arma la asustaba. Seguía apuntando a la cabeza de Lupe. Él negó con la cabeza y se lamió los labios.

—Mi padre está muerto. Ese bastardo lo ha matado.

—No hemos tenido nada que ver con eso.

—¡Claro que tenéis que ver con eso! ¡He dicho que vinieras aquí!

Apenas podía respirar, pero caminó hacia él arrastrando los pies hasta estar a su lado y Eduardo la sujetó por la cintura con un brazo, acercándola a su costado mientras sostenía el arma con el otro.

—Aquí estoy —murmuró ella, tratando de calmarlo.

Su brazo seguía sujetando el arma con firmeza, pero por un segundo vaciló; su mirada rodeó a Carlota con la más mínima promesa de dulzura. Entonces, algo sucio nubló los ojos de Eduardo; ella sintió que sus músculos se tensaban a su alrededor, observó que sus labios se fruncían y supo que era un indicio de que iba a apretar el gatillo. Carlota le golpeó el brazo y la bala voló por el aire, sin alcanzar su objetivo. La pistola hizo un ruido tan ensordecedor que sintió la necesidad de taparse los oídos.

Eduardo la empujó hacia atrás y ella cayó de rodillas, con los nudillos rozando la maleza que crecía entre las bonitas piedras pulidas que decoraban el suelo del patio. Lupe se había alejado velozmente, pero él disparó una vez más y la chica gritó, haciendo una mueca de dolor y tropezando.

Lupe se sujetaba con fuerza el brazo y Eduardo amartillaba rápidamente el percusor, apurándose, con la intención de disparar una tercera vez. Mataría a Lupe. Estaba completamente segura. Ahora o mañana, pero la mataría. Tenía que saciar su hambre. Sintió el mismo dolor urgente que había sentido antes, aquella rabia en la boca del estómago que siempre había intentado borrar, aquella presión en el pecho que le dificultaba respirar. En lugar de intentar luchar contra ella, la dejó explotar, brillante y abrasadora, como los fuegos que incendiaban los campos en preparación de la nueva cosecha, y se abalanzó con todas sus fuerzas, derribándolo.

El arma salió volando y aterrizó con un chapoteo en la fuente. Las manos de Carlota estaban sobre sus hombros y se puso encima de él, sujetándolo.

—Puta —dijo él, e intentó empujarla, pero ella apretó más, con la fuerza que de repente corría por sus músculos.

—¡Para! ¡Para! —le ordenó ella. Pero Eduardo se defendió. Se sacudió, trató de golpearla y le dio un puñetazo que la hizo lanzar un grito ahogado.

—¡Tú! —dijo él y nada más, pero la palabra estaba impregnada de un odio corrosivo y Carlota sabía que las mataría a las dos.

Carlota arqueó la espalda y sintió que sus vértebras se reventaban, que los huesos y los tendones se movían con una serie de fuertes crujidos, como la madera cuando el calor y la humedad la doblan según la temporada.

Sintió que cambiaba, que se convertía en otra cosa. Aquel «algo» que su padre siempre había temido, del que siempre le había advertido. Pero no era una dolencia ni un defecto, era un poder en bruto que rara vez había probado. Era el misterio de su cuerpo. En aquel momento, fue su salvación y dejó que se produjera el cambio, lo incitó, sin saber cómo, sintiendo la agonía lacerante del hueso y la médula que se remodelan en el lapso de un suspiro.

Las manos de Eduardo se dirigieron a su cuello, apretándole la garganta, sujetándola con fuerza. Sus largos dedos se clavaron en su piel y rugió con furia.

Por un momento Carlota tuvo miedo de él. Miedo de su fuerza, de su rabia frenética. También tuvo miedo de lo que estaba haciendo. Sentía el dolor que le provocaban sus manos, apretándola, y la agonía ardiente de su cuerpo.

Su mandíbula se desencajó, los tendones se tensaron. Gruñó, un sonido bajo y chillón, justo antes de morderle la cara. Sus dientes le parecían más grandes, su boca estaba llena de cuchillas, y Eduardo gritó cuando Carlota le arrancó un trozo de carne y lo escupió, echando la cabeza hacia atrás, para luego tajearle la cara y la garganta con sus garras.

Dejó de ser Carlota y se convirtió en miedo, se convirtió en ira, se convirtió en muerte, se convirtió en piel y colmillo y furia. Tajeó, mordió y desgarró.

Le cortó la yugular limpiamente y lo oyó dar un grito ahogado y lo sintió temblar. Pero ella no se apartó, siguió oprimiéndolo, siguió pensando: *No, a mi hermana no. Nunca le harás daño a mi hermana.*

El sonido de las botas sobre las baldosas del patio la hizo levantar la cabeza y se quedó mirando a Montgomery, quien había salido a trompicones de la casa y estaba de pie, agitado y ensangrentado, con un brazo apoyado en el pecho; en el otro a duras penas colgaba una pistola de unos dedos temblorosos.

—¡Carlota! —dijo Lupe, y estaba junto a ella, apartándola de Eduardo.

Carlota se dejó levantar; sintió que los brazos de Lupe la rodeaban. Sacudió la cabeza y la movieron lentamente a un lado. Montgomery miró el cuerpo de Eduardo. Carlota podía oír un gorgoteo, no muy diferente al de la fuente, mientras Eduardo yacía allí, muriéndose desangrado.

Carlota tenía sangre en la boca y le corría por la barbilla. Estaba tan caliente como el alquitrán al rojo vivo y la escupió, con las fosas nasales abiertas y la boca inhalando una bocanada de aire. No se había dado cuenta, pero también tenía lágrimas en los ojos.

—Todavía no está muerto —murmuró Carlota.

Montgomery apuntó su arma a la cabeza del hombre, apretó el gatillo y la carga explotó, enterrándose en el cráneo de Eduardo. El sonido fue como el del trueno.

Carlota y Montgomery se miraron fijamente. El brazo de él yacía sin fuerzas a su lado y ella se frotó el dorso de la mano contra la boca, limpiándose la sangre que le manchaba los labios. No se molestó en secarse las lágrimas, sino que entrelazó sus dedos con los de Lupe.

El patio estaba tranquilo, pues habían soltado a todos los pájaros de las jaulas y, además, la noche había caído, pintando de negro el verdor y las flores. Sus ojos amarillos resplandecían en aquella oscuridad.

EPÍLOGO

Carlota

No podía dormir, por lo que se levantó temprano, se cepilló el pelo y se vistió mucho antes de lo que debería. Lupe entró a su habitación con una taza de café, sorprendiéndola.

—Montgomery también se ha levantado ya —dijo Lupe, poniendo los ojos en blanco—. Pensé en prepararnos a todos algo de beber, ya que insistes en despertarme con tus paseos.

—Gracias —dijo Carlota, y salió al patio interior.

La casa que rentaban venía amueblada y ella la apreciaba por su ubicación y su precio, pero solo tenía lo mínimo indispensable y el patio era feo y no había jaulas con canarios, como habían tenido en Yaxaktun. Tampoco tenía una fuente. La fuente le encantaba.

Cuando terminó el café, Carlota ayudó a Lupe a ponerse su vestido negro, sus guantes y su grueso velo. Lupe rara vez salía en Mérida, la cual era una de las razones por las que debían mudarse; era imposible estar fuera en una ciudad donde pudiera ser vista, pero en esta ocasión su presencia era necesaria. Al igual que la de Montgomery. Había pasado muchas semanas en la cama, curándose y, aunque él juraba que ya estaba bien, a ella no le gustaba verlo moverse, por lo que había interpretado el papel de buen paciente.

Una vez que Lupe estuvo correctamente vestida, Carlota se miró por última vez al espejo y salieron al patio. Montgomery también se había vestido de negro. Llevaba un sombrero negro barato y una corbata negra y aquella mirada en sus ojos grises que a veces todavía tenía, como si fuera a contrabandear una botella de aguardiente en su habitación. Pero al menos su convalecencia lo había librado de la bebida. Aunque Carlota no sabía si aquello duraría.

—Señoritas —dijo él, y salieron a la calle. Caminaron durante todo el trayecto. La oficina de Francisco Ritter estaba a unas pocas cuadras, otra razón por la que habían elegido la casa.

Llegaron al despacho del abogado a la hora exacta y este los hizo pasar a la sala que Carlota conocía bien. Ya había estado allí un par de veces, pero en esta ocasión había un elemento nuevo: el hombre de bigote rubio rojizo sentado en una de las sillas que habían sido dispuestas en semicírculo para que los tres estuvieran frente a los abogados, que se habían situado detrás de un gran escritorio.

—Señor Maquet, le presento a la señorita Carlota Moreau. Esta es Lupe, su asistente y compañera. Y este es el señor Laughton, quien fue el mayordomo del doctor Moreau en Yaxaktun.

—Encantado de conocerlos —dijo Maquet.

—Igualmente —contestó ella, y se sentó apretando remilgadamente sus manos enguantadas.

Los demás también se sentaron.

—Antes que nada, debo darte el pésame por el fallecimiento de tu padre y por toda la tragedia de Yaxaktun —dijo Maquet, y Carlota asintió.

La «tragedia», por lo que sabían los abogados, era que Hernando Lizalde se había adentrado en la selva con la intención de matar a un grupo de indios de la zona, solo para ser asesinado por ellos. Lo habían acompañado en esta empresa Moreau y Laughton. Aunque no se había encontrado ni el cadáver de Moreau ni el de los Lizalde, se presumía que estaban bien muertos.

A Lupe y a Carlota les había costado mucho esfuerzo enterrar a Aj Kaab y a Áayin y también arrastrar a los hombres que habían perecido en el interior de la casa hasta una pira en la que vieron cómo los cuerpos ardían en llamas. Lo que quedó después, lo habían hundido en el fondo de la laguna, donde los cráneos y los trozos de huesos podían mezclarse con las viejas raíces.

Aquellas tareas se habían completado a toda prisa y sin la asistencia de Montgomery, quien se vio obligado a guardar reposo después de que Carlota lo atendiera. Afortunadamente, la complexión de Lupe era fuerte, sus heridas eran menores, y las mujeres lograron la tarea sin ayuda. Poco después de deshacerse de los cadáveres, llegaron hombres de Vista Hermosa con la intención de averiguar el paradero de los Lizalde. Uno de ellos era un médico que había atendido al mayordomo herido, aunque declaró que la hija de Moreau había hecho un buen trabajo curando a Montgomery.

Carlota aseguró a sus visitantes que había habido pocos pacientes debido a las anteriores incursiones de los rebeldes en los alrededores de su casa, lo que había ahuyentado a la mayoría de la gente, y que también se había debido a su precaria situación financiera. De hecho, les contó que Hernando Lizalde había estado pensando en cerrar la finca por miedo a los indios rebeldes. Ahora, después de que Montgomery volviera a caballo a casa ensangrentado y gravemente herido, los pacientes se habían marchado y solo quedaban Carlota, Montgomery y una criada.

Si hubo otras preguntas, Carlota las desvió y los hombres dudaron en molestar a una dama de luto. Además, estaban más preocupados por el paradero de los Lizalde que por las lagunas en el relato de la joven.

Con todo el mundo aterrorizado e intentando seguir el rastro de los Lizalde desaparecidos, Carlota había podido reunir las notas de su padre y sus posesiones más importantes y hacer que las enviaran a Mérida. Los tres partieron rápidamente (al final, la camilla había servido para trasladar a Montgomery) alegando después que tenían demasiado miedo para permanecer en la zona. En Mérida rentaron la casa y buscaron al abogado de Moreau.

Después de unas semanas en las que Ritter presionó a las autoridades para que hicieran una declaración sobre la situación, por fin habían conseguido un acta de defunción para el médico. Pero ahora que este asunto estaba resuelto, quedaban otros temas pendientes, principalmente el testamento y la cuenta bancaria de Moreau. Por el momento, habían subsistido gracias a la generosidad de Ritter y a la promesa de futuras ganancias. Ella tenía la intención de devolver el dinero al abogado y zanjar la cuestión de una vez por todas.

—Gracias por el sincero pésame, señor —dijo Carlota, con voz suave y baja.

—Mi cliente, Émile Moreau, está muy afectado por lo sucedido —dijo Maquet—. No estaba muy unido a su hermano, pero es un fallecimiento extraño y repentino. Aunque, al mismo tiempo, admite que se esperaba a medias algo así, ya que el doctor Moreau había elegido actividades peligrosas y lugares lejanos para su trabajo. Lo que no esperaba, sin embargo, era este testamento y el añadido de una hija.

—¿El añadido, señor?

—Tu padre nunca escribió a su hermano hablándole de ti.

Carlota asintió.

—Pero, como dice, no estaban unidos.

Ritter dejó escapar un suspiro irritado.

—Señor Maquet, creía que habíamos establecido que, aunque nunca se redactó una fe de bautismo, la señorita Moreau es la hija natural del doctor. Conocí a la chica cuando era una niña y el señor Laughton aquí presente ha firmado un documento certificado por un notario en el que afirma que él también ha sabido de la existencia de la señorita Moreau, ya que ha trabajado para su familia durante los últimos seis años.

—Sea como fuere, debe entender lo problemático que es esto para mi cliente. Una cosa es una hija, pero otra es una hija natural. ¿Se espera que se la lleve a Francia con él, para vivir con su familia? Nunca la ha conocido, nunca ha recibido una sola carta que dé a entender su existencia.

—No puedo decir por qué el doctor Moreau nunca eligió presentar a la señorita Moreau a su tío. Pero ella sigue siendo su sobrina.

—Y, sin embargo, una hija natural. Y, sin embargo, terriblemente joven. No tiene aún veintiún años y el tipo de apoyo que ella solicita... para una mujer, es una gran fortuna.

—Vamos, señor, la señorita Moreau es una dama. No se puede esperar que viva como una niña pobre de la calle —dijo Ritter—. Su padre ciertamente no esperaba que fuera por la ciudad mendigando la cena.

—¿Quién debería supervisar los asuntos de dinero por ella ya que no tiene parientes masculinos, ni esposo? Usted debe entender cómo esto podría preocupar a mi cliente. Una joven podría gastarlo todo en compras frívolas; podría comprarse demasiados vestidos y zapatos.

Carlota no se inmutó ni reaccionó ante sus palabras; tenía las manos ligeramente apretadas.

—Deseo abrir un sanatorio para los pobres. Hay mucha gente necesitada y yo podría ser de ayuda.

—Eso es piadoso de su parte —dijo Maquet—. Pero una vez más, ¿cómo podría una chica lograr tal cosa?

—El testamento es válido, señor —dijo Carlota, volviendo los ojos hacia el hombre y hablando con calma—. Y aunque no tenga el control total de los bienes de mi padre hasta que cumpla los veintiún años, me han asegurado que el señor Ritter puede ayudar a supervisar mis asuntos hasta que llegue ese momento, que debería ser cuestión de unos pocos meses. Si los Moreau pretenden interferir en los deseos de mi padre, no tendré más remedio que llevar mi lucha a las autoridades competentes. En Francia, si es necesario.

—¿En Francia? —respondió Maquet, frunciendo el ceño.

—No tengo ningún inconveniente en concertar una visita con mi tío, si desea discutir el asunto en persona.

—No será necesario —dijo Maquet rápidamente, y ella imaginó por su tono que lo último que deseaba Émile Moreau era conocer a la hija bastarda de su hermano, algo que ella ya había deducido gracias a las cartas y telegramas que habían llegado a manos de Ritter.

—¿Entonces, señor? ¿Qué propone mi tío?

Ritter y Maquet susurraron entre ellos. Era obvio que el abogado de los Moreau había pensado en darle menos de lo debido, pero Carlota no había cedido y ahora había que presentar una verdadera oferta.

—Mi cliente cumplirá los compromisos del doctor Moreau. No impugnará el testamento y se ofrece a concederte la renta que ha solicitado para asegurarse de que no le faltará nada. Sin embargo, tiene una estipulación.

—¿Cuál?

—Que no puede llamarse Carlota Moreau. No puede llevar el apellido del doctor, ni debe reclamar ninguna relación con su familia, ni buscar amistad ni contacto de ningún tipo con ellos. Los Moreau son una familia orgullosa. No pueden afirmar un vínculo con una hija bastarda.

Carlota soltó una carcajada cristalina que pareció sobresaltar a los abogados.

—Señor Maquet —dijo—, los términos me parecen aceptables.

Después firmaron los documentos correspondientes y se dieron la mano. De un plumazo, Carlota fue ungida con una pequeña fortuna y despojada de su apellido.

—¿No te importa? —le preguntó Lupe más tarde, cuando ya estaban de vuelta en la casa y se sentaron en la habitación de Carlota, mientras esta se desenredaba el pelo y se preparaba para dormir.

—No. Porque siento que así puedo elegir quién quiero ser —dijo Carlota—. Solo he sido «la hija del doctor», pero siento que ahora puedo ser otra persona y trazar mi camino.

—Pero es el apellido de tu familia.

—Él era mi padre. Pero esa no es mi familia.

En el espejo vio que una sonrisa se extendía en la cara peluda de Lupe, pero aun así Lupe se mofó, como si se burlara de ella.

Al día siguiente, Carlota fue a la iglesia. El lugar más bonito de Mérida, a sus ojos, era una pequeña plaza con una fuente de mármol, macizos de flores y elegantes asientos de hierro. Esta plaza estaba situada no muy lejos de la catedral, que no le gustaba porque era enorme y echaba de menos su pequeña capilla con el mural de Eva. En aquella catedral se sentía a la deriva, igual que se sentía perdida en la ciudad.

Ahora que tenía los medios para poner en marcha su plan, anhelaba encontrar un pequeño terreno oculto a los demás donde pudieran vivir todos juntos. No solo ellos tres, sino todos los híbridos. No sabía qué había sido de los demás, pero esperaba que estuvieran bien y a salvo. Hasta el momento, a pesar de las múltiples y discretas indagaciones, no había llegado ningún rumor desde el este o desde el sur de la península sobre animales que se movieran como hombres. Los hombres de Vista Hermosa que habían huido del enfrentamiento con los híbridos se habían callado sabiamente, o bien no podían dar crédito a lo que habían visto, o bien las historias que habían susurrado no habían sido escuchadas.

El doctor Moreau se había ayudado a sí mismo. Carlota deseaba ayudar a otros. En las costas del este habría gente que necesitara atención médica. Podría financiar una clínica y también mantener su casa, donde todos los híbridos podrían convivir sanos y salvos. Podría estar escondida en un pequeño pueblo. Podría funcionar.

Encendió una vela por su padre e inclinó la cabeza, rezando una oración por él. Pidió a Dios que guardara su alma. Para sí misma, no suplicó clemencia. El terrible acto que había cometido, la muerte que se había cobrado, la llevaría dentro y se enfrentaría a su juicio algún día. Tal vez Dios lo entendería.

Al salir, mojó los dedos en la pila con agua bendita. El cielo estaba despejado y se sentó en la pequeña plaza con la fuente de mármol, observando a las palomas mientras buscaban migajas. Sonrió.

Cuando Carlota llegó a la casa vio una calesa con un conductor esperando afuera, y cuando entró vio que Montgomery estaba de pie en el patio con una mano en el bolsillo y una sola pieza de equipaje a su lado. El resto debía de estar ya cargado en el vehículo.

Estaba vestido con ropa de viaje, con un nuevo sombrero de paja en la cabeza.

—¿Te vas? —preguntó ella, bastante sorprendida.

—Acordamos que lo haría si llegaba el dinero. Quieres que encuentre a los demás, ¿no? Y conozco bien Honduras Británica.

—Bueno, sí, pero no pensé que te irías tan pronto.

—Me encuentro mejor —dijo, dándose una palmadita en las costillas—. Además, no quiero que se enfríe más el rastro.

—Eso está muy bien, pero sospecho que no tienes intención de volver —dijo ella, mirándolo con ojos de reproche.

Él sacudió la cabeza con algo que no era del todo un suspiro.

—Encontraré a los demás y me aseguraré de que te encuentren a ti a su vez.

—Ahora casi desearía ir contigo, si es así y quieres abandonarnos tan fácilmente.

—Debería viajar solo. Conozco el territorio, puedo moverme rápidamente y además...

—Además, no querrías que estuviera contigo. —Él no le dio ninguna respuesta, lo que la irritó—. ¿Por qué tienes que irte? ¿Sinceramente?

—Porque soy inquieto. He hecho cosas que no han estado bien y he ignorado el camino correcto, y tengo que reflexionar largo y tendido sobre ello.

—No serás absuelto de tus pecados en un camino polvoriento —dijo Carlota, pero incluso mientras hablaba sabía que aunque la absolución no pudiera hallarse de forma tan sencilla, Dios podría vislumbrarse allí. Sabía que Montgomery no creía en Dios y que su padre había predicado un Dios diferente, pero el Dios que vivía en cada piedra y en cada flor y en cada bestia de la selva era real.

Tal vez él sí necesitara esto. Seguir adelante y encontrar el verdadero rostro de Dios. Una vez ella había atisbado a un Dios del regocijo entre las orquídeas y las parras de Yaxaktun. Aquel era el Dios al que le rezaba.

—Dijiste que te quedarías conmigo si te necesitaba —le reprochó, sin embargo, porque era egoísta.

—Ahora no me necesitas —dijo Montgomery alegremente—. Te tienes a ti misma y a tu fortaleza, y tienes a Lupe.

—Lo sé. Sin embargo, no me gusta esta despedida y, además, hay algo que no estás diciendo, y odio cuando la gente guarda secretos.

Se quitó el sombrero y su júbilo fácil se estropeó al dedicarle una sonrisa irónica.

—Creo que no es ningún secreto —dijo, pero su voz era baja—. Necesito un poco de distancia de ti. ¿Esos dos pasos de los que te hablé? Ahora son más bien un centímetro. Tal vez adquiera algo de perspectiva o tal vez no. Me gustaría intentarlo.

Como si quisiera puntualizar sus palabras, dio un par de pasos hacia ella y ella no se apartó, pero tampoco se acercó. No le temblaron las pestañas; lo miró directamente, como siempre. El silencio entre ambos tenía un peso.

—Si te dijera que te amo, entonces te quedarías, ¿no? —murmuró al fin.

De nuevo esbozó su sonrisa irónica.

—Entonces no te querría, porque serías deshonesta y lo sabría.

—Nunca quise alejarte.

—No lo estás haciendo. De verdad que no. No te disculpes.

Se sintió triste, pero se mantuvo erguida y digna, extendiendo la mano.

—Pase lo que pase, me mantendré en contacto con el abogado y te enviaré mi dirección. Si deseas encontrarnos, puedes recurrir a él. Búscanos al final de la travesía. Tanto si cambia algo como si no cambia nada, búscanos. Haré una ofrenda por ti, para que encuentres el camino de vuelta.

Montgomery le dio la mano y sonrió. Luego se colocó de nuevo el sombrero y tomó su pequeña maleta.

—Buena suerte, Carlota, en tu propia travesía —dijo.

Ella cerró la puerta tras él, sin esperar a que la calesa emprendiera la marcha, y volvió a entrar, contemplando el suelo. Lupe salió al patio y se puso a su lado.

—Montgomery se ha marchado —dijo Carlota.

—Lo sé. Estaba esperando para despedirse de ti. No quería que pareciera que estaba esperando, pero no tiene ni un hueso de jugador en su cuerpo. Puedes saber cualquier cosa que esté pensando con solo mirarlo a la cara —dijo Lupe encogiéndose de hombros—. En el póker es pésimo y probablemente no sea bueno en ningún otro juego de azar. Cachito le ganó más de una vez, ¿sabes? Tampoco estoy segura de que sepa jugar al ajedrez.

—Sí, bueno, tal vez no debería jugar a las cartas si es así.

—Lo echarás de menos.

—Sí —dijo Carlota simplemente.

Porque ella lo quería, si no de la manera que él deseaba, sí de otras. Pero Carlota no mentiría ni distorsionaría la realidad, no rebajaría su corazón con medias verdades. Él tampoco lo querría, lo había dicho. No haría promesas superficiales.

—No llores, ahora, Carlota. Eres una boba sentimental, a veces.

—¡Cállate, no voy a hacerlo!

Tomó la mano de Lupe, la mano de su hermana, y apoyó la cabeza en su hombro, sonriendo.

—Todo estará bien. Nos encontraremos con él de nuevo. Cuando sepamos dónde están los demás, cuando Cachito y todos los demás se reúnan con nosotros. Nos encontraremos entonces —dijo Carlota.

Se imaginó, con toda claridad, la casa en un lugar apartado, lejos de las miradas indiscretas y las preguntas curiosas. En el sureste, cerca de las montañas, junto a la curva de un río o frente al océano. No estaba segura de la ubicación exacta, pero podía oler las flores y el rocío y las hojas de los árboles jóvenes. Estarían a salvo y el mundo sería bueno, y la casa rebosaría de las risas de su familia y de las personas que más apreciaba.

Estaban ahí afuera, los demás, y hallarían el camino de vuelta a ella. La marea se va, pero luego regresa. Se reunirían.

Pensó en los chistes que contaba Cachito y en cómo Lupe ponía los ojos en blanco cuando Carlota se mostraba sentimental y lloraba de alegría. Oyó las voces de todos ellos, enfrascados en una animada conversación.

En la capilla donde rezaban había visto un Edén sin defectos y sabía que no tenía por qué haber amargura en la creación de Dios. El cielo que construirían sería suyo, no construido por un hombre. El cielo que construirían sería verdadero. Porque ella tenía esperanza y tenía fe y, mientras se aferraba a la mano de su hermana, tenía sobre todo amor.

Se imaginó el camino polvoriento que llevaba a la casa. Sería perfectamente visible desde su ventana, desde su habitación, que los rayos del sol bañarían suavemente de dorado.

Hasta que una mañana, cuando el tiempo fuera bueno y los pájaros cantaran en los árboles, llegaría un solo jinete por aquel camino. Él se movería sin prisas y ella caminaría lentamente hasta las puertas de la casa y esperaría allí, paciente, hasta que él frenara su caballo y desmontara.

Entonces ella sonreiría y diría: «Bienvenido a casa».

POSTFACIO

La hija del doctor Moreau está inspirada libremente en la novela *La isla del doctor Moreau*, de H. G. Wells. Ese libro narra la historia de un náufrago que descubre una isla habitada por extrañas criaturas que han sido operadas como parte de los experimentos de vivisección del doctor Moreau. La vivisección era una práctica controvertida a finales del siglo XIX y Moreau pretende descubrir el «límite extremo de la plasticidad en una forma viva» transformando literalmente a los animales en hombres.

La hija del doctor Moreau se desarrolla en México con el telón de fondo de un conflicto real. Debido a su ubicación y a la dificultad de mantener el contacto con el resto del territorio mexicano, Yucatán, a pesar de ser una península, se sentía a veces como una isla. Algunos mapas españoles antiguos efectivamente la mostraban como tal. De ahí la chispa original de esta novela.

La Guerra de Castas de Yucatán comenzó en 1847 y duró más de cinco décadas. Los nativos mayas de la península se levantaron contra la población mexicana, descendiente de europeos y mestiza.

Las razones del conflicto eran complejas y estaban arraigadas en animadversiones de larga duración. Los terratenientes ampliaron sus haciendas, tratando de criar ganado o cultivar azúcar. Los mayas eran la principal fuente de mano de obra y los terratenientes empleaban un sistema abusivo de deudas y castigos para mantenerlos controlados. Los impuestos también eran un tema de disputa, así como la violencia y la discriminación que sufrían los mayas.

Los conflictos e interacciones en la península de Yucatán no solo involucraron a las comunidades mexicanas y mayas. Había gente negra en México que solía ocupar una posición social más elevada que la de los mayas y servía para lo que Matthew Restall llama una «posición intersticial». También había algunos peones chinos y coreanos, sobre todo a finales del siglo XIX, y es cierto que los hacendados incluso intentaron contratar a italianos, quienes enfermaron y murieron. Había mezclas de razas en una increíble variedad de combinaciones (pardos, mulatos, mestizos, eran algunos de los términos utilizados para describirlos, tomados de las clasificaciones raciales del periodo colonial español). Y estaban los británicos.

Los británicos se habían establecido en lo que hoy es Belice y formaron lo que entonces se llamaba Honduras Británica. Los británicos comerciaban con los mayas y en 1850 reconocieron un estado maya libre (Chan Santa Cruz), como medida para socavar las pretensiones de México en la región y también para beneficiarse de los recursos naturales de la zona.

Las relaciones entre los británicos y los mayas eran complejas porque los rebeldes mayas no representaban necesariamente una facción unificada. En 1849, el líder rebelde José Venancio Pec asesinó a otro importante dirigente, Jacinto Pat, acusándolo de utilizar las luchas armadas para su propio enriquecimiento. Otro líder, Cecilio Chí, fue asesinado por uno de sus seguidores. A medida que avanzaron los años, los rebeldes mayas se agruparon en el este, mientras que los hacendados de la parte occidental de la península cambiaron las plantaciones de azúcar por el cultivo del henequén, un tipo de fibra, muy rentable. El auge del henequén comenzó en 1880 y duró hasta el inicio de la Revolución Mexicana, alrededor de 1910. El trato a los mayas no mejoró durante esos años. El sistema de endeudamiento y peonaje continuó.

En 1893, el gobierno británico firmó un nuevo tratado con el gobierno mexicano, reconociendo su control de todo Yucatán. Dejaron de apoyar a Chan Santa Cruz y a los rebeldes mayas.

La isla del doctor Moreau se publicó originalmente en 1896. Cinco años después, el ejército mexicano había ocupado Chan Santa Cruz.

AGRADECIMIENTOS

Un enorme agradecimiento al equipo de producción de Del Rey, dirigido por la editora Tricia Narwani, quien confió en mí para escribir esta novela así como otros libros. También un gran agradecimiento a mi agencia y a mi agente de toda la vida, Eddie Schneider. Gracias, como siempre, a mi familia y a mi primer lector, mi esposo.

Para esta novela, he utilizado la ortografía maya yucateca moderna en lugar de la ortografía maya del siglo XIX. Aunque la ortografía pretende ser lo más exacta posible, Ya'ax Áaktun (gruta verde) se traduce como Yaxaktun, en un intento por reflejar una transliteración colonial verosímil. Gracias a David Bowles, quien revisó mi vocabulario maya.

SOBRE LA AUTORA

Silvia Moreno-García es la autora de superventas de *The New York Times* de las aclamadas novelas de ficción especulativa *Gótico, Dioses de jade y sombra, Signal to Noise, Ciertas cosas oscuras* y *The Beautiful Ones*, y de las novelas policíacas *Untamed Shore* y *La noche era terciopelo*. Ha sido editora de varias antologías, entre ellas *She Walks in Shadows* (también conocida como *Cthulhu's Daughters*), ganadora del premio World Fantasy. Ha ganado el British Fantasy Award y el Locus como novelista, y ha sido finalista de los premios Hugo y Nebula. Vive en Vancouver, Columbia Británica.

silviamoreno-garcia.com
Facebook.com / smorenogarcia
Twitter: @silviamg
Instagram: @silviamg.author